論創ミステリ叢書

84

千代有三探偵小説選 I

論創社

千代有三探偵小説選Ⅰ　目次

創作篇

評論・随筆篇

凡　例

一、「仮名づかい」は、「現代仮名遣い」（昭和六一年七月一日内閣告示第一号）にあらためた。
一、漢字の表記については、原則として「常用漢字表」に従って底本の表記をあらため、表外漢字は、底本の表記を尊重した。ただし人名漢字については適宜慣例に従った。
一、難読漢字については、現代仮名遣いでルビを付した。
一、極端な当て字と思われるもの及び指示語、副詞、接続詞等は適宜仮名に改めた。
一、あきらかな誤植は訂正した。
一、今日の人権意識に照らして不当・不適切と思われる語句や表現がみられる箇所もあるが、時代的背景と作品の価値に鑑み、修正・削除はおこなわなかった。
一、作品標題は、底本の仮名づかいを尊重した。漢字については、常用漢字表にある漢字は同表に従って字体をあらためたが、それ以外の漢字は底本の字体のままとした。

創作篇

痴人の宴

『宝石』読者への挑戦

この作品は日本探偵作家クラブ新春恒例の犯人当て問題として朗読されたものである。第一設問の正解には江戸川乱歩、岡田鯱彦両氏があっただけで、第二設問に至ってはクラブ会員中からは遂に一人の正解者も見出せなかった。飛島高氏が氏名を挙げたに止まる。高級な「宝石」読者の推理は果して作者を降し得るかどうか。作者はフェアプレイで敢然と読者に挑戦する。ルールは次の通りである。

一、作品は三つの章からなる。第三の章は解決篇であり、一と二の章にそれぞれ第一設問と第二設問がある。第一設問で警部が指名する容疑者、第二設問で真犯人及びその人物を真犯人と考えた理由を挙げること。二つの設問に合格した者を正解者とする。

一、警部が指名する容疑者と真犯人とが同一であるか否かは読者の判断に属する。

一、単独犯行か、共犯か、連続犯行かは言うことが出来ない。

一の章

避暑地の海岸は、盛りの月が変ると、あわただしく打ち捨てられたように荒《さび》れてゆく。裸の海と砂浜を、自然の姿として馴染めるのは、やはり土地に居ついた人々なのであろう。

九月に入ってから、園牧雄は浜へ出るたびに、何か自分も逐われるような心のあわただしさを感じた。日暮れ時など、今は乗る人もない貸ボートの、未練げに置かれている縁へ腰を下ろしていると、無人の浜と自分を温く抱きしめるように、左手の紀伊半島が次第に影を深かめ、右手では六甲の背に大きな陽が沈んでゆくにつれて、芦屋、神戸の街の灯が、それから思いがけない山の灯が煌めき出す。

園は甲子園のこの浜で、夕方こうした半時間ばかりを無心に過ごすのが、この一週間ほどの日課となっていたが、焦《せ》き立てられるような心の落ち着きのなさは、実はもう帰省の日程が尽きようとしていたからである。W大学文学部の若い助教授というからには、休暇明けの十一日には研究室に出て、助手や学生相手に過ぎし一と夏の想い出を楽しんでいなくてはならぬ。その十一日が、折よくか悪しくか、月曜とあっては、明日の「つばめ」か「はと」に乗る他はない。故里《ふるさと》、両親への名残り惜しさと、研究室での学問的な仕事への新しい情熱と、単純ではあるが、園にとっては毎年の夏の終りに経験する複雑な気持である。

今夜の浜の最後の土曜は、にぎやかに愉快に過そうと、園は風の涼しさの中で、大げさに決心したように、砂から立ち上った。「そうだ、ルミの誕生日だ」と、気持にはずみをつけて、それと目ざす家の方へ眼をやったが、もともと初めからその下心で、ポケットには余分に煙草を一箱おしこんであったのである。朝の読書、午睡、それから上京の簡単な支度、あとは自由に使える余分な時間であった。

踊り子の初瀬ルミは大阪劇場での「夏のおどり」が終って、次の公演練習まで暇な身体のはずで、これとて身すぎ世すぎの商売沙汰ではなく、良家に生れて育ったお嬢さん芸の、いわば親に甘えての遊び仕事に過ぎない。その父は社用で海外出張中であり、母は京都へ四五日滞在の、お茶の会、ダンスの会。気さくな娘に劣らぬ有閑夫人、その人の居ないのは淋しいが、ルミと女中二人きりの勝手放題では、今夜の誕生日も、浜のクラブ同様の客間では、さだめし若い常連が手のつけられないほど荒れていることであろう。

高砂《たかさご》と呼ばれている海岸よりの一帯は、ところどころほんの気まぐれに三つ四つの邸宅が焼かれただけで、いずれも庭の空地は沢山にある地域だから、ここだけが不思議なように空襲から焼け残った。終戦後満五年を経て、今では高級車の出入りが多い。夏の浜の虚ろなにぎわいを他所《よそ》に、甲子園本来の風物を、楽しく派手に、しかし落ち着いて呼吸しているところである。

ルミの邸宅は堤防の直ぐ下にあった。残暑の日長とはいえ、もう明りがなくては足下が暗い。園はわざわざそんな時間を選んだのである。食事時をはずしたのは、常連の若い連中からみればずっと年かさで、園の方に遠慮があった。しかし園は、二十歳《はたち》を過ぎたばかりの、こうした連中が好きなのである。彼等は律義ではあるが無遠慮で、浅薄、無謀、大胆、率直、露骨、猥雑であるのが、飼い立ての小犬のように可愛い。彼等は時折り雑談に来る園に、好意を持って柔順だった。奔放な若さも、先を行く正確な軌道を見る方が安心だったからでもあろう。

　園は例によって案内も乞わずに入った。靴の散らばった玄関でスリッパにはきかえ、廊下を横切って、いきなり広間のドアを開けた。居た。集っていた。いつになく少ない五人がいる。広間は十五坪に余る広さで、食堂とも踊り場ともなる。南と東側に、それぞれ仕切りのない部屋が続いていて、家族の書斎とも客室にも、時には昼寝の場所にも使われる。豪奢な家具調度は初瀬家のこれまでの深い生活を思わせるが、若者たちは一向に気にしていない。西は絵ガラスの細長い窓のついた壁面、北は二つのドアから、今しがた園が入ってきた廊下に通じている。

　広間の中央に正方形のテイブルを置いて、狭い一端を残して五人が坐っていた。思いのほか人数も少なかったが、これも思いのほか沈んだ空気だった。みんなが赤く弛んだ顔つきに見えたのは、酒のあとの所為《せい》らしく、それだけ疲れたような濁った不潔さだった。それも海岸から来たばかりの園の瞬時の感じだけのことに違いなく、彼等はいっせいに喜んで園を迎えた。

「いらっしゃい、先生。おそいのね。でもこれからお茶が始まるわ」

　ルミはさすが主人役にふさわしく、舞台でするような、大きな身振りと大きな声で、坐ったまま目なざし巧みに園を対面の空席にかけさせた。ルミの直ぐ前の左右には記者の山根八生《やよい》と、無職の千木《せんき》仙吉の二人の青年が坐り、その横にはそれぞれ浜圭子と一色《いっしき》千咲《ちざき》の女の子が席を占めていたから、偶然六人の席は、ルミが前左右に二人の若者を、園が二人の少女をようしている具合になった。それでなくても、男三人、女三人というテイブルは急に活気をとり戻した。

　ルミはついと席を立って、廊下の方から台所へ行った様子だったが、直ぐに女中のチヅと並んで姿を見せた。チヅはこうしてルミと並ぶとひどく小柄に見え、右腕に乗せて中央で支えている細長いお盆が奇妙に対照的だった。コーヒーとお菓子を二列に行儀よく並べて、残りの手で端を押えながら、右肩に寄りそったルミにちょっとうなずき返えして、テイブルの方へ危なっかしく歩いてきた。ルミが傍を離れて化粧室へ去ったのが、凧が人手

を離れたようで、

「あら、奴《やっこ》さんだよ」と肥大鈍重に見える千木仙吉が妙な声の調子を出して奴凧に見立てると、一座は大笑いになった。

チヅは連中の悪口には馴れているので一向にさり気なく、中央を支えている盆を強く胸へおしつけて安定をとりながら、不器用に山根八生から左へと順々に皿を廻わし、主のいないルミの席へ最後の皿を置くと、盆を振り振り逃げるように台所へ帰って行った。

入れ違いに現われたルミは夜の化粧も念入りに、華奢な立姿が、大きなフリルで飾ざられた緋縮緬《ちりめん》のイヴニング・ドレスによく似合って、ふと皆の目をひいたが、身体のこなしもさすが舞台を遊んでいるのでもない演技を思わせた。

「お誕生日というのだから、美神《ヴィナス》の満二十年に敬意を表して、コーヒーで乾杯しよう」

ルミの席につくのを待ち兼ねて、園は美神などと、ちょっとお世辞も言いたいような、誘われるような浮いた気持になった。

みなが声を合わせて「おめでとう」を言い、コーヒーを一口ずつ飲んだが、その間もそれからも、園は正面のルミの顔から目を離せなかった。その時、上気していたルミの顔が白蠟のような深味をおび、瞬間、黒くて長いまつ毛にさっと陰を含んだ湿りが走り、フランス人形が日本人形の憂いを見せたかとも見えたが、実は、ルミは最後の苦悶を苦しみ耐えていたのである。突然ルミは腰を浮かすと、前へ、山根の方へ泳ぐように倒れて崩れ落ちた。それがルミの最後だった。

山根八生はふだんから人前でBワン剤を飲むのが妙な気どりで、この時も粉末を丸い小さな缶から掌に出して、コーヒーで飲みおろすつもりだったらしく、口元まで持ってきていたのを咄嗟の出来事に驚いて、水気なしに飲みこんだまま、じっとルミの背を見つめていた。山根が一番驚いたに違いない。ルミの頭が目の前を揺れたばかりでなく、もともと感情のいきさつもあって、一時噂にのぼった二人の仲が、このところ冷ややかな殺気を含んでいたからである。

ルミが倒れて一瞬してから、向いあって坐っていた四人の眼が、ほんの僅かの時間、お互いの腹を探り合うように行き交じったのを園は見逃さなかった。みながこの結果を予期していたのか。だから園は華かであるべき宴に暗い影をいち早く感じとったのか。

誰もおびえたように身動きもしなかったなかで、山根は蒼白となった頬をふるわせ、眼鏡のうしろにおびただしい汗を流していた。大きく見開いた眼が緊張しきって、しかもルミを見下ろしたまま何かを待ち受けている様子だった。

隣り屋敷の令嬢、浜圭子は耐えきれなくなってハンカチーフを顔にあてて低く不安気に泣き出すと、そのウイングカラーのワンピースの縞模様を算えるように見つめていた向い側の一色千咲が、無気味に冷笑とも悪罵ともつかない笑いを洩らして唇をかみしめた。白ズボンの上へ、無地のアロハ・シャツを着流すのが若い男の流行と見えて、山根と全く同じ服装の千木仙吉は、ただぼんやりと白痴のようにとぼけた無表情だった。

冷静であったのは、いや、そう装っていたのは園牧雄であると言ってよい。彼は自分から誘った乾杯が意外な結果をひき起しただけに、何故かルミに索《つな》がれた心を見すかされたような屈辱を感じていた。ともかくこの場の措置は園に責任がある。彼はわざとらしい苦い顔で、ルミを背後《うしろ》から抱きかかえるようにして、かなり長い時間をかけて眼を検《しらべ》たり、鼻口を調べ、ルミの絶息していることを漸くに確かめた。彼はその足で廊下の電話口へ出、西宮署を呼び出して簡単に事件を報告してからあらためて西宮局を呼び、至急電報を依頼した。一つは京都のそれと思われる初瀬夫人。今一つ、宛名は東京の友人、神津恭介である。園は一刻も早くこの事件から遠去りたかった。明日の午前中には一応の解決をつけたい。止むを得なければ、あとを神津恭介にまかせて逃亡したかったのである。

「警察が来るまではどうにも仕方がないね。このまま手をつけないで」

園は四人をとりなすつもりだった。

「迷惑だよ、あたし」

嚙み捨てるように言ったのは一色千咲で、近くに住んでいるこの老町医者の娘は、藤色の絹地に黄色の花模様を散らしたアフタヌーン・ドレスを着ていて、紺の細いバンドが細い腰をひきしめ、ローネックの上に可愛い丸顔を浮かせて、それにしては伝法な口のきき方だが、まだ不良少女になり切れない稚拙さであった。

「どうしたんだい、これは」千木仙吉が眠りから覚めたように始めて口を開いた。

「御覧の通りさ、頬かむりめ」

今頃何を言うかとばかり、どうやら気を取り直していた山根八生が、妙にからんだ口調だった。

「もう喧嘩しないで」

それへ覆いかぶせるようにハンカチーフの中で浜圭子の声が顫えた。

それからは気まずい沈黙が続くばかりで、園はひとり孤立を感じながら彼等を見守っているより他はなかった。

警察が来たのは九時をいくらか過ぎてからのことである。型通りの検死が済んで、死体はすぐに、解剖に廻される手筈が決められたが、死因は青酸加里であることは素人にも分っていた。

ルミの死体が運び去られてから、主任の警部が居合せた五人をテイブルの同じ位置に掛けさせた。ルミの席に坐った警部は、園と同じ年恰好の三十二、三という青年だった。園は講義をしているような調子で事件のあらましを説明した。

「署へ電話をかけられたのが貴方だとすると、どうしてこれを他殺と考えられたのですか」警部は事務的に始めた。

「そう通じた覚えはありません。変死があると申し上げたのです」園は挑戦的な快味を覚えた。その手に乗ってはならぬ。

「署より先に、医者を呼ぶべきだと思いますが」

「この土地ではここに居る千咲さんのお父さんが一人、勿論その方が好ましいのですが、しかしお電話する前にルミさんの死を確認したわけです」

「医学の心得もおありですか」

「学問的には無いし、常識的には有ると言えましょう。ただちょっと不審な点があったのですよ」

「と、おっしゃると?」

「ルミはコーヒーを飲むのに、あの時気づかれない位の躊躇があったのです」

「自殺とおっしゃりたいのですね」

「勿論、希望としての話ですがね」

すると一色千咲が浜圭子を見つめながら独り言のように言った。

「自殺する人があんなことを言わないわ。倒れる時、——殺《や》ったわね、って聞えたわよ」

「わたし、知らない」圭子はおびえて答えた。

「貴方にも聞えたでしょうね」

警部は千木仙吉に聞いた。

「なんしろ咽喉がかわいていたのでコーヒーを飲むのに夢中で。気がつきませんでした」

「園さん、いかがですか」

「そう言えば、そう聞えたような気もしますね」

「では山根さん、貴方は?」

「いや、——弱ったわ、と言ったのです。かけだしですが、新聞記者の耳は敏感です」

神経質で抜け目のない山根八生は漸く年に似合わぬ押しの強さを示した。

「貴方がお飲みになったという錠剤を拝見しましょうか」

「どうぞ、もうすっかりですが」

そう言って山根は小さな空缶を警部に渡した。警部は中の空っぽなのを確かめてから、

「お預りしておきましょう」と冷めたく言った。

あとで確認された通り、ルミが飲んだコーヒーの中に青酸加里が入っていたとなると、それへ薬品を投入する機会を持っていたのは誰であろうか。女中のチヅ、当人のルミ、ルミの両傍にいた山根と千木、しかもルミは化粧室へ席を外していたのであるから、器用に手早く事を行えば、いずれも不可能ではない。皿を配ってチヅがテイブルを一廻りしている間にだって、いくらも機会はあるから、圭子、園、千咲とて嫌疑の外に置かれるわけではない。

チヅを訊問した結果、彼女は次のように証言した。

「コーヒーとお菓子の仕度が出来ました時、お嬢さまが台所をおのぞきになって、先生がお見えだから一つ増やすようにとのお話でした。一緒に広間へ入った時、山根さんが足踏みして待ち遠しそうだったので、八生さんから廻しておあげ、とおっしゃって化粧室へ行かれたのです。千木さんが私の悪口をおっしゃったので、あの人のところまでゆっくりお配りしました。私が青酸加里を入れるなんて、飛んでもございません」

警部はつづいて、客である五人の持ち物を調べさしてほしいと要求した。夏のこととて、近所の連中の集りであるからには、さして面倒な時間はかからなかった。何んの異常もなく終ったかと見えたが、こればかりはこの際見逃がせないものが一色千咲のハンドバッグにあったのである。Bワン剤の同じ小さな缶だった。

「あなたも常用しているのですか」と警部がきいた。

「いいえ。御飯の前に千木さんから貰って忘れていたわ」

警部は中をのぞいてちょっと皮肉な笑いを浮かべた。

「園さん、いかがです、あなたの医学ではこれをどう

解釈されますか」

園は言われるままにその缶を受取って覗いてみた。残り少ない粉末に二重の白色が見分けられる。園の背を悪感が走った。

「青酸加里の混入ですな」と彼はさり気なく言ってみた。

同時に腰を浮かせたのは千木仙吉で、この敏捷さはむしろ一色千咲を警戒する構えとも思えた。一色千咲の方はもっと緩慢な大きな動きであったが、ショックが強すぎたのかもしれない。立ち上りざま、

「わたしもね！　裏切り者！　あんたがルミと何をしていたか、お昼のことを知ってるのよ」と言い捨てて、千木仙吉を見つめたまま気を失うように椅子にぐったりと倚りかかった。

今夜の宴会に、一色千咲は少し早目に着いたので、時間つぶしにルミに逢おうと二階の部屋へ入りかけた時、少し開いていたドアの隙から千木仙吉の後ろ姿と、ルミの半裸が見えたというのである。千木へ心を寄せている千咲にとっては目のくらむような思いで、何を考える暇もなく階下の広間へ走りこんだ。考えてみるとドアが少し開いていたというのはおかしいが、あの時千木仙吉はルミの部屋から出ようとして扉を開けたまままちょっと手間どっていたのかもしれない。四時頃のことである。ところが、一色千咲が南の部屋の長椅子に身体をうずめてから五分ほど経った頃に、玄関に足音がして何気ない様子の千木仙吉が広間へ入ってきた。一色千咲を見つけると、「よう」と太い声をかけて、尻のポケットからもそもそ無器用に紙づつみにした小さな缶をとり出した。

「これ、やるよ。入れるところがなくて弱ってるんだ。ルミがよこしてね」

ルミと聞くと、やっぱりそうかと、一色千咲は逆上するより勝気なだけにかえって血の気がなくなり、口をきくものかとばかり虚勢をはって、ひったくるように受取りざま、よく見もしないでハンドバッグに投げこんだ。

「それは違う」と千木仙吉は鷹揚に言った。

「ルミの、いやルミさんの部屋を出たのは三時で、これはルミさんの小箪笥の置時計を見たから確かなんでして、その缶は――これ、あなたのでしょう――と言われて別れ際に受取ったのです。時間が早いと思ったので一時間ほど散歩してきましたが」

「長くルミさんの部屋にいたのですか」と警部が聞いた。

「四十分足らずです」と千木が答えた。

「何をしていたのですか」

「それにはお答え出来にくいので」

「あなたが三時に部屋を出られたとすると、一色さんの見かけたのは、あなたでないということになりますか」

「そうとしか思われませんが。その後《あと》あの部屋へは行きませんでしたから」

「すると受け取られた缶はあなたのだと認められたわけですね」

「それが、早く部屋を出たかったので、面倒臭いと思ってそのまま貰ってきたのです」

「すると、あなた以前にその缶を忘れていった人があるわけです」

山根八生は、一瞬身構えるように坐り直した。

「わたし知っています」浜圭子がその時決心したように顔を上げた。

「わたしのお家は隣りですから、お二階の私のお部屋の廊下から、顔を出して横をのぞけばルミさんのお部屋が見えるのです。わたしは直ぐに自分の部屋へ入りました。大分離れているからよく分りませんでしたけれど、山根さんはそのお部屋でルミさんと何か口論していられる様子でした。山根さんは窓を横切って行ったり来たり、こちらを向いているお部屋の時計は二時でしたから、お忘れ物は山根さんのものとお思いでしょうけれど、それから半時間ほどして山根さんはわたしのところへ遊びにおいでになりました。わたし知っています。その時、山根さんは缶を持っておられました。忘れたのではありません」

「山根さんはただあなたのところへ遊びに行ったのですか」警部は何か考えているらしかった。

「いいえ、言ってしまいます。わたしに結婚してくれと言いに来られたのです」

「ほう」

「でも、わたくし、お断りしました。朝のことを知っていたものですから。そんなことで思わず時間が経って、一緒に約束の五時のお祝いの食事にこちらへお伺いしたのです」

「山根さんはその間ずっとあなたと一緒におられましたか」

「四時頃にちょっと十分ばかり煙草を買いに外出されただけです」

浜圭子が知っていた朝のことというのは、その話によると、いわば山根八生と千木仙吉とが初瀬ルミをめぐっての恋の鞘当といったものである。口論は勝手口のある裏庭で行われた。たまたま今夜の御馳走のことで、手伝うような買物はないかと、遊びがてらに寄っていた浜圭子の耳に入ったわけである。山根八生はかねてルミと深い関係にあったのが、近頃はどうやら風向きが悪く、これは千木仙吉の差し金と思うのも当然で、手を出したのは仙吉の方が先か、ルミが先か分らないが、一色千咲までが逆上するほどの仲であったことは勿論である。山根八生の求婚は、ルミへの面ら当てと圭子に思われたのも不思議はない。

「もう喧嘩しないで」といった言葉は、その意味であったかと園にも思い当った。

なるほど一色千咲の言った通り、彼女のハンドバッグから缶の包み紙も出てきた。それには薬局のマークが入っていて、直ぐ裏通りの角に出来た薬局のものと知れた。チヅの使いで店主は間もなく一緒にやって来たが、この神経質な男がおずおずと述べたところは次のようなことである。

「自分は最近店を開いたばかりでこの地域の人々とはまだあまり顔なじみがない。今日の午後二時に、当家の令嬢と思われる美しい女の人がBワン剤の小缶を買った。包紙は自分の店のそれに間違いはない。二時と覚えているのは、家内に病人があって、その時間に薬を飲ませなければならないので時間に注意していたからである」

警察が知っておかねばならぬ今一つの問題は、ルミと山根八生との間に交されたと思われる口論の内容である。山根八生はすっかり黙りこんで答えなかったが、折よく薬屋を送りかえして戻ってきたチヅが、何思ってか進んで大胆に証言した。買物から帰ってきた彼女はトイレットへ行こうとして、二階から洩れてくる声の激しさに思わず立聞きしたというのである。

山根がルミに、千木仙吉と手を切るように強迫していたこと。――こんな薬でいつもいつもわたしをおどかそうたって駄目よ。殺すなら殺してごらん。わたしだって覚悟はあるから。――とルミがヒステリックに抵抗していたこと。それ以後、ルミは外出したと思われないこと。それ以前のルミの行動については次のような申し立てがあった。

ルミはお昼近くまで寝ていて、チヅがその部屋の掃除を終え、部屋を出ようとした時に、近くの進駐軍部隊で正午のサイレンが鳴った。「もうおひるね」と言いながら、舞台と練習で時間に神経質なルミが時計のゼンマイを巻いた。今夜の衣裳をとり出しているところまでチヅは見ている。

園はじっとこれまでの様子を傍観している形であったが、その間、警部は心の中で一聯の出来事を組み立ててみた。

朝、といってもお昼前に山根八生と千木仙吉との口論があった。

午後二時には山根はルミとその部屋で激しい口論をした挙句、二時半には浜圭子をたずねて求婚、五時頃まで二人でいた。

二時に、ルミと思われる女が薬屋でBワン剤を買った。但しルミは外出していない。山根と殆んど入れ違いに、二時二十分頃から三時まで、ルミはその部屋で千木仙吉といた。千木仙吉はそれから一時間ばかり散歩をして、この家へ立ち戻った。

四時に一色千咲が、半裸のルミと千木仙吉と思われる男の後ろ姿をドアのすき間からちらりと見た。しかしこの人物は、千木とも山根とも考えられる。しかし両人ともに否定しているが、散歩のアリバイが成立しない限りは千木と考えられても止むを得ないし、山根とても四時頃煙草を買いに外出しているから、両人ではないという証拠はない。

六時には誕生日の祝いの食卓が始まっていたに違いない。

八時頃にお茶、そしてルミが毒殺されたのである。

警部は園牧雄と同じように、これ以上の材料は得られなかった。しかし彼は確信があるような様子で立ち上った。

「警官を一人よこしておきましょう。僕は明朝、あらためて来るつもりです。逮捕状を持ってね」

「園さん」と彼はふり返えって言葉を足した。「あなたのアリバイも、一つよく考えておいて下さいよ。それからお気の毒ですが、みなさん今夜はこのままここで泊って頂くとして、お互いに、誰かが逃亡しないように御注意下さい」

園牧雄はこの時ほど不快な思いをしたことはなかった。

二の章

残暑の夜とは言いながら、さすが浜風はしめりを含んで、どうやら底冷えのする肌寒さであった。園が立上って窓を閉ざしたのをきっかけに、千木が立ち、山根が立ち、東と南の出張りの部屋へ思い思いの安楽椅子に坐りこんだ。誰も口をきこうとはしない。誰が誰を疑っているのか。一言でもしゃべればそれだけ嫌疑を深めるようなものである。疲労しきった神経が無性に焦ら立って、どこかが崩れれば只事ではおさまりそうにない気配だった。朝まで詰めることになっている警備の警官だけが、まるで通行人のような冷淡さで部屋の一隅につっ立って落ち着き払っていた。

園は自分の時計で思わず時の更けているのに驚いて、ともかく女たちだけでも先に休ませようと思った。千咲も圭子も勿論異存はなく、二階にはルミの部屋と不在の母の部屋との二つがあるのを幸いに、これを二人に使ってもらうことにした。この二つの部屋は階段を上って、行き止まりの廊下をはさんで向き合っている。圭子は小心らしく、変死したルミの部屋を嫌がるので、一色千咲が「わたしならどうなったっていいでしょう」と誰にいうとなく憎まれ口をきいて、ルミの部屋で寝ることになった。

圭子は園牧雄が、千咲は千木仙吉が部屋へ送りこんだ。ルミが死んだとなると、千木仙吉の脳裏に大きくクロウズ・アップされるのは一色千咲であるに違いなく、知ってか知らずか、先刻の青酸加里の件が露見した挙句では、弁明は聞き入れられなくても、多少は御気嫌をとり直しておく必要はあるといったものだ。

一色千咲のすね方は只事でなく、これはむしろ嫌悪とか恐怖といったものに近い。頼みもしないに蹤《つ》いてきた千木仙吉が獲物を放そうとしない悪魔とも思われる。つっ立って興奮しきっている千咲へ、千木は殆んど哀願するような調子で言った。

「ささ、早くお休みよ。僕を信じておくれよね。わけのわからないことばかりなんだから。ほら――」と彼はベッドの枕元にある時計を取り上げて千咲に見せた。「もう明日なんだぜ。十二時もとっくに過ぎた。部屋の鍵は？」

「要らないわ。とっとと降りて頂戴」

千木はとりつく島もなかったが、千咲がともかく口を利いたのが妥協の一歩と、いささか自信をとりかえして引き下った。

千咲は荒々しくドアを閉して電燈のスイッチを消したが、何か自分もねらわれている気配が拭い切れずに不安であった。不思議に残っているルミへの嫉妬、頼り切れない男心、千木仙吉への憎悪。何がなしにあれもこれも口惜しいことばかりである。彼女はがばとばかりにベッドへ身を伏せたが、間の長い律動的な波の音が、この時ばかりは妙に耳について、その合い間合い間に、緋縮緬が波と揺れた、ルミの最後の苦悶の顔が、とっさに浮かんでは消え、浮かんでは消え、冷めたい汗を額に感じながら、すっと血のひく切なさで、どこともしれぬ深所《ふかみ》に吸いこまれるような……

眠ったのか、失神していたのか、ふと暗闇の中でわれに帰ったが、その時千咲は、閉めきられているはずの部屋の空気がすっと一筋背から足下へ流れるのを感じた。怖いもの見たさにドアの方へ眼をやった時、そちらの壁へ大きな影が鈍器をふりかざして今にも自分へ打ちかかろうとしているかに見えた。

「キャッ！」と彼女は悲鳴をあげたまま悶絶した。

驚いたのは階下の連中である。園も山根も千木も、今宵ばかりは寝つかれないと見えて、あちらの隅、こちらの隅と分散して、それぞれ何を考えていたのか、夜汽車の乗客さながらに曇った顔でむっつりしているばかりだったが、千咲の悲鳴が聞えた時、千木仙吉は折よくか折悪しくか便所へ立っていて、手洗の水を流していた。広間から廊下へのドアを開け放ったままだったので、その水音がかえって生きた現実を伝えて、ほっと気のゆるんでいた時である。

悲鳴を聞くなり最っ先にかけ上ったのは一番手近かにいた千木仙吉で、広間から出てきた警官と園と山根が階段を昇ろうとしていた時には、千木仙吉は千咲のドアを開けて、身体を半分ばかり入れていた。

彼はふいと振りかえりざま、「早く早く」と一行に叫びかけて、勝手知ったスイッチを点けた。浜圭子が真っ青な顔で自室のドアから顔だけ出し、女中のチヅはぼんやりと階段下から見上げていた。

千咲は形こそ乱れていたが、どこ一つ怪我もなく、このままでは熟睡しているとしか見られない。ともかく安静にしておく方がいいという園の意見で、千咲の恢復するのを待つことにして一行は下におりた。浜圭子も一緒に下へ降りてきたのは、階下の方が眠れなくても気強く思われたからであろう。

明け方の薄い光が東の窓にいつとなく白みを増し始めると、不安な夜から解き放たれた気の弛みで、みんなその頃からうつらうつらと寝入ったらしい。

強い日ざしが放胆な烈しさで広間一杯にさしこみ、折からチヅがスイッチを入れた電蓄のラジオは軽くはじける異国のジャズを流していた。目覚めた連中の頭は、陰惨な覗き絵が一枚めくられたようなすがすがしさであった。

プログラムの切れ目で、ラジオのアナウンスが「ナイン・サーティ」と時刻を知らせたのを、園は殆んど聞きながしながら、機械的に自分の時計を巻いた。その時、ふといぶかしそうにラジオの方へ目をやって、時報を追うような面持ちであったが、それも直ぐ流れ出ている歌声に乗って、彼は昨夜から始めて朗らかな微笑を浮かべた。

間もなく昨日の警部が着いた。彼も晴々とした顔つきだった。園は客間の同じ長椅子へ警部をかけさせた。

「誰も逃げ出した者はありませんか」と警部は早速に聞いた。

「一色千咲さんが、無事で二階の部屋におれば、全部異常はないわけです」園は真面目に答えた。

「何かあったのですか」

「事件にちょっとした追加がありましたよ。あなたの逮捕状は、ことによると書き直して頂かねばならぬかもしれません」

「と、おっしゃると」

「一色さんに説明してもらう必要があるのです」

一色千咲は無事であったと見えて、おそろしく不機嫌な様子で、この時広間へよろめくように入ってきた。警部は事件に関係のある全部を客間に集めた。一番あとで、ラジオを消してからチヅが面白そうに寄ってきた。

問われるままに一色千咲は身振りよろしく昨夜の出来事を物語った。

「千木さんはあなたを寝かしつけようとして時計を見せ、十二時過ぎだから、と言ったのには間違いありませんね」園は充分に念をおした。

「そうですとも。女の夜更かしは間違いのもとですな」千木仙吉が得意そうに、千咲の返事をひきとって答えた。

「さすがはナイト（夜）のナイト（騎士）だよ」と山根八生がむっつりしていた唇から皮肉に言い捨てた。

「とんだ送り狼さ」

「ところで警部さん、ひとつ御面倒をお願いしたいのですが」と園は山根に全く無関心に言った。

「さあさ、何んなりと」

「ルミさんの部屋まで御一緒にいって下さればいいのです」園はここで大きく笑った。

「つまりわたしを監視していただく必要があるのです」

園と警部は楽しそうに立ち上った。園が案内したルミの部屋は昨夜とは別段に変ったところがない。園が求めていたものは、やはりあるべき場所にはなかった。彼が目的としたものは小簞笥に在ったはずの置時計である。夜中に一色千咲の悲鳴が上った時、彼はあまり気にとめていなかったのが不覚であったが、確かにその時にもなかった。園はそれを持ち去ることも隠すことも必要であるとは思っていない。小簞笥が何かに押されたように、少しずれているのは不安であったが、ドアのうしろの壁の下に、果して園が見つけ出した通り、その置時計が無造作にころがっていた。

「よく見ていて下さいよ、警部さん」

園は注意をうながしておいてから、ポケットのハンカチーフで大事そうに摘み上げると、眼で警部をうながして、勢よく階段をおりていった。

「さてこの時計ですが」と園は客間に集っている連中を前にして言った。「警部さん、失礼ですが、あなたの時計は何時でしょうか」

「十時八分かっきり」

「そうです。わたしの時計も合わせたばかりですから間違いはない。同じく十時八分です。ところでこの置時計は、実に正確です。転げ落ちても狂わない。御覧下さい。立派に十時八分を指しています」

「誰でも合わす人さえあれば、これ位の上物の時計は狂わないのが普通ですよ」

警部はむしろ不気嫌な納得の行かない面持ちだった。

「とすれば、昨夜、わたしの時計が二時二分であったのに、一色千咲さんが千木さんに見せられた時計は十二時過ぎだったというのは不思議ではありませんか。一色さんを部屋に送りこむまでは、おそらくこの時計は正確だったはずです。むしろ正確すぎる位だったと言えましょう。千木君がこの置時計を一色さんに見せた時には、わたしの時計より二時間おくれていた。誰かがおくらせたと考えていいでしょう」と園は一息に言って千木仙吉の顔をみつめた。

「僕だというのですか」と、千木仙吉がいささか激昂した調子で叫んだ。

「興奮しないでもいいのですよ」と園は静かに言った。

「指紋があれば直ぐに分かることです。それより、その二時間おくれていた時計が、今朝はこの通り正確であるというのは、その後、もう一度この時計の針を進めた人物があるはずです。これについては警部さんはどんなお考えでしょうか」園は狡るそうな笑いを浮かべて聞いた。

「一色千咲さんをおびやかした魔の影とお答えしていいでしょう」

「恐れ入りました。おっしゃる通り、そう考えるより他はなさそうです。しかし何んのために、真夜中になってから、時計の針をおくらせたり、元へ戻したりする必要があったのでしょう」

一座は園の言葉に妙な沈黙に落ちた。園はちょっと間を置いて、もどかしそうに言葉をついだ。

「何よりも、わたしはこの置時計の指紋が知りたいのです。千木さんは昨夜この時計に触れている。しかし千木さん以外に、もう一人の指紋がなければならないはずです。警部さん、いかがでしょう、直ぐにこの場で検出する手段はないものでしょうか」

「いいえ、わけはありません。早速、参考のために手配してみましょう」

警部は気軽に立って、電話で署に連絡した。

指紋の検出と調査は、間もなく専門家の到来によって行われ、時計の指紋と、園、千木、山根、一色、浜、チヅの六人の指紋が照合された。結果は甚だ失望的だった。

「新しい明瞭な指紋は千木仙吉氏のものです。あとは持ち主のルミさんのものばかりで、あなたが言われるような、他のもう一人の指紋は見当らないようです。ついているとすれば、あなたの指紋があるわけですが、あなたは大変用心ぶかくて、ハンカチーフを用いられました。おおせに従って、わたしは監視していましたからね」

警部の言葉は、園には一種の宣告のような調子に響いた。それからはみんなが白けた空気だった。山根が時々、上眼使いに千木の眼元を探っていた。

「では、どうぞ警部さん、あなたの御意見を聞かせて頂きましょう。あなたの指名を待つばかりです」

園が諦らめたように、椅子に一層深く腰をおろして目をつむると、さっと一瞬、みんなが緊張した息づかいをみせた。

「わたしの意見は至極簡単です」警部は物馴れた様子

で、決して焦らなかった。「この犯罪は単純に行われたとしか思えません。昨夜の追加的な一件と、時計の問題もまた、わたしには何んでもないように思われる。この方を先きに申し上げてもいいのです。それによってわたしの最初の犯人推定は決して変更する必要を認めないのですから。千木氏は一色千咲氏をルミの部屋へ送りこまれた。時計を見せて十二時過ぎだと言われたそうですが、これはその時千木氏の頭脳が常態であったと言われない理由がある。千木氏はむしろ、青酸加里の問題で一色千咲氏の一挙一動の方に気を奪われていたはずです。二時二分を、これは園さんが言われたが、短針と長針を読み違えて、十二時十分と見えた、ということもあり得るわけです。一色千咲氏も、時計などをよく見なかったに違いない」

千木仙吉は大きくうなずき、一色千咲は首をうなだれて、別に反対しようともしなかった。

「それから一色千咲氏は物の影におびえた。そうです、影におびえたのです。あの部屋の窓は西側で、カーテンは閉まっていなかった。外の月の光が、その部屋の壁に写したのは、他ならない、小箪笥の上に在ったこの置時計の影なのですよ。一色千咲氏は悶絶する際に、無意識ながら直覚的にその置時計をはね飛ばした。これは小箪笥が少しずれていたことで明らかです」警部はここでちょっと息を入れた。園は驚嘆したように警部の言葉を待っていた。

「問題を殺人事件にかえしましょう。犯人が被害者ルミに殺意を抱いた動機は、明らかに痴情と怨恨であります。犯人はBワン剤の缶を昨日は初めから二つ、しかも一つは薬店の包み紙に包んだのを用意していた。先の一つにはBワン剤が、あとの一つには青酸加里が入っていた。犯人がただ一箇の缶しか持っていなかったと考える理由はどこにもないのです。犯人はルミを訪ねて強迫した。事が失敗すると、包み紙の青酸加里の方を置き捨てて部屋を出た。勿論、別に小量の青酸加里を取り分けていたことは考えられる。ルミが、残してきた青酸加里をBワン剤と思って飲んでも、殺人という目的は達するわけです。しかし入れ違いに千木仙吉氏がルミをたずねてきた。千木氏がルミから受け取った紙包みの缶が青酸加里であったのはそれで説明がつくでしょう。もし千木氏も共にそれを飲めば、犯人は期せずして二人への遺恨を晴らしえたわけです。被害者ルミは、連続した二人の訪問客を持って、二時前から以後は外出する暇のなかったことは、女中のチヅの証言でも確かであるから、薬屋へ二時に現われた、ルミに似た婦人のことは考慮の外に置かれていいのです。同一時間に一人の人間が二つの違った場所に存在することはあり得ないし、薬屋は当家の令嬢とは明確には言わなかった。新店で顔見知りも少なく、ただ当家のルミらしいと言ったに過ぎません。

犯人は、残してきた青酸加里の結果を不安に思って、一度四時にルミの部屋へ立ち戻ったのです。これは浜圭子氏が、『山根八生氏がその頃、煙草を買いに中座した』という言葉の通りです。そして、今一人の目撃者は、その時間にルミを訪ねようとして、驚いて階下へ下りた一色千咲氏です。一色千咲氏は、千木仙吉氏の後ろ姿を見たと言われたが、千木仙吉氏と山根八生氏とは同じ服装をしておられるから、この見間違いは許されていいでしょう。

犯人が、ルミを殺害する最後のチャンスは、あのお茶の時をおいて他になかった。というのは、園氏の出現はこの犯行をくらますのにまたとない機会だったのです。第三者の批判者の目のあることによって、この犯罪が千木仙吉氏によって行われたと錯覚させることが可能となったわけです。おそらく犯人は、一色千咲氏のハンドバッグから青酸加里が現われ、それが千木氏の与えたものと分った時には、心中、快哉を叫んだことでしょう。夜中の事件も、犯人のためには喜ばしい出来事だったに違いありません。

犯人は、コーヒーに青酸加里を投入するのに、ほんの見えない一瞬を利用したのです。ルミが手洗いから部屋に戻った時、みなさんの眼が瞬間その方へそそがれた。犯人はBワン剤をのむ仕ぐさと同時に、その時、一つまみの青酸加里をルミのコーヒーに落したのです。

残念ながら、わたしは、容疑者として、山根八生氏を逮捕しなければなりません」

山根八生は、話の進むにつれて蒼白となり、果ては異様なおののきを露骨に見せていたが、警部の話が終ると同時に、がくりとうなだれて、すすり泣きを始めた。

警部の手が山根の肩に静かにかかった時、彼は突然、かすれるほどに声をふりしぼって叫んだ。

「そうです。お茶の時に僕が薬を入れて殺したのです。僕は、僕はルミの死を見とった後で、僕も一緒に死ぬつもりでした。そして僕はあの薬を、同じ薬を飲んだのです。だが、僕はこの通り死ななかった。僕はルミを殺したのでしょうか」

三の章

一座がかたずをのんで山根八生を見つめていた中で、彼の気持をもっとも悲痛に感じとったのは園牧雄であると言えよう。

「山根君」と園は静かに言った。「君は自白した通り、警部さんの言われたような方法で、簡単にルミのコーヒーへ薬を投入した。殺意を抱いていたことも明らかです。君は一緒に、自殺するつもりで同じ薬を飲んだ。だが、どうしてそれが同じ青酸加里であったという証拠がありましょう。ルミは死んだのに、現に君は生きている。君は犯罪を計画し、それを実行し、しかも、自分の死という結果の蹉跌に驚いた。君が自分でその疑問を解決しない限りは、君はいつまでも割り切れない気持に苦しまなくてはならないのです。それを、わたしが証明してあげましょう。君は、犯罪者であろうとしながら、犯人ではあり得なかったのですよ。

警部さん、わたしの意見を述べさせて頂けましょうか」これは、園の英文学教室におけるゼミナールに似ていた。彼は漸くイギリス風紳士の面影をとり戻した。

「この犯罪が単独に単純に行われたと言われる警部さんの御意見にはわたしも賛成です。しかし今朝まで、わたしには解けなかった二つの疑問があった。一つは、昨夜二時間おくれていた時計が、何故今朝は正確であったのかということ。今一つは、昨日の午後二時に、薬屋へあらわれたルミに似た女が誰であったかということです。一見、まるで無関係に思われるこの二つの事実が、実は一つの基点から出発していることに気づいたのは、今朝のラジオの時報によってなのです。わたしは、いや、この中の警部さんを除いた今一人を他にして、すべてここにいる連中が気がつかなかったのですが、事件にばかり気を奪われて、全く愚かしい盲点があった。わたしは、ルミの置時計が、正確すぎる位正確だと申上げました。そうです、昨日のあの置時計は、あるいは日本で一番正確だったかもしれません。逆に言えば、日本中の時計が、標準よりも一っせいに一時間進んでいた。つまり昨日、昭和二十五年九月九日は、夏時間の最後の日だったのです。

警部さんは当然のこととして疑われなかったが、われわれの仲間で、これを知っていて利用しようとした人物があった。千木仙吉君です」

千木仙吉は今にも園に飛びかからん許りに立ち上った。警部が素早くその肩を押えた。

「殺気立つのは早いですよ、千木君。わたしはまだ君を犯人とは言っていない」園がつづけた。「一色千咲さんを部屋に送って、千木君はわざわざその時計を手にとって見せた。時間を教えるだけなら時計を取り上げる必要はなかったはずです。千木君はその時計を一時間戻した。ところがその時計は既に標準時間であったわけで、わたしの時計が二時二分であった時、その時計が一時二分であったのを更に十二時二分にしてしまったわけです。何故でしょう。千木君は、昨日の午後、ルミの部屋を出ようとして扉を少しあけたところを、ルミに呼ばれて缶を受取り、その開いたすき間から一色千咲さんに姿を見られた。これは誰かに見られたことを千木君は足音でも知っていたはずです。しかし、誰に見られたかは知らなかったかもしれない。玄関から入ったようにして広間へ来ると、一色さんがいたので、はっと驚いたことでしょう。今更、隠し立てをして、かえって結果をまずくすることを考え、この缶はルミに貰ったと、自分の方からルミと一緒にいたことを白状した。いわば先手を打ったわけで、毒をもって毒を制したのは、勝気な一色さんには効果があった。痴話喧嘩にならないうちに、その場の事は納さまったのですが、もしこの時、広間にいたのが一色さんでなかったら、千木君は何も缶など持ち出す必要はなかったでしょう。ルミが半裸でいたのは、夜の衣裳に着替えるためであったと言っておく方が、千木君の名誉のためにいいでしょうし、千木君がルミの部屋を早く出たかったので、缶をそのまま貰ってきたというのも事実でしょう。一色さんは、ルミの部屋をのぞいたのが四時だと言ったために、千木君は一時間ほど散歩をしてきたと言った。この一時間の空白と、夏時間の観念が二時間という開きを見せ、時計をもう一時間おくらせる必要があると錯覚した。千木君は、時計をもう一時間遅らせる必要があると錯覚した。そして一時間おくらせた。しかし直ぐあとになって、その必要のなかったことに気づいたわけです。必要がなかったばかりではない、それが恐ろしい失敗であることに気づいたでしょう。

一色千咲さんの悲鳴が聞えた時、千木君が真っ先きに部屋へ入ると、その部屋には一色千咲さん以外には誰もいなかった」

「そうです。誰もいませんでした」千木仙吉はほっとした風に答えた。

「君のほかにはね」と園が鋭く言いつづけた。「壁に写った影を、警部さんは時計の影と言われましたが、夏の月はあの時間ではまだ中天にあるはずで、小簞笥に置かれた時計の影は、下へ落ちて床に射すことはあっても、窓と時計と壁とを一直線に横に射すことはありません。やはり誰かがいたのです。

千木君は時計の針を一時間もとへ戻す必要があった。小用に立つと見せて、手洗いの水をひねるなり、水音を残したまま一色千咲さんのいる部屋へかけ上った。扉には鍵はかかっていないのを知っている。時計を取り上げて針をもとへ戻した時、一色さんの悲鳴が上った。一色さんはその影を自分に危害を加えるものと考えたのは当然でしょう。千木君はあわてて小簞笥によろめき、壁ぎわへ時計をおっぽり出し、ドアから出ようとした。しかしその時には、われわれが階段へ到着していたから、千木君は出ようとしている姿勢を、中へ入ろうとする姿勢に変えて、われわれに——早く早く——と言いかけたのです。

そこで、その置時計が、夜、千木君が針を動かす以前に、既に一時間おくれていて、夏時間でなくなっていたためには、千木君より先に、その針を動かした人がなければならなかった。わたしが、千木君以外のもう一つの指紋といったのはそのためで、その指紋こそ犯人と言ってよかったのです。なぜなら、あらかじめ一日早く標準時に合わせアリバイを作ると同時に、巧みに自己の犯罪を他に転嫁しようとした人物だからです。

ところが、時計の指紋は千木君以外にはなかった。とすると、この犯罪は発端と同時に結論が出ていたことになる。残っている指紋は被害者ルミのそればかりでしたが、わたしは決してルミの指紋を除いてとは申さなかった。千木君以外の指紋と言えばルミのそれであり、昨日一時間おくらせていたのは言うまでもなくルミであり、被害者ルミは、山根八生君を殺ろして犯罪を千木君になすりつけようと計画し、しかも、自分で自分を殺した犯人であったのです。しかし絶対に自殺ではありませんでした。午後二時に薬屋へ姿を見せた女がルミであったことはそれで可能になるし、浜圭子さんが二時と言った時間、千木君が三時と言った時間は、いずれもルミの時計にもとづいているから、事実、昨日の時間では、三時と四時でなければならなかったのです。浜圭子さんが、山根君と一緒にいて約束の五時までに意外に時間が早く経ったと思われたのは、二時間以上もあると思われたのが、実は一時間半もなかったからです」

啞然としたのは警部ばかりではない。山根も千木も一色も浜も、言い合わせたように痴呆さながらの表情だった。園は冷静に、しかし情熱的に言葉をつづけた。それは情理兼ね備った講義にふさわしい調子である。

「それではこの事件を、わたしの推理に従って始めから組立ててみましょう。その上でルミが山根君を殺害しようとした方法、及び失敗した理由を説明することに致しましょう。

チヅさんがルミの部屋の掃除を終えた時、お昼のサイレンが鳴った。ルミはゼンマイを巻いたそうですが、この時、犯行の第一の捨て石が置かれたのです。ルミは時計を一時間おくらせたのです。チヅが買物に外出した時、ルミはつづいて外出し、薬局でBワン剤を買った。買って、家に帰るまでは十五分もあればいいのです。その後ちチヅは帰ってきて、ルミと山根君との口論を聞いた。浜圭子さんはその時間を二時といったが、実は三時だった。ここで大事なことは、口論中のルミの言葉です。——こんな薬でいつもいつも私をおどかそうたって駄目よ——と言っています。——私だって覚悟はある——と言うからには、殺すか殺されるかというほど、山根君との恋の破綻は両方に違った意味で深刻であったのでしょう。山根君は、つづいて自殺しようとしたほどですからね。ルミは山根君がBワン剤の缶に青酸加里を入れていることを前から知っていたのは明らかで、問題はその缶と、自分が買ってきた缶とをすり代えることにあったのです。これは山根君の知らないうちに行われました。ルミは——こんな薬で——と言っている。山根君の缶をルミが手にとっていたと考えてよく、もし山根君の手にあったままならば、——そんな薬で——と言わなければならないはずです。山根君がすり代えられた缶を、つまりBワン剤を残り少なに残してある缶を、青酸加里と信じて持ち去ったあとで、ルミは山根君の缶から小量の青酸加里を別に取っておいた。その缶はつづいてルミを訪れた千木君に手渡された。包み紙をつけてあったのは、自己のアリバイを作るためであり、その缶を千木君に渡したのは、犯罪を千木君に転嫁する可能性を考えていたからです。これは見事に成功しました。

さて、ルミが山根君を殺害するのに夜のお茶の時を選んだのは、逆に山根君がルミを殺そうとしてこの時を利用したのと同じ心理が働いていたと考えていいでしょう。この心理は警部さんの説明で充分です。千木君は、ルミにも山根君にも利用される立場にいたわけで、しかもその上、あとあとも全く愚かしい役割りまでも演じてしまったのです。

では、昨夜のお茶のテーブルを考えて頂きましょう。わたしが席について、みんなの位置が決まった時、ルミは立って台所へ行き、直ぐにお盆を抱えてチヅと並んで広間へ来た。ルミはチヅの右肩により添い、向って右の端のコーヒーに一つまみの青酸加里を入れた。チヅは小柄だから、これは困難ではなかった。――八生さんから廻しておあげ――と言ったのは、チヅは勿論左利きではないのですから、右端の最初のコップが山根君へ置かれる当然の計算だったでしょう。彼女はこの計算を疑わずに化粧室へ行った。しかし、ルミは全く愚かしい誤算をしていたことに気づかなかった。チヅはその時、重い不安定なお盆を右腕で抱えていたのです。従って、チヅの空いているのは左手で、彼女は左端のコップを第一に山根君へ置き、左へ廻って、順々に不器用な手つきでコーヒーとお菓子を配った。最初に山根君へ与えられるはずのコップが、最後のルミの席に置かれたのです。それには言うまでもなく青酸加里が入っていた。

ルミが化粧室から広間へ戻った時、山根君は、そのルミのコーヒーに更にBワン剤を入れた。これは、山根君は青酸加里だと信じていたが、ただのBワン剤に過ぎなかったことはお分りでしょう。山根君が自殺しようとして飲んだのも、Bワン剤に他なりません。山根君は死ななかった、というより、死ぬ必要がなかったのでしょう。

ルミは自分の前にあるコーヒーを飲む時にちょっと躊躇していました。この時ほどルミは、生死を賭けた苦悩を経験したことはなかったでしょう。この苦行が、彼女の罪障をつぐなう救いともなれば幸いです」

その日の昼過ぎ、今は晴れやかな、山根、千木、一色、浜の四人の若人たちに見送られて、園は予定の通り、「はと」で大阪を発った。神津恭介が西下するとすれば、園とは東海道線のどこかですれ違うであろう。そして恐らく神津は甲子園であの四人に歓待されるに違いないであろう。

〔附記〕園の研究室へ神津恭介からの簡単な便りがあった。さすがは神津恭介で、彼は西下しなかった。そしてその手紙には、園牧雄が正しい解決をすることを信じて疑わない旨がしたためられてあった。

ヴィナスの丘

花は崩れて

すり抜けて、ふり返った女に見覚えがあった。顔ではない。あの身体、あの下腹部の曲線だ。あれはミロのヴィナスか。馬鹿な。尻の美しい、殺された俺の女房だ、「美しい尻のアフロディテ!」——柔かい、踊り子の身体のこなしで、左手を肩に折り曲げ、ふり返った顔に、衣をからげて裾もあらわに、われとわが美しい腰を、腹を、脚を誇るアフロディテ。ナポリの国立美術館だね。シュラクサイの村娘。小道に立って、通りすがりの若者に美しい肌を見せた。男は思いあまって旅路に病み、その身を案じて追ってきた弟も、女の妹の肌に我を忘れたという。果ては目出度く結ばれたそうな。美の女神はとんだ罪つくりだ。はて、死んだ女房に妹があったかな。

キャバレーの安酒が、余興のストリッパーをヴィナスに見立てさせるとは恐ろしい魔術だ。目を据えると、くだんの女は客席をくねくね縫って、声もとどかぬほどに遠くにいた。

「ほくろが無いね」

連れの男が言った。こいつ、この頃、どうしてこう俺に寄りつくんだろう。三文絵かきの俺には、流行の小説家、探偵作家の御先生。とんと、なじめぬ。それにしても、どうして女房の尻に、ほくろのあったことを知っているのか。

「いらんお世話だよ」

俺は横に腰かけている神山明夫へ、無愛想に言い捨てた。ここへ誘いこんだのもこの男だ。

狭い舞台、といっても床より五寸ほど高いプラットフォームに過ぎないが、小人数のバンドが楽器にとりまかれて浮かれている。薄暗い場内の湿っぽい空気が、赤く青く黄に変って、裸踊りの女たちが十人ばかり、客席巡りを終えて、今しがた、舞台に勢揃いしたばかりで、さっと風になびく風情よろしく、折り崩れたかと思うと、一幕の終りとなった。

さきほどから、ビールを舐めるように飲んでいた神山が、顔かたちに似合わぬ無雑作な服装で、これもまた無雑作に、

「僕は帰るとしよう」

と、落ち着いた声で、はっきり言った。芝居の科白《せりふ》だよ、こいつは言うこと、為《な》すこと、全く意識的だ。たまらん。本性を出してみろ、一っぺん。中学からそうだった。そういえば古いなじみだ。女房が締め殺されたと聞いてやって来た。友情の復活か、屍体のとりもつ縁とは奇妙だよ。さっさと帰って行ったな。

「ゆっくりしてらっしゃいよ」

女給はお世辞がいい。ほっとけ、ほっとけ。どうせチップの額はきまっているんだ。一人千円で、しめて二千円、お札が二枚、俺のポケットにある。ここへ入る時に、神山があずけてよこした金が。ビールが一本、ウイスキーが……はて、何杯だったか。足りるかな。いいさおつりがあれば呉れてやる。それがチップというものさ。何んという名だろう。今まで見たこともない女だ。

「君の名前は」

「聞いたって、直ぐ忘れるんでしょ」

「あまりお目にかからないと思ってね」

「冗談でしょう。わたし、ここでは古いのよ。あんたたちがお初でしょ」

その通り。来たくても来られないのさ。俺は貧乏画伯だ。しかし高邁《こうまい》なる芸術家だ。昔はね。

「ところでね。あのストリップ女史。ありゃ何んという女だ」

俺は未練があった。このままでは立ち去れない。女給がずっと身体を寄せて、甘えるように唇の端で笑った。俺の膝の上を這うこの女の手は、俺の何をさぐるつもりか。止してもらいたいね。お前には興味がない。カラス女め。やせっぽちで、その頬骨は不潔だね。きっと肝心のところもかび臭いんだろう……へへ。三十女。表で見たら四十女か。死んだ女房は三十三だったよ。やっぱり女給はしてたがね。それともこの手は、俺の心をさぐるのか。

「御執心？　あの踊り子に」

「思いが残ってるんだ」

「代ってあげてもいいのよ」

「頼む、代ってくれ」

あたりの奴らが驚いて俺の方を見た。声の大きいのは地声なんだ。妙なる音楽よ。下手なバンドの邪魔をして

すまなかったね。

女給が事務員のような足どりで、どこかへ消えた。事務所だよ、こいつは、人間市場の取引所。あのダンスをしている連中を見ろ。着物が邪魔なそうな。御もっとも、御もっとも。

それにしても、あのストリッパーは果して来るのか。いやに待たせるな。闇をくぐって、赤いドレスに赤いバラ、あれだ。ダンスの連中の間を泳いで来る。おや、消え失せたぞ。びっくりした。赤いライトの所為《せい》だ。俺は絵かきだ。それ位のことは分る。酔っぱらっていても分る。

女は俺の傍で微笑んでいた。

「あなた、呼んで下さったのは?」

「掛けてくれ、話がしたい」

俺は手を、いや腰をかかえてひき寄せた。

「いい御機嫌ね」

「君に姉さんがあるかい」

「なんのこと藪《やぶ》から棒に」

「いや、あるまい。お前だ。俺の女房だ」

掌《たなごころ》に伝わる女の肌の感触が、俺の記憶をかき立てた。

女房は何故死んだのか、細ひもで絞められ、全裸のあられもない姿で何故殺されたのか、俺の画室の、あのがたがたのソファで。

あのソファは、女房が始めて俺の前で裸になったやつだ。俺が手に入れた陶酔のモデル。俺の芸術は、あの時から光輝を加えた。そしてあの時から、俺の人間が崩れた。五十号の油絵が完成しようとした日、俺は迷った。描《か》くべきか。描かずにおこうか。あのホクロ。アフロディテの尻のホクロ。そうだ、俺の心臓を焼きつぶしたホクロがあった。

「見せてくれ」

ドレスの裾をたぐった俺の手が、すっとクッションをかすめて薄墨の空に流れた。女は素早く身を引いて、嘲けるように、誘うように微笑んだ。

「オードゥーブルは沢山だわ。十二時に数寄屋橋で待ってて頂戴。お約束の印よ」

俺の手に握らされたのは小さな金属。鍵だ。憑かれたように、俺はふらふらと立ち上った。十二時といえば間もあるまい。ショーもあと一幕で看板というところか。

未完の演技

どこをどう歩いたか、数寄屋橋で十二時。時計台の方で時刻を合わせたように、果して女が現われた。

「やって頂戴」

これも言い合わせたように、五〇年型の車が音もなく止って、音もなく走り出した。俺と女を吸いこんだ車が夢のように浮きながら走った。女の髪が俺の肩に、首筋にそよいで、顔の白さが朧《おぼ》ろに溶けるようだ。運転手の背は、彫像さながらに無感動だった。

どことも知れぬ、貧乏絵かきにはとんと見当もつかぬ。壮大な建物の前で、俺は引き降ろされた。まさしく引き降ろされたといっていい。俺の頭も魂も、全く藻抜けのから同然だった。女の魔法にうつつを抜かした体たらくで、はて俺は何を覚えていたろう。長い廊下、重たいドア、目もくらむほどな輝しい明り。波に乗ったかと錯覚した柔かなベッド。七月の夜空に、締めきったこのホテルの一室で、女はますます落ち着くばかりだ。

女は決して明りを消さなかった。脇腹のボタンが弾じけたように外れて女は片肩を下げると、ドレスが藤の花の流れ落ちるように片より手指が微妙な弧を描きながら下着もろとも女体の蔽いをとり捨てた。

ブラジャーが落ち、象牙のふとももにズロースの縁飾りが揺れ、一瞬女の片足が、こまかく動くと見る間に、今にも天翔ける美神の裸像と化した。優麗の髪の波、円熟した肉体、豊満な乳房、しなやかな姿態、あでやかな口、官能の熱度が、俺のとろけた脳髄をかけ巡った。

「お好みなら、お酒もあるのよ」

女は恥じらいもなく、食器棚からウイスキーの角罎をとり出した。

「いらん」

それだけ言うのがやっとだった。

「お飲みなさい」

俺の意識とは別の手が、女の差し出した杯《さかずき》を受けとり、女の注いだ酒を受けた。飲んだ、一口に。しびれるような官能の刺戟だ。俺は獲物にとびかかる獣さながらに、力をこめて女を抱きかかえた。何んとしたことか。女に抵抗がなかった。力の余った二つの体が、もろくも床に転げて、時ならぬ雪崩《なだ》れが茶色の床に花を開いた。

俺は腕をゆるめなかった。俺の手が、女の背《せな》を廻り、腰を下がり、滑めらかな曲線を伝い、汚辱の饗宴の淵をさまよった。森繁きヴィナスの丘。だが女は、それ以上を許さなかった。俺は見たい。あのホクロを。あるかないか。あればこの女の運命は凶だ。

突然、俺の夢想が、得体の知れない靄《もや》に沈んだ。脳髄に鉛色の液体がにじみ、鉄板が視覚をよぎって、女を抱いた腕の感覚が中断した。そして俺は昏睡に陥ちた。

画帖秘図

「覚めたかね」

どこかで聞いた。沈みきった男の声だ。俺はさっきから眼を開いていた。俺の眼か。俺は切れ切れの意識を集めようとしていた。朝日を受けて光る白い壁。清潔なベッド。古風なテイブルと椅子。それとは不似合いに、大きく開いた近代的な窓。俺は室内を、頭を動かさずに、眼の届くところを探った。オランダ風の食器棚。角罎。あれだ。覚えている。それにしても、ここはどこだ。

「覚めたかね」

俺はその声に、反射的に身体を起した。

「どこだ、ここは」

「驚かなくてもいい。心配はいらない」

俺は声の方を振り向いた。開け放した隣りの部屋で、大きなデスクを背にして笑っている男がいる。

「よく眠っていたよ。寝言も言わなかった」

「君は、君は神山……」

「そうだ。御覧の通りの神山明夫さ。ここは僕の仕事部屋でね。徹夜で一仕事すませたところだ。気が向いたら、お茶でも入れようかね」

神山は気軽に立ち上った。

「ボーイを呼ばない方がいいだろう。僕が自分で支度をしてやるよ。いつも仕事中は、自分ですることにしているんだ」

神山は電気のスイッチを入れた。

「言ってくれ。どうしたというのだ、俺は」

「いそがなくてもいい。お茶をのみながら、ゆっくり話そうじゃないか」

俺はとりつくしまもなかった。何をどう話そうというのか。朝の芳《かぐ》わしい空気が、俺をいくらか大胆にした。俺はベッドから出ると、予定された客人でもあるかのように、悠然とテイブルに腰を据えた。神山が神妙な手つきでコーヒーを運んできた。

「僕は甘い方がいい。疲れているんでね。君は濃い方がいいだろう。目覚ましになる」

「ブラックだ」

誘導訊問にひっかかったように俺は答えた。

「神山君」

一口のコーヒーが俺の濁った血を洗い流した。

「あれは……」

「女のことかい」

神山は植物のことを話すような調子で言った。

「見ていたのか」

俺は危く椅子から身体をずり落すところだった。

「とんでもない。だが知っているよ。僕が書いた筋書きだもの」

「……」

「君はウイスキーを飲んでくれた。あれだがね」

彼はそう言って食器棚を指さした。

「あれが幕切れの拍子木だったのだ。あそこで眠ってもらう必要があったからね。ちょっと薬をまぜておいたまでだ」

「なんの必要があってだ」

俺は自分の激昂をさとられないように、ぐっとコーヒーを飲み干した。

「だって、僕は独り者だからね。君も奥さんを亡くして興奮しているからね」

「馬鹿な。あれはあの女相当の死に方だ。淫婦の報いだ」

「むごい締め方だったな。細ひもで。よほど力をこめて締めたに違いない」

「俺の留守に、情夫にやられたというわけか。その男の顔が見たいよ。祝福してやるためだ」

神山が悲痛な顔をした。俺を憐れんでか。女房を憐れんでか。それとも情夫を憐れんでか。

「君は三日ほど旅行していたと言ったね」

「時々写生の用があるんだ」

「帰ってきたら、奥さんが殺されていた」

「直ぐに警察へ知らせてやった。夕刊に出ていた通りだ」

「家の鍵は、奥さんと君と、二つあったわけだね」

「仕事でも始めれば、別々の生活だったんだ。旅行から帰ってきたら鍵がかかっていて、女房は留守かと思った。入ってみたら、あの仕末さ」

「すると、死んだ奥さんが、戸じまりをしたことになる」

「淫婦のことだ。合い鍵をこさえて情夫にやっていたのさ」

俺はにが笑いをした。とんだ十字軍騎士の泣き事だ。

「ところがね」神山は窓を見やりながら、無表情に言った。「屍体を調べたら、死後三日経っていた。つまり君が出かけた日に殺されたことになる」

「そうかもしれん」

「どこへ出かけていたのかい?」

「なに、どことといって、足の向くまま、気の向くままだったよ」

本当にそうだった。強羅《ごうら》から箱根を越え、伊豆山へ出て、熱海へ出て……あの女房との新婚旅行の路をくり返しただけだ。これといってとり上げて話すこともない平凡なコース。女房の魂に案内されて歩いたわけか。

「それで仕事がはかどったかい」

「ああ、おかげでね。スケッチだけはうんとしてきた」

そうだ、道々で、宿々の縁側で、俺はあれほど書きなぐったことはない。画帖がすっかり埋まったほどだ。

「そうだろう」神山が事もなげに合い槌を打った。「見せてもらったよ。こっそりと。君の旅装の中からあの画帖を見つけてね」

「見たのか、あれを」

ホクロの告白

青天の霹靂《へきれき》とはこの事だった。おそらく俺は、人けもない位に蒼ざめたに違いない。神山を打ち殺さなかったのが、もっけの幸いだ。あいつのためにも、俺のためにも。

ああ、俺は何んとして呪われた男だ。俺は走った。狂人のように走った。あの画帖を二度と見られてなるものか。

通りへ出て、盲滅法、俺は走った。見覚えのある街。国電のガードをくぐり、小橋を渡り、長い坂をかけ登り、邸宅の並んだ広々とした庭園の周囲をいくつも廻り、俺は俺の小屋に着いた。玄関もあるかなしかのアトリエには、画架と散らばったカンヴァスとあのソファー。女房が裸で死んでいたやつ。何んという因果だ。俺の傑作「アフロディテの尻」のポーズと、寸分違わぬポーズで死んでいた女房。ホクロを見せて……。

ホクロ、ホクロだ。古ぼけたソファーの上に浮んだホクロ。いや、あれはホクロではない。断んじて。明らかに、小刀で傷をつけ、絵具を塗りこんだ、画家の入れ墨だ。

誰が何んのために、あの傷を刻んだのか。奴の情夫、女房の純潔を最初に奪った男。あの曲線の美しい、象牙の尻に、何を描こうとしたのか。冒瀆。美の神を畏れぬ不逞の画家。絵かき仲間の風上にも置けぬ奴。俺に貞淑だった女房は、その初恋の絵かきの秘密は語らなかった。俺は嫉妬したのか。そうだ、嫉妬に違いない。美しい女の肌に、美しい曲線のカンヴァスに、最初の絵筆をふるった男が羨ましい。俺は女房に、何度そいつの名を言わせようとしたことか。

俺の画帖。美の秘密を描きこめた、俺の画帖はどこにある？　俺はあれから手をつけなかった旅装の鞄を開いてみた。小さな画帖が、一番上に載っていた。神山がこれを見た。誰かに見られたからには、もはや画帖などでは意味をなさぬ。俺も描こう、女体の滑らかな肌の、美しい曲線をカンヴァスに。誰に見せてもならぬ。誰に見られてもならぬ。俺だけが鑑賞し、俺だけが陶酔出来る至高の芸術を描き残すのだ。誰に。言うな。あの女、昨夜、俺の目前で乱舞した、あの女の肌をだ。

第二の計画

神山明夫は驚かなった。男が驚愕して立ち上っても、扉を蹴立てて逃げ失せても、彼は静かにコーヒーを啜っていた。

彼は昨夜、あの男、旧友の画家を誘って銀座のキャバレーに行った。女に頼んで自室の鍵を彼に手渡すようにした。それから彼をこの部屋に連れこむことに成功した。それればかりではない。彼が白羽の矢を立てた、あのストリッパーは、まさに彼の思わく通りの仕事をやり遂げてくれた。だが、仕事はもう一つ残っている。しかも甚だ危険な仕事が。

神山はやがて電話器をとり上げた。

「五〇五号室」と彼は言った。

内線は直ぐに相手を呼び出したとみえて、この時彼は始めて微笑した。

「こちらは三〇三号室。直ぐに来て下さい」

待つほどもなく、ほんの一服のタバコを半分も吸わないうちに、ドアをノックする音が聞えた。神山はつと立って扉を開けると、昨夜の女が、同じ衣裳で入ってきた。

「やあ、御苦労。眠いだろうと思って遠慮していたけれど、やっぱり後は早い方がいいと思うんでね」

「いいわ、やってみるわ」

「すまないけれど頼む。行きちがいになると、ちょっと面倒かもしれない。なるだけ、あの男のアトリエを使いたい。それに、行方でも分らなくなったら、当分は手のつけようが無くなるんだ」

「逢ってからのことは、向う委《まか》せでいいのね」

女は椅子に浅く坐って化粧を直した。

「いいことはいいのだが……少しばかり危い目をするかもしれないよ」

「承知、先生のことだもの」

「でも、いざという時には僕が飛び出してあげる」

神山は女の仕度が出来上るのを待って腕をかした。

ロビーはいつになく立てこんでいて、それがかえって人目を避けるのに都合がよかった。ここで邪魔が入っては、昨夜の苦心が水の泡になる恐れがある。奴つの興奮がさめないうちに、片をつける必要があった。


車を、相手のアトリエが見えるところで乗り捨ててから、神山は女を待たせたまま、そっとその家に近づいて行った。荒れ果てた垣根を通して、ガラスの破れからアトリエの一部が見える。それはほんの一部であったが、中に動く人影が、この画室の主人であることは疑いなかった。

神山は女を入れてから、自分も飛びこむ場所を考えておかねばならなかった。十坪に足りない小屋を中からは見られないように一廻りしてみた。どこにも格好の場所は見当らない。これでは、鍵をかけられれば、北のガラスを打ち破ってでも入る他にはなかった。ところが、幸いなことに、たてつけの悪い玄関のドアが、少しばかり開いていた。これは何より好都合だった。女より先に忍びこんでおけば適当なところに身をひそめて、一部始終を見届けることも出来よう。

神山は、思いきって、女の方へ合図の手を振った。

底のない奈落

俺は自分の衝動を圧えることが出来なくなった。なんとしても描かねばならぬ。これからあの女を探すのだ。俺は画帖を二つに折って、ポケットにねじこんだ。キャバレー・プランタン。店の名を覚えていてよかった。風が出たのかな。ドアが擦れるような音だ。おや、これは何んだ。皺くちゃの千円札が二枚。昨夜《ゆうべ》、神山が呉れたやつだ。いい口実が出来た。真昼のキャバレーに、のこのこ顔を出して、女の住み家をたずねる手だてがある。

「昨夜はどうも。勘定のことで、女に迷惑をかけたに違いないですな。返えしてやらなくちゃ。どこの女か、教えてくれませんか」キャバレーの事務所でそう言えばいい。女の名。知るもんか。あのカラス婆が知っていよう。

俺は出かける。ドアに手をかけて、どんと押し開いた途端、俺は呆然と突っ立った。いや、立ちすくんだ。よりかかるぼろ壁がなかったら、俺はへたへたと坐りこんだろう。いた。女が立っていた。昨夜と同じ、真赤なドレスに真赤なバラ飾りをつけて、求める女が今ここに俺の目の前に出現したのだ。白昼夢とはこのことか。

「驚いて?」

女はにこやかに笑った。初夏の白熱する太陽に、したたるばかりの緑を背景にして、情炎の真紅の衣裳をつけた、象牙の女。これだ、これだ。俺の傑作「アフロディテの尻」。このカンヴァスに、俺は傑作の上に、今一つの傑作を描き刻み上げるのだ。

「入ってくれ」

俺は哀願するようにうめいた。女の一足が俺の一足を引かせて、女が俺を押し戻すのか、俺が女をひき入れるのか。俺は身をひるがえしてとっさに、ドアの鍵をかけた。

女は物馴れた様子で、画室の中央へ歩いた。俺は鼠色の画室で、五十号のカンヴァスを表に向けた。「アフロディテの尻」。女房の腰だ。俺は描いておいた。あのホクロ、恋の名残りの彫刻。二度と見まいと思った。この傷が鋭い刀となって俺の心臓を貫いた。背筋を氷が走った。

女は冷ややかに俺の傑作を見つめていた。

「ゆうべのつぐないよ」

視線を変えずに、絵を見つめたまま、女はさらりと真紅の衣裳を剝いだ。ぼろぼろの長椅子に、女は同じポーズをとった。うなじが豊かな髪を漂わせて肩の線に流れてふくらみ、胸の隆起、腰の凹《くぼ》み、美しい波と揺れ、滑らかに脚につながる尻の曲線。俺の目は、はたと止まった。無い。汚点のない美神の肌。傷のないカンヴァス。俺の目が血走った。しびれた全身の血が奔放に逆流した。俺は震える手に、無意識に、パレットナイフを握りしめた。俺は悪鬼に堕すともいとわない。三文絵かき。堕落した芸術の無朽不滅の美を見せてやる。

女は明らかにおびえていた。脱《の》がれようとて、裸では逃げられまい。女は片ひじに全身の力をこめ、身を起そうとする隙をねらって、俺は女の腰をいだき圧えた。

「殺しはしない」

俺は低くつぶやいた。女は無言で抵抗した。無言で。

「悪魔!」

こだまのように、女も低い声で喘いだ。俺はこれほどな憎悪の眼を見たことがない。憎悪の肌に、俺はナイフをふるって何を彫《きざ》もうとするのか。自ら進んで、美神の肌かカンヴァスに、最初の情夫に捧げた女房には、何んという相違だ。抵抗するならしてみろ。その憤怒の血で、俺の傑作は一層の輝しさを増すだろう。

女の反抗が意外に強烈だった。俺はナイフを捨てた。そしてその手が傍らの細びきに触れた。俺は前後の思慮もなく、それを女の首に巻いた。恐怖の女。うねった腰の筋肉が、精妙巧緻な線を走らせて、ああ、これは、あの時の女房の苦悶の美学とそっくりだ。

その瞬間、俺はしたたか床に投げつけられた。いつの間に、どうして侵入したか。

「神山、お前は」

俺はそのまま起き上る気力を失った。激しい興奮に燃焼しつくした体力では、この打撃の前に立ち上ることとてかなわぬ。

「君は、同じ演技を二度くり返したよ」神山が勝ち誇ったように言った。「一度は君の妻君に、一度はこの女にだ」

知っていたのか。だが、それがどうしたというのだ。俺は後悔をしていない。決してするものか。俺は後悔するに耐えないのだ。

「可哀そうに。君の妻君は、君のあらぬ妄想の犠牲になったのだよ。情夫と言ったね。その情夫は、君の頭の中に住んでいた。あるいは君自身であったかもしれない。

僕はあの犯罪を直ぐさま読みとった。ただその証拠が無かった。しかし、僕はすぐに見つけたよ。あの画帖の中に」

俺は無意識にポケットの画帖をおさえた。それがやっとだった。

「まる三日、君は写生をして歩いた。ずい分描いたね。すっかり画帖が埋まっていたからね。しかも同じ絵で」

俺の頬を伝う冷めたいものは何んだ。失われた秘密を悼む涙だ。

「あの画帖には、風景は少しもなかった。ただの一枚もなかったよ」

俺はうなだれた頭を上げることが出来なかった。

「どれもこれも、君の傑作、アフロディテの下絵ばかりだった。その素朴な力強い曲線の中で、これもまた、その一つ一つに、何んとあのホクロ、あの美しい傷が克明に描かれていた。練り合わされた美しい絵具の傷。あれは象牙の肌に浮んだ朱玉の光りだ」

俺は自分の描いたカンヴァスの裸像に目をやった。そうだ、あの一点は、俺が精魂こめて、しかもいつまでも完成しなかった、不可思議な色と構図だった。

「君は、出発する日に、またあの絵を描いていた。妻君をモデルにしてね。あの傷のところだけが、まだ乾いていないのでも分る通りだ。君にはあれが描きつくせなかった。その傷を理解しつくせなかったからだ。おそらく妻君から、その秘密を納得ゆくまで聞き出すまでは、君はあれを完成さすことは出来なかったに違いない。だが君の妻君が何んどとなく君に話した通り、あれは単なる怪我の傷に過ぎなかったのだよ。僕はよく知っている。僕はその時のことを見て知っているのだ。ほんの子供の時に、足すべらせて痛めた傷の跡だったよ。君がそれを信じなかっただけの話でね。あの君の妻君には、姉も妹もなかったが、僕という腹違いの兄があったのだ。久々の対面が、あの無残な屍体だった」

神山は静かに言いつづけた。俺は返えす言葉もなく、まるで人事のように聞いていた。

「君はおそらく激しい嫉妬にかられたのだろう。ただそれがどんな種類の嫉妬であったかは、僕には分らない。君は屍体をそのままに出奔した。そして、アフロディテのデッサンばかりを、いや、あのホクロと見えた傷ばかりを書きつづけたのだ。

僕はあの腰の曲線の秘密を悟った。ストリッパーを選んだのも、君を近づけたのも、みんなその実証を見届けたかったからなんだ。妹の供養だと思ってくれていいよ。

警察も既に一切を知っている。僕は頼んで、逮捕を待ってもらっているんだ。僕は当局へ君を必ず自首させてみせると約束した。そうしてくれたまえ。それが何より、君の妻、僕の妹の霊魂を慰めることになるだろう。そしたら僕は、芸術家の狂的な興奮の犯罪として、きっと君の側に立って、出来るだけの弁護はしてあげられるつもりだ」

俺は、理性を失い、判断を失い、分裂した自分の魂をさえ捕えるすべがなかった。俺は床に崩折れたまま、奈落の深淵へ、底につくことなく、永久に落ちこんでいる、冷めたい喪心を感じているばかりだった。

遊園地の事件

人物

お父さん
お母さん
一郎さん（小学三年生）
愛子さん（妹・同一年生）
二郎さん（幼稚園前の子供）
バスの車掌
遊園地事務員甲
〃　　　乙
幼稚園の先生
場内アナウンス
その他

――音楽――

秘書　今日は美波探偵局長さんの家族デーなのです。ホラ、あそこに来るバスの窓に局長さんのお顔が見えてます。私は変装して、マイクを持って、後をつけることにします。

（バスの走っている音）

車掌　毎度御乗車ありがとうございました。遊園地前終点でございます。おわすれもののないように御順にお降りを願います。

（バスの止まる音、車内のざわめき。「早くよう」「おくつは?」「お母さん」「姉さん」「こっち、こっち」等々の口々に叫ぶ乗客の声。遊園地からもれてくる音楽、ひときわ高くなる）

お父さん　さあ、みんな降りたね。

お母さん　まあ大変な人。

一郎　二郎ちゃんがいないよ。

お母さん　ここにいますよ。二郎ちゃんは小さいから、お父さんお母さんとごいっしょよ。一郎さんは愛子さんとお手々をつないでね。まよい子にならないように気をつけるんですよ。

一郎｝
愛子｝ハーイ。
（突然、今一台のバスが着いて、小さな喊声が上がる）
愛子　あーら、幼稚園のえんそくだわ。二郎ちゃんみたいなこばっかり。
お母さん　可愛いこと。愛子さんだって、去年はあのくらいだったのよ。
愛子　わたし、もう小学生よ。
お父さん　そうそう、だからお利口さんなんだね。
二郎　ぼくもおりこうだよ。だから、ようちえんいくのよう。
お母さん　お利口ね、今度お正月が来たら、ぼくも幼稚園へ行きましょうね。
一郎　早く行こうよ。僕は三年生で一番大きいから、おうちの幼稚園の先生だ。先に行こう。みんな、ついておいで。
愛子　行きましょう。
二郎　まってて、おにいちゃん。
（音楽に近づく）
お父さん　さあ、今日はなんでも乗せて上げるよ。
愛子　わたしひこうき。
一郎　ぼくは、子供じどうしゃ。
二郎　ぼくもよ。
お母さん　二郎ちゃんはお母さんと乗りましょうね。
お父さん　あとで、みんなで、ウォータ・シュートに乗ろうかね。
（子供列車の警笛。軽快な音楽）
事務員　子供列車が発車します。お早くねがいます。
お母さん　さあ、三人であの汽車に乗っていらっしゃい。
お父さん　お父さんたちは、ここで見ているよ。
一郎｝
愛子｝乗りましょう、早く。二郎ちゃんもいらっしゃい。
（警笛。音楽。列車出発）
お父さん　子供たちは楽しそうだな。
お母さん　ずいぶん久しぶりですものね。ここがいいわ、木蔭で。（少し甘えて）あなた、このブランコ覚えていらっしゃる？
お父さん　（わざととぼけて）うー、何かあったかね。
お母さん　（しんみりと）頼りない方。十三年前。あなたとわたしと、……ここへ並んで坐ったわ。
お父さん　そうだったかね。
お母さん　まあ、ちっとも感激がないのね。

お父さん　子供も三人、一郎に愛子に二郎と……

お母さん　将来がたのしみだわ。

お父さん　しかしよくもまあこんなに人が集ったもんだね。子供たちとお母さんのうれしそうな顔。

お母さん　あーら、私の顔、そんなに嬉しそう？

（子供列車到着）

一郎　やあ、こんなところにいた、お父さん、お母さん、見つけたーい。

愛子　もう一度のってもいいでしょう、お母さん。

二郎　ぼくもね。

お父さん　まあまあ、そんなにいそがないで。先にずっと一廻りして、ね、それからにしよう。

お母さん　お父さんの方がせっかちだわ。

お父さん　さあ、出発、出発。

（プロペラの音。空中飛行機の回転）

一郎　お父さん、あの飛行機に乗ろうよ。

お父さん　あとであとで。もっと空いてから。

（音楽、遠くなったり近くなったり。ウォータ・シュートが滑って水に落ちる音。「ワーッ！」「キャーッ！」という乗客の声）

愛子　あら、おもしろいわ。あれなあに。

一郎　ウォータ・シュートだ。見に行こう。

お父さん　そうそう、あれはね。ホラ、お舟がレールにのって上へ昇っていくだろう。あのお舟にのって高いところからすべって来てお池の中へ、ホラホラ来た。

（ドサッ、バシャンと水の音）

愛子　ウワー、お父さん、あれにのりましょうよ。

お父さん　しばらく見てから。あとで、あとで。

一郎　つまんないなあ。なんでも「あとで、あとで」なんだもの。

お母さん　すこしは遊ばしておやりなさいよ。あなた。

お父さん　うん、あとで乗る。乗るよ。

（突然、遠くで拍手の音。ざわめきが流れてくる）

お母さん　何かしら、あそこで、何かあるんだわ。

一郎　見に行こうか。

愛子　うん、行きましょう。

お父さん　行こう、行こう。

（ワルツの曲近づく）

お母さん　野外舞踊だわ。

お父さん　やあ、いいぞ。

お母さん　あなたたち、迷い児にならないように気をつけてよ。

一郎
愛子　うん。ええ。

二郎　キャンデーかって。ネー、キャンデー、かってよう。

お母さん　いい子だから、もう少しお待ちなさい。もうじきお弁当にしますからね。

お父さん　ホホー、なかなかきれいだ。オッ、あの子は可愛い子だな。

お母さん　どの子？

お父さん　あの端の方で踊っている子さ。

（うしろの方で子供のざわめきがする。ワルツの曲に乗って）

幼稚園の先生　みなさん、お並びしましょ。さ、先生の前へならんで。おつき添の方も左側にどうぞ。

お父さん　おやおや、幼稚園が並んでお出かけか。

お母さん　大変ね、先生方も。

先生　……二十、二十一、二十二、二十三。二十三人、みなさん揃いましたね。ではみなさん、お手々をつないで、さあ、行きましょう。

（ワルツの曲、終曲に近づいて、音高くなり、割れるような拍手。舞踊が終る）

場内アナウンス　これで野外舞踊の第一部が終りました。第二部にうつります前に、ここで一時間、休憩させて頂きます。

お母さん　一郎さーん、愛子さーん。

お父さん　さあ、どっかでお休みして、お弁当にしよう。

愛子　二郎ちゃんは。

一郎　あッ、二郎ちゃんがいないよ。

お母さん　あら、さっきまでいたのに。

お父さん　二郎やー。二郎！

（みな、口々に「二郎さーん」と呼ぶ）

お母さん　どこへ行ったのかしら。

お父さん　お前の責任だよ。ぼんやりしているからだ。

お母さん　あなたが悪いんですよ。踊りにばかり見とれていて。この坂の下は――あら、深いお池。ここへ落ちたら……

お父さん　ウーム、落ちたかな。

お母さん　（泣き声になって）あーら、どうしましょう。

場内アナウンス　お知らせ申し上げます。迷い児がありまず。幼稚園位の男のお子さまです。お心当りの方は事務所までおいでを願います。

お母さん　ああよかった。

愛子　二郎ちゃん、迷い子になっちゃったのね、お母さん。
一郎　早く連れに行こうよ。
（子供の泣声）
お父さん　どうも相すみません。お手数をおかけしまして。
事務員　さ、坊や、お父さんですよ。もう泣かないで。
（子供の一層泣き出す声）
お父さん　さ、二郎ちゃん。ほら、お父さんだよ。いい子だから、泣かないで、さ、こっちへおいで。
お母さん　あら、違うわ。この子。あなた、これ、よその子よ。
愛子　ほんは、二郎ちゃんじゃないわ。
一郎　どうしたのかなあ。
お父さん　弱ったね。こりゃあどうも。
事務員　違いましたか。じゃあ、あなたたちもお子さんとおはぐれになったのですね。
お父さん　ええ、それがどうも……あそこで、ダンスを見ていまして……。
お母さん　あのーすみませんけれど、拡声器で聞いて頂けませんかしら。
事務員　ええ、いいですとも。
お父さん　可愛いいい子だから誘拐されたのかも知れないぞ。犯人は誰だ？
お母さん　まあ――あなたという人は……
（子供の泣き声高くなる）
事務員　さ、坊や。泣かないで、いい子だからね。お母さんときたの？（子供泣くばかり）お父さんと？　坊やのお名前は？　ほら、このキャラメルを食べて。
子供　あーん、あーん、先生いないよう。あーん。
一郎　おかしいね。幼稚園の子かしら。
愛子　でも、さっきの先生、ちゃんと人ずうをかぞえていらっしたわ。
――ちょっと、間――
一郎　ああ、分った。二郎ちゃんのいるところ分ったよ。
愛子　どこ？　おにいちゃん。
お母さん　どこなの、一郎さん。
お父さん　分ったぞ。アイスキャンデーの売り場だ。
一郎　違うよ、お父さん。さあ、早く行こうよ。
――音　楽――
（解答は329頁）

肌の一夜

一、地唄と死と

なに思ったか、当家の主人、美城伝兵衛氏は、年配の実業家にありがちな肥満した身体を、それでもさっと敏捷に、中食の食卓を途中に立ち上るとみると、茶の間の障子を薄目に開いて、しばらく空の一角を見つめているようであったが、ほっと救われたような笑いを洩らした。よほど、空模様が気にかかっていたのである。

降り続いていた夜来の雨が、お昼近くになって思いがけない風を交えていたのが、かえって雲を吹き切ったと見えて、どうやら薄日が射してきたようである。初冬と言うにはまだ早い十月の中頃であるものの、東京の埃っぽさより、この逗子の海岸添いの別邸の方がすがすがしい。今日は一人娘の美沙子のお祝いに十人ばかりのお客を招待してあるので、今から晴れてくれると、五時からという時間では、支度をして出かけてくる人々には出足も軽いわけである。

「よかった、よかった。せっかくの美沙子さんの踊りを見てもらわなくてはね」

座に戻った伝兵衛は先ほどとは打って変った上気嫌で娘を見やった。

「雨の方がよかったわ」

美沙子が内気に言うのを、

「何を言うんですよ、この子は。いつまでもおねんねみたいに。加山さんとの御披露もあるんですからね」

と、母の嘉津子が気づかいながらもさすがに嬉しそうに、良人《おっと》の伝兵衛と顔を見合せて微笑んだ。

親子三人、水入らずの早目のお昼で、夕刻に控えた人招きにも、事に馴れているからか、さしてあわただしい心の動きも見せないのは、長年の貫禄が身についた沈着さだった。

一人娘の美沙子と、かねてから話のあった加山佳一との婚約を披露するのに兼ねて、伝兵衛はもと上方の出身であるだけに地唄の趣味があり、師匠を招いて娘の踊りも見てもらおうという催しであった。お客には、行く行くは事業の関係もあり、その方に属する伝兵衛の知人数人と、美沙子の友だちのいくたりかが招かれていたはずである。

食後にお茶を入れかえて、いくらか濃い目のあまり熱くないのをゆっくりと飲むのが伝兵衛の習いで、手入れよく頭髪を分けているのは五十という若い年配では当然のことながら、上方風の趣味人だけに、無地かと見える細かい縞物の紺の宮古上布が身についていた。それでも趣味人にありがちな偏狭さがなく、娘美沙子の交友関係にもかなり自由な理解を持っていたのは、大学では英文学を修めたというちょっと意外な経歴のせいであったと言えよう。

妻の嘉津子も、かつての才はじけた若々しさが、今ではいくらかの勝気さに残ってはいるが、良人伝兵衛にはふさわしい長年の連れあいだった。じみ作りの明石の縞物を、ちょっと粋めいて着こなし、こうして年配の夫妻が対座しているところだけをみると、かえって赤や青の異国の原色よりも新鮮で清潔な若々しい感じだった。だから黄色い絹ポプリンのワンピースで、大きな花模様の柄を浮かせている美沙子が座に交っていても、一向に不調和な雰囲気ではなかったのである。

「お師匠さんが見えたら、打ち合せの手だけでも、お稽古しておいたらどう？」

嘉津子が案じ顔なのを、伝兵衛はむしろ面白そうで、

「なに、いいのさ。内輪の集りなんだから」

と美沙子に代ってさり気なく言い捨てた。

それでも、午後になると、美沙子はさすがに落着かない気持であった。二階一間を洋風にしつらえて、ここは美沙子の私室で、さきほどから三面鏡の前に、アームチェアに、何から手をつけるともなく席を移しているものの、今となって、彼女にもそれと分らぬ不思議な焦躁があった。加山佳一との婚約披露という事実のさせるわざには違いなかったが、このことに浮き立つような喜びを感じないのはどういうわけなのか。喜びを感じないだけではない。いよいよ事実として身近かに思いつめてみると、美沙子は地獄の環を一つ降りてゆくような、底なしのわびしさと不安さえ感じた。

美沙子は鏡にうつる、われとわが面立ちを見つめてみた。眉の中ほどで無雑作に分けた艶のいい黒髪が、まだ女になりきらない少女の面影を残し、細い白いうなじのあたりで大きくカールしていた。整った素直な眉毛、深

いかげの、明暗の濃い、澄んだ瞳、様子のいい鼻筋、小さな口、アングルの鋭い顎は、どこか理知的な冷めたさを含んでいるように思われる。しかし美沙子にはこれは全く自分の姿ではないように思われた。彼女はその映し姿が置かれている今の運命を、静かに考えてやろうとしていた。

美沙子は無意志ではなかったはずであるのに、いつの間にか、加山佳一と婚約する結果になっていたことを、今にして恐ろしいものに思った。すべては加山佳一の陥穽であったのか。不思議な魔力とも暗示ともつかぬ。父伝兵衛がパトロンになっている画家の多島太門が、父にともなく、自分にともなく引き合わせた男。大学では文学を専攻したと称して、詩論みたいなものを二つ三つ書いたのは、もともと気どりが半分で、経済的には恵まれているのを幸いに、独り身で、四五人の下手な口すぎなら出来ようというような贅沢な暮し方であるが、美沙子はそれだけに加山佳一には頼り切れない不安がある。いつとなく言いよられて、ふとした乙女の心の隙きに食い入られた感じで、美沙子は割り切れない自分の気持に、不快よりも先きに、佳一の滑めらかなたぐり糸を不気味に思った。岩を支えて押した筏で、流れが早く、身体を元へ戻せなくなったような、今にも足をすくわれそうな不安であった。

美沙子は危く声を立てるところだった。鏡に、自分の顔と重なるばかりに、細面《ほそおもて》の蒼白な、しかし品雅な冷めたい加山佳一の顔が映っていた。それが唇の端で笑った。いつ、どこから、どうして入ってきたのか、美沙子は気づかなかった。階段を上る音、扉を開く音も聞えなかった。この私室へ無断で入るのは加山佳一だけだが、美沙子はとっさに、今までにもこんな風な侵入が珍らしくなかったことに気づいた。若い女を不意に喜ばす恋の手くだと思い流がしていたが、彼女にはこの時、男の正体を見抜いたような怯えがあった。

「あら！」と小さな声が出た。

「考え事？」

澄んだ声だ。別に関心もない、一時のつなぎ言葉と聞えるのに、どこか心に食い入る重さがある。

「いいえ、なんにも」

返事が空《くう》に流れて、加山はその時既に椅子に腰をおろしていた。紺のダブルが、身支度のために置かれているように、足のズボンも折り目正しく揃えて重ねられていた。加山はしばらく動かずに、窓の方を静かに見やったままだった。

「ずいぶん早くいらしったのね」

美沙子は鏡の中の加山に言いかけた。

「フィアンセへの礼儀ですからね。喜んでくれるかと思った。もっとも僕だけではない。一緒に逗子で降りた今日のお客は他にもありましたがね」

加山は形を崩さなかった。片手だけが動いて、卓にあった絵皿の中のキャンディを物馴れた風につまみ上げて口に入れた。

「でも、わたし、お支度も出来てなくて」

「なあに、僕は散歩をしてきてもいいんですよ。気持のいいお天気だから。それとも、お父さんお留守?」

「いいえ、お部屋にいらっしゃるわ」

「じゃあちょっと」

加山の腰を浮かしたのが、美沙子には救われたような思いだった。加山は入ってきた時と同じように、静かに、扉の音も立てずに出ていった。すると、三時の日ざしが、南の窓からきらきらかに照り映えて、美沙子は始めて明るい中秋の美しさに、わが肌が鏡に艶やかにきらめくのを認めた。

客は思ったより賑々しかった。晩餐も豊かにはこんで、やがて二十人近いお客が、それぞれの小さなかたまりになって、雑談がはずんだ。あとは今宵の余興である地唄と舞とを待つばかりである。婚約披露は、美沙子の申出で、彼女が踊る最後の舞がすんでからと決められていた。おそらくは、なろうことなら今夜でない方が、美沙子には嬉しかったであろう。

先きほどから手持ち無沙汰にしていた画家の多島太門は、何か興奮した面持ちで、いつになく過した酒の酔いを扱いかねながら、妙に人待ち顔にいらいらしていた。八畳と六畳二間を通してしつらえられた夜宴の席が、奥の八畳に踏み板が置かれ、ようやく俄かづくりの舞台が出来上ろうという頃、縁側に無遠慮にあぐらをかいて坐っていた太門が、庭と座敷をしきりに交互に見やっているうち、とうとう我慢がなりかねたと見えて、すっと、とはいかずに、気だけは逸《はや》って、よろめきながら立ち上った。

「加山君、おい、加山!」

一番人数の多い、上席の一座にかこまれて、人をそらさぬ言葉身ぶりで、とりわけ年配の女客の熱した眼を集めていた加山佳一は、とんだ邪魔が、と言わんばかりの身体のこなしを残して、例によって音も立てず、軟かい風のように太門に近寄ってきた。

「話があるんだ」

酒に声が太く嗄れて、骨太い身体つきで、無雑作に乱れた髪に額が殆んどかくされてはいるが、瞳は奥深く鋭い。同じ年配の青年とはいえ、貴公子と野人のいい対照で、

「二階へ行こう」

と、加山があたりをはばかるように低く言った。そうでなくても、お客たちはそれぞれ一団の話題に夢中で、この二人のいきさつに気をとめる者もなかった。

勝手知ったスイッチをはじいて、加山は美沙子の部屋の明りをつけた。扉を引くと、開け放たれていた南の窓から、一瞬、秋の夜の空気が気持よく流れた。階下のざわめきをよそに、ここばかりは可愛い清楚をたたえて、太門はちょっと不意をつかれたように目ばたきした。それがかえって彼の激情に拍車をかける形になった。

「君、今夜のことは正気か」

太門は立ったまま言った。

「まあ、かけ給え。何が言いたいんだい?」

佳一はゆっくりと、高級タバコに火をつけた。それから太門に椅子を指さした。

「美沙子さんにこれ以上の手出しは止めてくれ。僕が美沙子さんをどうこうと言うのではない。ただ君のような男の犠牲にさせたくないのだ」

太門は一気に言い切ってから腰をおろした。

「もう遅いんだよ」

「何が?」

「君が美沙子さんを紹介してくれた時から、手遅れと言っていいのさ。僕は意志を変えたりしないよ」

「では、君に良心はないのか」

「良心だって? 僕はそれに従ってやっている」

「君には娼婦が手頃だ」

「そうだよ、女は誰でも、みんな娼婦さ」

「うぬ、色魔!」

やにわに太門は立ち上ると、同時に佳一の頭に一撃を加えた。何かで。太門は自分が何をつかんで、何をしたのか、覚えない位だった。佳一の上半身が、ぐっと椅子に崩れてから、彼は自分が手にしているものに気づいた。美沙子のアイロンだった。判断を失った太門は、毒獣を振りはらうように投げ捨てようと窓に寄ったが、その時、正面に見える磯ホテルの、二階の一つの部屋で、明りが消えた。かなりの距離があるので、ここからはホテルの

裏手全体が見え、季節を過ぎては客とてはなく、ところどころ輝しく、ただ一つ点っていたその明りが消えると、二階の黒い一並びの輪廓が、一層明るい一階に浮んだ、二階の黒い一並びの輪廓が、一層にその黒さを深めた。太門はその暗くなった部屋に、女の気配があったような気がして、己が愚行の恐れと恥かしさに、思わずカーテンを引いた。アイロンを、とっさに、横手の戸棚に投げこんでから、彼はおそるおそる佳一の傍によった。

加山佳一は激しい苦痛をこらえていた。額に汗がにじんで、悪感が全身の神経をひきちぎる思いだった。

「水を呉れ」

と彼はやっとの思いで言った。太門は美沙子の机にあり合わせた水呑みから、残りの水を飲ませた。濃いグリーンのカットグラスが、佳一の唇の震えを太門の掌に伝えた。

それでも加山佳一は自分を失わなかった。静かに立ち、歩き、扉を押した。階下の地唄が這い上って、この部屋の澱んだ空気を押し流した。地唄「江戸土産」の、本調子から三下りに入ったところで、冴えた三味線を縫うように師匠津川検校の枯れた声が、七変化を追っていた。山村流の舞はお弟子の誰かであろう。

太門は虚ろな面持ちで、ちょっと歌声に気をとられた。間もなく拍手が起って、一曲が終ったと思った時、階段に鈍い物音がして、それがずっと尾を引くと、突然激しく身体の落ちた音がした。太門は驚いて階段に乗り出した。加山佳一が、足踏みすべらして、真逆かさまに転落していた。縁近くに座をしめていた客間の四五人がこれに気づいて駈け寄った。

「珍らしく酔っ払いましたね」

「頭を打ってるよ、これなら」

伝兵衛の客と見えて、中老の二人が、せっかくの座敷を乱さないように気をつかいながら、佳一の介抱をした。佳一は痛そうに誇大な苦笑いをして、座敷に連れられてゆくと、一番裾の壁に背をもたせて眼をつぶった。太門はそれを見届けてから、ほっとした思いで縁側に離れて坐った。

最後の、伝兵衛得意の「あづさ」が始まるばかりだった。師匠の三味線に伝兵衛が歌い、舞は美沙子、箏は夫人嘉津子と、一家揃ってのもてなしで、竜舌蘭の根で織った、地白かすりのとんびゃんを着て、博多の黄色っぽい帯を締めた嘉津子夫人が、とりわけ主人伝兵衛のお客たちの眼を楽しませているようだった。

葵の上が六条御息所の生霊に苦しめられるという、怨霊物を特に選んだわけではないが、三下りの三味線に秋の夜にふさわしい凄味があり、荘重でも濃麗でもあって、これが主人の生田流の聞かせどころと思えた。

「……花や紅葉に移り気の、男は厭よさりとては……」

艶に砕けたところが大受けで、曲が終ると早速に運びこまれた重ねての酒に、嘉津子、美沙子を交えて、座が再び浮き立とうとしたが、その時、ただ一人動かない男がいた。壁によりかかって蒼ざめた加山佳一だった。

「死んでいる!」

誰かが、軋むような鋭い声を上げた。さっと、フィルムが切れたように、不吉な静寂が走った。一番遠く、師匠のそばによりそった美沙子が、みるみるうちに血の気を失い、縁側の太門は呆然として為すすべを知らなかった。

二、見ていた女

太門は夜の冷気の中をつっ走った。磯ホテルへ。裏の小径づたいで、石ころが、あせる太門の足裏を滑らせる。滑った足が虚空に泳いで、横倒しに、真逆かさまに、ずり落ち、踏段の角にしたたたか、頭が鋭い音を立てて、逆流した血が頭蓋の中で、縮み、散り、わき立つ。転落した加山佳一。死を招いた打撲。行く手の闇に星が流れた。振り下ろしたアイロン。太門は眼を閉じた。あれかもしれぬ。鈍い手応え。一列に血管の堰が切れ、血の滝が、内へ内へとにじむ。あれだ。太門は目を開いて見た。ホテルの窓。消えた明り、誰かが見ていた。揺れた女。見られていた。

避暑地のホテルは、季節が過ぎると、倉庫のように睡むたい。ロビーに人影がなかった。帳場は乱れたままで、人の居た気配がない。太門は電話器をとり上げた。いくら支えを押しても交換手が出ない。一匹の猫が、ロビー中央の円座のクッションの下から出て、ふと立ち止まり、ものうそうに、部屋を横ぎって消えた。

太門は手を叩いた。思いがけない方の細い廊下から、ボーイが胸のボタンを合わせながら出てきた。恐ろしいほど慇懃《いんぎん》な挨拶をした。

「お泊りでございますか」

「いや、美城さんに来ている者だ。ちょっと伺いたい」

「はあ」

「二階の女……」

「お発ちでございます」

とりつくしまもなかった。太門は紙幣を何枚か、そのボーイの掌にしのばせた。

「見せてくれ、その部屋を」

「まだ片づけもしてございませんので。手が足りませんもので」

「その方がいい。探しものがあるのだ」

うまい嘘が出た。ボーイに扉を開けさせて、太門はいそいで部屋に入った。

「一人にさせておいてくれ。直ぐに降りる」

ボーイの立去る音をききながら、太門は窓を開いた。目ざす方向に、美城別邸がすっかり見える。木立をすかして、窓が手にとるように、明りがついて、薄青いカーテンをすかして影がゆらめくのは、美沙子がまだ寝られずにいるのだ。打ちおろした腕。ここからなら見える。

俺の振舞いを目撃した女はどこへ去ったのか。果たして見ていたか。太門は始めて部屋を見廻した。テイブルに色んな食べ残しの皿、コーヒー茶碗が二つ、も一人居たのか。誰が。探さねばならぬ人物が一人増えた。おびただしい煙草の吸い殻。口紅のあとが残っているのは、果して女の吸ったものだ。乱れたベッド。太門に好奇心はない。彼は直ぐに帳場へ降りた。ボーイが人形のように坐っていた。

「無かったよ、探し物は」

「さようで」

「宿帳を見せてくれ」

「支配人のお許しがございませんことには。それに生憎と出かけておりまして」

「連れ込みは多いのかい?」

「いいえ、存じませんです」

ボーイが胡散臭《うさんくさ》そうに身を引いて警戒するような態度を見せた。

「心配するな。女の身元が知りたいだけだ」

「お見せいたしましても、ああいうお客さまは、めったに本当のことはお書きになりませんようで」

ボーイがそっと宿帳を出した。

十月二十三日火曜日。日附に間違いはない。今日は二十四日で、美沙子の誕生日だ。西銀座一丁目六七〇　佐伯桜子。二十三才。太門は時計を見た。九時半を過ぎたばかりである。五十四分に乗れば十一時には新橋につける。

「ありがとう。役に立ったよ」

目ざす番地で、太門はバアをねらった。小さな店構えに、小さな赤電球が、精気のない光で精気のない客をひきこむ。

「どうだったい、逗子は？」

「何んのこと？」

女給に反応がない。

「聞いてみな、誰かに」

「お店を違えているんじゃない？」

太門は次の店に入る。

「よかったね、ホテルのコーヒーはどうだったい？」

「連れていって下さるの？」

太門は次の店に入る。

「秋に桜とはこれいかに？」

「拾った宝くじでしょ」

太門は焦れてきた。はずれの一軒で、彼はドアを押し開いたまま叫んだ。

「桜はいないか」

スタンドにいた二人の客が、声に驚いて振りむく横を、黄色い衣裳を蝶のようにあおって、生臭い女が太門の腕をひいた。

「お入りなさいよ、だしぬけに大きな声で、びっくりするじゃないの。いませんよ。お生憎くさま。二三日前から出てこないの」

「なに！」と太門は我を忘れた。「どこにいるのだ？」

「マダムに聞いて頂戴。おっかないこと」

スタンドの二人が声を立てて笑った。太門はいささか狼狽していた。

「ジン！」

スタンドの向うで、マダムが腰を下ろしたまま手荒くグラスに注いだ。明らかに不快な様子だった。

「新宿の車庫裏。花園小町。御存知でしょう。行ってごらんなさいな。住み変えたのよ。ヒモがついていてね。半月という飲み屋……」

みなまで言わせなかった。太門はジンを一口にあおると、グラスを置く手ももどかしく表に出た。拾った車で、新宿までが無限に遠いような、夢のように短いような、不思議な身を滅ぼすような期待で、太門は車を捨てた。

アーチになったすずらん燈をいくつかくぐって、間口一間《けん》ほどの同じ構えが五六箇並んだブロックを抜け、露路を抜け、今をさかりの嬌声の中を、太門は「半月」と標識の出た飲み屋の表に立った。会社員風の貧弱な男の客に女が一人差し向いだった。若すぎる。二十にはなっていまい。二十三才と書いたからには、桜子は五、六になっていなければならぬ。太門は躊躇出来なかった。一足入ると、彼は大胆になった。

「桜がいたね。二人で逢いたい」

「ユリちゃん、お名ざしよ。あんたのことでしょ」

どこかで女の答がした。何を言ったのか、太門には聞きとれなかった。若い女がにこりともせず、事務的に眼で二階を示した。上れと言っているのだ。太門は小さな便所わきの、狭い急な階段を音立てて登った。その四畳半の白ちゃけた一間に、木綿蒲団を粗末に敷いて、その枕元で、さすがに垢ぬけた女が、化粧を直していた。

「いつ帰った、ホテルから?」

女は艶めかしく、膝を崩してふり向いたが、答えなかった。

「誰とお楽しみだったたい?」

「ずい分御機嫌ね。どなたのこと」

「桜と言ったな」

「そうよ、三日前まで。ここへ来て、ユリに変ったの」

「言ってくれ、頼む。逗子のこと」

「おかしな人。遠出は面倒なのよ。遊びましょうよ」


違う。全く違う。太門は一時に身体を支えていた緊張を失った。知覚がしびれ、感覚がしびれ、彼は絶望の酔いに溺れて、不覚にも、延べられた蒲団に倒れ伏した。

明け方近く、漸く白みそめた汚辱の街へ、太門は白痴のようにさ迷い出た。人一人通っていなかった。疲れきった廃虚さながらの街を、動いているものは太門一人、見知らぬ影に曳かれて、彼は憑かれたように歩いた。

窓の女を探し出し、見届け、確かめ、口をふさがねば、太門は忌わしい犯罪者とならねばならぬ。加山佳一の死を、あくまで奴の過失としておかねばならぬ。そのためには、太門はいかなる手段も選ばなかった。何ものも恐れなかった。ただあの女の他は。

大通りは活気があった。健康に息づき始めていた。だがそれらの営みは、太門には無縁だ。そうでない。あらゆる生気と動きが、自分を捕え、苦しめようとしているもののように思えた。太門は白昼の恐怖に目覚めた。

華かなネオンの闇を、太門は銀座通りを西に折れて、昨夜の街を辿っていた。追っている俺が、いずれは追われるかもしれぬとは妙な話だ。誰かが来る。沢山な人が通っているのに、奴らだけが目立つとはどういうわけか。俺と同じ人種。口うるさい絵描き仲間。あいつがいる、奴もいるぞ。太門は息をつめて、傍らのビルディングに我が身を避けた。

足元を揺さぶるような音感。湧き上ってくる狂燥曲。太門は吸いこまれるように地下へ降りた。ダンス・ホール「フロアサール」。洒落れた名前だ。フランス中世の貴族趣味。陽気な詩人が爛熟の挽歌を歌っているリズムか。「フランソワ・ヴィヨン」なら一層俺にふさわしい。自惚れるな。太門の自嘲の手がティケットをにぎって、彼はふらりとホールに入ってみた。

行き交う微笑、色めまぐるしく変る女たちの衣裳と明り、陽気な囁き、鳴るグラスやカップの響き。心をそそる手練手管のお芝居だが、太門には浸りきれない。見えすいた、穴の開いた感じだ。

「誰を探していらっしゃるの?」

通りすがりのダンサーが、青いドレスの上の丸い顔を、機械仕掛けよろしく、ひょいと傾けて笑いながら言った。やはり太門はそんな目つきだったのか。ぼんやりつっ立って、はた迷惑なポスト野郎。

「さくら」

無意識に女の名が出た。

「お支度しているわ。ちょっと待ってて上げなさいね」

待ってくれ、蛙女。青いドレスが、青い光に色を溶かし、雲のように人群れにかき消えた。

太門は待っていた。空いたボックスで、ビールを舐めるように飲んで。ボーイに手渡した紙片に太門は確かに「さくら」と書いた。「承知いたしました」あの使者が、チップに確かに返事をした。御好評にこたえて、たて続けのジルバが太門の心を落着かせない。

太門のテイブルへ、どこから来たのか、そっと腰をおろした女があった。不意をくらって、太門はかえって胆が据った。

「どなただったかしら」

今度は太門が答えなかった。奇妙な顔だ。黒い、輝かしい大きな瞳。厳粛な眼を覆うように、濃く描かれた眉毛。美しく笑っている仮面が、心の顔と溶け合っていない。

ブルースが胸を擽うように流れ出した。太門は立ち上った。女が影のように太門の身体に添って動いた。フロアで、一曲の間、二人は古い馴染のように語らなかった。曲が終ろうという頃に、太門は女の耳へ、低く、しかし強く言った。

「磯ホテルへつき合ってくれ」

「知っていらしったの?」

女は乱れなかった。乱れたのは太門で、不意の緊張が、女の腰を強く締め、左の手指の爪が女の指を痛めた。ステップがリズムを外れ、女の足に不様《ぶざま》にからんだ。ああ、この女か。

「失礼。あとでね」

ターンと見せて、女は手を離し、曲が終った時には、開いた背を二三の男たちにかこまれて、笑ったところだった。太門はひとりでフロアを横切り、ボックスに帰って息をつめた。

三、黒薔薇の夜

磯ホテルは月光の中で死んでいた。太門と桜子の部屋が不意に建物のところどころに生気を与えたかに見えた。ボーイが二日前と同じ部屋へ案内したのは不思議だった。南側の海に面した部屋を避けたのは、女が浪音に寝つかれないのを嫌ったからであると分かった。太門にはもっけの幸いで、いきなり窓を放って美城邸の二階の部屋を見つめた。見える。が、窓が閉まっていた。

二人きりになると、桜子の異様な魅力が、事に馴れない太門の口を重くした。

「とうとう引っぱって来たわね」

「どうかと思っていたんだ」

「いやと言っても、引き出したでしょうに」

シガレット・ケースを出して、桜子は器用に煙草を吸いつけた。

「いかが?」

太門は、吸いつけ煙草を大きく吹かしてみた。しけているな。和製タバコの安っぽいにがさが舌を刺した。だからこんなに気安くついてきたのか。

「この間はいつまで居たのかい、ここに?」

「七時頃かしら。半頃の横須賀線に乗ったから」

「名残りが惜しかったってわけだね」

「つい、うとうとして、自分でびっくりした位よく眠ったわ」

ならば、この女は一人で居た、と太門は思った。

「あまり見晴しがよくないね」

桜子は唇だけで笑って、立ち上った。女は窓に近よった。太門はその機会を逃さなかった。うしろから抱えるように、女を腕に止めて、その場から離さなかった。

「淋しい位ね、今頃は」

「向うの二階の明りが見えるだけだ」

「今夜は閉っているわ」

「何かあったかい？」

太門は息を呑んだ。女がぐっと身体をよじって、圧えかねたように笑った。

「喧嘩があったわ」

知っている。だが太門とは気がつくまい。太門は、女に合わせて虚ろに声を出して笑ってみた。その笑いが途中で切れて、太門は身体に似合わぬ敏捷さで、窓の横へ身を引いた。

「電気を消せ」と彼は叫んだ。

美沙子の窓が開いたのだ。そこに、太門は見なれぬ若い男の姿を見とった。美沙子が明るい顔で話している。あまり上等でない褐色の背広を、それでも形よく着こなして、屈託はなさそうな若い男だが、遠目にもひどく神経質そうに見える。誰だろう。あの部屋で、美沙子とあのように話せるのは、死んだ加山佳一の他に誰が居たろうか。思い当りがない。手が廻っているのか。太門は暗がりの中で、いそいで窓を閉めた。

「点けてくれ」

「どうしたというの。元気をお出しなさいよ。やっぱりそうなのね」

太門は椅子にしびれて動けなかった。無慈悲な女の眼が彼の胸を射抜いた。

「知っているな」

「そうらしいと思ったから、あとのお話が聞きたくて来てみたの」

「死んだのだ、相手の奴が」

出来れば太門は女の前に膝まずいたかもしれなかった。

「どうしろとおっしゃるの。条件次第だわ」

女がからかうように、冷めたく笑って言った。

「君の生涯の保証位は出来る。黙ってさえ、いてくれれば。僕も多島太門だ、少しは名の通った画家だ」

「見くびったお話ね」

「結婚してもいい」

「ますます、いけないわ」

「一緒になってくれ。僕はかばってもらいたいのだ」

「でも、今夜はお部屋を分けましょうね。わたし、利用されたくないの」

女がベルのボタンを押した。太門は愚かな焦り方をしたものだ。見ず知らずの一夜の女に、結婚話をきり出すとは、よくよくの逆上ぶりだ。自分の身が保つか保たぬかは、この女を征服するか、しないかに係っている、と太門は一途にそう思った。哀願も取引きも駄目ならば、残る手段は一つしかない。太門の指先が、興奮で微妙に震えた。

部屋のドアにノックの音がした。ドアが半開きになって、ボーイの姿が見えた。

「この方のお部屋を、別に支度してあげて頂戴」

ボーイが慇懃に頭を下げて、ドアを元へかえした。太門は静かに立ち上って、そのドアの方へゆっくりと大股に歩いた。左手がノブにかかり、右手がその下の、差しこまれたままのキイを廻して、引き抜いた。

「何をするの?」

女が大袈裟な身ぶりで、ベッドの方に身をひいた。太門は敏捷だった。いきなり女の口を圧えるのと、片手が女の衣服の裾にかかるのと、殆んど同時だった。画家は女の衣服の秘密に通じていた。

女は声を立てるほど初心ではなかった。だが抵抗は激しかった。太門の胸を外し、手を外し、足を外しながら、それがかえって反射的に締めつけてくる太門の肉体の下で、女は無用に喘えいだ。黒薔薇の花弁が一ひら落ち、二ひら落ち、時ならぬ嵐に落ちつくしたような、奇体な、肌の濡れた一夜であった。

別室の支度が出来た知らせに、ボーイはドアを叩いたが、静まりかえって応えのない部屋の前で、しばらくは手持無沙汰につっ立っていた。

四、裸女の意匠

その夜、二十五日に、美沙子の部屋で殴打事件のいきさつを調べてから、園は何気なく窓を見やっているうちに、奇妙な好奇心にかられたのである。それまでは気にもかけなかった真向いのホテルの二階の部屋が、窓を閉めるのに、何故わざわざ電気を消さねばならなかったのか。その夜は美城別宅に泊る予定であったから、園は久々の海の散歩の足を、ホテルにまで延ばしてみた。景気見せの必要がない土地柄だけに、季節が過ぎると、ホテルは人手を減らして無用な失費を避けるのがしきたりで、時たまの不意の客に、調理場は支度に手間どれて、思いのほかに時間のかかることが多い。丁度そんな季節と、夜の時間だった。

ボーイが帳場でしきりに電話を呼んでいた。

「……どうしても出ない？　……じゃ、いいから、もう一時間もしたらも一度呼んで下さい。部屋の支度がよろしいって。線をこちらへ廻しておいてくれてもいいよ」

ボーイが電話を置いた。交換手と話していたのであろう。二階の一部屋は客があるらしい。園はずっとロビーに出た。ボーイが驚いたように頭を下げた。

「迷惑かい？」

「いいえ、どうぞ御ゆっくり」

「ここでコーヒーが飲めるかしら」

「ちょっとお待ちを」

ボーイは電話で食堂を呼んだ。

「食堂？　コーヒー一つたのみます。いいえ、一つ。二階じゃない。こちら、ロビーの方です」

「お客も時々あるようだね」

「はあ、ちょいちょい見えます」

園はタバコを取り出した。ボーイが慌ててマッチをすった。その掌の小型マッチを園は見逃さなかった。

「ほう、珍らしいマッチだね。見せてごらん」

ボーイが赤くなりながら、園の笑いに笑いを返えした。裸女の図案にフロアサールとある。燃紙がすり切れているのに、中の軸棒が新しくつまっていた。つめ変えたものだ。

「行くのかい？」

ボーイが肩をすくめて苦笑いをした。園は自分を弁解しておく方がいいと思った。

「裏の美城さんに来ているんでね。時々散歩に寄せてもらうよ」

「昨夜も、そう言って、お一人お見えになりました」

コーヒーが届いた。園はお札を一枚、ボーイに渡した。

「おつりがあるようなら取っとき給え」

「ありがとうございます」

一人というからには太門に違いない。失踪するには不思議な寄り道だ。

「あから顔の、もじゃもじゃ髪のね。絵描きだよ」

「お見受けしたところ、そうのようで」

「お泊りだった？」

「いえ、御婦人をおたずねでして。このマッチの……」

「うまく逢えたかな」

「それが今日は御一緒におこしでした。もっとも、お部屋は別にとるようになっております」

「南の海辺がよかりそうなものだが」

「波音がうるさいと、昨夜も御婦人の御註文でして」

「ほう」と園は思わず溜め息ともつかない返事をした。

「よく来るらしいね、その女の人は！」

「いえ、二三日前にもお泊りにはなりましたが、そうたびたびのことはございませんです」

「今夜のお客とかい？」

「それが別のお方で。……よく存じませんが……」

「気を悪くしないでほしい。何んでも聞いてみたいのが僕の悪い癖でね」

「はい」

「覚えているのかね、その、別の人というのを」

「なんしろ遅いお着きで、ホールの明りも殆んど消していましたので……」

「じゃあ逢っても分らないだろうね」

「それが、お逢いすれば分りますよ。左頬に長くて深い傷のある方でしたから」

「名前は？」

「田なんとか……田所さんでしたか」

「お帰りは？」

「どうも、うかつなことでして、いつお帰りになりましたのやら、……その方を誰も見かけなかったようです。ホテルも今時はごらんのように無人でして……」

園は急に無口になった。ボーイは自分のはしたない無駄口を恐れるようにつっ立っていた。

「さて、お邪魔したね。今夜の人には、僕の来たことは言わない方がいいよ」

「承知いたしました」

ボーイが玄関まで送ってきた。

「タバコを吸うのにマッチを忘れてきてね」

「どうぞこれをお持ち下さい」

園は裸女を描いたフロアサールの広告マッチを受けとった。いずれにしても、太門にはゆかりの品になろう。女を洗うには訳はなささそうである。

五、死人のアリバイ

小春日和の砂利道を、繁った樹木の蔭をひろいながら、あまり上等でない褐色の背広を、それでも形よく着こなして、屈託はなささそうな若い男だが、遠目にもひどく神経質そうなのが、物憂い不機嫌な面持ちでいそいでいた。

坂を登りつめた下落合のはずれで、路が急に細くなった角の邸宅に来ると、ちょっと、加山佳一とあがってい る表札を見やってから、この男は門から玄関に通じてい る大きな庭石を踏んで、軽くベルを押した。

取り次ぎの女中に渡した名刺に「W大学助教授　園牧雄」とあった。

通されたかなり広い洋風応接間は、南一面、床から天井までが窓にとられた明るい部屋で、先代が朝鮮から持ち帰った用簞笥の調度品が、螺鈿《らでん》細工の美しい模様をきらめかせていた。玄関も廊下も部屋もよく片づいているのは、この家の無人のせいと思える。

待つほどもなく姿を見せた佳一の母は、年格好にしては小皺が多く、どことなく疲れた痴呆めいたところがあって、おそらくは見かけの生活の裏に、長い苦悩がひそんでいたことを物語っていた。

「わたくし、佳一の母でございます。美城さんからのお電話で、お待ちしておりました」

女中が茶を運んできたのを、この母は茶碗を見つめているだけで、園にもすすめなかった。

「突然の御災難で、何んとも申し上げようがありませんが、ちょっと新しい事実が出ましたので、お聞きしたいこともございまして。始めにお断りしておきたいのですが、これはみんな美城さんからの御依頼なのです。美城さんは大学で私の先輩でもありますし、学生時分に色々とお世話になって義理もあるのです」園は事務的に言ってみた。

「承知しております」

「ところで、佳一さんの死因は、階段から落ちて、したたか頭を打たれた……と、始めはそうでしたが、実は他に、木で打ったとは思われない、鋭い裂傷がありました。もっと重い、鋭利な器物の傷です」

「と、申されますと……」

「それに、佳一さんの直接の死因はそれではなく、解剖の結果、砒素中毒と認定されました。いずれ警察からもお知らせがあるでしょう」

佳一の母はさり気なく聞き流して顔色一つ変えなかったが、膝に置いた手が着物をひとつまみ握りしめて離さなかった。

「お心当りはありませんか」

「はい、死んでくれた方がいいような子でして……」

「当日は佳一さんの様子に不審なところはなかったでしょうか」

「さあ、いかがでございましょうか。あの子は二三日前から家を空けていまして。時々もあることで、別に気にもいたしておりませんでしたような訳で……」

園は佳一の居間にしている書斎を見せてもらいたいと申出た。続きの八畳ばかりの洋間で、デスクとベッドが大きな位置を占め、頁《ページ》を切ってないフランス本が、豪華な美術書に交って三冊五冊と散らばっているだけで、特に目につくような変ったところはない。園はデスクのメモ・カレンダーを見た。十月二十二日、月曜日のところが開かれていた。園は、細く薄い鉛筆で書きこまれているメモを読んだ。

「三時、東亜商事試写、《夢のロクサーヌ》」

一枚めくってみた。

「二十三日、火曜日、火の会、六時」

次の一枚には鉛筆が濃い。

「二十四日、水曜日、逗子、美沙子」

園は何かを探すように次のリーフを繰った。無い。二十五日、六日と書き入れがなく、二十七日土曜日に「箱根」とあった。後は白紙が残っているばかりだった。

園はメモを六枚ひきちぎって、そのまま応接室に戻った。老夫人が彫像のように位置をかえずに坐っていた。

「このメモの筆蹟に覚えがおありですか」

「佳一のものです」

老夫人は疑う様子もなく答えた。

「ありがとうございました。自殺でなかったことは確かなようです」

園は老夫人を椅子に残したまま、加山の邸をあとにした。その足で目白へ出ると、彼は有楽町行きの切符を買った。園が町へ出るのは久しいことだが、散歩にしては足が早すぎた。数寄屋橋をわき目もふらずに渡り、銀座通りの手前の辻を左に折れ、普段はあまり気づかれないビルディングの二階に登った。

東亜商事株式会社と金文字の入ったドアを押すと、奥の方の椅子によりかかっていた同じ年頃の男が、ふと腰を浮かして、怪訝そうな目つきを、直ぐに人のいい笑いに変えた。

「どうした風の吹きまわしかい、久しぶりだね」

「ああ、瀬見君、居てくれてよかった。ちょっと聞きたいことがあってね」

「いやにせっかちだね」

「例の物好きさ。ところで、君のところで試写があったね、《夢のロクサーヌ》」

「二度やったがね」

「二十二日の分だ」

「ああ、フランス協会の下見があったよ」

「加山佳一というのが来ていたかしらん」

「さあ、どうだか。調べさせてみよう」

事務員が呼ばれて、受附けた招待状を持ってきた。数多くない葉書の中に、確かに加山佳一のそれが交ってていた。そのほかに一枚、園は、同僚で講師に来ている友人の葉書を抜き出した。

「電話を借りるよ」

園は瀬見の返事を待たずにダイアルを廻した。電話は直ぐに通じた。

「新聞社ですか。企画の町田君を呼んで下さい。……ああ、町田君、こちらは園、園牧雄です。突然ですがね。君、《夢のロクサーヌ》の試写に来ていましたね、ああ、二十二日。その時、加山佳一というのを見かけなかったかしらん。……ああそう……どうして知ってるの……そうかい、あの雑誌のパトロンをやってたのはあの男なの……あとずっと一緒だった？　……そうだろうね、いやどうでもいいんだけど……ありがとう、さよなら」

園は受話機を置きながら瀬見の顔を見た。

「ここへ来ていたのは本当だ」

「そいつが何か仕出かしたのか」

「いや、殺されたんだよ」

「ほう」

「ところで、君、火の会はこのごろどこでやってるか御存知か」

「何んでも、日比谷の山水楼とか聞いたよ。あとが荒れるそうだね」酒好きの瀬見が舌をなめるように言葉を切った。「君は行かないのか」

「僕は酒が駄目だから、帰りに寄ってみよう」

火曜日に集る酒の会。作家、批評家、画家、ジャーナリストの放談狼藉の会とは、園もかねてから聞いていた。もっとも、それは街に流れた二次会の話で、あちらこちらの酒場に、誰はばからぬ愉快な火の饗宴があったことであろう。

秋の日ざしは暮れるのが早い。園は瀬見を誘って山水楼の地下の食堂に降りた。中華料理店で、ビールだけのお客とは気がきかないが、園は瀬見に飲んでもらうだけでよかったのである。時間が早かったので、客に顔利きの女将《おかみ》が、火の会の模様をかいつまんで園に問われるがままに得意そうに話した。

「そうですね、あの方が加山さんておっしゃるのかしらん……細面ての、ちょっと凄いような方……そういえばどなたかに麻雀を誘われていらしったようですけれどね。なんでも他に急な用があるとかいうお話で……そりゃあ徹夜にきまっていますものね。婚約の御披露なら、ごもっとも、麻雀どころじゃありませんわ」

「ここがお開きになったのは何時頃?」

「二次会が皆さんおありですから、いつも早目で……十時……には、なっていましたかしら」

「加山もおしまいまで居ましたか」

「ええ、御一緒にお帰りでした。派手な縞もののお服で、目に立つお方でしたから」

六、おかしな訊問

調書室へ呼び出されて、多島太門は意外な面会人に眼を見張った。どこかで逢ったような、見覚えのあることは確かだ。

「わたしは園牧雄という者です。美城さんからの依頼で来ているのですが、もしわたしの言うことに、明確に答えて頂けたら、ここから釈放させて上げられる可能性があるのです」

太門は、美城と言われて思い出した。佐伯桜子とホテルにいた夜、これは美沙子の部屋にいた男だ。

「何を聞こうと言うのですか」

太門が口を開いたのをきっかけに、横の机で速記の手が動いた。

「二十四日の会に、あなたは何ん時頃に美城家へいらっしゃいましたか」

「五時頃でした。そうです、会は五時に始まる予定でしたから」

「あなたがここに拘留されているのは、傷害致死の嫌疑によるものです。加山佳一との口論の内容は何んでしたろうか」

「とんでもない。何度も申上げたように、口論などはなかったのです。美沙子さんとの婚約が、本気かどうかを聞いただけなのです」

「誰がそれを証明出来ましょうか」

「どうしても証拠がいるのですか」

太門は追いつめられた猫のように、身を乗り出して反問した。

「そうです。わたしが見せて上げましょう。これに覚えがありませんか」

園はポケットから、小さなものを取り出して、そっと太門の目の前の机に置いた。太門は置かれたものを見、園の目を見、再び机の上に目を落した。彼の額に油汗が浮かんだ。裸女を描いた広告マッチ。フロアサールのそれだ。

「桜子！」

「どんな御関係ですか」

「僕はその女の良人になる男です」

太門の声は、すそがかすれた。

「磯ホテルで、お部屋を二つとられた。それに、あなたが自室に戻られなかったのが分りました」

太門は愕然とした。罠に落ちた感じだった。まずい。言う必要もないことを言った。園は静かにマッチをポケットに戻した。

「火の会は御存知でしょうね」

園は話題を変えたが、口調は変らなかった。太門は誘われるように肯いた。

「加山佳一とお知り合いになったのも、その会でしたね」

「……」

「二十三日の会には、あなたは居られなかった」

「いや、居たのです」と太門は園の言葉を遮えぎった。

「では、顔は合わされなかった」

「そうです、僕の方が避けていたのです。顔が合ったら、何をしたか分らない。それこそ本当に殺していたかもしれません」

「何人位集っておられたのですか」

「六十人ばかり」

「加山佳一の方ではあなたに気づかなかったかもしれない。気づいていたら、もっと警戒したでしょうから」

「何をですか」

「私は服装のことを言っているのです。加山は縞物を着ていたというのは本当でしょうか」

「そうです」

「ところで、二十四日の一時から三時頃まで、あなたの行動を説明して頂きたいのです」

「変ったことはありません。二時頃、江古田の家を出て、池袋でバスを降り、食事かたがた、街を歩いて、山手線を廻り、東京から四時三分前の電車に乗ったのです」

「その間、加山とは逢わなかったでしょうね」

「勿論逢いません」

「それなら、あなたも安心されていいわけです。加山佳一は砒素による毒殺でした。加山がそれを飲んだのは、ほぼ二時から三時までの間と考えていいでしょう」

太門は深い息をした。彼は吸いこんだ息を吐き出すのを忘れたほどに、しばらく啞然としていた。眼の奥が霞んで、園の冷めたい物の言い方に、そそられるような熱いものを感じた。

園は奇妙な面持ちで警視庁を出た。太門は単純な激情家に過ぎない。自分の犯行を、むきになって否定するほどお人好しである。釈放されたらきっと役に立つであろう。園は歩きながら、この事件を組み立ててみた。まことに簡単な事実しか浮んでこない。

美城家を一番早く訪れたのは、被害者の加山佳一である。彼は美沙子の部屋に姿を見せ、キャンディをつまんで下に降りた。部屋には十分と居なかったように思われる。伝兵衛氏と、夫人嘉津子の証言によれば、もっとも嘉津子夫人は中座をしたが、加山はそれから階下で同氏と世間話をしている。お茶代りにビールを飲んだが、これはその場で口金をとり、伝兵衛氏も飲んだ。嘉津子夫人のコップは伏せたままであったから、コップに砒素の入っていたわけはない。それらは一切無視していいように思われる。

八時頃に口論があった。これは激した太門が加山に挑んだ。二階へ案内したのは加山であり、加山を殴打したのは太門である。しかし、あらかじめ窓が開いて、電燈がついていたのであるから、勿論計画的な犯行ではない。太門なら激してやりかねない。殴打した鈍器はアイロンである。これは園が直ぐに発見した。差しこみにコードが残っていて、アイロンが無かった。美沙子が夜宴の支度に使用して、冷めるのを待ってから片づけるつもりで、テイブルの脚下に置いておいたものである。それが窓ぎわの戸棚から出てきた。指紋をとるまでもあるまい。しかしあの太門が、何故あんなに自信ありそうに、この犯行を否認したのか。加山の転落。「あづさ」が終ると、加山は死体になっていた。死因は砒素中毒だった。太門が、その夜失踪した。どこへ。磯ホテルへだ。何んの心要があったのか。フロアサールの踊り子、佐伯桜子を追っている。二十五日に彼らは重ねて投宿した。それよりも、被害者加山佳一は二十三日の夜から四日の午後にかけて、目立つ縞の洋服を着たまま、どこで何をしていたのか。

七、死者への葉書

あのマッチが、太門と桜子との関係を、あれほど容易に引き出せようとは思いがけなかった。園は太門と別れてから、もう一度、下落合に加山の老夫人を訪ねてみた。老夫人はどこか重荷をおろしたような気安さだった。

「二十三日の夜、佳一さんが着替えにお帰りになったことはなかったでしょうか」

「いいえ、あれが留守にしますと、女中と二人きりになるものですから、早くから戸締りをいたします。帰ってくればベルを鳴らさねばなりませんから、直ぐに分ります。それに……」と老夫人は帯の間から葉書をとり出して、園に見せた。「これをお読み下さればお分りになると思います。こんなものが来たのです」

園はその葉書の表書きを見た。加山佳一宛ての、ひどく乱れた、震えの多い書体だった。消し印の日附けは、二十四日、午後六時――十二時とあり、扱い局は東京中央とあった。園は文面の読みにくい字を辿った。

「今朝ほどは失礼。昨夜から二人ともひどくよっぱらったものだ。何んのおもてなしも出来なかったね。今日君が逗子へ出かけてから、僕は急用で旅行に出ねばならなくなった。だが、箱根へは一緒に行ける予定だ」

差し出し人の住所も氏名もなかった。事件の解決には直接役立ちそうにもないが、これによると、佳一は火の会の帰りに、誰か友人の世話になっていたものと思われる。

「箱根へ出かけるようなお友だちのことを、佳一さんから、お聞きにはなりませんでしたか」

「佳一は何んでも独り決めでして、何をしておりましたのやら、話し合ったこともございませんです」

「美城家との結婚話はいかがでしたろう」

「あれだけは佳一も大変な乗り気でございました。わたくしもまあ、願ってもない良縁と喜んでおりましたよ。わたくしも、老い先が長いというわけでもなんもので、わたくしも、老い先が長いというわけでもなし、せっかくに御縁のありました美沙子さんですから、亡くなりました仏の供養に、加山のものは、まあわずかな財産ですが、美沙子さんにでもあとは願って頂くつもりでおります」

園は、死者への葉書を手にして、老夫人の繰り言を聞いていたが、彼の不気嫌そうな物憂い眉が、にわかに一層に曇った。園は、この悲劇はまだ終っていない、と感じたのである。

八、意外な告白

美城夫人嘉津子が激情に我を忘れたとは、よほどの心の打撃であったに違いない。

事の起りは、事件が始ってからの土地の警察の動きで、美城一家は解決がつくまで逗子別邸に居ついたまま、取り調べの成り行きを、見守っていたのである。多島太門の暴力の一件が、実は附加的な偶発事に過ぎないとなると、やはり当局の捜査の焦点は当日の美城家を中心にするのは当然と言える。美沙子の部屋で被害者加山佳一がつまんだキャンディ、下の座敷で飲んだビール、殴打の後で、太門が飲ませてやった、グリーンのカットグラスの水。その一つ一つが綿密に分析されたが、しかし毒物の混入はなかった。してみると、残る疑問は、加山佳一が美沙子の部屋にいた時、他に殺害の何かの方法がありえないかということである。

実は昨日の土曜の夜、捜査主任の警部補が秘かに美城家を訪れての話に、やはり容疑者として、美沙子を告発しなければならない、と語った時、夫人嘉津子が蒼白にふるえながら、「砒素をビールに混ぜたのは私です」と口走りざま昏倒したのであった。

看護婦をつけて静まりかえった病室をよそに、茶の間のガラス廊下で正午の日ざしを一杯にうけながら、主人伝兵衛と園牧雄とがくったくなさそうに笑い話をしていた。庭にダリアとカンナが豪華な意匠を見せ、ひとところ、黄菊白菊紅菊が群がって崩れるばかりに哀れな美しさであった。園は大学が一週間の秋休みに入ったばかりで、気持の上では思いがけない転地保養のつもりであった。

「どうも驚いた一幕だったもので、君や太門などに来てもらったら、また家内の気でも晴れやしないかと思ったんでね。ま、お呼び立てしたわけです」

そう言ってから伝兵衛は、たもとの中から器用にタバコを一本ひき抜いて火をつけた。

「よくあることです。女性の自己犠牲が美徳か悪徳かは結果からしか判断出来ませんからね。奥様の自白には何か根拠でもあったのでしょうか」

園は質問とも否定ともつかないような聞き方をした。

「今の事情では、わたしは家内も娘も、特別に主観的に弁護したくはないのです。妙な誤解を生むよりも、全く白紙の状態で判断してもらう方がいいようですからね。警察の判断もあながち突飛なものではない。わたしだって、本当を言うと、娘が、とっさに殺したのではないかと思った位です。何か動機があって、この機会でなければ取り返えしがつかないとなると、家内でも、いや、わたしでも、あの時には加山君を毒殺する機会も手段もないわけではなかった、とも言えるでしょう。しかし、殺人ということは単純なことです」

「でも、あなたが言われたように、何か動機があって、この機会でなければ取り返えしがつかないとなると、その単純な方法が、最も効果的であるはずです。勿論、殺人という事実も、方法も単純です。ただ、何故この機会を選ばねばならなかったかという心理的な事実が重要なようです」

「それについて、何か心当りがありますか」

「いいえ、それが、も一度あなたの言葉を借りると、全然白紙の状態なのです」

園はにが笑いをした。それから二人の眼が合うと、二人とも声を立てて笑い出した。

その時、女中が多島太門の来訪を通じてきた。太門には美しい連れがあった。太門がいつになく整った身なりをしているのは、その連れのためだと思われる。女は舞台向きな大柄な顔立ちが整って、着こなしたグリーンのドレスが一分の隙きもなかった。

「大変おそくなりまして。この連れを是非にと思いまして、やっと今朝になって捕まえましたわけで。佐伯桜子という者です。ひょんな……全くちょっとした巡り合わせで、今度の御不幸が片づきましたら、僕も身を固めようと思っとりまして」

「いや、これは桜子さん。さ、御遠慮なく。こんなところでぶしつけだが、わたしが美城です」

「こちらが園牧雄さん。先日はお手数をかけました」

太門がひどく改まった挨拶をした。桜子は黙ったまま挨拶をしていて昨夜のいきさつの大体の筋は太門から聞いていたとみえて、初対面の座では笑い顔もなりかねた。

「奥様はいかがでいらっしゃいますか」

それでも桜子ははっきりと言った。

「ありがとう。どうやら静かに寝ているようです」

「お嬢さまも?」

「さあ、あんな娘で。自分の部屋にとじこもったきりだが、桜子さんがお見えなら、いいお話相手だ。呼べばここへ下りてくるでしょう」

「勤めが勤めですので、ホールの寮では男の方の訪問は禁じられております。太門さんにお逢いするのが遅くなりまして」

桜子は遅れた言い訳けをした。

新しくお茶が入れかえられて、ちょっと話がと絶えたのをしおに、園は新しい客の前へポケットから葉書を取り出した。

「これは、今日ここへ出がけに、加山さんの女中がわたしのアパートへ届けてくれたものですがね」

伝兵衛も太門も桜子も、不審そうに身体を乗り出した。

「読みにくい字です。

待ち呆うけとはひどいね。ひとりで出かける。列車の中で、乱筆御免。

差し出人の氏名はない。消印は横浜桜木町局、昨日の午後の日附です。もう一通あるのですよ。これがこの前のもので、死んだ加山君宛になっているところは同じです。筆蹟も全く同じです。加山君は誰かと、多分この葉書の主と、箱根へ出かける約束があったようなんです」

園は二つの葉書を揃えて、太門の前へ置いた。

「太門さん、この筆蹟に見覚えがありませんか」

「どうも一向に。なんですね、これは。死人に葉書とは、人を馬鹿にしたようだが、どうも無気味なところもありますな」

「怪談はお気に召しませんか」園が笑った。

「夏過ぎには流行りませんので」

太門は桜子を見やりながら臆病そうに微笑んだ。

「そこをせっかくの御光来と見こんで、是非あなたに力を貸して頂きたいのですが」

園は意外に真面目だった。

「園さんにそう言われれば、お断り出来ない義理ですな。どんなことです?」

「二十三日、つまり加山君が殺された前日、火の会の帰りの、加山君の行く方を、出来るだけ調べてほしいのです。ということは、この葉書の差出人が誰であるかということにもなるわけです」

「そんなことなら、やってみましょう」

「これは是非、太門さん、あなたでなくてはいけない。火の会には知人も多いでしょうし、桜子さんもあなたに同道して頂けるとなると、相手に警戒されることも少ないでしょう」

桜子は自分の名前が出てちょっとはにかんだが、さすがに気性の強さがあって、

「出来るだけお手伝いさせて頂きますわ」と真顔で言った。

「そう願えれば願ったりかなったりです。ただ太門さん、これだけは、くれぐれも頼みます。仕事が成功してもしなくても、あなた方の捜査の方法と結果とは精しくお知らせして頂かねばなりません。本来はわたしがやるべきでしょうが、実はわたしには、今度の事件に関して、もう一人、逢ってみなければならない人があるのです」

九、童女像

夕食の席は思いの他に賑かになった。嘉津子夫人も起きてきたし、美沙子もようやくに顔を見せた。嘉津子夫人はすっかり昨夜の興奮を忘れたように座をとりなし、自分をねぎらいに来てくれた人たちを、かえってねぎらうような形になって、美城一家にしてみれば、誰に遠慮もいらない集いであった。

美沙子は人々のとりとめもない陽気な雑談を聞いているうちに、生活も環境も違う桜子の生き方に、不思議な興味をひかれた。今まで知らなかった外界に触れようとした矢先きに、蕩児加山佳一の死に出会ったことは幸か不幸かは分らないが、男に頼り切れない乙女心の虚ろさが、桜子の一挙一動を漸く溶けこんでゆける強い支柱のように思われてくるのであった。

若い女の話題はそう多いはずもなく、食後のお茶になってから、桜子が化粧を直している間、美沙子はあれこれと、化粧品の名を当てたり聞いたりしているうちに、ふと手にしたコムパクトの蓋を開いたとたん、

「あら可愛い」

と小さな叫びを挙げた。

蓋鏡の半分ほどに差しこまれていた小さな写真は幼い童女の立姿で、手にさげている玩具のようなナイロンらしいハンドバッグがいじらしいほどに可愛い。どこかで見たような面ざしだった。

「どなた、これ?」

美沙子に問われて、桜子は一瞬息をのんで返事をしかねた。

「お恥しいですわ。お笑いにならないで。これはわたしの子供の時の写真、たった一枚の子供の時のものですの。こんな時もあったんですわ」

「道理で、見たようなお顔だと思いましたわ。太門さん、このお写真御存じ?」

「いや、知りませんな。怪しからん。俺に見せないなんて」

太門は上気嫌な冗談を言った。写真が太門から園へ、園から嘉津子へ、それから伝兵衛と一廻りをして、

「仲々可愛い。もっとも今でもお綺麗だが。太門君の絵も変るね、これからは」

伝兵衛が若い二人への祝辞だった。こんな席になると、園は甚だ非社交的で、さきほどから黙りこくって、ただ静かに笑っているだけのことだった。

「いい色の口紅ね。何んていうの、教えて」

「マクス・ファクター。そんなにお気に召したんなら、今度お逢いする時に、お近づきのお印にプレゼントさせて頂きますわ」

桜子は美沙子の嬉しそうな顔を抱きよせるようにして言った。

「あら嬉しい。じゃあわたし、お礼に、お写真を入れるロケットを差し上げるわ」

「お嬢さまのお写真を、入れておいて下さいね」

「俺のにしてもらいたいね」

太門が傍若無人に言い放って、女たちの話の腰を折ると、美城夫妻は、相変らず困った男だと言わんばかりに、いささかあっけにとられて太門の顔を見やっていたが、園はその間、口元では笑いながら、真面目な眼で、美沙子の影の濃い眼を追って、哀れむように放さなかった。

十、頬の傷

翌日は早いお昼にして、園牧雄はちょっと閉口した顔をしながら、太門と桜子とに連れ立って美城家を出た。東京への電車の中で、園は殆んど口をきかなかった。許婚の太門と桜子とが、大変楽しそうに語っているばかりで、とりわけ、桜子が早々にもダンサー稼業の足を洗って、合宿寮から太門との新生活へ移ってからの希望や生活設計の夢を興奮して話している間は、園は妙にくすぐったい思いで、口の出しようもなかったのである。桜子の、太門へというよりも、実は園に聞いてもらいたいよ

うな言葉の調子には、当事者だけに秘めておかれないほどの溢れる幸福感があったに違いない。

横浜を発車するのを機会に、園は突然、太門にたずねた。

「太門さん、加山の方の財産はどれ位あるのでしょうかね」

太門は始め園の質問の意味がよく分らない風に見えた。

「財産です。加山家の」園が繰り返えした。

「さあ、どんなものですかな。何しろ先代が事業家としては、やり手だったものですからね。少くはないでしょうな。あの半分、いや十分の一でもあれば、われわれの新生活は苦労もいりませんよ」

「係累はどうでしょう」

「無いようですよ。佳一君も身寄りのあるようなことは言っていませんでしたからね」

「そうでしょうね。あの財産を、加山老夫人は美沙子さんにあずけたいような口ぶりでしたよ。そんなことをお聞きになったことはありませんか」

「初耳ですな。果報に生れついた人はどこまで行っても果報なものとみえて……美沙子さんのことですがね」

「わたしにはそうは思えないのですよ。それがきっと、あのお嬢さんを不幸にする原因かも知れません」

桜子は窓景色を見やっていたし、太門は気の抜けたような表情になって、それから気まずい沈黙がきた。

新橋で、太門と桜子が降りた。園は江戸川のアパートへ帰ると言って車に残り、加山の行方調査の件をもう一度改めて頼んだ。

それから奇妙なことが起った。太門と桜子の姿が見えなくなってから、園はふと座席の横の、肥った男の顔を見て笑った。

「退屈させましたね」

「どうしまして。面白かったですよ。もっとも、貴方の考えておられることがよく飲みこめませんが」

肥った男は人の好さそうな口元にタバコをくわえた。

「ところで、田中さん」園は言った。「これから御足労ですが、二軒ばかり御一緒願いたいのです。初めのところでは貴方の身分を知られては困るのですが、次のところでは、捜査主任の警部さんだと知られる方が都合がいいのです」

「どうなりと。今日は、おおせに従いましょう」田中警部がかったつに笑った。

彼等は有楽町で降りた。そして真っ直ぐに「フロアサール」に足をむけた。入口で、園は帽子を斜めに、少しあみだにかぶり直し、形を崩して、勝手に通じているように、実は盲目めっ法にホールを通り抜けて裏の廊下に出た。思った通りに支配人室があった。ノックをしないで、いきなりドアを開けると、まだ若い痩身の男が、椅子から、動じる気配もなく、二人の方へ眼だけを動かした。

「早くから何んだね」

「新聞屋だ」園がわるびれずに言った。

「見かけない顔だが……生憎くのシケだ」

「小づかいゆすりじゃない。新顔のおひろめさ。ちょっと記事がほしい。店の名前が出るがね」

「店の名前か」

「心配するな。ダンサー巡りとゆくわけさ。君の方の宣伝になるよ、一つ教えてくれればね」

「何が知りたいんだ?」

「桜子の相手がね。頬に傷のある男」

「まだくっついてるのかな。神田わきの、極北貿易の社長だ。毛皮屋だよ」

二人はフロアサールを出て車を拾った。極北貿易は直ぐに分った。大きくはないが瀟洒な建物で、事務所の内部が見渡せる堅実な営業ぶりだ。田中警部が受附へ名刺を出して社長に面会を求めた。

広すぎもしない社長室は、あまり調和もしない豪華な調度品が所狭まく置かれて、自室に戻って来る社長を待つ間、園も田中警部も身の置きどころのない、落着きのなさを覚えた。園は事務机に置かれている書類や手紙の類をざっと、しかし慎重にめくってみた。

けげんそうに、何かを目の奥に秘めたような壮年の苦み走った男が入ってきた。

「社長の須賀です。お待たせしました。しばらく旅行していましたもんで。さ、どうぞ」

社長と名乗った須賀が、それでも鄭重に二人に座をすすめた。

「いかがです?」と言いながら、須賀は接待用の高級タバコを自分で一本取った。

「時に、御用件の向きは何んですか」

おそらく腕一本で叩き上げたに違いない不敵な図々しさが、教養のない濁った顔つきにあふれて、彼は習慣のように左頬を左手でおさえたままだった。始めからそれと知っていなければ分らない位の要心深さで、傷は大きいが、跡は薄れて大分古いものであることを示していた。

「突然お忙しいところをどうも。なに、ちょっと職掌柄お聞きしたいことがあったものですから」

田中警部の言葉に、須賀は目につかぬほどの警戒を示した。

「それも、直接あなたに関したことではないのです。お知り合いの方の件で、それにたまたま、あなたが係り合いがあると思われることですので」園が物やわらかに言った。

「ほう、とおっしゃると、どなたのことで」

「佐伯桜子というダンサーです」

「桜子。その女が、どうかしたというんですか」

「いいえ、あなたとどんな御関係にあるのかお聞かせ願えませんか」園は単刀直入に聞いた。

「一時は世話をしたことがありましたがね」

須賀は憶せずに答えた。

「御旅行とかおっしゃいましたね」警部がつづいて言った。

「ええ、二、三日。関西へ社用でしたよ」

「二十三日の夜はこちらでしたか」園が考える暇も与えずに言った。

「二十三日？　というと火曜日ですね。そう、確か、社の帰りに街をうろうろ買物などしてましたがね。はっきりとは思い出せません」

「その夜はお宅へお帰りでしたか」園は事務的に言った。

「そうそう、それがです、社に残してきた大事な用を思い出しましてね。……ここへ、そうここで夜を明かしましたよ」須賀は大きくうなずいて苦しそうに答えた。

「どなたか、貴方のためにそれが証明出来る人がありましょうか」

「ありません、残念だが。前にその晩は桜子を誘うつもりで……」

「逗子へ行かれた」警部が一人言のように言った。須賀は思いがけないといった風にぎくりとした。

「逗子へですって？」

「そうです、磯ホテルへ桜子さんを誘われましたな」

警部は勝ち誇った口調だった。

「逗子へね」須賀がちょっと言葉を切った。

「誰がそんなことを」

「桜子ですよ。ホテルのボーイの証言もあるのです」

警部が同じ調子で言った。

「わたしが逗子へ泊ったとすると、それがあなた方に園は歩きながら、いささかしょんぼりと言った。

十一、死者の臭跡

新橋で園牧雄と別れてから、太門は桜子をつれて、とりあえず約束にかかるつもりで、さてどこから尋ね出したものかを考えあぐねていた。考えてみると、手掛りはあるようでいて無いに等しい。ただあの黄色い地に濃紺の縞模様という奇怪な服装があるばかりだ。あのお洒落が、あの夜にかぎって何故あのような不様な洋服を着こんでいたのか。

太門は銀座人の習性に乗って、暇つぶしの散歩のように通りを歩いた。有楽町のガードあたりまで歩いて、これは飛んだ無駄な距離を歩いたものだと感じた。横須賀線で、園にひょいと別れの挨拶をされて、まるで義務のように何気なく新橋で降りてしまったわけである。

「歩いていてもつまらないね」

太門は緊張している桜子に声をかけた。

「ここまで来たのなら、ちょっと火の会の山水楼から聞いてみる方がいいわ」

どういうことになるのですか」

須賀がいくらか落ち着きをとり戻して反問した。

「どうこういうことではありません。ただそれが事実であるかどうかを伺いたかっただけなのでしてね」警部は事務的に言った。

「桜子が、そう言いましたか。それなら仕方がありません」須賀は安堵したように大きく笑った。「どうも面目なしですな。泊りましたよ。磯ホテルへ」

「園さん、他にもう何か」

田中警部が先ほどから黙りこんでいる園をうながした。

「いいえ、もう何もないようです。それがお聞き出来れば結構です」

二人は急に愛想のよくなった社長の須賀に玄関まで送られて表へ出た。

「何んのことはない。とんだ濡れ場の思い出でしたね」

警部は愉快そうに笑ったが、園は満足とも不満足ともつかぬ、張り合いのない顔つきだった。

「警部さん、あの須賀という社長を洗ってごらんなさい。二十三日の夜のことで、も一つ小さな事件がかかりますよ。もっとも加山の事件とは係りのないやつですがね。今のところは見逃してやりましょう」

「そうしてみるか」

太門は、あの夜の加山佳一が、出かけに受附でタバコを買ったのを覚えている。売子と何か話していたようにも思われる。

太門は躊躇せずに、地下への階段を降りきると、受け付けで煙草を買った。

「ちょっと、ねえ、この間の火の会。その帰りにここで黄色い服に紺の縞柄のあるのを着た人がいたね。覚えている?」

「ああ、あの方、ええ」と売子が即座に云った。

「どこかへ行くと云わなかったかしら、探しているんだけれど」桜子が言葉を足した。

「ちょっと向うのリッツへ寄って、目黒のお友達のところへ行くんだとか、お聞きもしないのにそんなことを……」

「そう、ありがとう。リッツへ寄って、目黒の友だちのところ……その友だちの名前は云わなかったかい?」

「いいえ、そんなことまで」と売子は笑った。

「それじゃあ、おれたちもリッツに寄って、お茶でも飲んでからにするか」

桜子はようやく気のりがしたように、太門の腕をひいて、これが返事のかわりだった。

リッツは食事の時間をはずれていて、数人のお茶の客がいるだけだった。お茶を頼んでから、太門はウエイトレスに、この間、奇体な服装をした男の姿を覚えている人はいないかどうかを訊ねてみた。

売子が聞いた言葉に間違いはなかったとみえて、ウエイトレスの一人が、おそい時間にやって来た加山佳一の姿を覚えていた。

「ええ、お見えになりました。なんでも目黒へ行くんだとかおっしゃって、国電の終車の時間をきいてから、コーヒーをお飲みになると直ぐにお帰りでした」と彼女は云った。

「目黒のどこか、分らないかしらん」

太門はもどかしそうに聞いた。

「さあ、ちょっとコーヒーをお持ちしただけですから」

ウエイトレスと入れ違いに、隅のテイブルに居た、ひどい近眼の男が、おそるおそる太門と桜子の席に近づいてきた。

「失礼ですが、多島さんで……」

「はあ」と桜子がひきとって答えた。

「これは奥様でしたか。僕は垣山。火の会で時々」

「作家の垣山さんでしたね。これはお見それして失礼しました」

太門が大きく構えて云った。

「一度お近づきにと思っていましたが……どなたかお探しのようで」

迷惑な、と太門ははじめ軽く行かせるつもりでいたが、

「時に垣山さん、この間火の会の帰りで、加山佳一君を見かけませんでしたか」

「加山さんといえば亡くなられたそうですね。あれが最後でしたよ、あの晩ですがね。新橋でちらりと……」

「ほう、新橋ですって？」

太門にとっては渡りに舟だった。

「何時頃です？」と太門は重ねた。

「十一時頃でしたかな。僕も帰りを急いでいましてね。新橋へ出て、切符を買っていたんですがね。なんだか大変な列で、私が三番売場で並んでいる横を、その加山君が、たしかに加山君でしたな。さっと先に横を通って切符を買うと、改札へ行きましたよ。声をかけようか、どうしようかと思っているうちに行ってしまって……。あれが見納めなら、声をかけておくんでした」

「そうでしたな」と太門はわがことのように云った。

すると加山は新橋から目黒へ行ったに違いない。

「妙な服を着ていたでしょう」

「さあ、どうでしたか。僕は目が遠くてよく気もつけなかったが、思い当りますよ、何んだか影が薄かった」

作家の垣山が無遠慮に笑って動かないのを、桜子はもてあましたように、太門をうながした。

「あなた、失礼して出ましょうか」

「いや、失礼しました。いずれまた」

垣山が自席へ戻ると、桜子は太門へ、少し頭痛がすると訴えた。

「寮まで送って行こう。ホールの直ぐ裏なんだから。どうせ、加山の行先は目黒より先きのことは分らない」

太門はまだ日の高い通りを、桜子を抱きかかえるようにして、フロアサールの方へ歩いた。角をまがって、その入口へ眼をやった時太門は思わず無気味な叫びを上げた。

「加山だ！」

太門の腕に力が入って、桜子は思わず身震いした。太門は見た。フロアサールの入口に黄色い地に濃紺の背広を見たのだ。色彩の印象は画家の眼をあざむくことは難かしい。太門は瞬間、足の力が抜けてよろめいた。桜子

は蒼白だった。それでも太門は勇気を出してフロアサールの入口に近づいた。

見覚えのある服をきて、当番ボーイが入口の掃除をしているところだった。

「なんだ、君か」

ボーイが怒ったような顔を向けたが、太門のうしろの桜子に気づくと、彼はひょいと気軽に頭を下げた。

「珍らしい服だね」太門がからかうように云った。

「この子が自慢で、いつも着てるのよ。ハワイの二世気どりなの」桜子が笑った。

「あんまりびっくりさせるなよ。加山が生きて出たと思ったぜ。よく似た色合いだ」

ホールの裏手へ廻って、寮の入口までくると、何んと思ってか、桜子は太門の腕を離さなかった。

「わたし、とっても気持が悪いの。心細いから、今日はこれからあなたのアトリエで一日休ませて頂戴」

太門はむしろ喜んで、二人はそれからまた街の方へ引き返えした。

十二、危急の長距離電話

園はアパートの自室で、朝からの研究上の仕事が一応くぎりのついたところだった。日ざしが窓の半分から差し込んで、机に向っている園を浮き出させているうしろに、粗末な本箱の列からはみ出た書物や雑誌が、所狭いばかりに積み重ねられて、最上階、独身部屋の一室では、ほかにこれと目につくものもない惨めさであった。しかし園は別段に栄耀栄華を望んでいるわけではない。安タバコを吹かしながら、エリザベス朝イギリス貴族の夢の跡でも辿っておればよかったのである。

そんなところへ、半ば心待ちにしていた多島太門が訪れてきた。園は古びた籐椅子の一つを片づけて、太門に席をつくった。

「待っていましたよ」園は挨拶抜きで云った。「昨日の結果はいかがでした」

太門は自分風の表現で、出来るだけ率直にと心がけながら、桜子をアトリエへ連れて帰るまでのことを物語った。園は一言二言質問をはさみながら静かに聞いていた。

「それで桜子さんの様子は？　別になんともありませんでしたか」

「ええ、ありがとう。ちょっと心配しましたがね。加山の二の舞いをやられてはたまりませんからな。今朝になってから元気が出ましたよ」と太門は笑った。

「一緒におつれになればよかったのに」

「それが、そこまで来ましたがね。美沙子さんへの約束に買物をして、逗子へ行くんだというわけで、さっき別れたところです」

園の顔が急に曇った。

「まだ逗子へは着いていないでしょうね」

「着くどころか、ひょっとすると、まだ銀座をあさっているかもしれませんな」

「早く知らせて頂いて何よりでした。ちょっと失礼」

園は卓上の電話で、至急に逗子の田中警部を呼び出すように頼んだ。

「太門さん、お礼を云うのを忘れていました。あなたのお話をきいて、どうやらわたしにはこの事件の輪廓がつかめたようです」

「そうでしょうか。どうもお恥しいことで。なんしろ、目黒へ行くとばかりで、加山君についてはそれ以上の手掛りは無かったわけでしてな」

「いいえ、結構です。充分です。もし目黒の行き先が分ったら、わたしは逆に、この事件の秘密を始めから組み立て直さなければならない位です。ただ残念なことに、この事件の犯人を挙げる決め手がない」

「と云われると？」太門が驚いて云った。

「心当りがあるのですか」

「そうです。今になって、あなたの話を伺っている間に読めたのですよ」

卓上電話のベルが鳴った。

「署ですね。田中警部を、至急にお願いします。園です、園牧雄です」園はいつになく興奮していた。「田中さんですか。例の事件について、そうです、至急手配をお願いしなければなりません。わたしも直ぐに伺いますが、美沙子さんを連行しておいて下さい。理由はあとで申上げます。出来るだけ早い方がいいのです」

電話はそこで切れた。園の蒼白い頬に、やや赤味を帯びた興奮が残っていた。

「美沙子さんが……美沙子さんと云いましたね」太門が、わが耳を疑うようにつぶやいた。

「止むを得ない。今のところわたしに出来る最上の結論です。太門さん、直ぐに逗子まで一緒に来て下さい。わたしは桜子さんを救ってあげたい。あなたの幸福も守ってあげたい。それに何より、美沙子さんが気の毒でならないのです」

十三、主なき口紅

太門がただ一人、美城別邸の、あわただしく乱れたあとで急に水が引いたような、どこか虚ろな寒々しい玄関に立った。太門は通夜の客のように、日足早く暮れそめた薄闇の応接室へ足音を圧えながら通ってみた。

わが身の置きどころと言葉が見つからず、桜子が部屋の隅につくねんと座していた。

「ああよかった、太門さん」彼女は立ち上りざま、悲痛な声で云った。「わたし、さっき来てみたら……美沙子さんが……」

「わかっている、知っているんだ」

太門は低く云って桜子の肩をおさえた。

「知ってたのかい、太門君」

伝兵衛は長椅子から身をのり出した。

「そうなんです。東京から園君が署へ電話をかけたのです。僕の目の前で」

「園さんが……それはまた……」

嘉津子夫人はハンカチを目に当てながら、伝兵衛の横で、その背に身をかくすようにしたまま怒ったようにつぶやいた。

「いいんだよ、気を静めなさい。園君には、園君の考えがあったんだろう。で、その園君は?」

「おっつけここへ来るはずです。今駅で別れたばかりですから。直ぐ来るように云ってきました」

応接室に明りをつけようとする者もなかった。澱んだ疑惑と困惑の中で、ただ園が来るのを心待ちにするより他はなかった。

太門が云った通り、ほどなく玄関にあわただしい足音が乱れた。女中の手で応接間に明りがついた。蝶のように美沙子が両手を拡げて、わっとばかり伝兵衛と嘉津子の間へ泣き崩れると、つづいて部屋に入った。園牧雄はいつもの神経質な眼を一層に細めながら、田中警部が刑事を一人連れてきていた。

「園君、これはどうしたというんですか」

園はタバコに火をつけながら、伝兵衛の言葉には答えなかった。異様な沈黙だった。

「わたしの推理が正しいか、間違っているのか、今のところ何んとも申し上げようがありません。しかしわたしは、加山殺しの加害者は、この中にいると思うのです。わたしには見当はついているが、決め手がありません。そしてわたしの考えが正しければ、その決め手はやはりこの部屋の人たちの手にあるのですよ」

座にいる一同の眼と身体が緊張した。

「時に桜子さん、あなたはまたどうしてここへ?」園が静かに云った。

「わたし、美沙子さんとのお約束に……」

「プレゼント。口紅のね。その口紅をちょっと見せて下さい」

沢山な目を一せいに浴びて、桜子は何んの躊躇もなく口紅をとり出して園に見せた。

「戦前の高級品の一つです。いかがです、桜子さん、それを今、御自分でお塗りになる勇気がありますか」

「勇気?」桜子がバネのように繰り返しながら、彼女は大胆に苦笑した。「ええ、ありますとも」

桜子が云い終ると同時に、その口紅を強く口にふくもうとした手を、田中警部が待ち構えていたとばかりに圧えた。刑事がそれと見る間に手錠を入れた。紅潮した桜子の顔が一瞬蒼白となり、首が大きく揺れて前に垂れると、はげしい嗚咽が洩れた。

警部の目の合図で、刑事は桜子を抱えて部屋を出た。園は床に落ちた口紅を拾い上げて、その真紅の先端を見つめた。あわただしい事の意外さに、しばらくは誰も動かなかった。

「何んとしたことだ、園君」

太門が怒気をふくんで沈黙を破った。

「これが止むを得ない終局です」園が苦しそうに云った。「しかし太門さん、そのうちに、わたしはあなたから感謝される時があるでしょう。加山佳一を殺害したのは佐伯桜子、未来のあなたの奥さんでした。そして桜子さんは、今また二重の罪を犯そうとしたのですよ。わたしはそれをさせたくなかった。美沙子さんのためにも、桜子さんのためにも、そしてあなたのためにもです。第二の犯罪に桜子さんはこの口紅を利用しようとしました。これにはきっと、加山を殺《や》ったと同じ砒素が含ませてありましょう。二重の殺人は桜子さんの生涯をとりかえしのつかないものにしてしまいます。今なら、あの人にも更生の路は充分にあるというものです」

「分らない。俺には分らない」太門は両手に頭をかかえて呻いた。

「みなさんの前で、わたしが結論に至った路すじをお話ししてみましょう。それを正しいと証明してくれるのは桜子さんの自白による他はありません。はじめのわたしの疑問は次のようなものでした。

何故、加山佳一は婚約披露の当日に殺されねばならなかったのか。

いつ、どこで砒素を飲まされたか。

二十三日、火の会のあとで、加山はどこへ行ったのか。

加山佳一と桜子とが、どんな関係にあるのか。

この最後の疑問は、全くちょっとした出来事から読みとれました。この間、ここで、桜子さんが自分の写真だといって見せた幼女を覚えていられるでしょう。美沙子さんはそれを見たような顔だと云われた。その通りです。あれは桜子さんに似ていたが、実は今一人の人、加山佳一に似ていたのですよ。あの女の子がさげていたハンドバッグにお気づきでしたろうか。あれはまごう方なくナイロンです。桜子さんが子供の時に、あんなナイロンがあったでしょうか。あの子は桜子さんと加山佳一との間に出来た子供ではないか、という考えがわたしの心をかすめたのです。

加山は美沙子さんとの結婚を希望した。桜子さんはあの子のために、おそらく自分との結婚を期待し、懇願したに違いありません。そのために、桜子さんは、前日の磯ホテルを選びました。二十三日の夜、桜子さんと投宿した頬に傷のある男は、貿易商社の社長須賀某ではありませんでした。わたしはそのことを、警部さんと一緒に、直接、須賀に逢って確かめました。須賀は桜子さんを、当夜、どこかよくないところ、たとえば秘密の観物などに誘ったのかもしれません。ともかく、その夜は、たとえ須賀が訊問されても、彼はその行先きを明瞭に云えないことが利用されたとみるべきでしょう。わたしが警部さんに、本件とは関係のない小さな事件が挙げられると申したのはそのことです。それに、須賀の左頬の傷は、かなり古くて色が浅い上に、彼は出来るだけそれを隠すように習慣づけられています。それなのに、ホテルのボーイは、長くて深い傷だと云いました。ロビーやホールの広い場所で、しかも重だった電燈を消した薄暗い中で、須賀は何故、そんな頬を見られるわけがありましょう。これは明らかに、須賀を仮装した、誰か自分と知られたくない人物、つまり加山佳一だったと思われます。

加山佳一が、磯ホテルへ桜子と同道したことを秘めるには、実に子供らしい用心が払われました。明日が婚約披露とあっては、桜子さんとの件はかくしたいのが本能です。彼は火の会に出席するのに、おそらく桜子を通じて、フロアサールのボーイの服を借りました。そして、山水楼からリッツへ、更に目黒の友人、と、あまり必要でもない足跡を、特に印象づけようとつとめています。加山は殆んど成功しました。時間としては無人なフロアサールのダンサー寮を利用して、彼は洋服を着替えた上で新橋へ急ぎました。ところが、はからずもそれを作家の垣山に見られています。そして彼は、山手線に乗ったのではない証拠があるのです。垣山は帰りを急ぎながら、混んでいる乗車券発売の窓口、しかも三番窓口に並んでいた。その横を通って、加山が切符を買って改札へ行ったそうです。どうして加山がそんなに早く乗車券を買えたのでしょう。簡単なことです。四番窓口は列車乗車券の発売口で、殆んど混んでいなかったのですよ。加山は逗子行の切符を買ったのです。

二十四日の当日、加山はひそかにホテルを出ました。そして頃合いの時間に、鎌倉あたりから逗子へ引きかえしたかもしれません。逗子で下車したのを、美城さんの招待客に見られていますが、これはむしろ加山の希望したところでしょう。誰もが、一応は加山が東京から来たと思うでしょうからね。

話を戻しましょう。ホテルでの桜子さんの加山への懇願は効を奏しませんでした。桜子さんは最後の手段をとりました。お昼の食事か、食後のコーヒーに砒素が混入されたことは、加山の死んだ時間から容易に考えられます。加山には係累がない。事がうまく運んで子供が更に大きくなってから、桜子さんは、きっと加山老夫人にその子を依頼したかったでしょう。不実な素行のよくない加山はともかく、老夫人こそ桜子さんの最後の望みの綱であったかもしれません。

ここで死者へあてられた二枚の葉書を考えて下さい。あの後の方の文面に、列車の中で、とありました。二つの葉書は全く同じような顫えのある字です。つまり、それらは、先の葉書も列車の中で書かれたと考えてはいけないでしょうか。桜子さんは事件の当日、その目黒の友人を仮想して、帰りの列車の中で葉書をしたため、東京で投函しました。二度目は、二十七日の土曜に、横浜まで出むいて投函したという仮定も成立するというわけです。

ところが、ここに意外な事件が起りました。太門君の行為と、思いもかけない出現です。桜子さんは自分の犯行をかくすために、この太門君を利用することを思いついた。太門君と、同じホテルの部屋での一夜は、むしろ桜子さんの、それとさとられない苦悶の演技であったでしょう。しかし太門さん、誤解しないで下さい。その時の桜子さんは、あなたの人柄も知らなかったし、愛情などありようはなかったのですから」

太門は頭を上げようともしなかった。彼の背の揺れるような動きに、園は太門が泣いているのを感じることが出来た。

「しかしわたしには最後の決め手がなかったことを何度となく申し上げました。それをわたしの方で計画してみました。太門君と桜子さんと、その時には、太門君にはお知らせ出来なかったが、この田中警部と横須賀線に揺られていた時、わたしは何気なく、加山の遺産は美沙子さんへ行くだろうと、これは桜子さんへ聞かせるように云っておいたのです。そのことが、桜子さんにどんな風な刺戟を与え、どんな行動に出るだろうかというのが、わたしの知りたかったことです。あの賢い桜子さんが、プレゼントの口紅を利用するであろうことは明らかでした。

桜子さんが太門君と加山の行方をさがしたあとで、太門君がフロアサールの寮へ送ってくることを断って、太門君のアトリエに泊ったことは二重の意味がありました。寮の部屋を太門君に見られたくなかったこと。加山君の何かの思い出の品が残っていたかもしれない。今一つは口紅に砒素を混入する適当な部屋と時間が必要だったからです。

わたしは太門君から、桜子さんが逗子へ向ったと聞いた時、確証を得たと同時に、当局が美沙子さんを容疑者と考えていたことを利用しました。それなら、桜子さんが逗子へ着いて、美沙子さんをまで、子供の幸福のために、殺そうとした目的が達せられなかったことを知っても、よもや自分が容疑者と考えられているとは思い及ばないはずです。

わたしは、桜子さんを逃亡させたくなかったのです。まして自殺をさせるなどとは思いもよらないことです。ここで素直に刑を受ければ、死んだ加山君があんな男であっただけに桜子さんは愛児とともに、同時に太門君とともに、幸福に生きられる時が間もなくやってくるに違いありません。

その時には太門君」、園が太門の耳に口をよせながら言葉を改めた。「どうか桜子さんをいたわって上げて下さい。運命を乗り切れなかった気の毒な人です」

太門は園の膝に手を置いて、静かに何度も何度もうなずき続けた。

死は恋のごとく

庭の隅に四五輪、寒梅が黄昏《たそがれ》の風に白く揺れているのを、亜沙子はじっとわが心のように見つめていた。伊豆山の急坂を二たまわりほどして平らになった一ところにこの阿座《あざ》家の別宅があり、座敷からは丘に囲まれた海が南欧の絵具さながらに明るい色に見えた。

温泉町の暖さもようやく肌寒い感じで、亜沙子はふと忍び寄った風に逐われるように、湯殿へと立ち上った。さきほどから、留守居をあずかっている老女中の手で仕度は出来ていて、亜沙子は廊下のはずれの湯殿に帯を解いた。

これが最後の湯あみであるかもしれなかった。

若々しい象牙の肌が、夕暮の薄闇の中に浮き、湯舟に沈むとタイルの白い艶の中に溶けこんでしまうようであった。

亜沙子はそっと目をつぶってみた。背の遠くで、規則正しい間を置いて滴り落ちる水音が、死んでゆくわが身の肉体から洩れる血潮のような、不吉な思いがした。

その時、女中の低い声が亜沙子の耳を打った。

「お嬢さま、桜木さまがお見えになりました」

来た。やはりあの人はやって来た。

「そう」と彼女は力なく答えた。

「お通し申し上げておきました」

亜沙子はいそがなかった。女中の知らせがまるで自分の意志を反対に動かすようで、実は、彼女は桜木京介に逢うことが恐ろしかったのである。彼女は入念に肌を洗った。化粧刷毛《はけ》に濃まやかな丹念さが重ねられた。

思えば、桜木京介との出逢いから今日に至るいきさつは、始めから終局の破綻を予期すべきものであったのかもしれない。

亜沙子に桜木京介をひき合わせたのは、他ならぬ、父の阿座京造である。父が行きつけの実業クラブで、わざわざそのためとしか思われない、お昼の食事に亜沙子は、父の新しい秘書としての桜木京介を紹介された。

「桜木君、これは一人娘の亜沙子です。お互いにお友だちになっておいてもらう方が、先きざき好都合なこともあろうかと思ってね」

桜木京介は、素直で、言葉少なに、清潔な気品があった。秘書と言われなければ、亜沙子は若い音楽家かと思ったかもしれない。

しかしそのあとで、亜沙子が京介に送られてクラブを出ようとした時、父は彼女の耳元で不思議なことを言った。

「桜木君はいい青年だ。でもお友だち以上になってはいけないよ」

今日まで、若い二人を追いつめたのは、ただこの一言であったと言えよう。

公園で、朧《おぼ》ろに楯を横たえたように光っている池。行き交う白鳥の虚ろな喜び。雨に重く濡れた木立。ひところばかり明るい電燈。その蔭で、京介の腕に背を支えられながら、彼女が爪先立って頰の濡れた最初の接吻。時を経るにつれて、突然二人を襲った、予期しない衝動的な情熱の破戒。亜沙子は覚えている。罪をおかして始めて知った自分の心の汚れのなさが、いとおしかった。

二人の接近の度合いが始めは父を喜ばせ、驚かせ、落胆させ、悲嘆させ、果ては激怒から、兇暴残忍なほどの哀憐を見せさせたのは何故だろうか。

亜沙子は伊豆山の別宅に身を避け、京介は父と交渉の上、悪い報知ならば、今日中にはここまで訪ねてくる約束だった。その上で、自分たちの身の上の手筈を決めねばならぬ。

湯殿を出て、廊下を元の座敷に戻りながら気持だけは張りつめて、亜沙子は足に力がなかった。気がゆるめばそこに倒れたかもしれない。折よく女中が茶を運ぼうとするのに出逢って彼女は気を取り直した。

「ばあやさん、いいのよ、わたしが持って行くから」

亜沙子は息をつめて座敷の襖を開けた。明るい電燈の下《もと》には京介はなく、こちらへ背を向けて縁側の籐椅子によりかかり、京介は暮れて今は見えない海の方を見つめていた。

力なく打ちしおれている京介の後ろ姿に、亜沙子は声をかける勇気もなく、お茶を机の上に置くと、そっと京介の後ろに立った。京介は気づかなかった。彼は動かなかった。

部屋の明りが縁側から庭に流れて、京介の見つめているらしい方向へ目をやると、亜沙子は何か、光の届いている向うの蔭に、ふと人の気配を感じた。

「誰かしら？」

京介の気を引くように言ってみて、彼女は彼が黙っているのをもどかしそうに、その顔を覗いてみた。京介の見えない目が何かを虚ろに見つめていた。

亜沙子の背に悪感が走った。その目を京介の胸にやった時、彼女ははっと息をつめ、思い出したように呻きに近い悲鳴を上げた。京介の胸に白木の短刀が真っ直ぐ、その心臓を貫いて立っていたのである。

亜沙子は失神同然な虚脱にあった。時ならぬ悲鳴に驚いた女中が、夕食の仕度半ばに部屋にかけつけた時には、亜沙子は京介の足元に崩れ蒼白《まっさお》に喘いでいるばかりであった。

機敏な女中はとりあえず医者に電話をかけ京介の死姿を恐ろしそうに見やってから、その方へは手をかけることを憚かって、亜沙子を静かに座敷へ横にならせた。

阿座家からの急報とあって、医師は直ぐに車を走らせてくれた。深い沈んだ声で、老医博はいつもの物哀しそうな目を殊更ら無表情に、京介は即死であること、亜沙子は間もなく意識を正常にかえすであろうことを女中に語った。その事務的な冷めたい言葉の底に医者の不幸な人間に対する心暖かさがひそんでいた。

「警察への通知は、阿座さんがお見えになってから御相談いたしましょう。御本宅へは直ぐにもお知らせして頂く方がいいようです」

老医博が去ってから、亜沙子はようやく女中と話が出来るまでになった。悪夢が、こうも早く、しかも京介の死という一方的な形であらわれようとは、一時は死を覚悟した亜沙子にも意外であった。

「ばあやさん、わたし……どうしたというのかしら……」

「何もお考えにならないで……。直ぐ大旦那さまがお見えになりますから……それまでは、お嬢さま……」

「いいえ、ばあやさん、お父さまがお見えにならないうちに……ねえ、ばあやさん、お前、知らないかしら、あの白木の短刀」

「短刀……でございますって」

「ええ、わたし見覚えがあるの。それに、京介さん、わたしを待っていて下すった間、そこで誰かとお話していらっしゃらなかったかしら？」

「さあ、それは気がつきませんでしたが」

「あの灰皿の灰、あの葉巻きは……ねえ、ばあやさん、かくさずに言って……お父さまが来ていらっしゃらなかった」

「大旦那さまが、……いいえ、とんでもございません」

白木の短刀は、いつか父の部屋で見たことがある。遠い記憶だが間違いはない。葉巻きの灰。庭先きの闇をよぎった人影。死んだ桜木京介が、今夜ここへ来ることを知り得るのは、父の他にはないのではあるまいか。なれば、何んのいわれか、自分たちの恋愛をあれほど憎悪し悲嘆していた父の他に、京介殺害を敢行しようとする者はあるまい。

「ばあやさん、すまないけれど、わたしに卵を二つばかり、少々固めにゆでてきて頂戴」

女中を遠ざけてから、亜沙子は生れて始めて父京造を侮蔑し、はげしく呪った。その呪いの中で、亜沙子は父への最も悲痛な復讐をしようと決心した。その、復讐を仕遂げる路は、呪いの中で自殺して見せることだ。それは同時に同じ運命を誓い合った京介への心中立てにもなるであろう。

亜沙子は床に座し、膝を頼りに縁側ににじり、京介の死体の傍に置かれている短刀を握った。彼女は京介が見つめていたと同じ、見えない海の方を見つめてから静かに目をつぶった。刀先が左乳房の下に当てがわれ、右腕と手首に強い力が流れようとした時、彼女の手首が更に強い力にさえぎられた。

「お父さま！」

「馬鹿な、何をする！」

二つの声が重なった。

「お父さま、恨みます、呪います。あんなにむごたらしゅう……」

亜沙子の眼は泣いてはいたが涙がなかった。

「何んと言われても言いわけはない。わたしもこんな結果になろうとは思わなかったのだ。呪われているのは、やはりこのわしだ。許しておくれ。お前たちがこうなったのは、わたしは京介に言わずにはおれなかった。言ってわたしの罪のつぐないをするつもりだった。それなのに、つぐないをしてくれたのは京介だったよ。京介は自殺をした。お前と、わたしの魂を救うつもりだったかもしれない」

「なぜです、お父さま、何故お父さまとわたしの魂が救われるのです?」

「いや、お前は、ともかく、わたしは決して救われることはない。わたしは二重に詫びなければならんのだ。亜沙子、驚いてはいけないよ、桜木京介は、母こそ違うが、血を分けたお前の兄さんなんだよ」

「お父さま、何んということを……」

「この短刀は、京介にわたしがそっと呉れておいたものだ。こんな風に役立とうとは、冷たい裁きだった。この上、お前にまで死なれて、わたしはどうなるというのだ」

夜寒の風が、庭をわたって冷めたく流れていた。寒梅の白い花が、一つ二つ、小枝の葉に乗って顫えた。

ダイヤの指輪

人物

友吉
啓子
高雄
金子兼雄
妻絹子
夜廻り―五十歳位―
直木勝子

（遠くを、鋭い警笛を鳴らして郊外電車の走る音。犬の遠吠え、二つ三つ、近くなり、遠くなりつづく。二人のひそかな足音）

啓子　わたし、何んだか気味が悪いわ。二人の歩く所犬の吠え通しじゃないの。

友吉　ほんとに嫌やな晩だね。まっ暗で、足元も見えやしない。降られないのがめっけものと言いたい位だね。

啓子　ねえ、友吉さん、随分遠いのね。

友吉　そうだね。啓子さんは、始めて行くの？

啓子　ええ、そうよ。駅でうまく友吉さんに逢えたからよかったけれど、一人じゃあ、とっても歩けやしないわ。

友吉　兼雄君は、駅から直ぐ、四五分だって言ってたけど……僕たちを呼ぶんで、是非来てほしいもんだから、かけ値を言ったんだな。

啓子　だんだん淋しくなってくるわ。

友吉　風が出てきた。今夜は冷えそうだよ。

啓子　路を間違えたのかしら？

友吉　畑と、小さな森ばっかりだね。書いてくれた地図では、確かに、この辺りなんだけど。……ほら、向うの明りがそうかもしれないよ。

啓子　そうかしら。

（夜廻りの拍子木の音。それがゆっくりと近づいてくる。突然、犬の高鳴き。直ぐ止む）
友吉　おや、犬が鳴き止んだ。ああ、夜廻りだ。あの人に聞いてみようよ。
啓子　それがいいわ。
（二人の足音早くなり、拍子木近づく）
友吉　あの、ちょっと、……ちょっとお伺いしたいのですが。
（拍子木上む）
夜廻り　はあ。
友吉　このあたりに、金子兼雄さんのお宅を御存じじゃないでしょうか。
夜廻り　金子さん？　はて……
友吉　三丁目の二〇番地……二三ヵ月前に越してきた家なんですが。
夜廻り　はあ、ああ、宝石の会社をやっていなさるとかいう、若い御夫婦さんの……
啓子　ええ、そうなんですの。
夜廻り　それじゃあ、こっちからでは、えらい遠道じゃ。この先の農家の先を曲ってな……いや、それより、わしもそっちの方へ行くから、ついて来なさるがいいよ。

友吉　どうもすみません。
啓子　ありがとうございます。
夜廻り　この寒空に、夜道に迷ったんではな。
（三人歩き出す。拍子木以前の通り）
友吉　よかったね、啓子さん。
啓子　ええ、ほんとに。
友吉　今夜のパーティで、兼雄君があなたに見せてほしいって言ってたの……何？
啓子　これ。
友吉　これって？
啓子　これよ。よく光るでしょう。
友吉　なんだ、指輪なの。
啓子　まあ、失礼ね。兼雄さんが見たがっていらっしゃるのは、この石なの。
友吉　石だって？
啓子　いやな人。ダイヤよ。四カラット半。お母様から先だって頂いたの。
友吉　すばらしいものなんだろうね。
啓子　あなたには分らない。ふふふふ。
（拍子木の間を縫って、かすかに、ジャズの電蓄の音が聞えてくる）

夜廻り　金子さんは、そこのおうちですよ。

（音楽一層近くなる）

啓子　ここだわ。

友吉　や、どうもありがとう。おかげで助かりましたよ。

夜廻り　いや、なあに。

（拍子木遠のいてゆく）

（ベルの音）

（扉が開くと、にわかに、にぎやかになる。音楽が洩れ、話声が洩れ、迎えに出る人の気配）

絹子　だろうと思ったわ。おそかったのね。……あなたー、啓子さんよ。友吉さんと。ずっとお揃いで？　遅かったのね。

啓子　あら、いやだわ。絹子さんたら、丁度駅で御一緒になったの。

絹子　よかったわね。いらっしゃい友吉さん。皆さんはもう見えているのよ。昔のグループの方だけお呼びしたの。

友吉　ずい分へんぴなところなんだね絹子さん。とっても探しにくかった。

絹子　まあまあ文句を言わずに。うめ合せはあるわ。さあ、ずっと……。

（音楽の部屋へ）

啓子　今晩は。おそくなっちゃって。

友吉　今晩は。お盛んだね、兼雄君。

兼雄　やあ、いらっしゃい。今、この方と、さっきからこうして踊ってばかりだよ。後でまた。

啓子　あら、高雄さんは踊らないの。絹子さんがあいていらっしゃるのに。

絹子　いえ、いいのよ。それよか高雄さんは、右の腕を骨折なさって、踊りどころじゃないのよ。

（曲、終る。新しい曲、始る。ダンス音楽でなく、何か、ピアノ・コンチェルトのようなもの）

兼雄　ああ疲れた。さっきから踊りつづけだよ。まあ、ダンスはちょっと休んで、こんどは、レコードでも聞きながら、お話にしよう。

絹子　それがいいわ、あなた。じゃあ、わたし、コーヒーのお仕度をするわね。

友吉　どうしたの、高雄君。右腕を折ったなんて君らしくもない。

高雄　いやはや、全くの不覚でね。折ったんじゃない、くじいたんだけど……。会社の入口の、あの廻転ドアでね、人に押されてはさみこんだんだよ。

啓子　まあ、危い。もうどうもないの。
高雄　うん、大丈夫。
啓子　それならいいけど。
友吉　高雄君は、早くから？
高雄　うん。友吉君や啓子君と違って、時間厳守だよ。
友吉　ごめん。そりゃ、急いで来たんだよ。悪いのは、
　この家の位置さ。
啓子　そうよ。駅から案外遠いのね。
兼雄　恨み言を背負うのが僕の家とは、参ったね、どう
も。
絹子　お待ちどおさま。モカがたっぷりの自慢のコーヒ
ーを、召し上れ。
兼雄　はめて来たね、啓子さん。どうも商売意識の好奇
心で、申しわけないけれど。どれ、拝見とするか。抜
かなくてもいいよ。……ほう、すごいね。四カラット
半のダイヤの指輪。あまり凄くて、玄人でもまさか、
と思いかねないね。純粋の、トランスバールものだ。
（みんな、「ふう」「ほう」というため息）
（その時電話がかかってくる）
絹子　電話だわ。何かしら。……はい、はい、そうです。
いらっしゃいます。……はあ、ええ、……もし、もし
もし……どうしたというのかしら。……啓子さん、あ
なたによ、直ぐお帰り下さいって。男の人の声で……
向うの名も言わずに、それだけ言って切れちゃったわ。
どうかしたのかしら。直ぐお帰りになる方がいいわ。
啓子　変ね。そうするわ。でも一人じゃ……。
高雄　僕、送って行こう。
兼雄　高雄君なら、願ったり叶ったりだね。啓子さん。
絹子　でも、気をつけてね、啓子さん。これじゃあ、何
でお呼びしたのか分らないわ。また、来てね。
啓子　ええ、じゃあ、さよなら。みなさんごゆっくり。
友吉　高雄君、よろしくお願いするよ。
高雄　ああ、じゃ、さよなら。
（犬、吠えて来てつづく。二人の足音）
高雄　啓子さん、指輪大丈夫？
啓子　大丈夫よ。
高雄　おうちで心配してるんだよ、きっと。
啓子　そっと持ち出したんだけど。……また犬が吠えて
……何だか恐いわ。
高雄　あっ、しまった。忘れもの。あわてて会社の書類
袋を置いてきた。直ぐ取ってくるから……（走り出し
た足音）

啓子　（追っかけるように）いや！　……早く帰って来て……。

（啓子、歩き出す。犬の吠える声しきり。それが、途中でふと止まる）

啓子　あら、何をなさるの？　だれか……うう……。

（身体が地面に倒れる音。間）

（やがて犬の吠声。歩いてくる足音）

高雄　（遠くより近づく）啓子さん！　啓子さん！　どうしたかな。先にいったのかしら。啓子さん！

（呼びながら遠ざかる）

（犬の吠え声止む）

（拍子木の音、近づいてくる）

夜廻り　うん、おやあ！　こんなところに……こりゃ、さっきの娘さんだ。はて、大変なことだ。そうだ、金子さんにしらせよう。（とかけ出す）

勝子　さて、皆さん。啓子さんの首を後からしめたのは、誰だったのでしょう。

啓子さんは、幸いに息をふきかえしましたが、指にはめていたダイヤの指輪が、なくなっておりました。犯人は、啓子さんの首をしめて、ダイヤの指輪を盗んでいったらしいのです。


（解答は329頁）

エロスの悲歌

……ヘシオドスをして言わしめますれば（「神統記」一一六――）

初めにくらげなす漂えるものあり
つぎては広ごれる土、万物を永久《とわ》に安けくのせて
つぎてはエロス
……

パウサニアスの演説――アプロヂテ様は二柱……天《あま》つアプロヂテ様と現世《うつしよ》のアプロヂテ様、そこで一方に組したまうエロス様は現世のエロス様、また一方に組したまうエロス様は天つエロス様……で、現世のアプロヂテ様に組しなさる、エロス様は本当に現世的で出たら目をなさる。そこで、その恋はつまらない人間のする恋じゃ。されば、そういう人々は第一少年に恋すのと均しくまた婦女子にも恋し、次にはまたその魂よりもむしろ肉に恋し、次にはまた、この上もない馬鹿者に恋するが、それも美しくするかどうかは考えないで、ただすることばかり考えるからじゃ。だからこそ彼等は善いか悪いかにはお構いなく、行き当りばったりのことをすることになる。……ところが天つアプロヂテ様に組してなさるエロス様はこのアプロヂテ様が第一、女性の血をお引きにならず、ただ男性のばかり引いておられるから――そこで少年愛があるのじゃが――次にはまた御年長であり、奔放であらせられないから、それがために、この恋に動かされた人々は男性を相手にするが、それは生れつき一層優れておってまた一層理性を持っておる者に憧憬《あこが》れるからじゃ。……

プラトン「饗宴」

一　狂い咲き

赤裸身《はだかみ》の我　爾《なんじ》が愛の振りかざしたる打撃待つ身ぞ
わが鎧冑《がいちゅう》を粉々《こなごな》として斫《き》り毀《やぶ》り
懲《こ》らしめ　また　跪坐《きざ》せしむ
たえて防がん術《すべ》とてなし。

フランシス・トムスン「天上猟狗」

もう待ちきれなかった。

人目を避けるのに、かえって人出入りの多い中央ホテルのロビーを選んだのは、とっさの思いつきに過ぎなかったが、こんなに待たされてみると、場所が場所だけに、矢多雅治はどこか後ろめたい気持がして、精神的にも肉体的にも甚だしい疲労感があり、今夜の逢い曳きは失敗に終るだろう、という予感がした。そう思うと、まだ相手が姿を見せない今のうちに、この場を立ち去りたい焦躁があったが、ひと思いに馳け出すなら知らず、周囲に不自然でなく、さりげない様子に立ち上るのには、ちょっと気の重い技巧がいるのだ。

矢多雅治は背のクッションに倚りかかったまま、見るともなしに、正面の大きな壁鏡に映る自分の姿に眼をやった。濃紺のタブルに細身のきゃしゃな身体を包み、これも細面《ほそおもて》の小顔が、乱れてはいるが艶々しい髪を美しく垂らして、澄みきった、不安なほどに神経的な瞳がきらきらしていた。透き通るような皮膚、細い首、力弱そうな手先などを見ていると、いつか自分が、早逝したフランスの詩人作家レイモン・ラジゲと、戯れに呼ばれたことのあるのを思い出した。ジャン・コクトオの愛童。それならば、自分をラジゲと呼んだ、フランス語の家庭教師サリサこと佐山庄太は、自らコクトオの立場たろうとする意志を囁きこんだのであろうか。そういえば、雅治の異常な心情を揺り始めたのは、その戯《ざ》れ言に由来しているらしいのを、彼は今にして気づいた。

明るく反射し合っているロビーの明りを一身に浴びて、雅治は自分の蒼白な頰が瞬間、紅く染まるのを感じた。

もう待ち切れなかった。

雅治が鏡の前のシートを選んだのは、ホテルの正面玄関がそこに映るからで、その鏡を見てさえおれば他の人々の注意をひくこともなく、入ってくる人の姿が捉えられるからである。もう半時間も前からどれほどの人の姿が映って消えていったか分らない。誇りを失った怒りと、不安と、焦躁とが一時におしよせて、彼は光のさ中へ、操り人形のように立ち上ると、引く水に流される藻草さながらに玄関入口の方へ漂った。

ボーイが素早く動いてドアを引こうとするのと、向うからドアを押すのと殆んど同時だった。雅治はおびえたように立ちすくんだ。大柄なサリサ・佐山の見馴れた白っぽい服装がなんの躊躇もなく近づき、丸顔に載せたベレー帽が滑稽なほどによく似合っていた。

「いや、お待たせしましたね、大変。よんどころない仕事です。でも早く切り上げて、いそいで来たので……」

フランス人との混血児と自称するこのサリサは、さすがに、雅治の疲労を見てとって、両腕に抱きかかえるように相手を支えた。三十歳の混血児のたくましい若さが、洋服のひだや折り目にしみこんだ戸外の初夏の香りを交えて、雅治はその腕の中で、次第に感情のいら立ちが静まってゆくのを覚えた。

「僕、帰えろうと思った」

自分でも意外なほど、雅治にはそそるような甘い調子が出た。二十歳になったばかりでまだ少年期から脱けきっていない清純な男の息には、あるいは女性よりも豊かな芳《かぐ》わしさが無かったとは言われない。サリサ・佐山はそのムードを見逃さなかった。

「雅治さん、あなた元気がない。何か飲む方がいいでしょう」

「サリサ、君はひどい」

「いいえ、何も飲みものだけで埋め合わせをしようとは言っていませんよ。とりあえず、です」

雅治は心を見すかされたようで抵抗出来なかった。サリサ・佐山は、つと雅治の背を押すように、ホールの片隅から奥への廊下へ入ってバー・ルームに入った。ここばかりは光が褐色につやめいて、紫煙とグラスの触れ合う金属的な音が、誰れかれの区別なく秘密な心を包んでくれるようだった。居合わせた二三の人とて、他人の心を覗くなどの気持のゆとりは無さそうで、雅治はわけもわからず燃え上ったり凍てついたりする、気まぐれな自分の感情を、ようやく自分のものに取り戻せた。

二人はバーの隅に、風に追われた小鳥のように並んで腰をかけた。

「ハイボールをね」

サリサ・佐山は別に雅治の好みを聞こうともしないで命じたが、ソーダで薄めたウィスキーが、雅治の乾いた咽喉と神経に心持よかった。

「いそがしい用があったって、サリサ、どんな用だったの、姉さんのこと？」

弛んだ感情に元気が出た。

「これは迷惑ですね、とんでもない。むしろ僕は、阿也子さんとは授業《ルソン》以外の交渉は持たないように努めているんですよ」

「じゃあ、そのルソンでは？」

「ヌー　ソーム　ダン　ジュン　グランド　ヴィユ・セート　ヴィユ　エ　トーキョー（私たちは大きな都会に住んでいます。その都会は東京です）」

「嘘ばっかり」

「いや全く。ところで雅治さん、お母さんは？」

「いつもの人が来ているはずなんだよ」

「ああ、清水というのがね。ママンも隅におけません」

「そんな風に言うのはいけない。母さんも淋しいんだ、父さんが早く死んでしまったからね」

「ママンのことはそれとして、それじゃあ雅治さん、いそいで帰る必要もないわけだね」

「……」

「あとで食事にしましょう。お腹が空いた。食堂なんか気がきかない。話したいこともあるし……部屋を頼んでおきますからね」

サリサ・佐山は身体に似合わず敏捷に腰を浮かし、ちょっと座をはずしてオフィスへ行ったらしかった。

雅治は佐山の行動にまるで自分が受動的であることに気づかない位、佐山まかせにしていることが、実は何故となく気持が豊かだったのである。むしろそれは甘美な献身に近い感情だったかもしれない。

そそられるというのでもない。自分を打ちまかすほど、相手が激しい感情を持っているというのでもない。言わば情熱のない愛情がそれと見えない衝動を支配していたに違いない。雅治は無心をよそおって、あるいは佐山の暴力を無意識の中に感じとっていたのではあるまいか。これは一種の奇妙な逢い曳きであった。しかし雅治にしてみれば、これを奇妙とは言い切れない。むしろお互いが利用し合おうとする機会に、自分の方で結論を出したのである。

佐山が席に戻ってくると、間もなく電話が鳴った。オフィスから佐山への通信だった。

「上へ行きましょう」

「サリサ、僕が好きか」

雅治が無感動に冷めたく言った。サリサ・佐山は席を立つと見せて、上半身を浮かすとこれも無関心そうに、しかし激しい短い接吻を雅治の唇に与えた。

バーの勘定は当然のように雅治が払った。

サリサ・佐山の逞しい片腕が、雅治の細い背を斜めによぎって腰をまわり、乱れ毛の美しい小さな頭を、頑丈な胸で支えていた。

エレヴェーターの前で、案内のボーイが機械のようにボタンを押した。待つ間もなく扉が開いて、二人の姿が内にすい込まれたが、やがてその扉が何事もなかったように閉まると、すっと足音も立てず、その扉に近づいて口元で奇体にゆがんだ笑いを浮かべた女がいた。

小さな口をすぼめ、鼻筋の通った女。大きな、輝しい、黒い眼。口元ではお芝居も出来そうだが、その眼には心を偽れない、はげしいほどの真面目さがあった。大胆に弧を描いて濃く墨を塗った眉。意志の強そうな若い女。陰のある処女。レースの手袋から垂れている大型の真紅のハンドバッグが一と揺れして、彼女は一足退がると、鋭い眼を上にあげて、エレヴェーターの階を刻んでゆく指針を見つめた。四階、五階。そこでその針は動かなかった。

二　垂れた帳《とばり》

彼なり、彼なり、
この手を導きて、この傷を我れに負わするは。
シェイクスピア「ルークリース凌辱」

「感づいているのよ、雅治は。阿也子も、美也子だって知っているに違いないわ」

矢多奈江は深く愁いに沈んだ様子で、長い睫毛を伏せた。湿りを含んだ柔順な眼に、四十を過ぎたとは思われない艶かさがあり、五年前に良人《おっと》に死別してからはもとより、それ以前でも独り寝の多かった肌には、まだ肉の弛んだ崩れが見えない。知的ではないにしても、もと名門の出であった深窓の面影は、世故と奸智を知らない大らかさに残っている。

「ふん、小娘が親にかくれてというのじゃあるまいし、今さら息子や娘たちに気がね遠慮をする年でもなさそうだが」

男は大胆に安煙草の煙を吹かして笑った。始終、片目が悪いと見えて、ガーゼを色眼鏡で圧え、口元には五十男の貪婪さが浮かんでいた。

甚だ奇妙な配合だった。矢多家の入りこんだ奥の一間は、未亡人奈江が私室に普段つかっている。初夏の快よい風を、夜とはいいながら障子までたて切って避けているのは、大抵この男の来訪した時に限られるようだが、死んだ主人矢多氏の事業の上での関係者の一人であるという以外には、この男について家人はあまり立ちいったことを知っていない。

「でも清水さん、わたしこんなことが、いいことか、悪いことか分らない」

奈江は、さきほどとは変った帯の締め方が気になるらしく、背の結び目を軽く叩きながら言った。

「いいことでも、悪いことでもない、と言いますかな。が、奈江さん、なんども言うように、亡くなった連れ合いへの義理立てで苦しむんならお止しなさい」

「あの人のことはおっしゃらないで」

「知ってますね。内地へ引き上げてくるまではフランス駐在の外交官。どさくさから終戦後は、貿易業、と言いたいところだが、まあ密輸といったもんで。わたしが片棒かついで上げましたがね。麻薬というのは儲かるもんだ。こうして、あんた方が不自由なく暮して行かれるのはそのおかげだ」

「知ってます。だからあなたのおかげということも」

「いや、それを言われては面目ない。が、まあ、それだけに、矢多さんだって女出入りの多かった人だ。それにしても急な死に方でしたな。心臓麻痺には勝てない。全く意外な死に方だった」

遠くから、庭を伝ってくるピアノの音がした。奈江は心もち顔を上げたが、

「あれは美也子ですわ」

と、清水の顔をうかがうように低い声で言った。

「阿也子さんも雅治さんも居ないようだね」

「ええ、きっと私のそぶりで、あなたが見えることが分るのでしょう。なんにも言わないでも、どこかへ出かけてしまいますわ」

「嬉しくない心づかいだね。今度から言っておやり。もうそんな必要はないって」

「どういう意味ですの」

「なあに、僕もそうそうはやって来れないのさ。仕事の方も忙しくてね」

「それなら仕方ありませんわ」

清水信造はかなり形の崩れた洋服の内ポケットへ、目立つほど小綺麗な手を突っこんで何かを採るような手つきをした。

「いつもすまないな」

ポケットの札束を探り当てると、彼は妙に調子をかえた声で言った。奈江はなんにも答えなかった。

「いつ高飛びしなきゃあならんか分らないんでね。用意だけはしておかなきゃ」

「もういらっしゃいませんの」

「そうは行かない。身体はこれなくても手紙だけは伝言《ことづ》けるつもりだ。よろしく頼むよ。不服かい」

「いいえ」

清水はつと立ち上って障子を開けた。廊下のガラスごしに庭で揺れているダリアの濃艶な首が、座敷から流れた光に中空に浮いた。

「まあ、あんたもとんだ男にかかり合いになったものだ。この僕にあんな手荒な手術の真似ごとをさせたからね」

奈江の顔から血が引いて耳の奥が鳴った。

「そんなこと、そんなところで言わないで……」

「あんたも罪造りだよ」

清水は元の座に戻ると、下卑た口調で笑いながら言った。

「おどろいたね。矢多の子がお腹にいたなんて。もう白状してごらん、矢多に済まないと思っているだろう」

「いいえ、あれは、あなたの子です」

奈江は冷やかに蒼ざめ、清水は思いがけない驚きと憤怒に唇をふるわせた。

三　流れ矢

ひとりだに在らず、
あらず、あらず、一人だに、
汝をおきて、哀れ寂しき乙女を慰むるは。
　　キーツ「エンディミオン」

大型の真紅のハンドバッグとレースの手袋が、無雑作にデスクの上に投げ捨てられたままで、窓から差しこむ強い太陽の光にきらきらと光っていた。阿也子はさきほどから落着かない。時計はとっくに十時を過ぎている。濃い眉毛が一層に濃く、深い眼の蔭が一層に深い。強いノックの音がした。

「アントレ（お入り）」

阿也子の声が高音に顫えた。サリサ・佐山庄太がいつものような朗々《すがすが》しい顔を、ぬっと突き出すようにして、それからそっと身体を部屋にいれた。

「鍵をかけて頂載」

「鍵？」

「かけて頂戴」

佐山は強いてさからわなかった。鍵穴に垂れていたキイを、彼は力をこめて廻した。

「誰か来るのですか」

「いいえ、直ぐには出られないように」

「ほう。遅刻して来た罰というわけですね。生徒が先生を所罰する」

「楽みごとが長びけば、次の予定も長びきますわね」

「そうでしょうね」

「先生が幸福であっていいように、わたしも幸福であっていいわけですわ」

「そりゃ、そうですとも」

佐山はデスクにあるハンドバッグと手袋を見た。

「で、その幸福を求めに、今朝はルソンをお休みにして、お出かけというわけですか」

「いいえ、出かけて来ましたの」

「御首尾は？」

「先生次第です」

佐山はこの時ばかりは阿也子の真面目な眼をおそれた。一途な、わがままな、利己的な女の情熱が、これほど奔放無碍であることをサリサ・佐山とて予期してはいなかった。ましてや、その流れの堰を切ったのが、自分であろうとは到底思い及ばない。

「どうしたというのですか」

「中央ホテルの五階の部屋は、夕べは鍵が必要だったということですわ」

サリサ・佐山は弾じかれたように度を失った。

「思い当るところがありますね。でも全く私個人の問題です」

佐山はせい一杯の虚勢を張ってみた。

「ええ、勿論、わたしにはとがめ立てするような権利もないことです。相手が誰れであってもですわ」

阿也子は表情をかえずに、つと眼をそらして庭の方を見やったが、何か思いかえしたように立ち上ると、一隅の戸棚をあけて、飲みものを取り出した。小さなグラスにウィスキーをそそぐと、それを大きな二つのコップへ打ち空けて、更にソーダをそそいだ。

「先生、いかが」

二人は黙ったままで一息に半分ずつ、お互いの心を読みとるように飲んだ。

「わたし、知っていましたわ」

何を知っているのか、と佐山は思った。

「先生は淋しい方です。そしてわたしも淋しいのです」

不思議に物音一つしない静けさだった。その中で、阿也子の言葉が低い朗読のように流れた。

「わたしも、もう二十二を過ぎました。今のうちでなければ、女はそのうちに幸福の糸口を見失ってしまいそうです。それに、わたしは生れ落ちてから今までに、幸福というものがどんなものだか知らないように育ってきたのですわ」

「それはあなたが幸福すぎる生活をしてきたからですよ」

「見かけが真実なら、あるいはそうかもしれません。でも、先生が雅治に、そう言って悪ければ、雅治が先生に牽《ひ》かれるように、わたしたち一家のものには、どこか風の吹き通る心の隙き間があるのです。わたしたちは、亡くなったお父さんを殆んど知らない、いえ、むしろ憎悪している位です。お母さんを通じて、何かおびえるような影を、いつも家庭に持って帰っていたのはお父さんです。お分りでしょうか」

佐山は殆んど聞いていなかった。

「お父さんがね」と彼はあいまいな返事をした。

「それればかりではありませんわ。お父さんが亡くなってから、母もすっかり変りました。わたしたちと話をすることも滅多にありません。何か秘密な生活があるようです。雅治も美也子もみんなそうです。わたしたちは一つの家族でありながら誰にも頼れないのです。このままでは今に何か起るかもしれません。わたしは不安なのです。先生が雅治を相手になさるほど孤独なのなら、わたしはもっと惨めに孤独なのですわ。先生、わたしを救って……いたわって……わたしを愛して……」

大粒の涙が不意に阿也子の頬に線をひき、彼女は崩れるように佐山の方へ身を投げ出すと、彼の両ももをかかえるように締めて、その上に頭を伏せた。

佐山は阿也子の感情よりも、その涙を持てあました。

「阿也子さん、どうしたのです。あなたは何か感違いをしていらっしゃる。困ります。それに、僕には情熱が無いのです。女の人には情熱が持てないのです」

阿也子は膝をかかえた手を一層強く締めつけてきた。

「いけません、気を静めなくちゃ。お休みになる方がいい」

佐山は女の手を振り放すようにして立上った。彼は音を立てないように鍵を戻すと、逃れるように部屋を出た。そのドアを閉めようとして眼をやった時、阿也子が今まで佐山の坐っていた椅子に身を投げかけて、膝を折って崩れたまま泣きつづけているのが、背一杯に受けている強い日ざしの中で、まるで造り上げた彫像の、技巧的な姿態さながらに見えた。

四　不倫の果

嫌悪の氷の底に、慾望の焔消え、
いかなる愛の薄紗も、
物憂き裸体をかくし得ぬ時、
汚れし肉のいかに悲しき！
ダヌンツィヨ「映像」

午後の日ざしに誘われるように、雅治は妹の美也子と連れ立って散歩に出た。自邸から半時間ばかり、郊外の私鉄線を少し入って、普段は人に忘れられたような池がある。細い帯のように奥深い池畔には、大樹が生い茂って陽も通さないところがいくつかあった。雅治は散歩には好んで、そうした道のない道を歩いた。

美也子の透き通るばかりの蒼白な頬に、ほんのりと汗のしめりが浮んで、腕をかしている雅治に、それが始めて知った女の体臭の香わしさを覚えさせた。

雅治は、サリサ・佐山と過した昨夜の甘美な一夜の暴力を、今にして悔恨と歓喜の感情で思いかえした。

美也子は雅治に手を取られて歩きながら、ずっと前から、故なく、ただ少女の本能的な感覚で、兄の不思議な感情の高潮をいぶかしく思いつづけていた。

池の水が風に追われて、ふと佇んだ二人の足元へ甘えるような音を立てて打ち寄せた。二人は静かに近くの木の根へ腰をおろした。名も知れない水鳥が一羽、二羽、思いがけない所から姿を見せて、また思いがけない方へ姿を消した。池の水面が、金属の楯のようにきららかに映え、青葉の濃さがペンキのように水に映って、かすかに震え揺れていた。

「美也子さん、いくつ?」

「十八」

「サリサには気をおつけ」

「何かあったの?」

あどけない美也子の眼が、無心に雅治の眼を追って、探るようにほほえんだ。

「サリサには気をおつけ」

「いや、サリサのことなんか。わたし、兄さんだけが頼りなの」

「ぼくは美也子さん、いけないことをした」

「どうしたっていうの」

「あれは、なんだったんだろう」

「なんのこと?」

「夕べ、僕は帰らなかった」

「どこへ行ってたの?」

「ホテル」

「お一人で?」

「サリサと」

「おかしいわ」

「おかしいだろうね。みんな話してあげる。もっとこっちへお寄り」

突然、眼の前に薄闇が迫ってきた。遠くで雷鳴がした。時ならぬ白雨が、ここばかりは避けて直ぐ前を通り過ぎてゆくようだった。

二人はそっと寄り添っていた。雷鳴が虚ろな情熱をともなって、若い二人の頭上をよぎるかと見えた。かなたには激しい雨が、ここには激しい、しかし感情のない興奮が渦を巻いて流れた。

「いけない、兄さん」

美也子のはばかる低い声が、波立つ池の水音に吸われて、遠い昔の思い出の声のように薄れ、流れ、そして消えた。

気まぐれな驟雨が、しめり気をふくんだ爽やかな風を残しで過ぎ去ったあと、同じ場所で、雅治はぽつねんと両手で顎を支え、美也子は細い両手の指で、眼を、顔をおおって動かなかった。

嫌悪と愛情が、まるで一つのものであるように美也子には感じられた。憎しみのない嫌悪、嫉妬のない愛情の中で、美也子は不思議に自分の身よりも雅治の行為がいとおしかった。欲望を知らない、幼い興奮が静まった時二人はあとの感情の所置よりも、犯した不倫の業をおさめる形に思いまどった。

二人は黙って立ち上った。かすかに雨のしめりを含んだ樹木が、冷めたい香ぐわしい匂いを流し、向う岸にはまだ雨が尾を引いているように、時折り池の水が小さく跳ねた。二人は静かに抱き合った。情熱も歓喜もない抱擁。雅治の腕が妹の肩と腰をいだき、面を伏せてよりかかっている美也子の顔に、疑惑の恥じらいがあった。

五　惨劇

ああ、くらみゆくまなこ、骨ばりたる
よごれし顔、泡噴き出だす
あけし口、垂れたる頭、
握る力の細り行く
手は萎え、粘り、こわばりつ！
　　ニコルズ「遂行」

夏の宵は人の心まで開放的であるものか。コンクリートの塀で外部と遮断されている矢多家も、夜に入ると急に生き生きと甦ったようにあちこちの部屋に明りがつき、玄関ホールを直ぐに右手に折れた広い応接間では、今しがた雅治の課業を終えたばかりのサリサ・佐山が女中代りの小女の運んでくれた紅茶を前に、自宅に帰る前の一ときの寛いだ時間を実は持て余しているところであった。

丁度そこへ、珍らしく未亡人矢多奈江が、まだ季節にはいくらか早いと思われる大柄の浴衣地を軽く着流して姿を見せた。

「あら、先生でいらっしゃいましたか。また夜分になと御迷惑をかけて……」

「いえ、別段僕も忙しい身体ではありませんで」

佐山は女主人を前にちょっと改まった返事をした。

「いかがでしょう、雅治は」

「それはもう、御熱心です」

「いえ、勉強のことでなく……少しあの子は神経質過ぎるようです。子供かと思っていると大人のようなところもあり……」

「いつもお傍で御覧になるからですよ。僕などから見れば、そりゃあ……、申し分のない青年です」

そう言って佐山は例になくちょっと頰に血をのぼせた。矢多奈江はそれに気がつかないようだった。

「あの子もこれといってお友だちが無さそうです。せいぜい遊び相手と思って気楽につき合ってやって下さいまし」

明け放たれている窓から、その時ふと耳なれない声が忍びこんできた。奈江も佐山も、ちょっと耳を疑うように見かわして、けげんな面持で、その声を捕えようと、口をつぐんだ。確かに、とぎれとぎれの不思議に細い声だった。じっと耳を澄ますと、どうやら誰かのすすり泣きとも思えた。

「美也子じゃないかしら」

奈江が独り言のように言った。そういえば確かに、女の声を圧えた泣き声に違いなかった。

奈江は、佐山をはばかるように席を立つと応接間の窓から鍵の手に見える本屋の二階を見上げた。かかりの部屋は美也子のそれで、泣き声は気のせいか、そこから洩れてくるようだった。その窓の方を見上げていた奈江の眉が、どうしたのか、ほんの瞬間、曇ったのを佐山は見落さなかった。

「雅治さん、どうしたのかしら」

奈江の言葉に誘われるように、佐山も彼女の側に立った。

「おや、雅治さんの部屋の明りが消えていますね」

「まさか兄妹喧嘩でもありますまいし。ほんとに困った人たちですわ。先生、すみませんちょっと見てきてやって頂けましょうか」

「ええ、いいですとも」

佐山は無雑作に二階へ上った。手前の部屋の扉のところで、ちょと立止まったまま、中の様子に聞き耳を立ててみたが、佐山の荒々しい足音にそれと知ったと見えて、部屋の中では、何んの物音も泣き声もしなかった。佐山は軽くノックしてみた。

「はい」

一向に躊躇を見せない、美也子の返事がした。佐山は遠慮なくドアを開けてみた。何も変ったことはなかった。美也子はふり向きもしないで大型の雑誌を拡げているところだった。他に誰も居なかった。

「これは失礼。雅治さんが居られやしないかと思って……」

佐山は何か悪いことをしたと感じたかのように急いで扉を閉めた。彼は大股に歩いて次の部屋をノックしてみた。雅治の部屋からは返事がなかった。もう一度力をこめて叩いてみた。同じように静かだった。彼はそっと把手を廻して、そっと扉を押してみた。いつものように、扉は軽く開いていった。先ほどまで灯いていたはずの明りが消えて、室内は真っ暗だった。廊下の明りに馴れている眼には、部屋の中がまるで見えなかった。佐山は勝手を知っている壁際のスイッチを押してみた。瞬間佐山は自分の眼を信ずることが出来なかった。一切の判断を失って、彼はその場に立ちすくんだ。

始めは黒い液体だと思ったものが、真紅の血潮であることに気がついた。それが雅治の白いシャツの背に、形をなさない無気味な絵模様を拡げ、椅子の背に、こちら向きに深く垂れた顔が苦痛にゆがんで、虚ろな眼が、何ものかを求めるように甲斐なく開いていた。

サリサ・佐山はその光景をそれ以上見るに耐えなかった。驚きのあまり、まだスイッチから離さなかった指に、本能的に力が入って、彼は今一度部屋の明りを消すと、漸く自分を取り戻したが、かえって彼は恐怖の波にのみこまれた。

どうして応接間まで帰ったのか、殆んど記憶がなかった。矢多奈江はあまりに取り乱している佐山に、ちょっと苦笑に似た笑いさえ洩らした。

「どうなさったの、先生」

「奥さん……大変です。雅治さんがいけない。大変です」

佐山は言いたいことが殆んど言葉にならなかった。もどかしそうに奈江の手をとると、彼は好奇にとまどう奈江の背を押すようにして二階の部屋に戻った。スイッチが音を立てた。佐山が部屋へ眼をやるより先に、奈江が悲鳴に近い叫びを上げて、膝を折るようにその場へ崩れ落ちた。

佐山の眼に、先きほどの雅治の姿がなかった。雅治の身体は椅子を離れて床を這い、延ばした手が力なく萎え、粘り、血に汚れた痩せた顔が、口に唾を垂れて悶絶していた。

奈江の鋭い叫びに、隣室の美也子が驚いた顔を見せた。佐山はとっさに、雅治の部屋の扉を閉めた。若い女に見せてはならぬ惨状と知ったからである。

「なんでもない、なんでもないんです。ただお母さんが……下へお連れしますから……」

佐山は奈江の身体を抱いた。美也子が先に立ち、階下に立ちすくむ阿也子と女中が呆然としている中を、佐山は女中を眼でうながして、奥に奈江の身体を横たえさせた。あとを女たちにまかせてから、佐山は電話器をとって、至急報を本庁に直通した。

ものの小一時間も経ったと思われる頃に、けたたましいサイレンが犬の鳴き声に交って聞えてきた。捜査課長と刑事たちをのせて、救急車が白い車体を矢多邸の門に停めた。

捜査課長の田中警部が迎えに出た佐山に鋭い一瞥をくれたが、持ち前の物柔かさが、くったくのない愛想のよさを見せた。

「やあ失礼、早速見せてもらいましょう。被害者には手をつけないように。大丈夫でしょうね、現場は」

「ええ、そのままです」

佐山はほっと救われたような面持になってやっと気分が落着いたようだった。

「写真班は来てくれ。鑑識課の水落さんの連絡は?」

玄関へ上ってから田中警部が事務的に刑事に聞いた。

「直ぐ来られるはずです。連絡はしてありますから」

刑事の一人が答えた。一行が二階の現場に上がり、指紋を集め、写真が数枚撮られた頃、警察医が下腹の妙に出ばった身体を、大きなハンカチーフで顔一杯に汗をふきながら入って来た。家人は奈江を除いて、全部応接間に集められているらしかった。

「いかがです、水落さん」

「や、どうも。運の悪いもので、ちょっと食事に出ているとこれですからね。おちおち夜食も出来ませんよ。……血は大したことはない。背中の傷です。刃物は調べてみなければ分らない。……ふう……まだ大丈夫ですよ、これは。生きている。手当をすればとりとめるかも知れない。急いでみましょう」

警察医は一向に動じなかった。田中警部の指揮で、雅治の身体が自動車に運ばれ、水落博士がそれにつきそって病院まで送ることになった。玄関で博士は警部に言った。

「うまく行くかどうか。ともかく、結果は分り次第こちらへお知らせしましょう。いずれにしても、明日のお昼までに報告書が出来ましょう」

六　底無し沼

汝は年中聞くならん、
汝が断罪の頭の上に
狼の哀しき叫び声を
飢えてはわめく魔女の声を、
淫らなる老爺の慰みを、
腹黒き掏摸《すり》のたくらみ事を。
　ボオドレール「悪の華」

被害者が運び去られたあと、署の人たちの足音をほかにしては矢多邸には無気味な沈黙が覆いかぶさった。

捜査課の田中警部はさすがに物馴れた態度で動じる気配もなく、邸内を一巡したのち、二階の、犯行の行われた雅治の部屋に入り、おそらく刺されるであろうまで雅治が腰かけていたと思われるアームチェアを前に、客用の椅子をひき寄せて腰をおろした。彼は無雑作に被害者のアームチェアを叩いてみて、異状のないことを確かめると、「ふう」とばかり大きな息を吐いた。

「調書の用意はいいかね」警部は傍らの刑事の一人に訊いたが、別段返事を聞こうというのでもなく、直ぐに言葉をついだ。

「家庭教師の佐山という人を連れて来てくれ給え」

佐山が威勢よく入ってきた。不自然に笑っているのは、出来るだけ周囲に負けないように虚勢を張っているものと思われた。そうでもしていなければ、佐山はかえって物も言えないほどに弱気に打ちひしげてしまったかもしれないのである。

「どうも御迷惑とは思いますが」警部の方から口を切った。年配は佐山と大差はない様子であるが、頑丈で、一見鈍そうな骨組のうちに、広い眉から、急に深く窪んだ眼のあたりが、いくら笑っても、どこか割り切れない物憂いかげが漂っていた。

「どうぞそこへお掛けになって」

警部は雅治の椅子を指した。

「いや、これはどうも……恐縮ですが、立たせて頂きましょう」佐山が仰山《ぎょうさん》な身振りで顔をしかめて見せた。

「佐山さんでしたね。簡単にお身元を」

「佐山庄太、通称サリサ。僕のフランス名です。二十八才。父はフランス人官吏、母は日本人佐山まつ。あちらで二人とも亡くなりました」

「いつこちらへ」

「終戦後です。職業はジャーナリスト。通信嘱託とは名ばかりで、実は翻訳タイピストといったものです」

「矢多家とはどんな御関係ですか」

「なあに、ほんのお子さん方の御相手です。家庭教師、フランス語のね」

「御紹介は？」

「亡くなられたこちらの御主人と、父が懇意に願っていたものでしてね。矢多さんには随分お世話になりました」

「ああ、ありがとう。ところで本件を知られた前後のことで、何かお心当りはありませんか……煙草はいかが？」

「これは恐縮」

佐山は警部の差し出した煙草を気さくに受けとって、ちょっと考えこむように眼を閉じてから、我にかえったようにあわてて警部から火を貰った。

「そうですね。僕がこの部屋を出たのが八時」

「それまでは？」

「七時から八時までというのがルソンの時間なのです。仕事の時間は習慣で正確です。雅治さんが疲れているというので、そのまま部屋を出ました」

「時々、疲れているようなことがありましたか」

「いいえ、今日に限ってひどく疲れているようでした」

「何故でしょうね」

「さあ、何故でしょうか。寝不足かもしれません」佐山はわざととぼけるような言い方をした。

「ほう、それで……他に変ったようなことは？」

「ありませんね。僕は一服するつもりで応接間でお茶をもらっていました。奥さんもお見えで……そう、美也子さんが泣いていたようです。よくあることです、女の子には。奥さんが雅治さんの部屋が真っ暗だと言われましたんで……美也子さんの部屋へ出かけて兄妹喧嘩かなんかと……とんでもないことでした」

佐山はちょっと言葉を切ってから、自分が発見した模様を精しく述べた。

「雅治さんと美也子さんと喧嘩するようなわけがあったんでしょうか」

「いいえ、どうしまして。訳の分らない泣き声だから、ふとそう思ったまでです」

「ありがとう。もうお聞きすることもないようです。

最後に一つ、この家へ出入しておられる方で、思い当る方があったら全部おっしゃって下さい」

「さあ、どうですか。あまり人の出入りはないようですね。僕が知っているといえば清水とかいう年配の人ですがね」

「お逢いになったことがあるのですか」

「いいえ、雅治さんから時々聞いている名というだけで……」

「雅治さんのお知り合い？」

「いいえ、奥さんのお知り合いらしいです」

「その人について、雅治さんは何か言っておられましたか」

「お母さんも淋しいからと言っていただけで……でも、その男をあまり好いていない様子でした。いつか、消毒液の匂いがすると言ってました」

「消毒液？」

「ははは、雅治さんも詩人ですよ。中身の腐った奴とでも言いたいところだったんでしょう」

「いや、どうもお忙しいところを有難う。また、お聞きするようなことがあれば、お手伝いを願いたいものです」

田中警部は新しい煙草に火をつけた。その時、一人の刑事が報告に入ってきた。

「兇器と思われるものはどこにも見当らないようです」

警部はそれを聞き流すように、無心に煙草を吹かしていた。

「姉さんの方を」と彼は一人ごとのように言った。

矢多阿也子は夜の化粧にふさわしい顔立ちと見えて、不敵に大胆な足どりで、田中警部の眼に艶美な視線を送った。

「おかけ下さい、どうぞ。お名前とお年を」

「矢多阿也子、二十二才」

阿也子はアームチェアに深く身をもたせながら、わるびれずに言った。

「今夜のことはもう御存知でしょうが……」

「ええ、いつかはこうなることでしたもの」

「じゃあ、予期していたとおっしゃるのですね」

「予感があったという方がいいようですわ」

「御説明願えましょうか」

「とても……何んと申していいやら、ただわたくしの感じなのですから。ただ、この家の人はみんな異常な神経を持っているのです。狂っているのです。雅治もそんな種を播いていたはずです」

「では雅治さんを誰かが特に狙っていた……特別な理由があった……とお考えになるのですね」

「いいえ、そこまでは知りません。雅治のことを一番よく知っているのは、あの佐山さんです」

「佐山さん？　ではまた後で伺ってみましょう」

「とりわけ昨夜のことをよくお聞きになるのがいいと思いますわ」

「どうかしたのですか」

「わたくしには言えないことです。けがらわしいことです。畜生にも劣ることです」

阿也子の頰がひきつるように痙攣した。田中警部は阿也子の異様な興奮に興味を持ったが、彼はそれをとり立てて追求するのを避けようとした。こちらの焦りが、かえって激しい女の感情を硬ばらせてしまうことを知っていたからである。

「ところで」と警部は話題を変えてみた。

「八時頃、あなたはどこで何をしておられましたか」

「下の私の部屋で……さあ、何をしていましたかしら……別に何もしていませんでした」

「妹さんの泣き声をお聞きになりませんでしたか」

「いいえ、私の部屋は妹の直ぐ下ですから聞えなかったのでしょう。それにわたし、ちょっと気が焦って、立ったり坐ったりしていたのです」

「どうしてですか」

「八時には佐山さんが下へ来るから、その時ちょっとお逢いしようと思ったのです。でも……言ってもかまいませんわ……朝のことがあったので、行きそびれているうちに、ママンが応接室へ入ってゆくのが見えました。ママンの居るところで、佐山さんと逢いたくなかったのです」

「佐山さんは朝もいらしった訳ですね」

「ええ、朝はわたしのお相手ですもの」

「その朝に、あなたと佐山さんとに面白くないことがあって、晩に和解されようとした」

「とんでもないことです。図々しいあの男に少しばかり言ってやりたいことがあったのです。わたしが殺すとしたら、佐山を殺してしまいます」

「今日は他にどなたも見えませんでしたか。あるいは近頃よく訪ねてみえる人に心当りはないでしょうか」

「お恥しいことです。こんな家へ訪ねてくる方なんかありませんわ。フランスから帰ってから、父の仕事が仕事でしたもの。御存知でしょう。刑務所へ行かねばならないところを幸わせなことに、父は死んだのですわ。わたしたちの孤独な生活はその償いのようなものです。そういえば、お昼頃でしたかしら……ママンにお客さまで、清水さんとか言いますわ、ほんのしばらく、それも何か口論めいた……と……ママンにはわたしが言ったなんてこと、告げ口しないで下さいな」

阿也子は口元で微笑までしたが、かえってそれを母の奈江に聞いてみろ、という調子に聞えた。

「雅治さんに一番最後に逢われたのはいつでしたか」

「さあ、やはり昨夜の八時頃です」

「どこで?」

「中央ホテル」

「妙なところですね」

「佐山さんにお聞き下さい。わたしも妙なところと思ったのです」

「三人でお逢いになったのですね」

「いいえ、わたしだけが知っていたことです。もっとも、そのことは今朝佐山さんには話しました」

「大変参考になることを聞かせて頂いたようです」

「それ以上のことはお話し出来ません。またすることもございませんわ」

阿也子は勝手に立ち上った。田中警部は強いてそれに逆らわなかった。

阿也子に代って、美也子が冷めたい風のように入ってきた。警部は例によって型通りの質問を繰り返えした。

「美也子です。十八になります」

「驚かれたでしょうね」

「ええ」

「雅治さんが刺されたのはあなたの隣りのこの部屋です。八時すぎに、何か物音をお聞きになりませんでしたか」

「いいえ。あとでサリサさんが来られるまで気がつきませんでした」

「お兄さんに一番恨みを持っていたのは誰でしょう」

「わたくしです」

警部は思わず眼を見張った。蠟の頰をまだ乾ききらない涙が尾を引いて流れた。

「気を落ちつけて下さい。これは大事な質問なのです。どういうわけで、あなたは兄さんを恨んでいるのですか」

「それを言わなければ、いけないのでしょうか」

「その方がいいようです。あなたのためにもね」

「いいえ、駄目です。勘忍して下さい。とてもそんな勇気がありません。お母さんにしか言えなかったことです」

美也子は椅子の片肘へ上半身を伏せて嗚咽していた。

「では強いてとは申しません。それではこれだけは正確にお答え下さい。八時頃から佐山が扉をあけるまで、あなたは自分のお部屋に居られたのですか」

美也子は同じ姿勢のままで肯いた。

「兄さんがあなたの部屋へ来たようなことは？」

「いいえ、ありません。わたしは一人で今日のことを考えて泣いていたのです」

「今日のこと？」

「勘忍して……でも、わたし、兄さんが好きなのです。兄さんを愛しているのです」

田中警部は立ち上って、いたわるように静かに美也子の肩を撫でた。この少女を抱き起すと、彼は美也子の力のない手をとった。刑事が直ぐに警部から彼女を抱きとり、支えるように部屋から連れ出した。

田中警部はそのあとで、ちょっと女中を訊問してみたが、彼女は殆んど何も答えるところがなかった。午後に清水なる人物が奈江に逢いに来たかどうかという訊問にも答えることが出来なかった。

あとは未亡人奈江を残すばかりである。奈江は階下の自室で寝ているというので、警部は心要以上の刺戟を避けて、単身彼女に面接してみようと思った。奥まった一室は本屋から鍵の手に折れた、瀟洒な二間続きの日本間で、奈江は庭を見やりながら蒲団に起き直っていた。年配とも思えない、言わばどんな運命にも逆らいきれない愚かな柔順さが、ふと口元をあどけなく見せたりする中に、それでも瞳にだけは、それと分かる愁いの蔭があった。

田中警部はいんぎんに慰めの言葉を述べてから、事件の前後の模様をきいてみた。奈江はいつも夕食をすますと、自分の部屋で何をするともなく所在のない時間を過すのが習わしとなっている。今夜はまた、誰も夕食に顔を合わさなかった。みんなが勝手な時間に、勝手に自室なり茶の間なりで食事をした様子であった。八時をすぎてから、奈江は小用に立ち、応接間に人の気配がするので何気なく近よってみると、サリサ・佐山が一人でお茶を飲んでいた。子供たちの面倒を見てもらっているので、そのお礼を述べたまでだが、それから先きのことは、佐山の証言と全く一致していた。

「この事件に関係がなくても結構なのです。何かほかに今日は変ったことがなかったでしょうか。たとえばお昼とか、朝とか……」

田中警部はさり気なく言ってみたが、庭を見つめている奈江の表情は動かなかった。

「さあ、一向に。……雅治と美也子が散歩に出かけたようでございました」

「阿也子さんは?」

「あの子のことでございますから……部屋に閉じこもったきりのようでございました」

「奥様も御在宅でしたね」

「ええ」

「御来客でも?」

「はあ?」

「清水さんと申される方が、時々おいでになるとお聞きしているのですが」

「はい、でもそのことは、全くわたくし事なのです」

「今日の午後はこみいったお話でもおありになったようで……」

「御存知でしたか」奈江はいぶかしそうに警部の方を見かえったが、直ぐに庭へ眼をそらした。「そうなのです。いっそ、すっかりお話しいたしましょう」なに思ったか、彼女は告白するような口調で低くゆっくりと語り始めた。

「亡くなりました主人のことでございます。フランスから戻りましてから、すっかり様子が変りました。あちらでよくない附き合いでもあったのでしょうか。戦争やなにやかやですっかり外交官としての自分に諦めをつけましたのでしょうか。こちらで間もなく、ずい分と気を使う事業に乗り出したようです。あとで分ったのですが、それが麻薬の密輸のようなことでした……お金の心配はなくなりましたが、かわりにいつ何んどきという不安があったようです。心労も大きかったことでしょう。その事業の相談相手になっていましたのが、今お話の清水さんなのです。そのあたりから仕入れがあり、どこかへ流したに違いありません。でも気を使う仕事には身体が耐えられないと見えまして、五年ほど前、丁度こちらで清水さんとお話中、突然心臓麻痺で倒れました。それがまあ主人の最後だったわけでございます。清水さんが事業の方のあと片づけやら、何やかやと、私どもの面倒まで見て下さいました。その当座は本当に感謝していました。あとで私もしばらく寝こみました折など、大変な御厄介をおかけしたり随分とお世話になりましたものでございます。それが一年経ち、二年経ちいたしますうちに、この家の財産のことなどで女手の私には処置の出来ないようなことが度々ありまして、一切を清水さん委かせにしたこともございました。私名儀で一家が当分困らないだけの財産のふり方もしてくれました。それがでございます。こんなことを申しましては、恩を仇で返すような浅はかな女とお思いでしょうけれど、この頃はひつこく私からお金を持ち出そうといたします。当然自分の金であったものを、一時私の名儀にしておいたものが沢山にあるなどと申すようになりました。私も出来るだけのことはしてお返えししたつもりであります。昨夜も当分は外地へ出かけますとかで、少々纏ったものを渡しました。その上今日も、別れに来たとの口実で……そんなことで、私も思わず荒い声になったことでございましょう」

「その清水という人のお住居《すまい》はどちらでしょうか」

「それが、同じあぶない仕事故、ホテルをわたり歩いているとかで、ただ時折りの居場所を知らせてくれただけでございまして……それも近頃はとんと聞いても言ってくれなくなりました」

「そのことを御家族の方は知っていられたんでしょうね」

「いいえ、私どもはみんな勝手な生き方をしようとしています。関心を持っていませんような……ただ雅治だけは薄々感づいていたようでございます」

「じゃあその清水という人は午後から遠くへ出かけられるわけですね」

「きっとそうでございましょう」

警部は清水信造の外見的な特徴を聞いた上刑事を呼んで、早速に全国へ指名手配をするように命じた。五十才前後、片眼を病み、中肉というよりも多少は細腰で、無精な頭髪に品のない骨格、手だけがきゃしゃな男、高飛びしたにしても、まだ国外に出る時間ではない。連絡さえうまくゆけば直ぐにも捕えることが出来るであろう。直接の加害者ではないまでも有力な手掛りは得られるに違いない。それに清水自身の犯罪も浮んでくると思われる。

「ところで奥様、雅治さんと美也子さんが午後は散歩に出たとおっしゃいましたね。出てゆくところを見かけられたのですか」

「いいえ、散歩から帰ってきて、美也子が私に話してくれたのです」

「その話と、夜、美也子さんの泣かれていたこととおそらく関係のあることでしょうね」

「はい」と言って奈江は言葉をつまらせた。「あなたはお信じになるでしょうか、こんな話……兄が妹と関係する……」

「近親相姦ということは、そう珍らしいことではないのです。ただ普通の常識では考えられない……きわめて稀れには起り得ることです」

「実は、雅治と美也子がそうだったらしいのです」

警部は奈江が平然とそう言い切ったのに驚かされた。

その時、刑事がいそいで短い紙片を警部に持ってきた。彼はそれを見ると、曇った眉が一層の陰を加えた。鑑識課からの報告で、雅治は応急手当の甲斐なく死亡したとあった。背の傷は出血の割りに浅く、極めて鋭いナイフかメスで一突きしたものに相違ない。刃先は心臓に達していない。おそらく深く刺したにしても、刃先は心臓下部をかすめるかどうかといった低さで、それが致命傷であったとは思われない。ただ、衝撃による精神的肉体的ショックが大きかったらしく、水落博士の応急処置の最中、心臓麻痺を起したものである。

「困ったことです。御心痛のこととお察ししますが、雅治さんは、やはり亡くなられました。わたしどもとしましても、死亡したとなるともう一度始めから慎重に考えさせて頂かねばなりません」

田中警部の口調はこの時ばかりは甚だ事務的だった。奈江夫人の肩から、瞬間、力が消えた。彼女は片手で眼をおおい、片手で膝の上の寝衣をもむように握りしめながら、嗚咽の洩れるのを圧えようと努めていた。

七　酔いどれ舟

かくて、知らずや、桅檣《ほばしら》は、暴風雨《あらし》
を招べば、
颶《はやて》に忽ち帆は破れ船は崩れて覆り
藻屑と消えて帆桁なく、桅檣なく、
はた、豊沖《ゆたか》なる小島なく……
さあれさあれ、烏乎《おお》わが心、聞け
水夫の歌を。

マラルメ「海の微風」

大学は夏の休暇に入ったばかりで、朝の構内には殆んど人影がなく、文学部五階の研究室からは蔦のからんだ図書館の古奇な側面、ドーム越しに、広場をはさんで、舞台装置のお城のような大講堂正面と時計塔、この横手の庭園の一部が、まばゆい日ざしにくっきりと見える。更に眼をあげると、江戸川の向うに、緑の濃い丘が横にのび、ふと、京都の町外れにいるような気もちになることがある。須々大教授の部屋で助教授の園牧雄は、「十七世紀におけるイギリスとスカンジナヴィアとの文学的関係」について、多少の仕事をまとめるつもりで、文献カードの整理を始めるところであった。一人身の気楽さで、園は仕事にかこつけて、静かな風通しのいい研究室で、一夏の避暑気分を味わおうという、実は淋しい悲願であった。

そんな朝、園は思いがけない来客に驚かされた。研究室に外国人の来訪は珍らしくはないが、一見して混血児と知れる、大柄な、それでいて、ふてぶてしい気弱さのあるこの青年を、園はまるで記憶がなかったのである。

混血青年は自らサリサこと、佐山庄太と名乗り、園とは同期の、フランス文学科の方の出で、今は高名な作家になっている知人の紹介状を持っていた。

佐山は始め、なりふり構わぬ園牧雄に気安い馴れを感じたが、学究にありがちな神経質な気むずかしい表情に出逢うと、ちょっと出鼻をくじかれた感じだった。

「突然お邪魔いたしましたのは」と、佐山は園と斜めに椅子にかけるなり切り出した。

「御紹介の方のおすすめもありまして……実は矢多家の事件につきまして折り入って御相談願えまいかと存じましたようなわけです」

「矢多家？」

「さようです。ほんの数日前のことでございました。一人息子の雅治というのが背中を刺されて死にました」

事件のあらましを、佐山は割り合いに要領よく説明した。園は始終物珍らしそうに聞いていたが、実は佐山と名乗られた時から、この事件の輪廓を思い起していたのである。

「僕一人の考えでは、どうにも身の置きどころもない仕儀でして……誰にも話さなかったことを……もっとも秘密に聞きおくという程度で、お聞き願いたいのです」

「どうぞお話し下さい。事と次第によっては、いずれあなたのために役立つこともありましょうからね」

「そうだといいのですが……いっそ、すっかりお話ししてしまいます。あの事件の前の晩、僕は、雅治さんから誘われて、そうです。向うの方から七時に中央ホテルのロビーで逢いたいと言われたのです。勿論僕は出かけました。僕にはフランスにいる時から、自分でどうにも出来ない習癖があるのです」

「グレコ・マニアですね」

園は好奇と思われないように真面目な目つきで佐山の感情のしこりをほごそうとした。

「それがあいにくと、現代のしかも日本ということで、当然、破倫の恥に値するのです」

二人は何気なく顔を見合せて笑った。佐山はすっかり安心したらしかった。

「それはともかく、その夜は二人で宿りました。御想像におまかせするより仕方がありません。ただ、それが雅治さんとの始めての経験であったことだけは申し添えておきたいと思います。雅治さんは、僕に、はっきり覚えていますが、愛しているか、とさえ言ったのです。それに、僕は、女を知れば知るほど男を愛せずにはいられないのですよ。

ところが、意外なことがありました。阿也子さんが僕たちを尾行し監視していました。そのことは翌朝、つまり、事件の朝になって分ったのです。僕は阿也子さんに責められました。ただ責められていると思ったのですが実はそれが、お笑いになってはいけません、阿也子さんの僕に対する愛情の告白でした。悪いことに、僕は阿也子さんに興味が持てません。その場を逃れるより僕には方法がなかったのです。僕は女の復讐を恐れます。女の復讐は特定の人に対してのみ為《な》されるからです。阿也子さんが、雅治さんを殺害しないとはどうして言えましょう。あるいは僕を殺害しないということもです。

悪いことに、雅治さんが殺された夜、雅治さんと一番最後に逢ったと思えるのは僕より他にありません」

「そう結論を急いではいけません。阿也子さんが雅治さんを殺害する意志があったかどうかは重要な問題です。あなたをも殺害する意志があるかどうかと同じ程度にです。それに雅治さんと最後に逢ったのが貴方だと、どうして決められるのでしょう。あなたよりあとで犯人だけが雅治君に逢っているわけです。もっとも、あなたが犯人であれば論外です」園が冷めたく言い放った。

「そんな馬鹿な……僕はむしろ、阿也子さんがそんな風に中傷するだろうことが不安なのです」

「そうでしょうね。出来ればお役に立ちたいものです。

実を申しますと、私はこの事件の顛末を全く知らないというわけではないのです。むしろあの矢多家の人たちの異常な心理に興味を持っているのですよ。これは私の悪い習癖です。あなたがお出でになったことは私にいい機会の糸口を与えてくれました。出来るだけ早い機会に、私も自分で調べさせて頂くようになりましょう」

サリサ・佐山が愚かしい告白と意見を酔いどれ言のように述べて去ったあと、園牧雄はせっかく分け始めた文献カードを無雑作にとり揃えて、ぽいと、投げ出すように机の上へ置いた。図書館と広場と講堂と向うの丘の線が、人間世界の哀れな厳しい現実を、憐んでいるように園牧雄の眼に映った。

八　古い傷

聖壇と伽藍《がらん》は倒れ、
忘却の雑草に
その屈辱を隠さんとす。
ワーズワース「教会詩」

その翌朝、園牧雄は研究室へちょっと立寄り、警視庁捜査課の田中警部へ電話をしてから、時折り来馴れた警部の部屋を訪ねた。かねて昵懇《じっこん》の間柄であり、このたびの事件についても園の方から積極的に聞き合わせたこともあって、田中警部はいい話し相手が出来たとばかりに喜んでもいたのである。

園は、その後の捜査の結果にさして期待を持っていなかった。

「あれから全国指名手配をした清水の行方が依然分らないんですよ」警部は自嘲するように言った。

「全然ですか」園はお世辞のように聞きかえした。

「いや全く」

「これは田中さん、もう挙がらないかもしれませんね」

「気長くやってみるつもりですよ」

「僕におかしいと思われるのは、かりに高飛びするにしても、指名手配までの時間はせいぜい五六時間のことなんですから、汽車ならば名古屋、自動車ならば静岡までどうでしょうか。飛行機は欠航だらけだし、これは予約者を調べれば訳のないことです。あとは船ですが……僕はむしろ、横に飛んだのではなく垂直に飛んで落下した……つまりこの東京にいると思うのですよ。全然手掛りがないことは、それが一つの手掛りになることですからね」

「それは手抜かりありません、園さん。こちらも大部しぼってきているのです」

園は昨日、研究室へ佐山が訪ねてきたことを話した。話のこみ入った内容にはわざと触れなかったが、佐山と阿也子との内面的な葛藤については、単なるスキャンダルとのみ考え捨て去れない疑惑があった。

「私が今日お訪ねしたのはですね、田中さん、お忙しいところを御迷惑かもしれませんが、この事件についてちょっと当ってみたいところがあるのです。今のところ、私のほんの漠然とした推察に過ぎないのですが、奈江未亡人の証言の内容は、もっと奥底があるように思われるのです。それについて、是非ともあなたの職権をお借りしなければなりません。御同行願われましょうか」

「事件に関することとあれば、喜んでおともしなければなりません」

二人はその足で、都心から僅か離れた私鉄沿線の矢多家に、未亡人奈江を訪ねた。応接間に通されて、待つほどもなく奈江が変りない姿を見せた。

「こちらはW大学助教授の園牧雄さんです。このたびの御不幸について、その解決に私の方からも色々とお手伝い願っている方でして……」

田中警部が丁重に園を引き合わせた。今後の事件の進展について、園の立場への好意ある配慮がふくまれていたのである。園は無雑作な挨拶しか出来なかったが、そのぎこちなさは、むしろ園の素朴な温い感情の表現であったかもしれない。

「早速でございますが、清水信造の足どりが全く不明なようです。奥さまが最後に口論なさった時、その行き先きなど見当がおつきではなかったでしょうね」

園は一向にとりとめもない質問を始めた。

「いえ、一向に」

「その清水さんが、あとで金銭的な強迫をするということは、当初にお考えにはなりませんでしたか」

「ただ亡くなりました主人への義理立てとだけ思っておりまして……」

「奥さまへの義理立てもあったわけでございますね」

「と、申されますと……」

「お気持を悪くしたらお許し下さい。私はこんな風にしか物が言えないのです。ただ、御病気のときに、清水がいろいろお身廻りのお世話をしたとか聞きましたので

「……」

「ああ、あの時のことでございますか。なにしろ、主人ばかりでなく、わたくしもすっかり疲れておりまして、もう何んの元気もなく御迷惑をおかけしました」

「長くわずらわれていたのでしょうね」

「ほんのひと月ばかりでございました。めったに病気をしたこともございませんでしたから、何かとまごついていたのです」

「かかりつけのお医者さんも大変だったでしょう」

「いいえ、線路の向うの病院へ通っておりました」

「御主人がお亡くなりになった時は、急だっただけにお驚きでしたろうね」

「はい、やはりその病院から、直ぐ先生に来て頂きましたが、やっぱり駄目でございました」

「御命日は？」

「二月の末でございます。二十二年の」

「終戦間もなくでございましたね」

しばらく三人で当時の雑談がつづいたが、さしてそれ以上の新しい話題も発見もなく、園と田中警部は邸を出た。広い邸内がまるで無人のような暗さだった。

「田中さん、退屈をさせました。私には収穫がありました。私は奈江を診察したと思われる医者が知りたかったのです。簡単でした。向うの病院のようです」

園は申し訳けのように言った。暑い日盛りの中を、二人は駅の方へゆるやかな坂を降り線路を越えてから、さささやかな白堊《はくあ》の病院を目ざした。

思いの外に閑散と見えて、小柄なふくよかな院長が磊落《らい》に二人を招じた。彼は二人に椅子をすすめてから、手にした二枚の名刺をかわるがわる、けげんそうに見かえした。

「御用件はどんなことですかな」

院長は患者の容態をたずねるような口調で物やさしく訥弁《とつべん》に言った。

「妙なことをおたずねするようですが、五年前頃の、つまり二十二年頃のカルテは御保存になっておられましょうか」

「ええ、勿論ですとも。焼けなかったから終戦前のものも揃っているつもりです」

院長は何を言うかとばかり、口をちょっととがらせて答えた。

「それは好都合でした。願ったりかなったりです」

園は院長の子供っぽい怒り方に、いくらか大袈裟に喜んでみせた。

「大変恐縮ですが、さる件に関しまして、こちらへ伺ったことのある患者のことを伺いたいのです」

「患者の疾病については、わたしの方としては、なんですな、お明し出来ない点もありますが……」

「いえ、御心配なく。責任は本庁の方で持ちます」警部が助言をした。

「それでは御要求に応じましょう」と院長が素直に言った。

「古い話で御記憶されていますかどうか、昭和二十二年の二月末に、直ぐ近くの矢多泰助というのが心臓麻痺で死にました」

「さあ、わたしが一々の患者に立会うというわけでもありませんで……ちょっとお待ち下さい。診察簿を調べてみましょう。昭和二十二年でしたな」

院長は隣室のあたりへ姿を消し、二三冊の大きく重たい診察簿を抱えて座に戻った。

「二十二年二月二十七日……お名前は矢多、ヤ……ヤ、……ヤタ、そうです、ありますな。これです。

矢多泰助、四十三歳。○○区○○町二丁目五八八番地。所見。心臓麻痺、他ニ異常ヲ認メズ。これですな」

「これは何んでしょう」

園は素早く、所見の箇所に黒く消されている文字を訊ねた。

「何んでもありません。書き損じたものと思われますが……ほう、空気塞栓死と書いて消したものです」院長は一笑に附しながらつぶやいた。

「ほう、するとそんな疑いもあったわけでしょうね」

「とんでもないことですよ。処置欄には何か書いてないところをみると、うちの医者が出むいた時は死んでいたのです。したがって医者が処置を誤ることはあり得ませんからな」

院長は器用そうに指先きで診察カードを叩いた。園は余裕を置かずに聞いた。

「ついでと申しては悪いのですが、もう一つだけお調べ下さい。これは死亡ではない、二十二年の同じ頃と思われますが、同じ姓で矢多奈江という婦人患者についてです。これはこちらに外来で通ったというのです」

「ああ、居りますよ」

矢多奈江、三十五歳。住所は同じである。所見、妊娠三カ月。他ニ異常ヲ認メズ。

「これだけのことです」院長は面白くもなさそうに二

人の顔を見た。

「その後、通院はしていないのですか。当分病院通いをしたという話でしたが」田中警部は意外な面持ちだった。

「これっきりのようですな。尿の検査も記入してあります。妊娠かどうかを知りたかったのでしょう」

「これはどうもお手数をおかけしました。知りたいと思ったことは、どうにかおかげさまで分ったようです」

園の言葉をきっかけに、二人が殆んど同時に立ち上った。院長は何か釈然としないらしく、わざわざ玄関まで見送ってから足早やに引っこんだ。

駅へ着くまで、園も田中警部も殆んど無言だった。プラットフォームのベンチで、園が重たい口を開いた。

「田中さん、どうやら私の思っていた事情がありそうです。この事件の最初の出発がのみこめてきましたよ」

「奈江未亡人が嘘を言っていたとは意外でした。妊娠をあれほど隠す必要もなさそうだが……流産したか、堕胎したか、多分堕胎でしょう……言いそびれているからにはね」

「勿論、堕胎に違いありません。問題は、誰が堕胎手術をしたかということです。私の仮定ではこうなるのです、田中さん。その手術をしたのは清水信造と考えます」

「ほう、清水がね」

「清水は医者が本職なのですよ、きっと。奈江は妊娠と知った。ひょっとすると清水の子であったかもしれません。清水には分らないことですからね。矢多の子であれば清水は頼まれて嫌やとは言いますまい。清水の子であれば奈江は闇に流したかったでしょう。清水が堕胎手術をした、あの家の病室にしていた部屋でやったのでしょう。一カ月近くは寝こんでいても不思議はないはずです。

身体つきに似合わず手首がきゃしゃであったこと。それに死んだ雅治が言っていたそうですね、清水は消毒剤の匂いがするってね」

「すると、あの背の、鋭利な傷は、手術用のメスということになりますね」田中警部は大きく肯いて結論を立てた。「問題は、清水がいつ、どんな風に雅治の部屋へ入って背中を刺したかということが残るだけです」

「それはいけません、田中さん」園は急いで打ち消した。「清水が医者であったとすると、この問題は、ますます複雑なことになるのです。メスを使い馴れていて、人間の身体に精しい医者が、静止している雅治の背を刺すのに、あんなまずいやり方をするものでしょうか。刃先は深くなく、しかも心臓の位置さえさだかに知っていない。もしメスを振ったのが医者なら、雅治は間違いなく即死していたはずです」

不意の警笛が二人を驚かし、その時、上り電車が構内に入ってきた。

九　奇妙な逢い曳き

そなたと並んで歩くのは誰だろう。
算えると、ただそなたと私の二人だが、ほの白い路を見やれば、いつもいつも、も一人誰か、そなたと並んで歩いてゆく。

エリオット「荒地」

人気のない白々しい大学構内のコンクリートの上を、一組の男と女がよりそって、睦まじそうに歩いてゆく。男によりそった不安気な女の影は、かえって睦まじい語らいと見せるものなのか。

二人は正面広場を抜けて、講堂横の庭園へ入っていった。講堂側面の二階廻廊が、中世建築のような柱廊の落着きを見せている真下のベンチに腰をおろした。ここへは、冷ややかな風が、木影の湿った香りを絶えず運んできた。

「こんな風情もないところへ奥さまをお呼び出ししたのは、誰にもわずらわされないで、ただ二人きりでお話ししたいことがあったからです」

「わたくしはもうこの事件には耐えられなくなりました。先生。何もかも申し上げてしまいます。何からお話しいたしましてよろしいやら……」

矢多奈江は蒼ざめたうなじを垂れ、審判を受けるもののように園の言葉を待っていた。

「私が知り得ただけを、申し述べてみましょう。もし間違いがあったら訂正して下されば結構です」

奈江は静かにうなずいた。

「私も卒直に申上げます。終戦後間もなく、外務省をひかれた御主人は事業が手広くなった。おっしゃるように、麻薬の密輸です。この仕事に材料と手段を提供したのが清水信造という男でした。彼は医者である身分を利用して、麻薬の入手には事欠かなかった。しかしそれよりも大事なことは、御主人と清水との交渉が深まるにつれて、また貴女との交渉も深まったのではないでしょうか。

この関係は貴女の妊娠という形であらわれました。貴女が病院でその事実を知り、清水にも打ち明けて思いまどっていた時、突然御主人が亡くなられました。貴女はその当時お腹の子が誰の子であるのか御承知でしたでしょうか」

「これは女にしか分らないことです。あの子は清水の子でした」

「清水にはそのことを話されたのですか」

「いいえ、清水は矢多の子とばかり思いこんでおりました。早くおろしてしまうように言ったのも清水でございました」

「では御主人はどうだったのでしょう。妊娠とわかれば、自分の子だと信じられたでしょうか」

「いいえ」と言って、その時奈江の声が顫えた。「亡くなりました主人とは……わたしは身体の関係はありませんでした」

これは園にも思いがけない事実であった。彼はこの時まで、そうとは思い至らなかったのである。

「では雅治さん、阿也子さん、美也子さんは」

「はい、あの子たちは、矢多が他の女の人に産ませたのです」

ちょっと沈黙があった。園は妄念を払うように眼を閉じて、それから話を元へ戻した。

「御主人の死因は心臓麻痺ということになっています。だが私にはそうと思えない証拠が見つかりました。死因は空気塞栓死でした。お分りでしょうか。これは自然の生理現象ではありません。御主人の血管に空気か水を入れた人物があった。その人物が、医者の清水であったと申しても不思議はないはずです」

「主人が清水に殺されたとおっしゃるのですか」

「これは一つの仮定に過ぎません。そう考えることも可能なわけです。ただ終戦後の落ち着きのない中で、医者が疑いを持ちながら診断を誤った、と考えていいようです」

「何故、清水は矢多を殺したのでしょう」

「それは私がお聞きしたい質問です。ただ私の推測に誤りがなければ、清水は貴女の愛情と、貴女に遺されるべき財産を独占したかったに過ぎません」

「わたしは馬鹿だったのです」奈江は唇を嚙んで訴えるように言った。「わたしが馬鹿だったのです」

「堕胎手術はあなたの病室で行われました。ひそかに……二人きりの秘密として」

「ちがいます。あの子供たちも知っていたのです。それから、わたしどもの生活の方向がばらばらになりました。清水やわたしに対する敵意が生まれました。冷めたい鉛のような暮しが始まりました。わたくしが実の母でないことが分る年頃になってからは、お互いの溝はますます深くなるばかりでした」

「事件の当日のことを考えてみましょう。阿也子さんと佐山君とに感情的な軋轢《あつれき》があったようです」

「存じております。あとでそのことに思い当りましたのです」

「雅治君と美也子さんとが散歩に出て、どんなことが起ったか、これも御存知の通りでしたね。重なった不倫な行為は、みんな雅治君を中心として起りました。そのいきさつを一切知っていたのは奥さま、貴女一人しかありませんのです。

ところで、貴女は昼間に清水の再訪を受けて口論なさいましたね。清水を激昂させ、その貪欲に油をそそいだのは、清水が貴女の愛情に絶望した結果ではなかったでしょうか。愛情を失った貪欲というものは、人の理性では判断出来ない行為を生むものです。ただ私には、貴女の愛情を絶望させた原因が分らないのです」

「申し上げましょう。前日、清水が帰りますきわに、わたしは、堕胎した子が清水の子であると言ってやりました。長い間、私を苦しめてきた清水に対する、私の小さな復讐だったのです」

「よくおっしゃって下さいました。それなら清水が執着したのは貴女の財産であり、執った手段は強迫であったでしょう。清水が貴女に強要した一つは、清水にとって最初の邪魔者である雅治君を亡き者にすることだったのではありませんか。勿論貴女は強硬に反対された。だがその口論が、貴女の潜在意識を形造ったことは想像されます。夕刻になって、思わぬことから貴女の意識が積極的に動いた。背後にある、今一人の男の意志に感応した、つまり、雅治君が美也子さんを辱しめたと貴女が知った時です」

奈江は園の想像を否定も肯定もしなかった。

「それに、雅治君と佐山君と阿也子さんの三角関係が、この犯罪を行うに最も都合のいい条件を提出していたわけです。嫌疑はその場の事情で、一応誰れにでも転嫁出来るというものです。この事件の始めから、誰もが容疑者であり得たし、また誰もが容疑者たり得ないところに、私は疑問を持ったのです。

それはそれとして、佐山君がレッスンを終えて部屋を出た時、八時の習慣を知っていた貴女は、おそらく清水が残していったメスを手にして、入れ違いに雅治君の部屋に入りました。雅治君は貴女と知って別に驚かなかった。あとで貴女が佐山君に連れられて部屋を見た時、まだ死んでいなかったはずの雅治君は床にもがいていたが、それより先に佐山君が見た時は、雅治君は椅子によりかかって苦悶していたのです。殺意を知らない雅治君に何んの抵抗もなかったことは不思議でありません。貴女は清水にあらかじめ注意されていた通り周到でした。指紋は残さなかったし、メスは巧みに抜いて返えり血は浴びなかった。もっとも貴女の力では、それほどの傷を与えることは出来なかったようです。

雅治君は、警察医の報告通り、その現場では死んでいなかったのです。佐山君がもっと冷静に行動しさえすれば、あの悲劇は未然に防がれたかもしれません」

奈江はおしまいまで顔におおった両手を離さなかった。

「奥さま、貴女は傷害ではあるが、致死罪にはならない公算があるのですよ」

「でも雅治は、その傷のショックで死んだのです。わたしが犯した罪には変りはないのですわ」

「ショック死であったからこそ、私は貴女が犯人ではなかったと考えているのです」

奈江は不思議な混乱を覚えた。園は立ち上った。いつの間に始まっていたのか、ずっと遠くの、ここからは見えないテニスコートで球を打ち合っているらしい音が聞えてきた。

「奥さま、今日の話は、貴女から明日にでも田中警部に伝えられる方がいいと思います。いずれにしても、明日の一時に、もう一度だけ、御足労願わねばなりません。警視庁捜査課の田中さんのところへ、是非にも来て頂きたいのです。何をおいても、貴女に逢わせたい人があるのです。私も早目に行っておりますから……」

奈江は不安そうに園を見やったが、園の眼には不幸な人に与える、共通な温かさがあった。奈江は黙って肯いた。

十　戯れの果

されば や、これは三文賭の、いとも
微々たる賭ならず、
生命を賭けての、後生楽賭けての勝
負なり。もし負けるとも生恥を、人
に曝して死にたくはなしと、
後悔するとも何ほどの甲斐のあらんや
ヴィヨン「堕落児に訓えて歌える」

丁度お昼の気楽な時間に、園牧雄は田中警部の前に現われた。話は自然に矢多家事件に移り、折よく身体の空いていた水落博士までが座に加わった。

雅治の検診報告書が持ち出されて、一と時の座談が弾んだ。水落博士は終戦まで勤務していたハルピン医科大学病理学教室での色々な体験を語り、法医学に関する興味ある経験を語って止まなかった。雅治の殺害の方法などはまるで子供の遊びにしか過ぎないというのが博士の結論であるらしかった。

「鑑識課の仕事も、この捜査課同様、全く経済的には合いませんね。ただ、興味も意義もあるからこそやれたというものです。もっとも博士は独り身で裕福だから、ここの下仕事でも充分興味がおありでしょう。その点、園さんともお似合いです」

田中警部が上機嫌に言い、博士と園は顔見合わせて笑った。

「ただ大学の方が、時間的には恵まれていましょうか」

園もくつろいだ気持だった。

「いや、気楽という点では小生も気楽でしてな」水落博士は二周り近く若い園に、書生じみた競争心が出た様子であった。「なあに、気侭《きまま》に時間をこしらえます。ここへ勤めてからも、一年ほどすると、ぼつぼつ休暇をこしらえて、ひと月位は遊んだものです。もっとも当今は、少々いそがしくて思うにまかせないのが残念です。それに我々の方の職場はそう動きませんからな。その点は田中さんなど気の毒なものです」

「こんどのことで、左遷の予告ですかね」田中警部は食後の煙草を甘《うま》そうにすった。

「雅治の応急手当は?」

「小生自らやってやりました。時間が時間なもので、病院にも若い連中が居りませんでしてな。夜は他の御用が忙がしいのかもしれんて」返事の代りに、若い園を冷やかすように言った。「ところがいけません。心臓がひどく弱っておった。強心剤を打ってみたが……ショックで参ってしまった」

「注射のショックですか」

「ははは、大いなる侮辱です。園さん、小生はまだもうろくはしておりません。臨床医としても腕は確かです」

「これは飛んだ失礼を申し上げました」

園は愉快そうに笑いながら、ふと思い出したようにポケットからガーゼと眼鏡を取り出した。

「なんです、それは?」

「なんですかな」

田中警部と水落博士が、言い合したように園の手を見つめた。博士がけげんそうな表情で警部の顔に眼を移した。

「手品でもやるみたいですね」

「手品ですって? ……そうです、うまいことをおっしゃいましたね、田中さん」園は心から愉快そうに微笑んだ。

「例の行方不明の、清水信造の真似ごとを、まず似顔からやってお見せしようというわけですよ。これは清水の眼鏡とガーゼです」

「ほう……清水が捕まりましたか」

博士が感嘆したように大きな声を出した。

「ただ、こんなものを、こんな風に掛けていただろうというだけのことです」

園は左眼へガーゼを当て、それを圧えるように縁なしの眼鏡をかけてみた。

「いかがです?」

「よくお似合いですよ」と警部は笑った。

「警部さん、あなたもお掛けになってみませんか、博士もいかがです? このレンズの度は何度位のものでしょうね」

「どれ」と博士が気軽に答えて、ガーゼをはさみこみながら眼鏡を掛けた。

「これはガラスだよ」と博士は言った。

「そうでしょう。そのはずなのです。その眼鏡はちょっと顔つきを変えるのと、眼帯代りに使っていただけに過ぎません」

園が言い終るか言い終らないうちに、その時、博士と田中警部の正面のドアが開いて、矢多奈江が一足入った。瞬間、彼女は悲鳴に近い絶叫を上げた。

「清水です、あなたは！」

水落博士は棒立ちになり、眼鏡とガーゼが音も立てずに洋服の前を滑って、博士の足元にくだけた。田中警部は呆然と博士を見上げた。博士は一瞬踊り上るような身振りで、横手のドアから隣室へ走った。非常ベルを押すと、そのあとを、警部は追って駆けた。

園は驚かなかった。失神に近い奈江をかかえて、彼は静かに彼女をソファーに横にならせてやった。

水落博士は、かけつけた警官たちに囲まれたまま、医者らしい服毒をしたと思われる。

田中警部が自室に戻った時、園牧雄は先ほどと同じ位置に、同じ姿勢で腰かけながら、低い悲痛な調子で言った。

「あれが、やはり清水信造と名乗った水落博士でした。彼は様々な犯行をおかし、しかも身をかくすのに、最も安全な場所と地位を選んだ知能者です。矢多泰助を殺し、瀕死の雅治を殺した犯人でした。

彼が先ほどの雑談の際、ハルピンに居たこと、本庁に勤めたのが終戦後であること、勤務して一カ年位してから一カ月あまりの休暇をとったこと、これは奈江さんが手術の床についていた時と、時間的に符合するのですが、彼は私が調べるまでもなく、自らそれらを証言しました。

雅治君の応急手当をしたのが水落博士であったことは、私の想像に違いませんでした。彼はその上、自分の手術の技術に自信を持っています。普通のショック死であれば、応急手当まで待たなくても、背中を刺された時に起らねばなりません。手術に熟練している医者が、注射を誤るはずはなく、注射を誤またないでショック死をひき起したとすれば、これは故意にショック死を招いたと判断すべきではありませんか。水落博士は、同じ方法で矢多泰助を殺害し、今また矢多雅治を殺害したのです。

それに関するいきさつについては、今は私の語るべき時ではありますまい。ここに眠っている奈江さんが、いずれ眼を覚ましてから告白してくれるでしょう」

園の視線を追って、田中警部は、傍らのソファーに、安らかに呼吸している矢多奈江の寝顔を見た。

×　　×　　×

しばらくのち、もう九月に間もない頃、園牧雄は銀座の書店から外国注文書籍を受取って帰る道すがら、新橋のはずれで偶然に平服の田中警部と顔を合わせた。

「あの時は驚きましたよ、園さん。あなたの演出にね」

と警部は仰山な表情で言った。

「私も驚きました。全く確信がなかったのですものね」

園は自信をなくして答えた。

「ところで、あの矢多家の連中、阿也子や美也子、それに、あの愚かしい男、佐山庄太などはどうしているでしょうね」

「さあ、いずれにしてもエロス神の矢は気まぐれですからね」

園は自分の言葉を気恥しそうに笑いにかくした。

宝石殺人事件

一　宝石の紛失

　春は漸く過ぎたが、夏にはまだ早いといった季節で、山桜の紅葉が、花に変る、美しい、いぶしたような朱色に染まっていた。

　小田原から運ばれてくる登山電車の客はどこへ散るのか、ほんの瞬間の人の流れが途絶えると、箱根強羅《ごうら》の駅も妙に田舎じみて見える閑散さであった。

　駅前の壮大な山ホテルにも殆んど滞在客はない様子で、屋上にある食堂でも、生憎くとお昼であった所為《せい》か、テーブルを占めているところも二つ三つしかない。その一つで、眺望のきく窓よりの一隅に、年配の小意気な女性を交えた四人ほどの一組が、いずれも落着いた場馴れた様子で談笑していた。

　晩春の爽かな陽ざしが対面の山々の緑も濃く淡く幾重にも浮き染めにしているようで、隣りにつづくロビーに飼われている小鳥の鳴き声が、ふと山の向うから聞えてくると思われるほどの、静かに冴えかえった、のどかさだった。

「なんですな、来るまではおっくうだが、たまには、こう、気のおけない連中で、時々やってくるのもいいですな」

　宝石商相模屋主人、相模大助が肥満したワイシャツの胸を大きく張り、殆んど禿げ上った頭を大きく動かしながら闊達に言った。

「そうですね、時々おともさせて頂きますわ」

　袂から器用に、一本外国タバコを抜いて、対面に腰かけていた新橋の待合「ちもと」の女将《おかみ》、橋本ゆきが、隣席の瀟洒な紳士である西東貿易社長の加藤儀一から、タバコの火を貰いながら真面目な顔で言った。白粉《おしろい》やけはしているが、細面《ほそおもて》の締った顔立ちに若い昔の美しさがまだ充分にしのばれるほどで、襟元から肩へ流れる線の動きには三十八歳という年嵩を忘れさせる魅力が残っている。

「これはいけません、お安くありません」

蝶ネクタイにとりすましているような加藤社長が、これも真面目くさった顔で調子の高い頓狂な声を出した。

「全くですよ、ねえ山田さん、来る早々、こう当てつけがましくやられては耐りませんね。早く退散させてもらいますかね」

「いや、私はまた」と加藤の正面に腰かけていた東京都計画顧問山田弥一郎が、半白の、しかし房々した髪の毛を無雑作に分けて、大きな顔をほころばせながら、講演をするような、ゆっくりした調子で言った。「こんな不徳義な一組なら、そばで見ていて邪魔をしてやるのが楽しみなんでしてね」

四人が声を揃えて笑った。女将ゆきの細い笑いが、五十男たちの太い低い笑いに反響のようになって部屋から流れていった。

「言ったり言われたりしているうちが花とは申しますがね、もうわたしなんぞは一切お色気抜きになりましてね。食い気も色気もなくなりますと……」

相模屋に皆まで言わせず、女将のゆきがあとをひきとって、

「だからといって、そう儲けないでもいいでしょう、相模屋さん」

と言葉を折った。

「あやかりたいものです」

社長加藤儀一がお世辞のように、とってつけたように言った。

「ここまで来て、金の話とは面白くありませんね」

山田弥一郎はちょっと芸術家らしい独白をした。

「そうですとも。金の話はいけません。皆さんはお年に似合わず……女将は別だが……健啖家でいらっしゃる……そこへ行くとわたしはからきしでしてね。このコッペパンも手がつかない。ケーキもいけません。甘いものはどうも。かと言って、御存知のように酒もそう沢山いけませんでね。五十にして楽しみのない男になりました」

「それは相模屋さん、運動不足なんですよ。決まって散歩をしてごらんなさい」

山田がケーキを一口にほおばりながら、これ見よとばかりに言った。

「夕食までに、早雲山まで登ってみたいと思っていますのよ」

「やっぱり女将は気の若いところがありますね。私も

気持は若い方で……帰りは歩いて、公園を一廻りしてくるのもいいですね」

「それじゃあ、あとで、社長さんに御案内をお願いしますわ」

「お二人ではやらせません」山田が謹厳な顔つきで、本気とも冗談ともつかずに口を入れた。「私もお伴しますよ。相模屋さんもいかがです」

「一蓮托生ということもありますからな。この年をして山登りとは思いがけないが、一つ女将さんの顔を立てることにしましょう」

「早雲山といっても、ケーブルで行って、直ぐ降りるんですもの。腹ごなしの散歩ですわ。歩いてごらんになれば、相模屋さんだって、そのパン位は召上がれますよ。子供にかえって、それをおやつに持って行かれるといいわ」

「これをね。じゃ持って行って、わたしが駄目なら女将に食べさせようかね」

相模屋は大きな掌にコッペを握って、子供のようにいたずらっぽく笑った。

ちょっと話の途切れたのを潮に、四人は誰言うとなく立上って、ロビーの方へ流れた。ボーイの他にこれといって客も居ない気安さに、彼等は思い思いの椅子によりかかって、食後の満ち足りた気持を楽しんでいた。

「ねえ、相模屋さん、こんなところで何んですけれど、ちょっと見て頂きたいものがありますのよ」

「ちもと」の女将が、遠い座から、散らばっているみんなに聞えるように、一番遠くにいる相模大助に声をかけた。

「何んだね、また改まって」

「これ、これですの」

女将は帯の間から紙入れを出し、入念な手つきで、指輪を取り出した。

「台はどうでもいいんですけれど、この石はいかが？」

向うへ廻してくれとばかりに、女将は近くにいる山田弥一郎へそれを渡した。山田はまた一向に興味なさそうにそれを相模大助の方へ、腕一杯に延ばして手渡した。加藤儀一はぼんやりとその指輪の動きを見送っていた。

さすがに相模屋は慎重で、受けとった指輪を指先きに巧みに扱い、しばらく見入っていた眼が急に異様な輝きを見せ始めた。

「これは女将、いわくものじゃないかね。一財産だな。あとでゆっくり相談に乗りたい位だよ」

相模屋の感に入った語調が、山田と加藤を驚かした。

「ほう、女将も見かけによらない物持ちというわけだね。御馳走してもらわなくちゃ」

山田が大きく独りで合点しながら肯いた。

「どれ、見せて下さいよ」

横あいから、貿易社長の加藤が、これも話に乗りそうな眼を光らせた。

「この石が日本にあるとは知らなかった。何カラットあるものか。どうです加藤さん、あなたの方では、こうしたものも扱っておられますか」

「いや、相模屋さんほど専門じゃあありませんがね。全く珍らしい位の逸品ですね。山田さん、ちょっと御覧になっておかれても損はありませんよ。これほどの石は見ようたって滅多に見られません」

声をかけられてから山田も大儀そうには見せていたが、いささか好奇心をあおられた形で膝を寄せた。

小さな丸テーブルに置かれた一つの指輪の小石が、磁石のように四人の身体を吸いつけ、一人一人がそれを手にしたり離したりして、最後に山田がぽんと叩きつけるように灰皿の傍へ置くと、もう誰もそれを手にしようとはしなかった。あまりその宝石にこだわるのが、年配の手前から、いくらかの気恥しさがあったのである。しかし、眼の前に転っている小石が、優に一財産もあるとなると、特に山田弥一郎のような都市設計の芸術家にとっては、急に人間の価値が下落したような不思議な錯覚を覚えさせて、不愉快なほど痛烈な興奮があった。

「ぼつぼつ出かけましょうか」

山田は自分の気の焦りを払うように言った。そうでなければ、この指輪を、ぽいと屋上から窓越しにほうり投げたい衝動に、自分を制御出来ない危険があったかもしれない。

「そうですな」と相模屋が応じた。

山田が立ち、相模屋が立ち、「ふう」とうめくように屋外へ大きな息をはいて加藤が立った。女将がちょっとテーブルに眼をやって、それに続いた。

「おい、ボーイ君、早雲山までケーブルの切符を買ってくれないか」

先に立った山田が、それまでロビーの隅に立っていたボーイに呼びかけた。

「では只今」

ボーイは彼らが集っていたテーブルの灰皿を片づけてから、先に立ってエレヴェイターのボタンを押した。

一番おくれてついて来た女将が、何思ったかふと足を返えして、先ほどのテーブルに近より、しばらく思案気に立ちすくんでいた。エレヴェイターの扉が開いた音に、思いかえしたように連中に交ったが、その不安な顔色はかくせなかった。誰もが不安な興奮にあったので、物も言わずにみんなが考えこんでいる風だった。

玄関ホールで、女将は連れの三人に、一足先きに駅まで行ってくれるように頼んで、後にのこった。

表に出ると、陽ざしを直接に受ければまぶしいほどで、真っ先きに身体に似合わぬ神経質な山田が救われたような気持になった。

「女は不自由なものですな」

相模と加藤はとっさに顔を合わせて、けげんそうであったが、山田の茶目じみた笑いに気づくと、その言葉の意味がのみこめて、三人は無邪気に笑った。

「遠出というわけですからね。やはり出しておくものは出しておくに限りますよ」

社長の加藤が話の下げをつけるように言った。

しかし、女将の橋本ゆきは手洗いに用があったのではなかった。彼女はマネージャーに頼んでおかねばならないことがあったのである。オフィスのカウンターをはさんで、女将はまだ若い長身の支配人に耳打ちしている間、支配人の表情が驚きから困惑へと変っていった。

「そういう訳けです。眼の前で指輪が無くなったのです。冗談なればいいですが、あのお連れの三人は、皆さん身分のおありの方で、こちらから今更お聞きしにくいのです。それに、あの指輪は表立った話にしたくない事情もあるし……こちらでも表立てない方がよろしいでしょうしね」

「それはもう」と支配人は言った。「ホテルの信用ということもございますので。もう一度あのボーイが帰って参りましたら、よく聞いた上で、私自身で早速にお探しいたしておきます」

「疑がう訳ではありませんけれど……最後にテーブルを片づけていたのはあのボーイさんですから……ひょっとして忘れ物だと思って……」

「ボーイが見つけましたら、確かにお預りしているに違いございません」

二　ケーブルの殺人

　早雲山へのケーブルカーは、小田原からの電車とは連絡のなかった時間で、殆んど貸切り同然だった。他に二人ばかり、同じ気まぐれな散歩客と見えるのが乗り合わせただけで、発車の時刻が近づいても、もうこれ以上の乗客はなさそうだった。一番遅れて小走りに来た女将が、女心のせっかちで車内にかけ込むなり、車掌に一番近い座席へ坐りこんだ。女将が坐ったとなると、男たちも、離れては礼儀にもとるとばかりに、その前横を山田と加藤が囲んで腰を下ろした。

　相模屋の主人大助は肥満しているだけに敏捷な動作はとれず、一番あとから悠然と身体を乗り入れ、しばらく通路に立って三人を見下ろしながら笑った。端にいた社長の加藤が、ふと相模屋の右ポケットの異様なふくらみに気づいて声をかけた。

「何んです、相模屋さん、これは？」

「ほう、ははは、忘れていましたよ。女将のおやつでしたよ」

　相模屋はくだけるほどに力を入れてコッペを取り出すと、ぽいとそれを女将の膝の上へ投げた。

「まあ、いやですわ。ポケットへそのまま入れたりして。わたし沢山。召上りなさいな、相模屋さん」

「そうかね。じゃあ、あとで頂くとしよう」

　相模屋は返えされたコッペを子供のように握りしめながら、車内の座席を見渡した。上へ行きつく時間位は、何も肥った身体を窮屈に坐らせる必要はないので、彼は階段のような車内を、一足々々昇りながら、一番前の座席へ正面むきにどっかりと坐りこんだ。

　運転手と車掌が乗りこみ、売子がお菓子やパンやミルクや小型のウィスキー罎を入れた、車内売りの籠をかかえて入ってきた。切符を買ったおつりをチップに貰ったとみえて、それまで売子と無駄話をしていたホテルのボーイが、真面目くさった顔つきをして、ホームに立って見送ろうとしていた。

　発車のベルがまるで無駄なように響いた。ケーブルカーが、無気味に震えてから、ひきずるように動き始めた。ホームでボーイが礼をしているのを、誰も気がつかないように見捨てていた。

「それ、相模屋さんが怒っているんだよ、女将が、すげなくするからね」山田が剽軽《ひょうきん》に言った。

「まあ、いやなこと」

「口先きではそう言って、あとでたんと可愛いがるという手もありますからな」加藤社長がいつになくしんねりと言った。

車内売子が事務的な眼で座席を見渡した。こちらに三人、中ほどに二人、一番前に一人の客では籠のお菓子は売れそうにも思えない。

電車の速力がいくらか早くなってから、売子はほんのお義理のように箱を肩にかけて車内を歩き出した。

「キャラメルに甘納豆、ミルクにお酒はいかがでございますか」

売子が車内を縦断した時に、ケーブルカーが公園前駅に停車した。誰も乗り降りする者はなかった。

再び発車した時、坂はかなりな勾配になっていたので、女将の前に腰かけていた山田弥一郎がその反動にひき降ろされるように、わざと腰を浮かして女将の方へ倒れかかった。

「おや、いけない。これは失礼」

女将の橋本ゆきは、山田のおどけを充分に受けて、これは倒れかかってきた山田の背を抱きかかえるようにしながら、

「あら、痛い」

と、聞き方によってはくすぐったいような傍若無人の声を立てた。その騒ぎがあまり大きかったので、中ほどにいた二人の見知らぬ乗客が、背をのび上るようにして下の座席をのぞいた。

その騒ぎが静まった頃、

「三十円頂きます。ありがとうございます」という声がして、一番前の席にいた相模屋が売子から何か買っているらしかった。

「それそれ、馬鹿な声を出すもんだから、相模屋さんがあそこで焼け酒をやっているらしいですよ」

加藤社長が女将と山田の浮いた仕草にちょいと水を差すように言った。

「なあに、こちらは加藤さんのいらっしゃる前だから、公明正大ですよ。怪しいのは相模屋さんの方で、あれで、あんなところに一人でいて、女将の気を引いているのかもしれませんよ」山田が白髪をかき上げながら照れ臭さそうに笑いながら言った。

「相模屋さん、山田さんがあんなことを言っていますよ、相模屋さん」

加藤が呼びかけるような大きな声で遠い相模大助に言いかけたが、相模屋は返事をしようともしなかった。

「返事もしないわ」と女将がいささか気にして言った。

「すねているんですよ。年はとっても、女将には甘えたいんだから」

山田がとりなすように言ってみた。

電車が次の駅に停った。売子が座席の空いたところへ坐りこんでいる前を、中ほどにいた二人の客が急にあわてたように馳け抜け、運転手の入口の方から出ていった。

冗談の種もつきたとみえて、女将の方の話声も静まり、ケーブルカーは静かに上昇して早雲山の終点に着いた。

下山する電車客が改札のところでこの電車を見守っていた。

車掌が先にホームへ降り、女将、山田、加藤の降りるのを順々に見送ってから、もう一度車内に入って座席を点検しながら運転台の方へ昇っていった。運転手と売子が出ていったあと、まだ相模屋が席を立とうともせずに大きな身体を窓にもたせたまま、虚ろな眼を見張っていた。

「もし、終点です、もし」

車掌が声をかけてみたが、相模屋の眼は動かなかった。車掌は一瞬躊躇をしたのち、相模屋の肩に手をかけて、ちょっと引いてみた。すると、窓をずれた彼の身体が、砂袋の崩れるように、頭の重さにつられて、ずるするとばかり、座席の間に崩れ落ちたのである。

車掌は蒼白になった。このお客がどうなったのか分らなかった。

「監督さん、監督さん、お客さんがいけない！」

丁度その電車を通り過ぎようとしていた山田弥一郎が、何か予感でもあったのか、弾じかれたように踵をかえして飛び込んできた。

「どうしたのです、相模屋さん」

山田は床にうずくまった相模屋の脇に片腕を入れて、ぐっとばかりに引き起した。身体の宙に浮いたところを、車掌が手をかして、もとのように相模屋の身体を座席に掛けさせてみた。腰の方から、ばらばらと甘納豆がこぼれて床に落ちた。

監督と運転手が何事かとばかりに馳けつけ、力の抜けた重たい相模屋の身体を、とりあえず駅長室のベンチに運びこんだ。ただ眠っているとしか思えなかった。

「医者はいませんか、医者は？」

山田がもどかしそうに駅長に聞いた。

「連絡をしました。次の電車で下から来てくれるはずです」駅長が事務的に答えた。

「どうなんですか、山田さん」

貿易社長の加藤は、とんだ掛り合いだというばかりに不愉快そうな面持ちだった。

「いけないようですよ、こりゃ。ひょっとしたら」

「いけないって……死んだんですか」

女将の橋本ゆきは、救われないような哀願的な声を出した。彼女にしてみると、思いがけない事件が二つ重なって発生したわけである。ダイヤの指輪の紛失につづいて、これはまたまことに奇態な出来事であったには違いない。

次の電車で医者が来たのは、三十分過ぎてからのことである。医者はベンチに横たわっている相模大助の眼と脈を見ただけだった。

「お気の毒なことをしました」

と、型通り丁重に言ってから、不思議そうに胸の汚れを見つめた。白いワイシャツに一ところ血がにじみ、それをめくると、思いのほか滑めらかな肌に、左乳下に、かなり太い針で突いたと思われる傷口があった。もしこの傷が、心臓までの深さに達しているならば、おそらく即死であったろうと、この医者は述べた。

「これ以上は僕の手ではどうにもならないことです。ひょっとしたら警察の仕事かもしれません。駅長さん、連絡をとって上げる方がいいかもしれませんよ」

若い町医者は、死人には全く興味がなさそうに、駅長室を出ていった。

「困ったことになりました。お客様方には御迷惑とは思いますが、一応警察の方へ通知させて頂かねばなりません。私共の不注意な事故によりますものか、どうかも調べてもらわねばなりませんので」

「止むを得ないでしょうね」山田が駅長の申出を受け入れた。

箱根警察の刑事主任と刑事が一人、現場の調査を簡単に終えてから、相模大助の死体が検屍のために運び去られた。そのあとで山ホテルの支配人室が臨時の調査室に代用されることになった。

支配人の立ち会いの上で、この事件の関係者が支配人室に集められた。女将、山田、加藤を始め、運転手、車掌、ボーイまでが顔を見せた。刑事主任である巡査部長は、この種の事件には殆んど経験がないと見えて、どこから話の糸口をつけていいのか、分らない様子であった。

「皆さんのお話を伺って、大体の輪郭だけは分明いたしました。ただ、このことだけは申し上げられる。つまり、ケーブルカーの車内の物的な事故でなかったことは確かなのです。もっとも、内科的な疾患で相模大助さんが亡くなられたものか、あの胸の傷で亡くなられたものか、これは解剖の結果を待つより他はないのですが、もし、かりにです、あの傷で亡くなられたとすると、これは甚だ訳けの分らない仕儀となるのです。第一兇器が分りません。心臓まで達したとなれば、細長い錐のようなものと考えられますが、たとえ錐にしたところで、よほどの力が無ければワイシャツの上から通すことは難かしい。それに全然抵抗された様子もない。鉄砲で発射されるにしても、これを射ちこむ場所がありません。相模さんは公園前駅で甘納豆を買われ、次の駅で二人の乗客が下り、早雲山へ着いた時には死体になっておられたわけですが、途中下車した乗客の行方は、只今、刑事たちに探させております。いずれ分ることと思いますが、それはそれとして、いかがでしょう、お連れのお方で、相模大助さんが自殺をするような原因は思い当られないでしょうか」

「まさかね」山田弥一郎は口をとがらせ、眼を何回となくしばたたいて女将の顔を見つめた。「ありませんね。少くともわたしには思い当りません」

「加藤さんはいかがでいらっしゃいましょうか。たとえば事業の御関係などで……」

「とんでもない。自殺するどころか、今が面白い時で、相模屋さんにすれば、いくつも命が欲しかった位ですよ」田舎巡査が何を言うかとばかりに吐き捨てるように言った。西東貿易社長の加藤にすれば、終戦後のどさくさにまぎれた、数億、数千万円にものぼろうという莫大な徴用ダイヤの行方が、にがにがしく思われていた矢先であった。

「橋本ゆきさん、とおっしゃいましたね」巡査部長が言葉をついだ。

「いかがでしょうか」

「自殺したいのは私の方ですよ」

女将のヒステリックな声に一同が今更らのように驚いた。巡査部長はその剣幕にしばらく言葉が出なかったらしい。彼はすこし考えてから、おもむろに言った。

「大変お忙しいところを、いや、せっかくのおくつろぎのところを恐縮でした。まだ署の方から何分の報告もございませんので……いずれ検察庁の方からも指示があることでございましょう。その時はまた御助力願うといたしまして、今日のところは、お部屋へなりお引きとり下さいまして結構でございます。が、なんでございます、電車関係の者は身元の調査も済んでおります。つきましては、橋本さん、山田さん、加藤さんは、署の方の許可がありますまで、このホテルに御滞在願わねばなりません」

三　不意の珍客

その夜、食堂の遅い時間に、支配人は、三十をすこし過ぎたばかりの、猫背の神経質そうな男としきりに話しこんでいた。身なりも構わない不機嫌そうな顔つきでいながら、その俊敏な眼の奥にどこか人を惹きつける温い柔和さがひそんでいた。

「全く妙な事件なんです。先生がお見えになったと知って、ほっとしたところですよ」

支配人はその眼の奥をのぞきこむように、園牧雄の顔を哀願的に見つめた。

「いきなりほっとされても困りますね。支配人らしくもない。僕はまだ何をしようとも言っていないんですから。学会の流れでね、熱海まで来たのです。ことのついでに、皆さんと別れて十国峠を越えて来ましたがね。僕の目的は休養で、犯罪の捜査じゃありませんよ」

「そりゃ、よく分っています、園さん」

「あなたのお話はそれで全部なんですか、支配人さん？」

「ええ、全部です」支配人は園牧雄が話に乗ってくれそうな様子に、晴々しい顔つきになった。

「検屍の結果は、やはり胸の傷と決まったのですね」

「そうなんです」

「被害者の胃袋はどうでしたろう？」

「ここでお昼を食べた、それだけだったようです」

「甘納豆は？」

「胃の中には無かったようです。捜査の警官もそのことは気にしていましたから」

「そうでしょうね。……おそらくその傷が致命傷だとすると、これは即死です。即死をしたはずの相模大助が、その刃物を引き抜いてどこかへかくすということはあり得ない訳けです。もし自殺とすれば、最初の発見者である車掌か、死体を起すのを手伝った山田弥一郎かが、これを隠匿したことになりますよ。どうしてそんな必要があるのでしょうか」

「では、自殺でないとお考えになるのですね」

「そう結論を急いではいけませんよ」園は皮肉な笑いを浮かべた。「自殺を否定する公算が多いというだけです。ところで、僕はこれが他殺か自殺かということより、橋本ゆきが紛失したダイヤの指輪の行方の方が興味がありますね。ここのロビーにいた問題のボーイは調べてごらんになりましたか」

「ええ、早速に聞いてみました。知らないというのです。お客さまが席を立たれてから灰皿を片づけた。しかしその時にはテーブルの上に指輪など無かったと言いました」

「信用していいボーイですか」

「出来るとしか申し上げようがありません」

「テーブルの上にはきっと無かったのでしょう。橋本、相模、山田、加藤の四人の中の誰かが持って行ったに違いありません。ボーイは持って行くことはしますまい。無くなったとなれば、一番先きに疑われるのはその時のボーイですからね。それに持ち物の取り調べだって出来ることです」

「そうおっしゃって頂けると何よりです。このホテルの信用問題でもあることでして」

「でもあまり喜ぶのは、早すぎるかも知れませんよ。しかし支配人さん、そのダイヤの指輪をかくしたのは絶対にボーイではありません。僕には大体の見当はついているのです。おそらくは悪意でなかったかもしれない。あるいは逆に、非常に大胆な企らみであったかもしれない。いずれにしても、この指輪の行方は相模大助の死に決定的な関係がありそうです」

園は不安そうに言葉を切った。

「支配人さん、この指輪の件は警察が知っているのですか」

「いいえ、知らないはずです。私もボーイも黙っていますし、盗まれた橋本ゆきさん自身が、警察には言いたくない事情がある様子でしたから」

「それは何よりでしたよ。もし相模屋の死が他殺だとすると、犯人を一層早く逃亡させる危険があることです。ともかく、今日のところは特別な事件の発展はありますまい。僕ももう一度よく考えてみましょう。ただこれだけはお願いしておきたい。事件の関係者で明朝までに外出するような者があったら知らせて下さい」

「承知しました」

園牧雄はいくらか冷めたくなったコーヒーを一口に飲んで、大げさに苦々しい表情をした。

「風呂へでも入って、今夜はぐっすり眠ってみたいものですよ」

支配人は、ごもっともとばかりに肯きながら、黙って園へ煙草を一本差し出した。顔を見合わせると、何か心の通うような笑いが園の口元に浮んだ。支配人は安心したように、強くライターの火を擦った。

四　ひそかな睦言《むつごと》

深夜の無人ホテルは巨大な廃墟のように空間を占め、時間の流れが止まったような虚ろさであった。湯にでもつかって、今夜はぐっすり眠るつもりであったのが、思わぬ事件に行きあって、自室に引き上げてからも、園牧雄の神経はなごまなかった。彼は着替えもせずにごろりと横になった。職業は英文学者だが、彼は外国の文学に深入りすればするほど畳の感触を愛するようになった。ホテルに宿をとって、しかも和室を選ぶのはいつもの習いで、理知的な機構と処理にはヨーロッパ的共感を持ちながら、心情的には和風の感応をこよなく楽しむ二重性がある。

園牧雄は横になったままで暫く眼を閉じていた。しかし考えごとに耽っていたわけではない。彼は無心であった。新しい事件と自分との間に必要なだけの空白を置きたかったのである。

いつもの悪い癖で、夜が更けるにつれて眼も脳も神経も冴え、嵩ぶり、仕事の書物から離れているのが、かえって園を落ち着かせない。園はやにわに立ち上がると、タオルをつかんで、十年前の書生にかえったように、それを伝法にななめに肩にかけた。一風呂浴びてくるつもりだった。

廊下へ出てから、深夜の表階段を降りるのは気がひけるので、奥の細い階段にしようと、園は逆に廊下の突き当りの方へ歩いていった。裏手のその突き当りの窓が開け放たれていて、初夏の木の葉のしめりを含んだ芳《かぐ》わしい風が流れてくる方へ、園は救われたような心持のよさに浸りながら、ゆっくりと足を運んだ。

丁度、端まで来て、階段へ一足降りようとした刹那、園の視線をかすめて、下の裏庭をついとよぎった白い姿があった。園は本能的に壁面へ身をひいて、しばらくその動きの気配に気をくばってみた。

「今頃こんなところに立って、何してるの？」

若い女の声が風に運ばれて、園の耳にはっきりと聞き分けられた。

「見張りしてんのさ。支配人の言いつけなんだよ。今日のことがあったんで、誰も出て行かないように監視さ」

はばかるように圧えた声だが、透き通るほどの調子の高さは、これも若い男であるには違いなく、園はボーイの誰かであろうと思った。

「誰も居ない？」女が言った。

「居るもんか。交代に起きるんで、表と横の見張りの他は、みんな寝てるんだ」

「じゃあ、ここでもいいわ」

「何がさ」

「相談があるの」

「またかい？　そうあくせくしたって、急にいい仕事なんかありゃあしないよ。もうしばらく勤めてからだっていいさ。そりゃ居つくつもりはないけれど、せっかく馴れたとこなんだから……」

「あんた、いいかもしれないけれど、わたしはつまらない。家《うち》を逃げてきたって、あんたと毎日別れ別れなんだもの」

「そりゃ仕方がないよ。ホテルの女中だったら、直ぐ馘《くび》になって二人とも食えなくなるからな。ケーブルの売子の方が気楽だよ」

「でも、今日みたいなことがあるんだもの。いやになっちまうわ。あんたには惨めな思いはさせない。わたしやっぱり都会の方がいいわ。わたしに思案が出来たから、あんたも暇を貰って東京へ帰りましょうよ」

「東京でうろうろしてたらお前のうちの者に見つかっちまうよ」

「見つかったっていいわ。覚悟が出来てるんだから」

「そりゃ東京もいいけれど、今直ぐったって駄目だよ。今日のことがあったろう。それに指輪がなくなってさ。ここでどろんしてみろ、まるで俺が取ったみたいに思われるからな」

「あんた、わたしが好きじゃないのね」

「どうして」

「そんなら言うわ。わたし今日、明日でケーブル止めることにしてきたのよ」

「無茶だよ、そんな。直ぐどうしようたって出来やしないよ」

「明日ならいいでしょ。あんたもホテル止めて。人殺しなんかあって、もう真っ平だわ」

「うまいこと言って俺よりも親父さんやお袋さんが恋しくなったんだろ。里心ってやつだ」

「ちがうわ。あんたとちっとは楽しい思いをしたいからだわ」

園牧雄はもう少しで笑い出すところであった。温泉場へ流れこんで来た二人の子供の駈け落ち者が、身のふり方に困った挙句の痴話喧嘩の一つに過ぎない。話の内容からすると、二人は指輪の紛失に関係したボーイと、ケーブルの車内売子に違いないが、園はそのことよりも、この二人の男と女の心の動きの相違に奇妙な興味を持った。

園は立ち入って、それ以上に二人の話を盗み聞きする必要も興味も感じなかった。園はわざと大きな身振りで一足戻り、窓を閉めて閉まらない様子を装おいながら、今度は大胆に下の方へ半身を乗り出した。様子に気づいたと見えて、女は素早く立ち去ったらしく、ボーイ一人が不安そうに窓の方へ眼を上げたが、直ぐ視線を戻して、そのままつくねんと立っているのがいささか園の眼に哀れっぽく見えた。園はその時、子供の手から玩具を取り上げた時のような、うしろめたい佗しさを感じた。

深夜ながら、人気のない広壮な浴場は、まばゆいばかりに清潔だった。その湯につかりながら、園は何思うとなく、さきほどの若い会話をゆっくりと頭の中で繰り返えしてみた。するとそれは不気味な独白のように園の頭に反響した。

五　朝の密談

「朝早くから恐縮です。実は宝石を紛失された『ちもと』の女将の橋本ゆきさんが、内密に先生にお願いがあるのだそうです。もしお差し支えなければお逢いして頂けないでしょうか」

支配人からの電話だった。

「いいですよ。じゃこの僕の部屋へお連れして下さい」

山の宿ではいつの間に夜が明けたのか、部屋のガラス越しに墨絵で描いたような山なみの曲線を寝床から美しいと見ている間に、ふと気がつくと、それが彩色の水絵に変り、やがて、艶をふくんだ油絵の風景さながらの澄み切った爽かさだった。

園は朝の空気に誘われるように起き出て、縁側のガラス戸を開け、椅子に腰をおろしてから、ゆっくりとタバコを吸ったところへ、支配人からの電話だったのである。

女中が部屋の片づけをしたあと、時間を見はからって支配人が橋本ゆきを案内してきた。さすが気丈夫な女将でも、重なった傷しい事件の直接の関係者であるだけに、昨夜は一睡も出来なかったとみえて、目元や肩のあたりに元気がなかった。支配人の紹介とお互の挨拶がすんでから、園は女将の気を引き立たせるように言った。

「部屋へなど失礼に思いましたが、支配人も居てくれることだし、この方が何かと人目もなくて、お話をお聞きし易いと考えたのです。とんだ御災難でしたね」

「はい、恐れ入ります。災難と申せば、相模屋さんもお気の毒なことをいたしました」

「まあそれはともかく、いかがですか、指輪の心当りは?」

「それが全く雲をつかむような話でございまして。そのことにつきましてでございますが、実を申しますと、あの指輪は人様からの預り物なんでございます。訳をお話ししなければなりませんが、戦争の終ります少し前のことでございましょうか、南の方の司令官をしておられました将官で、この方はのちに戦犯で処刑をされておしまいになりましたが、内地へちょっとお帰りになりました時に、現地から奥様へお持ち帰りになったものなんです。由緒のある指輪で、見る方が御覧になれば、直ぐに出どころも分る宝石でございまして、またそれだけに今となっては表に出すことも出来ませんうち、その奥様も御主人が処刑されましてからは生活のこともあり、お仕事の資本を作るのに、私の方へまで御相談に見えたようなわけでございます。私も亡くなられた御主人には生前いろいろと御無理を願った関係もあり、まあ、私どもの持ち家などを抵当に入れまして、いくらか纏ったものを御用立いたしました。その時にお預りしたのがあの指輪でございました」

「よく分りました。貴女が表立てたくないお気持も分ります。で、それが紛失した時の事情ははっきり覚えていらっしゃるでしょうね」

「はい、皆さんに見て頂き、最後に山田さんが投げ出すように、ちょっと不機嫌な御様子で指輪をテーブルへお置きになりました。それは私も見て知っております。

それから早雲山へ出かけることになりまして、始めにその山田さん、それから相模屋さん、加藤さんが席をお立ちになり、私も立ちながら指輪をしまおうと思ってテーブルを見ましたが、もうその時には見当りませんで、どなたかお持ちになったのかと思いましたが、そんな気配もなかったものですから、私、また引き返えしてみました。ボーイさんがテーブルを片づけてしまっていました」

女将は訴えるように支配人の顔を見た。

「ええ、それがです。私の方といたしましても一応はそのボーイに聞きただしてみたのです。それの言うのには、ずっと近くに立っていたわけですから、指輪が皆さんのお手を廻っているのは知っているそうで、だが、テーブルを片づけた時には指輪はなかった、勿論自分でどうこうしたのではないそうです。まだ雇いこんでからそう日も経ちませんが、実直で、むしろ小心といっていい位の子供ですから、そんな大それたことはまさかと、思うのです」

「それは私も同感です。もしもそのボーイが指輪をかくしていたら、僕は今度の悲劇は起らなかったとさえ思えるのです」

園の言葉に、支配人は救われたような面持ちをしながら、直ぐに女将の表情に誘われて、二人は同時に驚いた風に園を見つめた。

「とおっしゃいますと……」女将の方が思わず口を切った。

「いかがでしょう、橋本さん。お連れの三人の中で、あの指輪に一番執着しそうな人は誰でしょう」

「そりゃあ相模屋さんです。お見せしたら、相談に乗りたい位だとおっしゃいました」

「はっきりおっしゃって下さい、相談に乗りたい、と言ったのか、乗りたい位だといったのですか」

「さあ、そう言われますと……いえ、確かに、相談に乗りたい位だ、とおっしゃいました」

「そうでしょうね。相模屋は商売柄、一番関心を持ったには違いない。しかし、この指輪を手に入れても、その処分が殆んど出来ないほど難かしいことを知っていたのも相模屋だったでしょう。欲しいには欲しいが、自分の手では、どうにも商売にならない曰くつきの宝石であることを知っていたはずです」

「すると、あとは山田さんか、加藤さん」

支配人が口をはさんだ。

「いけませんよ、支配人」園はちょっと笑って言った。「まだ相模屋を除外するのは早いのです。その三人のうち誰かが手に入れたとして、指輪を無造作にポケットへ入れるということは、常習犯の他はまず考えられない。立ち上った人の中で、ポケットへ手を入れたままでいた人、または、掌にかくし持っているようにしていた人を気がつきませんでしたか」

「いいえ」女将が不安そうに答えた。「相模屋さんがコッペパンを玩具のように握っていらしっただけです」

園はそれには答えずに、黙ったままでタバコに火をつけた。

「山田さんや加藤さんにもお逢いになりますか、先生」

支配人が場をふさぐつもりで気を利かして言ってみた。

「そうですね。今のところその必要もなさそうです。逢わない方がいいかもしれない。夜にでも食卓を一緒にさせて頂くかもしれません。僕はそれより、食事のあとで、早雲山まで散歩のつもりで行ってきたいのです」

「早くから大変なお邪魔をいたしました」女将が切り上げよく頭を下げた。

「いや、失礼しました。指輪のお話はいろいろ参考になりました。楽観も出来ないが、しかしまだ決して失望することはありませんよ」

園は女将へはっきりした口調で言い、それから支配人の方へ悪戯《いたずら》そうに言葉を足した。

「ところで支配人、お頼みしておいたが、昨夜は誰もホテルから出かけた人はありませんでしたか」

「ああ、そのこと、そのこと」支配人は陽気に大袈裟に答えた。「それは何よりでした。「幸か不幸か、一人もいなかったようです」

「へえ」

「いや、何んでもありません。出かけた人は無かったが、ねえ、支配人、入って来た人が一人あったのですよ」

「いや、何んでもありません。僕だけが知っておれば済むことです。不義はホテルでも御法度《ごはっと》でしょうからね」

六　コッペの行方

園牧雄はゆっくりと散歩に出た。

出かけに立ち寄った支配人室の警察捜査本部では、その後の発見も手掛りもないままに、昨日の巡査部長が一人、つくねんと無表情に坐っていただけのことである。

それでもケーブルを途中下車した二人の乗客は、どこかの会社の寮に来ている長期の滞在客で、この事件には特別の関係を持っていないことだけは明らかになった。園は巡査部長からその報告を聞いただけで満足だった。

園はケーブルの駅で切符を買ったが、急いで電車に乗りこもうとはしなかった。彼は待っていたのである。発車のベルが鳴ってから、彼は駅のベンチからふと腰を浮かして、しばらく電車の方を見やっていたが、決して改札へは行かなかった。彼は動き出した電車を無造作に見送った。

五分あまりも経った頃、駅へ入ってきた下山ケーブル電車に、若い売子の姿が見えた。昨夜のいきさつでは、これがボーイの相手の娘に違いなかった。さだかではないが、クリーム色のワンピースにピンクの前垂れをかけ、重そうな売物籠を背にかけているのは、遠目にいじらしいほど幼なく可愛いらしかった。丸顔で、白いリボンを髪に載せ、いかにも温泉場の近代娘らしくは装っているが、近よって来るのをじっと見つめていると、大きいが虚ろな瞳に、思慮といっては無さそうな、大胆な粗暴さと放縦さがあった。

園はその電車の発車を待った。改札が開かれ、並んでいた人々が乗りこんでから、園はゆっくりと腰を上げた。発車のベルが鳴り、見定めた売子が車内に入ったあと、園はやっと間に合ったという風に荒々しいかけ込み方をした。車掌に近い席へ座を占めると電車はもどかしそうな衝動を伝えて、一息々々に上昇し始めた。

乗客が八分位の混み方だった。

「パンにキャラメル、ミルクにウィスキーはいかがでございます」

突然耳元で売子の声がした。彼女はゆっくりと、階段を昇るように前部へ歩き、そして品物の売れることには何んの期待も持たない物憂い様子で、再び車掌のわきへ引き返えしてきた。

二つ目の駅に止まった時、園はわざわざ後ろへ振りかえって、売子に声をかけた。

「何があるの?」

「はい」と売子は園の方へ歩を進めた。

「飲みものは?」

「ミルクにウィスキー、お酒もあります」

「ミルクをおくれ」

売子は器用な手つきで罎口の紙ふたをとって園に渡した。右肘のあたりの皮膚が、ひとところ、しこったように硬そうな他は、美しい滑らかな白肌の腕だった。目立つほどに日やけしていないのは、まださして日数の経っていないからであろう。あのボーイとこの売子の恋のいきさつが、園にもちょっと微笑ましい感じだった。

園はミルク罐を手にして、口へ持ってゆこうとした時に、電車がぐいと動いた。危くミルクを自分の腕にふりこぼすところで、それを避けようとした拍子に、思わず左肩をしたたか背板に打ちつけた。園は自分のうかつさに、わざとらしい苦痛の表情を浮かべた。売子の腕に見とれていたようなのが、何んとなく周囲に気恥しかったのである。

電車が早雲山に着くと、園は始めからの約束のように、乗客の一番あとから出て、駅長室へ向った。下から見ると、丁度映画の映写室のように見える駅長室に、かなり多くの職員が動いていた。次の運転までに、三十分ばかりの間があるのが、園には何よりの好都合だった。

「お邪魔しますよ」

園はよく透る声で、誰に言うとなく声をかけた。二三人がふりかえった中で、園は機関室の真中にいる一番年嵩な人を目標にした。

「実は昨日の件で、ちょっとお聞きしたいのです。駅長さんでいらっしゃいますか」

「はあ」とその男が答えた。園を警察の者と思いこんだらしかった。

「事件のあった電車の掃除をしたのはどなたでしょうか」

「車掌です」駅長は躊躇なく言った。

「それは好都合でした。逢えましょうか」

「瀬見君」と駅長は車掌を呼んだ。「非番で、将棋を見ていますよ」

車掌の瀬見は、始めちょっと不機嫌そうだったが、直ぐに気さくな面持ちで園の方へ歩み寄った。

「お楽しみのところをどうも。ほんのちょっと……立話で結構です。事件のあった電車を掃除されたのは貴方だそうですが」園は瀬見の眼から視線を外ずさずに早口で言った。

「そうです。いつもやります」

「何か目立った遺失物などありませんでしたか」

「いいえ、別に」

「ごみ屑ばかりというわけですね」

「あの時はお客が少くて……ただこぼれた納豆を片づけた位のものです」

「死んだ相模屋という客の席でしたね」

「そうです」

「ほかに何か……パン屑などは？」

「いいえ」

「相模屋はパンを持っていたはずなんですよ」

「じゃあ食べちまったんでしょう」

「そうかもしれませんね。ところ、相模屋の身体に最初に触ったのは貴方だそうですが、その時にもパンは見当りませんでしたね」

「ええ、気がつきませんでした」

「倒れた身体を抱き起したのは山田さんです。その山田さんか、他の連れか、誰かパンを持っているのを見かけなかったでしょうか」

「そりゃあ気がつきませんでしたがね……みんなあわてていたから誰もあんな騒ぎの中で、パンなど持っている人はいませんよ」駅長が車掌に代って意見を述べた。

「パンがどうしたというのです。無ければ困るんですか」駅長は園へ軽蔑するように言葉をついだ。

「ここにあれば何よりなんですが」園は平然と答えた。

「しかし、ここに在るとなると僕としては困ったことになるのです。無くて結構でした。車内にもどこにもパンのなかったことを確かめたかっただけです。僕も考えを変える必要はなさそうですから」

園は軽く会釈をして駅長室を出た。

七　粋な勧告

三時のティー・タイムに園は屋上のロビーに上がった。籐椅子に腰をおろしてから、彼はボーイを呼んで、タバコの光を一箱買ってもらった。

「ああ御苦労。時に、例の指輪は出たかね」

園が無造作に言った。

「いえ、知りません。どうなったのか」

「そう」とさり気なく聞きながら、園はボーイの蒼ざめた表情を見逃さなかった。

「君の名前は何んというね」

「藤山常吉です」

「いくつ？」

「二十二歳。満でです」

「あの子はいくつになるね」

「はあ？」

「知ってるよ。可愛い子だね。ケーブル電車で、ついさっき拝見して来たよ」

「せつ子ですか」

「せつ子さんというのかい?」

「はあ、谷せつ子と言います。丁度二十です」

「ほう。君はここにいつから勤めているの?」

「二た月になります」

「せつ子さんもその位だろうね」

「ええ、一緒に山へ来て、別々に勤めたのです」

「その前は?」

「職人でした」

「職人?」

「畳職です。とても勤まりませんでした」

「畳屋さんだったのか。肘のすれる仕事だね。で、どちらが誘ったのかい」

「いいえ、とんでもありません」ボーイの常吉が妙に赤い顔をした。

「せつ子さんも時々仕事の手伝いをさせられたらしいね。畳屋の娘さんだね。肘の皮が硬そうだったよ。忙しかったのかい」

「いいえ、旦那が怠け者で、手が足りないで、娘まで働かせたんです。女には無理な仕事です。それにお給金も呉れませんでした」

「それじゃあ二人で家出の苦労をしても、ホテルの方がいいわけなんだね」

「僕はこの方がいいのです」

「それで困っているんだね。せつ子さんが嫌がるんで」

園は温和に笑った。

「そうです。あいつは、今日にも電車を止めると言うんです。一緒に東京へ帰りたがっています」

「どうして一緒に行かないの?」

「自信がありません。女連れで直ぐ食えなくなってしまいます。それに昨日無くなった宝石の指輪も気がかりです」

「せつ子さんは東京に的《あて》でもあるんじゃないのかい?」

「あいつ一人なら何んとか寄る辺はあるかもしれません。電車との話はもう決めてしまったらしいので、僕はどうしていいか迷っているんです。無理にでも僕を連れてゆく気かもしれません」

「それはまた急な話だね」

「いつもそうなんです。家出の時もそうでした。思い立ったら、あとさきの考えもなくなるんです」

ちょっと見にはあどけなさそうで、その実野性的に奔放な谷せつ子というあの売子を、今、目の前に立っている、実直そうな、心弱いボーイ、藤山常吉に結びつけてみると、まるで、ままごと遊びに過ぎない無思慮な若者たちの恋愛行程に、園は、空々しい、しかしどうにもならない世代の真実を感じて、手のほどこしようもない思いであった。

「で君は、本当に一緒に行ってやる気持はないの?」

「それが、僕だって……あの宝石の一件がなければ山を下りてもいい、位の気持はあります」

「それなら簡単じゃないか。どうにも仕様がないなら、そのせつ子さんを先に行かせればいい。君も事件が片づいたら、あとから追っかけるとして、今日とか明日とかいうのなら、そうするより仕方がないよ。あの子に言っておやり。ここへ宿めてやるのは難かしいだろうからね。ホテルの食事の時間が済んだら君も手がすくんだから、小田原位まで送って行ってやればいい。支配人へは僕から断っておいて上げるよ」

「ありがとうございます。よく考えてみます」

ロビーに新しい客が姿を見せたのを機会に園は席を立って、気軽にボーイの肩を大きく叩いた。ボーイが新しい客の方へ遠ざかってゆくのを、園はしばらく、じっとその後ろ姿に、あったかい陰の深い目なざしをそそいでいた。

八　最後の晩餐

頭数だけはにぎやかだが、妙に湿っぽく沈んだ食卓だった。橋本ゆきを白髪の大柄な山田弥一郎と、細くて長身の加藤儀一が中にはさみ、それに向き合って、支配人と園牧雄が並んで、ディナーのテーブルに着いていた。いつになく快活に愉快そうな表情をして、笑い顔が多いのは園牧雄一人で、坐をとりもつはずの支配人も、万策つきたと見え、運ばれてくる皿の一つ一つごとに、フォークへ食べものを載せて匂いを香ぐといった、いささか気障《きざ》な振るまいをしながら、料理人の腕の上手下手《じょうずへた》を話題にしているに過ぎなかった。なんといっても、一緒に同行した相模大助の不慮の死が陰気な重みになっているには違いなく、橋本ゆきには更に宝石紛失の苦悩が大きい。園と支配人がテーブルを共に囲んでいるのは、相模大助の死霊のなす業とも思えたであろう。

シャンデリアの強い光が、ここばかりは奇妙にそぐわない空気で、橋本ゆきや山田や加藤には蠟燭の方が、ふさわしかったかもしれない。

園は何気なく食堂の入口に立っているボーイ姿の方へ目をやった。すると、ふと自分の目を疑ったほど、昼間とは打ってかわって朗らかに元気づいている藤山常吉の元気のいい様子に驚いた。それればかりではない。常吉は園の視線に惹かれるように、真っ直ぐに園と顔と合わせ、かすかに微笑みさえ浮かべたのである。園もテーブルの人たちには気兼ねなく晴れやかに笑いかえした。

「下の警察は、いつまで我々を引き留めておくつもりなんだろうね」

社長の加藤がテザートに入る前に、半ばあきらめているような物憂い投げやりな調子で言った。

「私共の方も、何んとか交渉してみましょう」

支配人が直ぐに大きく肯ずきながら、とりなしを言った。

「全く困りますよ。長距離電話だけでは埒があかないんで……」

「いや、加藤さんには同情しますが、僕なんどはかえっていい保養になりますよ」

山田弥一郎は大時代な科白めいた言い方で加藤をからかうように笑った。

「いずれにしても、あまり楽しみというわけにはゆきませんね。僕などもおかげで休息のつもりが台なしです。殺されるよりましかもしれませんがね」園は一人言のようにつぶやいてから、ちょっと声をあらためた。

「相模屋さんだけ、なぜケーブルで、あんなに離れて一人でいたんでしょうね」

「一番あとから乗っていらしって、勝手に前へ行ってしまわれたんです」女将が恨むように言った。

「あんたが、つれなくしたからだよ」山田が例によって冗談とも真面目ともつかないような言い方をした。

「パンを食べてやりゃあよかったのに」

「まあ嫌やなこと。電車の中でパンばかりをかじれるもんですか」

そう言いながら女将は空になった自分のパン皿へ恥しそうに目をやった。

「第一、あの指輪の宝石を見せたのがいけません。商売柄、相模屋さんは興奮していたのかもしれない」社長の加藤が自分の気持にひきくらべて言った。

「そうそう、あんなものをやたらに人前に出してはいけない。僕でもふらふらと妙な気になりそうだからね」

「山田さんでも欲しいんですか。あんなもの、どうなさるおつもり?」女将が一層蒼白な顔をして言った。

「そりゃあ僕だって、持っているだけで、気持が豊かになりますからな」

「そういえば山田さん、電車の中で、相模屋さんを抱き起された時に、相模屋は指輪を握っていませんでしたか」園が単刀直入に聞いた。

「両手ともぶらぶらしてましたがね」山田は身ぶりよろしく相模屋の手真似をしてみせた。

「例のコッペパンはいかがでした」園がおっかぶせてたずねた。

「コッペですって? ……そいつあ気がつかなかった。奴さん、食べちまったんでしょう。なにしろ、死んでいるとは思いませんでしたからね」溜め息をつくように言ってから、山田は悲痛な顔をして口を閉じた。

「胸の傷は医者が来るまで分らなかったんだそうですね」園も山田以上に悲痛な面持ちをしてみせた。

「そうなんですよ。それまでは電車で気分が悪くなったんだろう位にしか思えませんでしたものね」加藤が詫びるような口調で言った。


「軽い目まいで倒れているのを、駅長室へ運ぶまでの間に刺すということもあり得るわけですね」支配人が突然真面目な目をとがらせて早口に言った。

「冗談じゃない、支配人。相模屋をかついだのは電車の連中で、とりまいていたのは我々三人なんですよ。直ぐに見つかることです。それに、あんなに上手に刺せやしませんよ」

山田がいきり立って激しい反撥をした。支配人がひどく惨めな萎れ方を見せたので、急に一座が白けかえった。

「まあ、いずれにしても、早く放免ということに願いたいものです」

社長の加藤が同じことを繰り返えした。

「今夜一晩限りかもしれません。これが最後の晩餐です。僕がユダになりましょう。もう少しの御辛棒です」

園は前面にいる三人の顔を順々に見やってから、まるで他人ごとのようにはっきりと言った。

「支配人さん、食事が済んだら下の警察の人たちへ手配の連絡をしておいて下さい。ただ大げさにして、事を荒立ててはいけません」

園はコーヒーを飲みほしながら不敵に言った。支配人は啞然とし、山田は強く眉をしかめ、加藤が神経質に指をふるわせ、女将橋本ゆきの頬に、ほんのりと血がのぼった。

解決篇

九　無邪気な悪魔

山の夜気が静かに流れる中で、園牧雄はしばらくホテル前の木立の蔭に立っていた。

強羅の駅の方を見やると、遊山客の姿は殆んど絶えているが、土地の人らしい数人が、まだ二、三本残っている小田原への下山電車を待っているばかりである。

園は腕時計を見た。九時を過ぎていた。散歩かと見えた園は、実は何か人待ち顔で、対象のない目先の闇を虚ろに見つめていた。

待つほどもなかった。ホテルの横通りに、足早やな人の気配がした。瞬間、園の眉が神経質に動き、瞳が一点に緊張した。しかし彼は彫像のように動かなかった。神経だけで、その人影を追っていた。ホテルの横通りを急ぎ足に出てきた人影は、思いのほかに小柄だった。しかも大胆だった。悠々と本通りの真中に進み、あたりはばからずに駅の方へ進んでいった。

園の方が何かを恐れている風だった。こちらが動いても、もはや向うでは気づかないと思う頃に、彼はそっと家並みの軒下を歩き出した。すると、今までどこに居たのか、黒っぽい洋服の肥った男が、ぽつりと月光の中に浮かび、まるで糸にひかれるかのように、一定の距離をおいて、園のあとをつけていった。

始めの小柄な男が、駅の建物に足を入れると、屋内の光がその顔をまともに照らし出した。ボーイの藤山常吉だった。その常吉は妙な笑い顔を浮かべて、ずっと駅の待合室へ入った。

園はふと足を停め、何か悪いものでも見たかのように急いで眼をそらした。園のあとについていた黒服の男が、その時、ついと園の横により添った。二人は眼を合わさなかった。行きずりの二人のように、よそよそしく立っていた。

「発車は?」園が独り言のように言った。

「九時二十分です」黒い服の男が、つぶやくように答えた。

「じゃあ、直ぐに改札だね」

「そうです」

「目立たないように、改札が始まったら直ぐに押えて下さい。あの女です。とくに、持ち物には気をつけて下さいよ。ボーイの方は僕が引きうけます」

「大丈夫です」

黒い服の男は、タバコに火をつけてから、大股に駅の待合室へ入っていった。

思いのほかに待合室はこんでいた。いずれにしても黒服の男には気にならなかった。ボーイの常吉はこの男を知っていない。

突然、待合室が波頭のように揺れ立った。改札が始まったのである。しかし常吉と、その連れである女、ケーブル電車の売子、谷せつ子とは落ち着いていた。黒服の男にはもっけの幸いだった。彼等は一番最後に立ち上った。一足歩こうとした時に、黒服の男の手が女の腕をかかえた。

「待ちなさい」と彼は低く言った。

ボーイの藤山常吉は呆然とつっ立ったままだったが、谷せつ子の眼が血走った。

「何んだって言うの?」

「職務訊問です。谷せつ子さんだね。持ち物を見せてもらいます」

黒服の刑事は動じなかった。

「いやだわ」

「では、ともかくホテルの捜査室まで、来て頂かなくてはなりませんよ」

「何んのためになの?」

刑事は黙って、谷せつ子の左手首を握った。

「指輪をしているね」

見たところ、無飾の単なる指輪に過ぎなかった。刑事はその手を静かに裏返えした。掌の内側に、電燈の光にさえ、それとまばゆいダイヤが見えた。

「指輪を逆に指しているのはよく考えたね。指輪の窃盗と相模大助殺害の容疑で逮捕する」

谷せつ子は、刑事の言葉を、強いて、唇の端で笑おうとつとめた。蒼ざめたのは、谷せつ子よりもボーイの藤山常吉だった。

「何を馬鹿な! 人殺しだ、どろぼうだなんて!」

今にも飛びかからんばかりであったのを、そっと、だが力強く肩から胸へかけて圧えた者があった。

「あっ、先生」

ボーイの力が抜けたすきに、園は刑事へ目くばせをした。刑事はわるびれもしない谷せつ子を抱きかかえるように駅を出ていった。

ボーイの常吉は激しい打撃に荒い呼吸だった。園はそれを静めるように常吉の肩を抱いていた。

「悪い夢を見たんだよ」

しばらくしてから、園が常吉の耳元へささやいた。常吉はそれさえ聞こえない風に、遠くホテルの方へ去ってゆく谷せつ子と刑事の後ろ姿を見送っているばかりだった。

電車が警笛をならし、まるで違った世界のことででもあるかのように、無心に山を下っていった。

「止むを得ないことだ。同じ暗示でも、相手によっては全く異った結果をひき起すことがある。ホテルの連中があの宝石の指輪をおもちゃにしていたことを、君はあの娘《こ》に話しはしなかったかい?」

「でも、そんなつもりで僕は……」

「そう、ただ相手のあの娘が、無邪気な悪魔であったというだけのことだ」

藤山常吉は園牧雄の腕の中で、がっくりと頭を垂れた。その頬を、ダイヤよりも清らかな涙が一筋、悪夢を洗うように流れた。

十　車を待つ間

「私など、職業がら、若い人たちに始終接していて、その心の動きに一番理解があるように思っていましたが、しかしやっぱり、このごろの若い女の気持などは、さっぱり分らなくなりましたよ」

園は自分と同時に、昨夜のうちに曳かれていった犯人谷せつ子を哀れむように言った。

ホテル一階の、広大な朝のロビーで、昨夜の食卓を囲んだ連中が、迎えの車を待つ間、深々と椅子に腰をおろして、口少なに向い合っていた。事件が解決したとなると、殺された相模大助への哀悼がまたひとしおであったに違いない。

「が、まあよかった、何よりでした。これで相模屋さんも浮ばれましょう」

白髪を大きく動かして、山田弥一郎が眼をつぶったまま、ひとことひとこと、語尾をはっきりと言った。

「何んと申してよろしいやら、罪深いのはやっぱり女の私でございますわ」

「ちもと」の女将、橋本ゆきが、昨日までの焦立たしさとは打ってかわって、神妙に言った。

「それにしても、ケーブルの売子とは意外でしたね。直ぐにそれとお分りでしたか」

西東貿易社長、加藤儀一が、半ば感謝するような面ざしを園に向けた。

「いいえ、分りませんでした」園は率直に答えた。「ただ分っていたのは、この事件は計画的な犯罪ではなく、突発的なものに違いないということでした。

事件の起りは勿論宝石の指輪でした。が、その指輪が皆さんの目に触れたのはホテルへ来てからのことです。計画的な犯罪とすれば、橋本ゆきさんに指輪をもたせて、ここへ連れ出してくるというのが当然の道筋でしょう。すれば被害者は、相模屋さんでなく、橋本さんであったかもしれません」

「ほんとに私が馬鹿でしたわ」女将が身をすぼめるようにして眼を伏せた。

「でも、指輪をかくしたのは相模屋だったわけですね」山田が言った。

「そうです。しかしほんの冗談だったのです」園は死者を弁護するように答えた。「何しろあの指輪の宝石は、曰くつきで、商売にも何んにもならないことは、当の相模屋が一番よく知っていたはずです。これは女将との話し合いでもよく分りました。ただ、宝石への興味は人一倍あったかもしれません。それが今度の不幸の種になったのでしょう。

テーブルを立った時、誰も指輪を手にしていなかった。相模屋がコッペパンを持っていただけだとなると、こんな簡単な隠し所はありません。その当座は、パンに指輪がかくされていようとは誰も気づかなかった。ボーイの藤山常吉さえ、指輪のやりとりは見ていながら、そこまでは気がつかなかったようです。常吉が指輪のことを案外に気にかけていたのは、彼が必要以上に指輪の行く方へ心配していたことによって明らかです。というのは、常吉は高価であるらしい指輪の宝石のことを、情婦の谷せつ子に話したに違いないからです。おそらく、ケーブルへ皆さんを見送った時、その売子に何んとはなしに、時間のつなぎの無駄話にしゃべったのでしょう。

コッペに指輪があるとは女将は知らなかった。だからケーブルで相模屋が投げて返えした時、女将は受けとらなかった。相模屋も返えす位だから悪意はなかった。しかし、コッペを返えされたとなると、相模屋はもう一度その宝石をよく見てみようという気になった。彼が一人離れて、一番前へ席をとったのはそのためだと考えていいようです。

ところで、問題は相模屋が、いつ、どんな風にして殺されたか、ということです。相模屋には自殺の必要はない。第一、刃物が残っていなかったのです。まして、相模屋を抱き起した車掌にも、山田さんにも、刃物をかくして彼の自殺を他殺に見せかける必要なり理由なりはいささかもありません。

かりに気絶していたとして、その身体を駅長室へ運ぶまでに殺《や》ったとすると、それまでに宝石は紛失していたことだし、その理由もなければ、またその機会もなかったわけです」

「それは私が言った通りで……とてもそんなことは出来やしません」

山田がわが意を得たりとばかりに大袈裟に合槌を打ち、支配人は気まり悪るそうに肩をすくめた。

「と、すると、あの傷が致命傷であるなら、やはり相模屋さんは電車の中で刺されたことになります。その電車の中で、私には二つほど腑に落ちないことがありました。一つは、甘いものの嫌いなはずの相模屋が、二つ目の駅で甘納豆を買ったこと。一つは、コッペが、勿論指輪とともに、消え失せたことです。車内でパンだけを食べてしまうということはあの人の場合には考えられない。これはパンごと消え失せたに違いない。してみれば、誰にも怪しまれずに、宝石指輪入りのパンを持ち出せるのは誰でしょうか。勿論、皆さんではない。運転手でも車掌でもない。残りの一人、車内売子ということになるのは不思議ではありません。売子はそのパンを、自分の売物を入れた籠に入れさえすればよかったのです。これほど安全なカムフラージュはありません」

「そりゃあそうでしょうがね。いくら細い針や錐といったところで、あれだけ刺すには随分と力が要るでしょう」社長の加藤が分別そうに言った。

「そうですね」園は静かに笑った。「女の本能は恐ろしい直覚を生むようです。あの売子の力では、ほんの一寸とても難かしいでしょう。しかし素晴しい協力者があったのです」

「ほう」

「発車して上昇しようとした電車の運動に対する弾力

です。私は自分でケーブルに乗った時、腰をおろしていてさえ、ひどく肩を打ちつけましたものね。兇器はミルクの紙ふたを開ける錐であったでしょう。それに、あの売子は畳職の腕が、いくらかあるのです。針を打ちつける呼吸を、まんざら知らないわけでもなかったのです。

相模屋は運悪く、二つ目の駅で、コッペを開いて指輪の宝石に見とれていた。それを売子が見て、ボーイの常吉から聞いていただけに咄嗟に殺意が湧いた。相模屋が悲鳴をあげたとしても、山田さんとふざけていた女将の大声に聞こえなかった。ただ、甘納豆を売ったふりをしたのは、犯人の思いもよらない失策でした」

「どうして人を殺してまで指輪を盗ったりするんでしょうね」女将が思い余ったように咏嘆した。

「さあ、近頃の女の子は、男よりも野性的なのか知れません。野性を無智に育てる環境の罪かもしれない。あの宝石があれば、好きな常吉と暮せるとでも思いこんだのでしょう」

「常吉はどうなのでしょう、あれは?」

支配人が心配そうだった。

「可哀そうです。心理的には第二の犠牲者といっていいでしょう。だが心配は御無用ですよ、支配人。ホテルの名誉のためにもです。決して共犯ではありません。もし共犯なら、とっくに二人で逐電していたでしょうからね」

表で自動車のブザーが鳴った。

「お迎えの車が来ましたようです」

支配人が仕事にかえって、改まった口ぶりで言った。

彼が先に立って、今は三人になった事件の客を見送りに出て行ったあと、園牧雄は、事件のあとで決まったように襲ってくるもの淋しい憂鬱さの中で、今日ばかりは、ゆっくりと眠ってみようと思った。

美悪の果

一　魔女聖女

いきなり横あいから、掠めて通った、女がある。思わず身をひいたまま立ちつくして、わたくしはさり気なく眼をやったが、更けわたった夜空の皎涼たる月光をあびて、何故か緑のトッパー・コート、緑のベレー帽、緑の靴と、この若い女人から緑の香りをかぎとったのは不思議であった。

早春とはいいながら、去りやらぬ冬の澄み切った冷めたさが、一足ごとに、衣服のひだからしのびこむ中を、全く人通り絶えた深夜の田舎道で、詩人ならば何かの象徴でであろうかと考えたに違いない。わたくしにもまた、異様な予感があった。

女の往く道は一筋で、ほどなく社線の小駅に出る。今さっき、わたくしがそこを通り越してここまで来た道である。視界をさえぎるものがないので、女が遠ざかるにつれて、銀色の薄もやに黒い固りの小さく溶けていくようなのを見定めてから、わたくしは愚かしい自分に気づいて、自宅の方へ歩き出した。

その時である。足をすくうような響きが地を這って、悲鳴に似たきしみが忽ちに拡がり、ああ、あれは下りの終電だと考えたとたん、けたたましい警笛が断続して止んだ。

わたくしの古い悪夢がよみがえった。まさしくこれは意外な事故、それも明らかに轢殺にちがいない。二十年近い昔、わたくしは新宿のプラット・フォームに立っていた。構内に入ってくる電車を意識しながら、うっとりと青年らしく街の温い灯色に見とれていた時、電車の鋭い警笛に泳ぐように、間近に居た緑衣の女の羽ばたきを感じた。顔をおおった髪の乱れ、物体に過ぎない胴、印象的な白股の一つ。自殺者が車輪にくだかれる一瞬の神経に思い至った時、わたくしは自ら亡者のようにその駅をさ迷い出たことを覚えている。

時間が逆転したのかもしれない。今夜の事故も轢死であった。自殺者が緑衣の女人であったことにも驚かなかった。ただ驚いたのは、その女がわたくしの知り人だったことである。

轢死の現場へ何故ひきかえしたかは、わたくしにも分らない。おそらくわたくしが好んでいる緑の導きであったのかもしれない。凄惨な現場に、それにも増してわたくしを惹きつけたものが一つあった。死者の小顔の美しさ。快美の表情は苦悶の表情に似ていると知りながらわたくしはこれまで、これほど苦悩に充ち足りた女人の冷めたい美しさに打たれたことはなかった。

「もし」誰かが耳もとで呼んだが、わたくしは動かなかった。

「もし」と同じ声が重ねて言った。「御迷惑でしょうが、ちょっと駅長室までお出むき願いたいのです」

わたくしはオーヴァのポケットに両手を入れたままで、狭い駅の一室に入った。居合せた駅長と改札員が一人、あとは警察の連中と新聞記者が一人いただけである。

「検屍があるまでに、ちょっとお伺いしておきたいのです」

「どうぞ」とわたくしは刑事にいんぎんに答えた。

「どうして現場にお出でになったのですか」

「予感がしたのです」

「予感？　とおっしゃると、お連れあいでも？」

「いいえ」

「お名前を承っておきましょう」

「園牧雄。三十一歳。中野区鷺ノ宮〇丁目〇番地」

「お仕事は」

「無職」と答えてわたくしは苦笑いをした。

「身体をこわして遊んでいるのです」

気ままな独り身の生活で、物好きな連中の集る会の流れから、物好きついでに寒空が好ましく、わざわざ阿佐ケ谷から歩いて帰るところであることを話した。刑事はうさん臭そうにわたくしの語るところを信じてはいない様子であったが、運転手と駅員があくまで自殺を主張していたからには、わたくしはほんの路傍の人に過ぎなかったわけである。ただわたくしが、「あの自殺者を見知っている」と言った時、刑事の目が疑惑と安堵の複雑な動きを見せた。

わたくしはこの事件に係りあいになることを恐れなかった。むしろ進んで自殺者を見知っていると述べたのは、女の死を前にして、わたくしの常に実り得ない女性への感傷であったかもしれない。

「この先きに佐久博士がおられる。自殺したのはそのお嬢さんのはずです」

「佐久博士と言われると」

「古文書学の権威ですね」

わたくしは刑事がこの老大家について知識のないことに驚いたが、独学してその道の先達となった博士が官僚と学閥の重圧に苦しんだ薄倖の学的生涯をなげきながら、また一つにはわたくしとても知ることのないこの学者の家庭の、みじめな暗さと明るさとに思い到らなければならなかった。佐久博士は七十に近いはずで、孫にでもふさわしい女性が娘であるということには何かの理由があるにちがいない。博士には夫人はなかったのではあるまいか。

一応の手続がすんでから、わたくしは佐久博士を直ぐにも訪問しなければならなくなった。自殺者が持っていた一枚の紙片から、彼女が佐久由美子であり、同時に覚悟の自殺であることが確認されたからである。佐久博士の家は更に物淋しい畑中に、犬小屋のように建っていた。洩れてくる明りで、博士がまだ起きて仕事でもしているらしい様子に半ば安心しながら、表に立って案内を乞うた。


「帰ったのかい」

嗄れた声が何かを予期しているような素直さだった。わたくしは深夜の訪問を詫びながら、由美子さんのことについて、是非ともお耳に入れたいことがあると、ガラス越しに言ってみた。

人影が大きく揺れて、博士はいささか動揺したらしかったが、

「遠慮なく、どうぞ」という返事があった。

高名は、かねて耳にしながら、博士と顔を合わせるのは初めてだった。さして広くもない部屋は書斎とも居間とも見えて、うず高く乱れている大小様々な和書拓本類の中で、博士は温容な表情を崩さなかった。わたくしも、学問とは無縁でなかった前職の名刺を通じてからは博士は深夜の闖入者であるわたくしに警戒をする必要を忘れた様子であった。

「お嬢さまのことにつきまして、実は意外なお話をお耳に入れなければならないのです」

「由美子がね。死にでもしましたか」

「先生にそんなお心当りがおありなのですか」

「可愛がって育て上げた娘は、いわばわたしの魂同然です。近頃のあの子は、昔のような子ではなくなった。

聖女が魔女になったとでも申しましょうか。死んで生きるというのも、不憫ではあるが、これも死に方、生き方であるかもしれません」

わたくしは、低い声ではあったけれど、遠くの人に話しかけているような老博士の独白に慄然とせずにはいられなかった。

「御承知ならば申上げますが、お嬢さまは先きほど駅の近くで轢死されました。自殺であったようです」

「轢死？……はて、死ぬに事かえて、むごい死に方を選んだものとは思われませんか」

博士は眼を伏せて大きく笑った。わたくしはその笑いの中に、泣くよりも悲痛な苦悩を見てとったが、わたくしの混乱している気持は言葉にはならなかった。

「あれはわたしの実の娘ではありませんでな。わたしには妻がない。娘のあろうはずもないが、あれは拾い上げて育てた子です。学問の他に何んの楽みとてなかったが、あの子が居ついてくれてからは、わたしも年を忘れた位でしてな。娘のような、お恥しい話だが、家内のような気もしました」

「そう伺って、これはまた甚だ不しつけなことを申し上げるようですが、実は、由美子さんは妊娠しておられました」

「妊娠？」

博士はそのまま崩れてしまうかと思われるほどだった。瞬間蒼白になった面持ちが、崩れる身体をようやく片腕で畳に支えたと見ると、老身とも思われない敏捷な神経の動きを露骨に示して、握りしめた手指がわなわなと震えた。

わたくしは博士の感情が静まってくるのを待って、血のにじんだ紙片を取り出して博士に見せた。

「御存知ないでしょうか、この筆蹟は由美子さんのものかどうか」

「自分で自分の名を書いておいたと見えますな」

「それでは、その裏に書かれている名前に御記憶ありませんか」

博士は古文書の鑑定でもするような手つきで、慎重に裏をかえしてみた。そこには同じ筆蹟で、血ににじんだ男名前が書かれていた。

「加村悦男――」

「いや、一向に……加村悦男！」博士はゆっくりと繰り返えした。「知りませんな」

かんでふくむように言ったあと、博士は身動きもせず、またそれ以上語り続けようともしなかった。

二　狂恋記

緑のベレー、緑のトッパー、緑の靴と、インターンの女子医学生由利あけみは、さながら緑の空気を呼吸する若鮎といっていい。銀座に近い病院への通勤には、渋谷までもっぱら地下鉄を利用しているが、どうしたわけか近頃は、その愛らしい眼に恐怖に似た憂いをたたえて時には国電を、時にはバスを、時には都電に乗って帰るのはどうしたわけけか。

三月始めの陽気な雑路をくぐり抜けて、由利あけみは周囲に気をくばりながら地下鉄へ下りた、彼女は医事新報記者加村悦男の執念深い追求を恐れていたのである。加村悦男は記事に関して由利あけみと逢って以来、もう三カ月ほども彼女から離れない。殆んど毎日のようにひけ時の直前に電話をかけ、それが無駄だと知ると、病院の通用門に待ち伏せするようになった。巧みに身をかわしても、加村悦男はいつかしら由利あけみと並んで歩いているか、同じ乗り物に乗り合わしているのである。

初め、若い女の好意が、悪意のある男にどんなに利用されるかについては、由利あけみが知るはずはなかった。女の神経は、嫉妬と恐怖にある時は、最も冴えかえっているとみえて、由利あけみは電車に乗る時は必ず一番あとから、加村のいないのを見定めてのちに乗る習慣がついた。

いつも一駅か二駅か過ぎて、ほっと安堵するわけだが、この夜も混み合う地下鉄におしつけられて、思わず座席の人の頭ごしに湿気にくもったガラスに手をついた。袖が触れて一ところ形をなさない透明さにぬぐった時、その窓ガラスの鏡に、彼女は危く悲鳴をあげそうな戦慄を覚えた。自分のすぐうしろで、不敵に笑っている加村悦男の姿を見たからである。

「渋谷でつき合って」

おし殺したような無気味に冷めたい声が由利あけみの耳にそそぎこまれ、あけみはもとより返事をかえさなかったが、加村の言葉がいつも暗示のようにわが心に作用をして、不思議な強迫感をもってせまってくるのが防げなかった。おそらく自分は、やはり渋谷で加村につき合わねばならないであろうと考えると自己嫌悪とともに、わが身がいとわしい不憫さに思われて、涙もろい瞳がうるんでくるのである。加村は何事もなかったように、まるでよそよそしくあらぬ方を見つめていた。

何んの祝祭か、新宿の方向にあたって、大きな花火が、時おり曇った夜空を、花に色どってくだけていた。

加村と連れ立って歩いているところを見られたくないが、さりとて人影の少ない場所を往くのは一層不安であるから、由利あけみはなるべく早足で、いつも加村の先に立って歩くようにしていた。

「どこかで食事をしない？」

「いえ、今日はお茶だけにしてわたし早く帰りたいの」

いつもと同じ返事が出る。それにしても、加村はなぜあんな女のような声の調子が出るのだろう。それに細かなことに気がついて、親切すぎる。金に困っているらしいのは遊び好きな独身男のならいと考えても、窪んだ目を縁なしの眼鏡でおおい、乾らびた皮膚と、痩身で丈も低いこの男が年よりも老けて見えるのは、世渡りのポーズというより、どこか心の暗さを表面に見せている風でもある。

「今夜はあけみさんに、是非聞いてもらいたいことがあるの」

「いつものお話じゃない？」

それなら由利あけみは今更だって返事をするには及ばない。加村が事あらためて結婚してほしいと正面から切り出したことはないが、どうかすると、あけみの方から求婚を切り出させようとする手練なり手管なりが見えすくことがある。それにして、この男はいつから自分を姓でなしに名前で呼ぶようになったのかと、彼女はふと思った。

相手が返事をしないと、由利あけみは重ねて自分の気持を言ってしまうことの出来ない弱さがあった。それに乗じて、加村の方は勝手に都合よく自分の言葉を解釈しないとも限らない。

さすがに表通りは避けて、横道の瀟洒なコーヒー店で二人は黙ったまま腰をおろした。加村は由利あけみのコートを脱がせてやろうとする動きを見せたが、あけみはそしらぬ体で応じなかった。

「僕たちのことはうまく行きそうですよ、あけみさん」

「僕たちのことって？」

「そんなこと、今になって言わなけりゃあいけないのかしらん？」

「でも分らないもの」

「そう、確証がほしいのね。なら言うけれど、佐久由美子は死んだのよ」

「え?」

「自殺したの」

「あなたが殺したようなものね」

「そうかしらん?」

加村は芝居話でもするように、煙草に火をつけて表情一つ変えなかった。

「きっとあなたを恨んでいるわ。あんなに仲のよかった恋人だったんですものね」

「嫉妬してるのね、あけみさんは。そんな風に思っているんなら、はじめにあんなこと話すんじゃなかった」

「とんでもないわ。女は女同志で、知らない人のことでも同情するものよ」

「見かけはね。でも、僕たちのことは考えておいてね」

「どうにもならないことだわ」

「由美子が死んだから、またあけみさんの気持も変るかもしれないもの。でないと、僕は救われない。本当を言うと、由美子があんな死に方をしたのは、僕には恐いものね。晩などじっと考えていると眠られない位」

「生きているうちに、もっと考えてあげてよかったんじゃない?」

「あけみさんも残酷ね。いざとなると、僕ももっと残酷になれるかもしれないけど」

由利あけみは、加村に逢うといつも虚勢を張ってはいるけれど、これが見えない強迫だと思いつくと、急に他の世界を忘れたように、自分の逃げ路を失って底無し沼に立ちつくした怖れにわななくのだ。何か目に見えないものが、いくつも集り合って一つの大きな力となり、身の引きようもない自分におそいかかってくるような気がした。

「わたし帰る」

レコード音楽が切れた時、由利あけみはふとわれにかえって言ってみた。加村は素直に立ち上った。店を出た時、加村は当然のように云った。

「送ってあげようね」

「いえ、いいの。いいのよ」

駅前のバスの駐車場まで、由利あけみは、脱れるように早足で歩いた。ひょっとして、加村をひき離してはいないかと思ってみたが、都電の敷石を歩いた時、まるで自分の靴音に反響するように、直ぐうしろで加村のいつもの固いせきを聞いた。

「ねえ、あけみさん」低いがよく通る声が、由利あけみの耳をかすめた。「君、好きな人がいるんじゃない?」

丁度バスが駅に入ってくるところだった。

「ええ、いるかもしれないわ」

とっさに、大胆な嘘が出たが、その時、ふと、由利あけみの瞼の底を、外科の久滋先生の面影がかすめた。

「あけみさんも、ずい分人をじらすのが上手になったのね。殺してやろうかな、その恋人を」

由利あけみは思わずふり返えろうとして、それが出来なかった。追われた小兎が巣にとびこむように、彼女は都合よく発車しようとしていたバスに飛び乗った。気をおちつけてから、ふり残した加村の方へ目をやると、彼は一ところまばゆい百貨店の飾り窓をながめながら、去って行くバスを気にしようともせずに、気軽な散歩に出かけてゆく取り澄ました様子をしていた。

消えたと思った久滋先生の像が再び瞼にちらついて、それが溶けるように崩れていくのは、由利あけみの、涙の所為《せい》であったかもしれない。これまで意識もしていなかった久滋先生の物静かな姿が、遠い音楽を想い起すように由利あけみの心の像に焼けついたのは不思議といえば不思議だった。そうした心の憩を求めれば求めるほど、それとは逆に、つい今しがたの加村の鋭い暗示が一層彼女の心に食い入ってくるのであった。

「殺してやろうかな、その恋人を」

と加村は言った。おそらく加村は、恋人があるものならばその恋人を、許さねばこの自分を殺すかもしれない。きっと殺すに違いない。しかし由利あけみは、自分が殺される危険よりも、あるいは時と場合によっては、自分の方で加村悦男を殺しはしまいか、とわが心の救われない危険に思い到って、慄然とした。

三　紅燈暗燈

西空に、さきほどからしきりに打ち上げられていた花火が、ひときわ大きく花開いて、今がその絶頂と思えた。

新宿を南にくだったこのあたり一体の飲み屋街は、八時といってもまだ宵の口あけといったところで、店の女たちはあちらこちらにたむろをしたり、化粧の手を休めたりしながら、ほんの時間しのぎに花火のことなど、とりとめもなく話し合っている時であった。この飲み屋街の袋小路、一番奥まった隅に診療所がある。近頃、加村悦男は殆んどそこへ足を延ばさず、一つ手前の小路を右に折れて、「小夜」の敷居をまたぐことにしている。

「小夜」のマダム田島小夜が店を開くについて、診療所の顔つなぎから、いささか加村の力添えを得たというので、加村は多少の自由がきくからである。

もっとも小夜にしてみれば、加村が以前自分になじんだ客であったというばかりでなく、女一人では時に通しにくい界隈のつき合いもあり、都合のいい折りもあるにはあったが、そんな関係が半年も続いてみると、実はもうどうでもいいような気になることがある。

商売女のそんなかけ引き多い気心を知っているのか知らないのか、今もって週に一度、十日に一度は泊りこんでいく加村悦男が、今夜は昨夜に続いて、紅燈の下を歩いてきた。無帽で小柄なこの男は、女たちの戯れに呼びかける嬌声をいかにも意識的に聞き流しながら、ついと「小夜」の表ガラス戸を開け、店の屋台に小道具を並べて化粧していた二人ばかりの女が驚くのを尻目に、当然とばかり奥の階段下の二畳に入った。

そこはマダム小夜の居室で、正面に一尺と二尺ばかりの中高の小窓があるきり。階段横の壁に奥行のある棚をつくって、カーテンを張ると押入れがわりに夜具の置き場で、残る一方の壁には脱ぎ捨てた衣類がかかっている。

ここに坐っていると店の様子、女が客をとっての二階の上り下りが手にとるように分るので、加村は自分が小夜の情夫で女たちには父さんであるような気がしてくるのが楽しみなのである。

「お出かけよ」

女の一人が口紅をぬりながら、歪んだ声で言った。

「どこへ」と聞くほど野暮ではないので、

「どうも留守が多いようね」

女たちは目を合わせて、そっと舌の先で笑った。

「忙しいんですもの」

別の女がわざと意味あり気な調子で言った。マダム小夜は、その時刻に、果して心が忙しかった。肉づきのいい、女にしては大柄な、色白の均衡のとれた身体は、間もなく三十になろうという荒い稼ぎの歳月をどこへ忘れたのか、いわば女の盛りを童顔で仕上げているような魅力があった。

小夜は先きほどから聞き耳を立てている。眼が血走って今にも涙があふれそうで、神経の端が異様にうずくのは、自分でも嫉妬の故と分りきっているのである。自分の立っているところが、大通りを越した酒屋源七の裏二階の廊下であることなどは忘れ果てている。明りを消した部屋の内に居るのは、主人源七と自分の店の傭女、大年増のお兼であることは、ここまで尾行してきて知れ切っていた。

小夜が直接、源七やお兼に嫉妬をする理由はない。彼女は人に妬いているのではない。恋の行為に嫉妬しているのだ。もしやという疑惑と空想に苦しむよりはと、逢い曳きの場を自分で好んで探ったのではあるけれど、この時ばかり、小夜は自分の切ない立場を悲しんだことはない。

夜毎に違った男の肌に接してきた小夜が、自分の店を持つようになってからというもの、三十の肉体を安酒の泥夢に秘めてきているのは身を洗って出直そうという気持からでは毛頭なかったのである。男を知れば知るほど、小夜は男を憎み、男を怖れた。そして何よりも男に弱い自分の心を恐れていた。身体を許すのは致し方ないとして、心を許せなかったのである。かりに自分が男に惚れてしまえば、長年かかって恥辱ととりかえた僅かばかりの金銭が、忽ちにして失われるであろう。そう思ったばっかりに、小夜は最も無難な男として、なじみ客の一人であった加村悦男を選んだのである。加村には自分を喰い物にするだけの度胸はあるまいというのが、小夜のねらいだった。そしてこの頃、生活が一応の安定をしたとなると、小夜は愛のない肉体が厭わしくなった。求めたいのに求め得ない悩みが、他人の恋路への狂的な嫉妬に転じたらしいのである。

小夜は目前で行われている秘密な情事の高調を感じると、わっと泣き出したい衝動を漸くに圧えて表へ飛び出した。わけの分らない涙がしきりと頰を伝い、これが涙でなくて、煮えたぎる血潮であればどんなにさっぱりするだろうかと思った。

どこで飲んだか、小夜自身でも覚えていない。泳ぎ崩れるように自分の部屋へ入った時、彼女は、おや、と腹立たしい顔つきになった。昨日で当座の義理は済んだはずの男。加村は来た時と同じ姿勢で坐っていた。

「宵の口からお待ちどうさま……といいたいところだけれど、わたし少し大儀なの。間夫はなんとかそれ、退け過ぎということがあるわ」

「間夫にしようと言うの？」

「御迷惑……そんな顔つきね。それで五分五分。わたしも願い下げよ。怒らないでね」

「どうしたの？　お化粧もしないで。それに泣いたんじゃない？」

無感動なのか、それともこっちの気持を飲みつくした上で逆手に出ようとしているのか。加村の調子に、蛇のような冷めたいうねりと触感がこもっていた。

「きらい！　それがきらい！　どうしようとわたしの勝手だわ。指し図がましいこと言わないでよ。あんたの奥さんでもあるまいし……」

「君と結婚しようと考えないわけでもなかったけれど……でも、それだからって、なにもそんなに泣くまでのことはないじゃないか」

「はばかりさま。あんたのことで泣いたんじゃないわ」

小夜は加村にそんな眼で見られているのが口惜しかった。涙が不覚に流れてくる。笑いが涙になったのかしらん。

「でもね」と小夜は合いの扉の一寸ばかり開いていたのをぴったりと閉め直して、加村の方へ身を寄せた。

「あんたも、もういい加減で結婚する方がいいわ」

「君にあんまりつらい思いをさせたくないもの」

「そんな科白はここでは通らない。素人娘に言ってやり」

「そりゃあ僕だって結婚するかもしれない。でも君とは切れないよ」

「殺し文句にしては、アプレ過ぎるわ。あんたのことより、わたしは自分がいとしいのよ」

加村悦男は始めて笑った。頬が笑い、唇が笑い、あるいは心が笑っていた。それなのに加村の、項《うなじ》に見入る眼だけが笑っていなかった。

「そのうち、君だって、他に好きな人が出来るかもしれないよ」

「出来やしないわ。作りたくもないわ。まっ平ら、まっ平ら。みんなあんたの所為だわ」

「風向きが変ったね」

「男って自惚れだけは治らないのね。わたしが言っているのは、あんたが消えてほしいということ。いっそ死んでくれる方がさっぱりするわ。殺してあげてもいいことよ」

「そんなに邪魔かい？」

「沢山だわ。……今日は帰ってね。わたし忙しいの。あとで来る人があるかもしれないのよ。……嫌な顔をするのね。だってこれも勤めだもの……。それでも、どうしてもって言うんなら、わたしの代りに、うちの子の誰かを代りに上げて……」

加村悦男は風のように立ち上った。彼はどんなに身を動かしても、物音を立てたためしがない。実体のない亡霊のように、すっと店へ抜けると、誰も気づかないうちに、影に重なる影さながらに、小路の雑踏の中へ消えていった。

小夜はぽつねんと二畳の虚しい広さの中で、一時に発した酔いの混濁につつまれ、通りを行くのか、店で弾くのか、流しの三味線を聞くとも聞かぬともなしに身を横たえたままだった。何かが自分の裾をひいて、始めはゆっくりと、やがて急速な勢いで、自分の身体を奈落へ引き落していくような感じだった。

「ママさん、ママさん」店の子が自分を呼んでいる。

「ママさん、ママさん」

あとを引いて、加村のように。そうだ、いっそひと思いに、加村悦男を殺してしまえば、充分とさっぱりするかもしれない。充たされない自分の世界へ飛び上るためには、悪く引き止めているものを切り離す必要がある。

四　緑衣の惨劇

折からの小雨の中を、外套の襟を淋しく立て、背筋に流れる凍りつくような雨しずくを気にもとめないで、加村悦男は魂を失った亡者さながらに、鉄路にそって歩いていた。

悪く酔った酒に乱れているのは足元ばかりではない。心も乱れ気も乱れ果てて、彼は憑かれたように歩いた。

時折り目先をかすめるのは、佐久由美子の幻影である。いや、実体である。緑のベレー、緑のトッパー、緑の靴は、由美子の亡霊でなくて何んであろう。招く手が朧《おぼ》ろな燈火に光る銀色の雨のもやの中に揺れる。

音もなく降りしきる冬の名残りの雨が、死者の国から佐久由美子をよみがえらせたのか。雨は中野に降り、東京に降り、関東に降り、日本中に降りつづける。死せる人々がかつてはそこに生れ育った土地に音もなく降っている。

加村悦男は緑衣に招かれて、死者の中から佐久由美子をよみがえらせた。

愛は偶然に過ぎない。郊外の遊園地の池のほとりで、俺が由美子を捉えた時、そうだ、まさしく捉えた時、彼女は天使のように清浄に、この俺を疑わなかった。

「わたしは独りぼっちです」

佐久博士の恩愛をうけ、幸福でありながら不幸な女。俺の心に棲む悪鬼が勝利にほほえみ、悪魔が聖女を抱いて寝たわけか。

聖女が呼ぶのか魔女が呼ぶのか。執念の緑が俺を手招く。緑衣を真紅の血に染めたところへ。あの死にざまは思うだに耐えられぬ。三つに切断された肉体から、目に見えず垂れ下がる神経の震え。血がどっと流れて止まる。見失われた肉片の数々。砕かれた白骨が削がれた肉の間からそそり立つ。瞬間の死とは言いながら、車輪の速度より神経の速度が早ければ何んとしよう。瞬間から永劫につながる苦痛。

あの無残をきわめた由美子の死は、今にして思えば、不実な俺に対する挑戦であったのか。消え去らぬ妄想が俺を抱きこみ、恐怖におののき、底知れぬ、未経験の苦痛にさいなまれるのは、女の魔性が俺の魔性に挑む復讐なのか。自殺が、いかなる兇器よりも苦痛を与えるものとは今の今まで知らなかった。


虚ろな耳に、その時、足元のレールを伝わって電車の響きが流れてくるようだった。瞬間、全神経の飛び散るような恐怖が背筋を流れ下るのを感じ加村は背から胸へかけて鋭い痛みに貫かれたと見る間に、彼は一足レールから身をひくようにしながら、見えない圧力におされてレールに倒れた。倒れながら加村は目先に緑衣の素早く揺れるのを意識した。倒れた加村の身体の上を電車が無情に轢き越え、大きく揺れるように急停車をしてから救いを求める警笛が闇をつんざいて尾を引いた。

加村悦男の死骸は佐久由美子のそれと同じように、丁度同じ場所で時刻も同じく、悪の花の最後の美しさを雨に叩き流していたのである。

× × ×

運転手の調書。

「……はい、そうです。あの電車は午前一時二十分新宿発の石神井行最終電車でございました。何分、せんだっても同じような自殺がございましたところで充分に気をつけていたようなわけでございます。昨夜はあいにくと小雨で見透しが悪く、それにあそこは駅にかかる前の左カーブがございまして、ヘッドライトは右に流れすぎますようなわけで、充分な注意は致しております。踏み切りはございませんので、駅も近いことですし、警笛は鳴らす必要のない地点で、わたしは処置を誤ったとは思っておりません。轢死者は自殺であったように思います。どう考えてもわたしの過失ではございません。

はじめて気がつきましたのはカーブに入った瞬間ではっと思ってブレーキに手がかかりました。ところがいくら考えましても今もって不思議でなりませんのは、その人影の左側で、緑の布が振られたような気のすることです。そんなことは無かったと言われますれば、全くわたくしの気の迷いに相違ございませんが、いえ真実、あの時、緑の旗みたいなものが振られたのには相違ございません。ヘッドライトは先ほども申し上げました通り右へ流れておりますので、しかと見定めは出来ませんでしたが、運転手は、色には、特に赤や青には敏感でございまして、あの時、緑か青の色がちらっと目に入ったというのは、全くわたしの因果でございました。ふと気が安まりましてブレーキを握った手の力が抜けましたのは事実で、申し訳ございません。気をとり直しました時は、もうおそく、あの人を車輪にかけておりました。

しかしわたしが自殺だと申し上げたいのは、何も過失を言いたてたいからではございません。あの人は一たんレールの外へ、はい、左側へ出たと思ったのに青色がひるがえるのと同時に、ふらりとレールの上に倒れてきたのでございます。それに致しましても、何んとも申し訳がございません。……」

五　死者の秘密、生者の秘密

新聞の片隅に、加村悦男の轢死事件を見た時、わたくしは異様な戦慄と好奇を覚えて思わず朝のコーヒーを冷ましてしまったほどである。

偶然にしても偶然過ぎるこの暗合は、わたくしに一つの事件として考えさせるに充分であった。

佐久由美子が書き残した紙片の名前の男、加村悦男があと追い心中をするとは考えられない。それならば由美子はあの夜、ひそかに一人で自殺を遂げる必要もなく、嫉妬に思い余ったというのならば、むしろ佐久博士への遺書があってもよかったのではあるまいか。

気まぐれなわたくしは、その日、二つのことを果してみようと考えた。一つは加村の死が自殺か他殺かを確めること、一つは加村の家庭を訪ねてみることである。おろかしい油断から、わたくしは夜盗に衣類を持って行かれたあとであったので、形の崩れた黒ソフトをあみだにかむり、痛ましく擦り切れた褐色の服を着、これも茶色の短軍靴をはいて表に出た。鍵をかけるのも苦笑ものの無一文だが、この身の姿は、人に逢って相手を油断させるには都合がいいはずであった。

警察で教えられて、銀座裏のセント・ポール病院に久滋外科を訪ねた時、わたくしはインターンの由利あけみに面会するに及んで自分の姿を後悔せずにはおられなかった。それほど由利あけみは、あど気ない怜悧さで、わたくしの心を見すかすように思われたからである。

「久滋先生が御面会なさるそうです」と彼女は言った。

わたくしは外科室の一隅で事務机に向かっている久滋氏に引き合わされた。久滋氏は濃紺のダブルをわざと崩したように着て、学究にありがちな無雑作な様子で、わたくしと向き合おうとして眼鏡をはずしたが、遠眼の眼鏡をかけるほどの年配とはどうしても思えない若々しさに驚いた。近鏡ならば眼鏡をはずす必要はないからである。

わたくしは園牧雄であることを名乗り、故あって加村悦男の死因を知りたい旨を述べた。

久滋氏は用件を聞き終ると、ひどく緊張した面持ちになり、傍らに居た由利あけみと顔を見合わせて微妙な沈黙に落ちた。由利あけみはそっと座をはずした。

「どうせ報告ずみの件ですから申し上げても差し支えなかろうかと思います。実はあの晩、三月の二日でしたね、いや、三日の早朝と言わねばなりませんが、僕が加村の死体の解剖に当りました。車輪の傷とは思えない不思議な傷があったからです。背から鋭い刃物で心臓を一つきしたものに違いありません。車輪を調べれば分るでしょうが、あの轢死には死後反応しかなかったはずです。加村は車輪にかかる前に、既に死体になっていたのですから」

「では他殺とおっしゃるのですか」

「それは外科医としての僕の診断外のことです。僕が申し上げられるのは、加村は死んでから、更に轢殺されたということだけです」

「大変ぶしつけなことをお尋ねするようですが、加村の死体をここで解剖されたのでしょうか」

「いや、何んでもないことです」と久滋氏は始めて笑った。「たまたま僕が外科に当夜泊りこみの仕事があって、早急の調査に役立ったというに過ぎません。警察や検事局は気が短いものですからね。それに加村は自分の新聞の仕事で、よくここへ来ていましたからね。もっとも目的はそれではなかったようです」

そこで久滋氏は煙草をつけ、わたくしにもすすめてくれたのを、お互いに年来の友人のような気安さに打ちとけて吹かし始めたが、ふと眼を傍らに向けたとたん、わたくしは、はっと胸をつかれるものを見たのである。

おそらく久滋氏の外套であるらしい緑の杉あやのツイードに並んで更に色浅い緑のトッパーとベレーがかかっていたのである。

「あれはどなたのベレーでしょうか」

「妙なものにお気がつくようですね。先きほど貴方を案内した由利君のものです。由利君と言えば、不思議な因縁で加村とはまんざら知らない間柄でもなかったようです」

久滋氏はそこに居合せない由利あけみを、何故かいたわるような口調で言った。

「当夜、その由利さんもここで解剖に立ち合われたのですか」

「それは僕からは申し上げたくない。由利君の口からお聞きになるより仕方がないでしょうが……しかし由利君はその質問には答えたくないでしょう」

わたくしもまた、今のところ立ち入って聞くほどに不躾けにはなれなかった。加村の死が、自殺でなくて、他殺であったらしいことが明瞭となったからには、わたくしには一つの目的が達せられたのである。

残る一つの目的も、わけなく果されることになった。加村は目白駅裏の瀟洒なアパートに住んでいたのである。わたくしは入口の右上に小さく張り出されている加村の表札を見た時、彼には残されている誰かがまだ居ることを知って、わたくしにはそれが当然のことのように思われた。

果してドアをノックしてから、わたくしは自分の想像の誤りでないことを知った。ドアを開けてくれたのは、三十にはほど近いと思われる、見かけの華やかな女性であった。来意を告げて、しずかにこの女性と向い合った時、わたくしはこの華かな表情のかげにひそむ、冷めたい暗さを感じとることが出来た。

はじめはどこかの舞台に立つ人かと思われたが、語るにつれて、彼女は自分が加村悦男の内妻であり、数年前からの同棲の挙げ句、ずっと町のキャバレーに出ていることを率直に話した。彼女は自分の運命を恨んでいるとも惜しんでいるとも思われなかった。加村の死を口にした時でも、彼女の眼には一滴の涙さえ浮かばなかったのである。

「加村さんは他殺だと思えるふしがあるのです。それについて、お心当りでもお話し願えれば、何んとかお役に立つこともありましょう」

「いいえ、何んにもして頂きたくない気持です。他殺とお聞きして、却って安心した位です。加村は殺されてもいい人でした。わたくしはすっかり知っているのです。由美子さんのことも、あけみさんのことも」

加村夫人は自嘲するように笑った。

「あけみさんのことを知った時、わたしでさえ、加村を殺してやりたい気持になったのですもの。冷めたい蛇のような男、いえ、もっと悪い悪魔の化身であったかもしれません」

「あけみさんのことをお気づきになったのはいつ頃からでしょうか」

「あの日のことです。三月二日のことです」

「加村さんが打ち明けられたのですか、それともそんな様子が見受けられたのでしょうか」

「いいえ、あの日の夕刻ごろ、わたくしがおそ晩の勤めに出ようと思っていましたところへ来客があったのです」

「来客は始終おありでしたろうね」

「外の仕事が忙しいと言い抜けていたようですもの。訪ねてくれる人などありませんでした。わたしも不思議なお客だと思いました」

「そのお客の名前は覚えておられませんか」

「覚えています。大学病院の久滋だとおっしゃいました」

「久滋さんですって」

「間違いはございません。お通ししましても、このアパートは二部屋で、隣りで加村と話している内容がよく分りました」

「それが由利あけみさんに関することだったわけですね」

「そうです。由美子さんの名も出ました。わたしは大体の様子を聞いた上で、かっとして外出しました。駅まで行って定期を忘れたことに気がつき、部屋へ引きかえしました時には、ドアに鍵がかかっていてお二人ともどこかへ出かけたあとでした」

「二人が出かけたと、どうしてお考えになったのですか」

「灰皿に加村が吸っていた煙草が一本、よく消えていないで煙を立てていました。わたしはそれをもみ消してから勤めに出直したのです」

「久滋さんについて、印象を覚えておられるでしょうか」

「お恥しいことですが、わたしのような職業の女には、男の方はみんな同じに見えるのです。お話し合えばそんなこともないのですが。……緑の外套を着ていらしったままで、はやりの杉あやだったと思います。お年に似合わずおしゃれな方だと思いました。そのせいか隣りのお部屋の畳にお通ししたので、大変窮屈そうに笑っておられました」

久滋氏が、当日、加村悦男を訪れたというのはわたくしには意外であった。おそらく用件は由利あけみに関して手をひいてくれるように依頼に来たとは思われるが、あの久滋氏がわざわざ夫人の居るところで、そんな話を持ち出すとは思われない。何故そんな必要があったのかと、わたくしには心に残った。

加村のアパートを辞してから、わたくしは帰り路に佐久博士を訪ねてみようと思った。佐久博士は相変らずの古文書の渦の中に坐して、丹念に拓本をより分けていられる様子であった。

「先生、加村悦男が殺されたことを御存知でしょうか」

「知っているよ」

「背中から心臓を一つきして、死んだ身体をレールに転がしたというわけです」

「久滋という医者ならやれるかもしれない」

わたくしは、佐久博士が久滋氏を知っていたことに驚いた。黙って煙草に火をつけ、あたりに灰皿が見当らないので、失礼とは思いながら美しく灰を盛った火鉢にマッチを捨てた。博士は無心にわたくしの手元を見つめながら、何かに気をとられているように語りついだ。

「加村の死を願っている人間が三人ある。まず女ばかりといっていいが、つまり、亡くなったわたしの娘の由美子、医者の由利あけみ、飲み屋の小夜……いや、もう一人男がいる。久滋という男だ」

博士は講義をするような口調で、ここで得意そうにほほえんだ。

「先生は久滋をどうして御存知なのですか」

「通いましたからな。通院というやつ。わしは由美子が死んで以来、足の傷で久滋の病院まで通ってみた。わしがあの外科へ通おうと考えたのは、由利あけみを見てからだと言う方がいいかもしれない。由利あけみは由美子と生き写しじゃったからな」

由美子を語る博士の愛着を、由利あけみを語る博士の心の輝きを、わたくしは自分の感応と同じように受けとることが出来た。

「加村を殺した犯人を挙げたいというのならば、真っ先きに加村を洗う必要がある。わしは由美子の死因を知りたいばっかりにまず由美子を洗ってみた。その結果が君が教えてくれた名前の男、加村悦男であることが分った」

「先生に言われるまでもなく、加村が殺されるまでに周囲だけは大体めぐってみたのです。今日、久滋氏に逢い、由利あけみに逢い、そして加村の未亡人にも逢いました。小夜という女にだけはまだ逢っておりませんが、この女とて加村を殺す直接の動機はない。未亡人もそうでしょうし、由利あけみもそうでしょうし、まして久滋氏が動機を持つとも思われない。それに誰れ一人、調べてみればアリバイの成立しない人も居なさそうです」

「しかし園君、動機というものは眼に見えるものではない。加村が殺された、それも由美子と同じ死に方をしたという暗合は、それだけで充分動機そのものだとは思えないかね。もし仮りに、由美子が生きていたとしたらどうだろう。君は怪異を信じない。心霊を信じない。わしも学者として決して信じてはいない。しかし、加村悦男はどうだろうか。あの不徳な加村悦男にも、ただ一つの、美点があったかもしれない。心の弱さがそれだ。加村のその弱い心に、由美子が生きておったとすれば、加村は、あるいは由美子に殺されたという方が当っているかもしれない」

わたくしは呆然として新しい煙草に火をつけた。博士は心の中で、由美子とあけみを結びつけたのであろうか。わたしは博士の心を現実に引き戻す必要を感じた。

「久滋氏があの当日、つまり三月二日の夕刻に、加村悦男をアパートに訪ねているのです」

「君はそれを誰に聞いたのかね」

「加村未亡人からです」

「加村夫人がどうしてその人物を久滋だと知ったろう。これは君が確証しなければならぬ重大な手掛りかもしれない。おそらく久滋は自分で否定するだろう。由利あけみも否定するかもしれない。小夜という女だけが、少くともこの圏内から省かれていいわけだ。

しかし園君、君はもっと他に、大事な手抜かりをしていはしまいか。真実というものは、あまり間近かに見え過ぎて、かえって看過されてしまうものだ。わしならば、加村悦男がなぜあの夜中に、わざわざ現場まで出むいたかを知ろうとするだろう。犯罪の直接の動機は犯人の側にばかりあるのではない。被害者の方がもっと直接な動機を持っている場合があるのだ。殺害の方法は問題ではあるまい。鋭利な刃物で心臓を一つきにしたというに止まる。鍵は、加村を殺すという動機ではなくて、なぜあの現場で、あのような死に様をさらさなければならなかったか、ということにあるのだよ。やって御覧。死んだ者たちの心の秘密、生きている者たちの心の秘密を解いてごらん」

解決篇

六　園牧雄の告白

三月末の冷めたい朝の空気の流れが頬に気持よく、わたくしはいつもの散歩の道を延ばして、畑と雑木林の小路をよって歩いた。いくら歩いても容易に行き進まない、どうどう巡りのような道は、どこかこのたびの事件に似ている感じだった。

死者に恋をするとは我ながら愚しいが、考えてみれば、わたくしが佐久由美子に愛情を感じた時に、この事件の発展を予感したとも、言えば言えよう。わたくしは事件の当夜、孤独にたちいたった佐久博士と対座していて、えたいは知れないが、何かしら不気味な不安におびえたのを覚えている。

つきつめた女心の美しさと冷めたさとを知ったのはその時であったが、これは由美子の自殺を目の前にして、加村悦男に対するわたくしの嫉妬がなした業であったかもしれない。

レールの横に落ちていた凄美な由美子の死顔が、何故あのように満ち足りた思いをこめていたのであろうか。胸にいだいて血にそまった紙片に、おそらく由美子が書いたであろう二人の名前は、身をもってあがなう彼女の加村への復讐であったのではあるまいか。そうなればわたくしは、加村悦男を殺した犯人は心理的には佐久由美子であったとしか考えられない。

まさしくそれに違いない。死者の復讐が遂げられたといっていいであろう。わたくしはこの事件の解決の第一段階である、死者の心の秘密に立ち入ってみよう。結論を急ぐことはしないでおこう。不可能が可能であるためには、心の必然もまた、看過されてはなるまい。

老博士では満たされない青春の心のすきに、加村の心持よい誘惑が食い入ったことは想像に難くない。事馴れた色事師の手練手管では世間なれぬ乙女心が一筋に溺れるのは目に見えたことで、おそらくそうと気づいたところで、由美子には加村から離れる勇気はなかったであろう。離れることが出来ないばかりに、むしろ彼女は自らの死を望んだに違いないのである。

男の裏切りと多情とが、妊娠というのっぴきならない現実の意識に直面するに及んで、愛情と期待とが大きければ大きいほど、失意から復讐への路は容易であったと思われる。

女が男に与える最も大きな打撃は何んであろうか。しかも気弱な蕩児に対する最も痛烈な復讐を考えてみるがいい。慰されない永劫の責苦、精神的な苦悩、死に至るまで逃れることの出来ない苦痛がそれであろう。佐久由美子は賢明にも自殺という手段に頼ったのである。それもこの上なく悲惨な死、轢死を選んだのである。

わたくしはさきに、十年前にこの目で見た轢死の衝動を語ったが、おそらく佐久由美子は、かつては一たび愛した男の一片の良心を信じていたに違いない。加村悦男に良心と神経の一かけらでも残っているならば、これほど思いきった復讐はないかもしれない。

それでなくては、苦悶によりそった、あの恍惚に近い快美な死顔を何が説明出来るであろうか。美神と悪神、善神と魔神とを一人の年若い女性が兼ね備えていたとて不思議はない。

佐久由美子が老博士の眼を盗んで、紙片に自分の名と加村悦男の名とをしたためた時、美しい魔神の囁きがあったと言って、なんの不思議があろう。彼女はあの夜、博士のすきを伺って家を出た。車輪の血は、死との結婚の乾杯の酒とも思えたであろう。

加村悦男の魂は、佐久由美子の肉体が車輪に触れると同時に死んでいたはずであった。そしてそれが佐久由美子の見事な結論であったのである。

わたくしはこの事に思い及んだ時、加村悦男の死をめぐる、一見奇怪な抽象図案の意図が明瞭に読みとれたのであった。あの小雨の夜、加村悦男を同じ現場で殺害した真の犯人が、わたくしにはいささかの疑念もなく浮かび上ったのであった。二つの心理的な悲願がこの悲劇を構成しているにすぎないが、今一つの悲願をなんと説明すればいいであろうか。

加村悦男に、少くとも殺意を持っている人物は少くはない。たとえば、インターンの女子医学生由利あけみである。しかし、この知性ある若鮎が、よしんば加村の死を望んでいたにしても、自分で直接に手を下すほどの、強い動機は無い。外科医の久滋とて同じである。それにこの二人にはアリバイがある。彼等は、事件の当夜は病院に居た。なんのためにかはわたくしが言うまでもないであろう。二人がささやかな恋愛感情を持っていたとするると、仕事の上での協力は楽しい作業であったに違いない。あえて横しまな想像をさしはさむ必要もあるまい。

居酒屋のマダム小夜とて、加村を殺害するほどの情愛はないと言っていい。酒屋の源七、傭い年増のお兼はまず問題から外してよさそうである。

ダンサーである加村夫人にも偽装出来ないアリバイがあったとしたらどうであろうか。

わたくしは佐久博士に教えられた暗示に従って、ここに一人の犯人を仮定してみよう。

佐久博士は被害者加村の美点としてその心の弱さを挙げた上で「加村は、あるいは由美子に殺されたという方が、当っているかもしれない」と言った。わたくしはのちになって、この言葉の持っていた重大な意味に慄然としたが、外科医の久滋氏が三月二日の夕刻に、加村悦男のアパートを訪ねた件について、「加村夫人がどうしてその人物を久滋だと確認しただろう」という疑問の提出には驚かなかった。わたくしは当時、事件を中心としている期間、出来るだけ白紙の状態に自分を置き、他の人々にもつとめてそう見せかけようとしていたわけである。極端に言えば、わたくしは白痴的な無能を装うようにしていたのである。死者の秘密と生きている人々の秘密と同じように、わたくしもまた、自分の心の秘密をさとられたくはなかった。

「真実というものは、あまり間近かに見え過ぎて、かえって看過されてしまうものだ」

「加村がなぜあの夜中に、わざわざ現場まで出むいたか」

「犯罪の直接の動機は犯人の側にのみあるのではない。被害者の方にもっと直接な動機を持っている場合がある」

「加村はあの現場で、なぜあのような死に方をしなければならなかったか」

「死んだ者たちの心の秘密に、生きている者たちの心の秘密を解くこと」

わたくしは、佐久博士の暗示に充分忠実であろうとした。これは佐久博士の提出したキイであったばかりでなく、わたくしも殆んど時を同じくして思い当っていた疑問であったからである。その上、わたくしには今一つの大きな疑問があった。

何故、久滋と称する男が、加村をアパートにたずねて、そのダンサーである夫人に聞えよとばかりに、佐久由美子や由利あけみの話を持ち出したのであろうか。

加村に心弱い美徳があったとすれば、これは、加村をアパートの外に連れ出す唯一の、しかも強力な材料ではなかったろうか、とわたくしは考えた。

犯人は言うまでもなく、加村に復讐的な執念の殺意を持っていた人物でなくてはならぬ。そしてその殺意は、自殺した由美子の復讐を代弁出来るほどに、いや、それ以上に強いものであったはずである。

緑のヴェレー、トッパー、靴といった暗合は、この場合甚だ象徴的であった。犯人は佐久由美子の像を、インターンの由利あけみに仮託したと思われる。由美子と生き写しの由利あけみが、人もあろうに加村悦男にねらわれていたとなると、犯人は加村を殺害することによって二重の美徳を成就すると喜んだかもしれない。

犯人は由利あけみの存在を知った。緑の象徴が現実となり、病院へ通うことによって、外科医の久滋の習性に注意した。自分の心を納得させるために、犯行にはこの久滋を利用してみようと思った。しかしそれはあくまで自分の心の利用に止めるに過ぎなかったことは、完全にアリバイを持つ久滋をことさらに犯人めかしく強調しようとしたことで明らかであるようである。

病院通いをしていたのは、さほど必要でもない足の傷であった。加村をアパートに訪れた犯人は、加村夫人にも簡単に気づかれていたように、「……お年に似合わず、おしゃれな方だと思いました。そのせいか、隣りのお部屋の畳にお通ししたので、大変窮屈そうに坐っておられました」というほどであったろう。

加村の部屋には、夫人が駅から引きかえしたあと、灰皿に加村が吸いかけの煙草が一本残っていた。一本しか残っていなかった、という方が真実に近かろう。事実、医者の久滋が訪ねてきたのならば、煙草を好むあの医者が、おそらく初対面であったろう加村に逢って、話を切り出すのに煙草を吸いつけなかったはずはないのである。犯人は煙草をたしなまない男でなければならぬ。

犯人、佐久博士は、とわたくしはここで正直に言おう。その宅を訪れても、灰皿一つ用意をしていない人である。彼は自ら足の傷で病院通いをしたことをわたくしに語った。加村を殺害したいと願っている人間に、久滋という男を一人加えたことは、博士自らが「久滋と称した自分」を言いたかったからではあるまいか。

殺されねばならない運命の種を播いた加村悦男を、由美子に代って殺さねばならなかったのは、佐久博士の由美子に対する自らの愛情の告白だったのである。博士は、自分の手で育てた娘を妻に対する感情で愛していた。博士は由美子が自分の魂同然であり、死んで生きるというのも、これも死に方、生き方であることを、初対面のわたくしに語って聞かせたのを覚えている。佐久博士が、由美子にかわる復讐の憎悪と、愛するものを汚され奪われたという嫉妬をいだいていたことは言うまでもあるまい。

久滋が加村を訪れたことを否定するのは明白である。佐久博士はその明白さを利用したのである。博士はこのわたくしに、自分が犯人であることを、いや、むしろ、自分の心の秘密を、自殺した由美子の霊を慰めるためにも、わたくしに早く知ってもらいたかったに違いない。博士の暗示は、久滋に仮装した自分の素直な自白に他ならなかったわけである。

しかし、わたくしは博士を殺すには忍びなかった。わたくしは、わざとそれと気づかぬ様子を続けなければならなかった。わたくしにこの謎が解けたと知ったならば、博士は由美子を追って、喜んで死の道を急ぐであろうことが明らかであったからである。

加村夫人はもとより久滋を知ろうはずがない。佐久博士はとっさにそれを利用したのかもしれない。もっと突きこんで考えれば、由美子の第二の実在である、あけみを対象として、久滋への意識しない嫉妬が動いていたのかもしれない。

佐久博士は事件の夕刻、加村悦男をそのアパートから連れ出すことに成功した。おそらく妻としての座を占めていたのは、アパートに同棲していた夫人であったはずであり、由美子とあけみと、あるいは小夜の名を出すことによって、加村悦男は手易く動揺したにちがいないのである。

加村悦男は女の執念の中を生きていたと言えよう。由美子の復讐は惨死体という形をとってあらわれた。佐久博士の復讐は、同じ場所で同じ轢殺の形をもってあらわされねば、この悲劇は完結しないはずであった。

良心の破片におののく気弱な男が、憑かれたようにレールを由美子の自殺の現場に赴いたのは、一つには緑のえにしに導かれたのではなかったろうか。

加村夫人は言った。「……緑の外套を着ていらしったままで、はやりの杉あやだったと思います」

加村を、轢殺したか、と恐れた電車の運転手さえ、言ったではないか。

「……はじめて気がつきましたのはカーブに入った瞬間で、はっと思ってブレーキに手がかかりました。ところがいくら考えましても今もって不思議でなりませんのは、その人影の左側で、緑の布が振られたような気のすることです。……真実あの時、緑の旗みたいなものが振られたのには相違ございません。……運転手は、色には、特に赤や青には敏感でございまして……」

加村悦男が自《おの》が死を目前にしていかなる幻影を見たかは分らない。それは加村の心の投影であるに過ぎない。しかし、運転手が見たものは、幻影であってはなるまい。彼は我々と同様に、亡霊を信じはすまい。彼は実体のある緑の存在を、よしんば瞬間であってもその眼にとどめているのである。彼が見たものは、加村夫人が見たものと同じ杉あやの緑の外套であったはずである。

その夜、佐久博士がその外套を着ていたことを否定する根拠は一つとしてあり得ない。もしも、このわたくしの推理が正しければ、この外套を、あるいはその痕跡を探し出すことは不可能ではないであろう。

佐久博士にとっては、わたくしに言ったように、殺害の方法は問題でなかったのである。鋭利な刃物で心臓を一突きにしたというに止まる。問題は、あの由美子自殺の現場で、同じ最終電車に轢死の状態に置かなければならない心理的根拠であった。佐久博士はその演出に成功した。しかし成功しただけでは博士の意志は果されなかった。博士は己が心情の経過を、たとえばわたくしに知ってほしかったのである。他に博士の心理を理解する人なくしては、博士の意図は、大半の意義を失ってしまうことになったであろう。

博士はそれをわたくしに暗示することによって、由美子の霊を慰めようとしているのであろう。

わたくしは、博士を精神的に救うためには、博士の肉体を殺さねばならない立場にあるようである。

わたくしは漸く歩きくたぶれた。人の心に美しい悪というものがあるならば、女心の痛ましい果が、あるいはそうであるかもしれない。あの小川のほとりで、わたくしはしばらく自分の心の憩いをとることにしよう。

七　佐久博士の独白

由美子よ、お前に対するわしの愛情、もっと正直に言うなら恋着といったものを、こんな形で表現しなければならぬとは、わしとて思いがけないことであった。娘であるべきはずのお前に、わしが自分の偽っていた感情を意識しだしたのは、お前が加村悦男と知ってからのことである。お前が妊娠という形で、わしの愛情に報いてくれた時、わしは嫉妬よりも、何よりも、お前の愛情の対象たり得ない自分の切なさに泣いたものだ。

六十の坂を越える長の年月をかけて、わしがようやく求め得たものを、かくも手易く失わねばならぬとは、わしもよくよく、人間の心の半面をしか、報いられない不幸な男と思えた。由美子が加村との出逢いに、その瞳を輝かせていた時に、わしの笑いの下にひそむ悲しみを無心の仮面の下の傷心を、果して、由美子は知っていたであろうか。心を貫く冷めたい槍先を、そっと耐えて温情の寛容につつみ、置き忘れられたような自分の存在を、つとめて、われから由美子の傍に、保護という仮面をつけて立ち寄る術を、わしはいつとなく習い覚えたものだ。

不思議なことに、由美子の自殺はわしには天来の福音と聞えた。あるいは地獄の福音であったかもしれぬ。由美子の魂は自殺を通して、始めてわしに帰ってきたのであった。

由美子の悲願は、わしの悲願に他ならぬ。

由美子の悲願がそのままわしの胸に生きたのは、園牧雄がわしに見せた、血のにじんだ紙片を手にした時である。そこには由美子と加村悦男の二人の名前がしたためられてあった。わしの胸を締めつけたことに、その二つの名前は並んで書かれていなかった。加村悦男の名前が裏に書かれてあったということは、由美子が死にのぞんで思い至った文字通り必死の訴えであったろう。

老人の愚かしい思い過ごしと人は笑うであろうか。わしは自分の心を疑わぬ。ましてや由美子の心を疑うわけはなかった。由美子の悲願をかなえ、同時に由美子に対するわが思いをかなえるためには、加村悦男の血を饗宴の酒ともしなければならぬ。

たまたま、インターン由利あけみにおいて、わしは画家の模写のそれと同じく、心理の模写を始めたわけであった。しかしこれはかつての映像を逆転したガラス絵に似ていた。加村を中心として、由美子は追い、あけみは追われていた。ならば、加村に由美子の虚像を追わしめることも不可能ではなさそうである。

わしはさり気なく久滋を名乗り、加村をアパートから引き出し、深夜の小雨のレールを歩かすことに成功した。いや、成功したとは言い難い。加村悦男は自らの妄念に導かれたに過ぎなかったからだ。

満たされぬ情念の世界に、小心にあがきつづけていた一人の男が、娼婦の膝からずり落ち、淫蕩を食費に計算する世俗にも溺れきらず、清朗な乙女を追って届かず、自己を見失った瞬間に、死によって告知された一つの心の窓に、おそおそながら気づいたとなると、この男、加村悦男が、ほんの目に見えぬ暗示と衝動で、死者の幻覚をさ迷い求めたとしても不思議ではない。

わしの仕事は加村の心の秘密にほんの仕上げをするだけで充分であった。同じ場所で、同じ時間に彼を刺し、車輪の下に彼の苦悩の魂を転がせばよかったのである。

加村悦男を殺してから、車輪にくだかれたはずの魂は、実は加村のそれではなくて、自分のものであったことに気づいた。むしろ、由美子の塊を救うために、わしは加村の肉体を滅ぼすことによって、加村の魂までもよみがえらせたのではなかったか。

由美子の悲願に応えたものは、復讐という形をとった悔恨の手向けであったかもしれない。

老醜の懺悔を園牧雄はどこまで理解してくれているかは分らない。しかしながら、由美子が心に秘めていた悲願と、加村悦男が自ら死地にさ迷い出た幻覚への投入と、わしが情念の惨めな終局を理解してくれるならば、その時こそ、わしは喜んで由美子の魂の側に帰って行くであろう。

死人の座

一　切れた糸

秋の日脚は遅いようでも、山の背は陽をさえぎって早く、峠の登り道に行き暮れて、路傍の農家めかしい土間で、居合わせた老婦に聞くと、それが目指す峠の湯宿であった。

「お客さまがいらしって下さった」

園牧雄は宿の主婦の素朴な、しかし心のこもったよろこびに、しばらく額の汗を拭ぐうのを忘れた。

通されたのは飾りっけのない六畳の部屋で、切りごたつのあるのは冬の客相手の宿と思える。廊下と庭に面して紙障子があるだけで、庭の直ぐ前に道路があった。

上野を朝の十時に発って六時間あまり、高原の小駅から歩いて二時間半、湯宿といいながら地図にも置き忘れられた、人知らぬ峠の湯は、村人の冬の湯治場としてしか利用されないところらしい。

入口の案内燈にラムプの灯りがつき、部屋のラムプの心がかき立てられ、園はひと休みしてから着替えの浴衣《ゆかた》をかかえて、庭づたいに草履ばきで薄暗《うすやみ》の湯殿に入った。思いの他に豊かな湯量をよろこびながら、湯舟に疲れた身体を沈めていると、肩すじを這う冷気がかえって気持よく、物見遊山の浴客と、ふと自分を思い違えるほどの、のどかさだった。

無気味な兇悪さをたたえた犯罪事件を追求している自分だとは、園はどうにも思えなかった。下の村はずれで道をたずねた時、「はあ、宿はやっていましょうが……これからお登りで」と言われた時の当惑を思いかえすと、彼の頰にふと微笑みが湧き上った。始めは水の流れと聞きまどうた音色が、かまびすしい虫の音だと知れ、園は自分の耳のうかつさをいとおしんだ。

夕食のお菜《さい》は宿の主人が、直ぐ下の流れで釣ってきた小魚三匹。備えのビールもないままに、用意にたずさえてきた小罎のウィスキーが役に立った。

「他にお客もないようだね」

「ええもう、温泉と申しましてもこんなむさ苦しい所で。わざわざおこし下さる方もめったにございませんし、何しろお湯がリューマチに効くものでして、まあ、冬になりますと農家の年よりが湯治に来る位です」

主婦は給仕をしながらいくらか饒舌に嬉しそうに話した。そういえば部屋数も三つほどしかない様子で、宿の人達は裏棟に住んでいる。

「でも、東京からのお客も時々あるんだろうね。僕もこの宿のことをちょっと聞いてきたんで……この前、ここへ来た友だちからね」

「そりゃあ夏場なぞ、何かお仕事にいらしって下さる方もあります。大学で研究なさっている学生さんなんかも……せんだっては、なんですか、その方は沢山、石を集めたいとか来られて、化石だそうですが……それを、泥棒もいませんからまあ石なら大丈夫と思いまして、お留守の間はそのままお預りしていますが……そうですね、東京からお見えになったお客さんとおっしゃいますと……そうです、もう半月も前に、お二人お見えになりました」

「山中省一という人……」

「ええ、そうです。宿帳を見れば分かります。八月十八日。お連れの方は」主婦はカードになった謄写版ずりの紙片をくった。「これです、河田卓造さん」

「河田卓造？　そのカードを貰ってもいいかしらん？」

「かまいません、こちらへ書き写しておきますから。どうなさるおつもりで？」

「僕がここへ来たという証拠にね。これを見せておどかしてやるんだよ」

園は二枚のカードを抜きとって、二つをしばらく見合わせた。

「この河田という人は知らないな」

「さようでございますか。山中さんは背の高い方で、河田さんは太ってずんぐりしていらっしゃいました」

「二人一緒に来たの？」

「ええまあ。さきに山中さんがお着きで、その直ぐあとから河田さんがお着きでした。お風呂は御一緒のようで、お話声がきこえました。河田さんがお入りになったところへ、山中さんも浴衣にかえてお入りでした。お出になったのは、わたし、御飯のお仕度で知りませんでした。お食事をお運びすると、山中さんが寝ころんでいらっしゃいまして、ちょっと話があるからといわれて、わたし御遠慮したのです。お床を延べに行きました時は、河田さんが庭先に腰をかけて煙草を吸っていらっしゃいました。庭に出ていられた山中さんとお話していまして、山中さんの方は暗くて見えませんでした」

「朝は？」

「峠をこえて、ハイキングをしながら前橋へ抜けるとかおっしゃって、河田さんは先へお発ちのようで、山中さんはお一人、お昼を召し上ってから下へおりられました……あら、もう召し上らないんですか。東京のお方は食が細いんですね。あのお二人もあまり召し上られませんでした」

「疲れていると、僕はどうも食べられない。ありがとう」

「とんだおしゃべりをしまして。直ぐにお床のお支度をいたします」

宿のおかみが去ったあと、園牧雄は一枚明けはなった障子の敷居に腰をかけて、もう真っ暗になった庭先に見えない眼をやった。

「河田卓造、四十五才」カードにそうは書かれているが、失踪して二カ月になる代議士河村卓助の偽名であるように思われる。もしそうだとすると、河村卓助の失踪は八月十日ではなく、九月十六日朝ということになりそうである。彼はこの宿から峠を越えて前橋へ出る予定でハイキングに出かけた。何んのために、わざわざさほど好きとも思われないハイキングに出かけたのであろうか。下山した山中省一にはその姿を見かけた村人がある様子であるから、河村卓助が失踪したとなると、途中の事故があったのではあるまいか。生きたい慾望はあっても自殺の原因は認められないのであるから、道さえ誤またなければ、冬の雪山と違って死体ならばもう発見されていてよさそうである。それにしても、最初に失踪した八月十日以来、九月十五日までの一カ月余り、それから今日に至るまで、著名な代議士河村卓助はどこでどうしていたのであろうか。ともかく、河村卓助をたぐる最後の糸はここで切れていたのである。

園は肌にしみてくる夜の冷気の中で、しばらく放心したように虚空の星を見上げていた。

朝の障子を明け放った時、園牧雄は思わず眼を見はった。高山の秋の紅葉が焼けただれるような、けんらんたる美しさを一杯に見せていた。昨夜は闇に包まれて見えなかった周囲の山々が、ほんの真近かに、自分とこの宿をとりかこんで、あたり一面緋色の饗宴とも思えた。庭を歩くにわとりの白さが不思議なほどで、朝日に映える障子の白さまでが、何か魔法めかしいすがすがしさであった。

峠の湯に名残り惜しく今一度身体を沈めてから、園は手厚い礼の言葉を受けながら山をおりた。下の村で折よく来合わせたバスに乗り、元来た小駅まで運ばれたが、そこで彼は何思ったか、いきなりただ一軒の商店である駅前の菓子屋に入った。

「ちょっとお訪ねしますが」

主人がけげんそうな顔を出した。

「もう大部前のことで恐縮ですが、東京からの二人づれが、山の湯のことを聞きによらなかったでしょうか」

「二人づれがね……東京からの人なら気がつきそうなものだが、小肥りの人が一人、そう言えば道をきかれたことがありましたな。バスが麓の村まであると言ったが、間が一時間もあるで、歩く方が早いと、歩いて行かしゃったな」

「一人待たせていたわけですね」

「いや、お一人じゃった」

園は丁重に礼を言ってから、更に二三軒先きのタバコ屋で同じことをたずねた。タバコ屋の返事は違っていた。

「背の高い方でした。バスのあることを教えてあげると、しばらく待ってそれに乗ろうと言っていましたよ。乗られたかどうかは知りませんがね。四時の汽車で着いてなにせバスは五時過ぎにならんと出ないですからね、どうしなさったか」

園はお礼ともつかずタバコを余分に買い、グレイのカバンに無雑作にほうりこんだ。

同じ汽車で着いたはずの二人が、人目をはばかるように別々な行動をし、山の湯宿を行き先と決めて、何故向うで待ち合わせねばならなかったのか。園牧雄の眼が一瞬異様に光り、吸いつけたタバコの煙りにその眼がかすむと、彼はふてくされたように黒のベレーを一層ひき下げ、駅に入ると、あらためて上り列車の時間表を見上げた。薄いグリーンのパリ・ツイードの上衣、同色のフラノのズボンは、見かけたところお洒落なようだが、ほんの二日の旅にすっかり崩れたようになっているのは、手入れをおっくうがる無精さで、服装に気をつかうより、園は頭の中でいろいろな観念をほぐしたり組み立てたりしている方が性に合っていたのである。

二　死の失踪

代議士河村卓助の失踪は献金疑獄にからむものとの推定が有力だった。東京高飛び説と潜伏説との中間を縫って、彼は肥大短躯な身体を自動車に乗せたまま、八月十日の午後から杳《よう》として消息を絶ってしまったのである。夫人艶子の証言では、彼は夜の党分科委員会に出席するつもりで、当日午後早目に家を出た。かねての予定であったと見えて、差し廻しの自動車が一時に良人《おっと》を迎えに来た。女中の証言にも変りはなかった。

河村卓助は白の開襟シャツに白ズボン、白靴という、一向に目立たない服装で一たん車におさまり、丸山の自宅を出て、買物があるという理由で、その車を新宿で捨てた。しかし買物をする様子もなく、直ぐに流しのタクシーを拾うと、お茶の水大学病院に車を走らせた。ここで外科勤務の山中省一博士と逢った。山中博士はたまたま急患の処置があったところで、しばらくしてから研究室の個室に戻ってきた。その間、河村代議士は殺風景だが外科用具が所狭く置かれている研究室の片隅で、博士を待っていた。いや、今一人の人物を待ち受けているといった方がよかったかもしれない。

「やあ、お待たせしたね」といいながら、学生時代はテニスの選手であった山中博士は、長身の見るからに頑丈そうな身体を、それでも敏捷に動かして手術着を脱いだ。

「医者ッていうのも忙しいもんだね」河村卓助は党の主脳である代議士の貫禄よろしく葉巻に火をつけた。

「議員さんほどではないがね。いまさっき自動車事故の急患があってね。ひっかけられたんだよ。外傷は膝を折った位で大したことはなかったが、ひどく衰弱していてね。心臓麻痺で参っちまった」

「どんな人だね」

「浮浪人で身元も分らん」

「よくあることだろう」

「めったにないね。他じゃ嫌がるが、ここは喜こぶ。秋になったら解剖の材料に使えるんでね」

そこで二人の話題がちょっと途切れた。お互いに肝心の話を持ち出すきっかけを見つけようとしていた。

「まだ来ないかね」河村卓助がもどかしそうに葉巻の灰を落した。

「二時だろう。弟から電話があったから間違いあるまい。もうおっつけ来るよ」

「連絡があったんなら確かだな。僕もまた三時に人に逢わなきぁならん約束がある。いざとなると、あれこれ自分で片づけておきぁなきぁならん用もあるしね」

「まあ今日の話は、紹介者として僕も立ち合うから、はっきり話を決めてほしいものだ」

「僕の方は決まっているよ。先方の出よう次第さ」

その時、卓上電話が鳴って、山中博士は無雑作に受話器をとり上げ、「お通ししてくれ」と簡単に言った。「来たよ、弟が」

河村代議士は、ちょっと目先に緊張の色を見せてうなずいた。

待つほどもなく、暗がりでなら一見、山中博士その人かと見まごうほどの、博士の弟、山中省三がおうような足どりで入ってきた。関北《かんほく》電力開発の専務として、近頃急に政界、財界に浮かび上ってきた人物である。

「近代設備を誇る拷問室といったところですね。いささか乱雑で薄汚いが。まあ秘密会談の場所としてはうってつけといっていいでしょう。ところで兄さん、大丈夫でしょうね、ここは」

「話はゆっくり、落ちついて掛けてからにしたらどうだね。心配いらない。人払いをしてある」山中博士は意味ありげな笑いを浮かべた。博士が椅子をずらすと、専務の省三は河村代議士と向い合ったソファにゆっくりと腰を下ろした。

「専務さんにもいろいろと御心配をかけることになりましたな」河村がゆっくりした口のききかたで挨拶代りに言った。

「いちろく勝負の成り行きで、検察庁の召喚が来た時は、ああそうかと覚悟は出来ていましてね。いかがです、雲行きは？」

「目論見《もくろみ》は立っているわけでしょうね」博士がとりなすように口をはさんだ。

「さ、それが……私の立場をお話ししておきぁなあならん」河村代議士は新しい葉巻に火をつけた。「お宅の会社から貰いました千万円。こう世間の口がうるさくては逃れようもないが、政治献金という名目の金は、お宅の開発会社一社とは限らない。つまりわが党の帳簿には不備が多い。先だっての委員会にもこの話は出たし今夜の会にも出るに決まっている。表立って悪い役をひいているのはこの私だが、一切を背負《しょ》ってしまえば、党の顔は立つが、お宅の会社が立たなくなる。ま、手っとり早い話が、私が口を割れば、お宅の会社の迷惑も多い」

「発足して間もない会社ですからね。利権はふいになる、計理にはひびく、臭い飯を食わなければならんとすると、これは河村さん、踏んだり蹴ったりというものですよ」専務は迷惑そうでもなく、笑いながら言った。

「ところでここが考えどころです」河村代議士が身を乗り出すようにして、口調をあらためた。「党の連中とも相談して、ここらで私が身をかくす方がよさそうだ。万事に手抜かりないから御安心下さって結構だが、さしずめ二、三百万の金がほしいのです。これは専務さん、お宅で御都合願えるでしょうね」

「とんでもない」専務は大きくかぶりをふった。「身をかくすといったって、いつまでも出来る話じゃなし、それに、うちの会社だけに負担されるのは筋がちがうように思いますが……」

「ははは、大した金でもなし、会社から出しにくいとなるとこれは専務さん、あなたのポケット・マネーではいかがです」

「いよいよもって駄目ですね」

「じゃあ仕方のないこと。私が口を割らされれば、私は正直にしゃべるばかりです。関北開発から一千万円。それでいいですか」

「仕方がないでしょう」

「と、すると、山中さん、あなたは会社の代表としてばかりではなく、個人となすってもちょっと妙な具合になられると思うんですが」

「全く妙なお話ですね」

「私も妙だと思いましたよ。私に入った内報では、会社の帳簿で私に手渡されているはずの金は二千万円だそうです」

河村代議士はさり気なく言い捨てて、うまそうに葉巻を吸った。専務山中省三は動じなかった。

「別に受け取りがあるわけではなし、証拠がありません。逆にですね、私の方からあなたへ二千万円差し上げた。ところが党の方では一千万円しか貰っていないということもあるわけです」

「よくある手ですな。しかしその方が筋が通りそうですよ。専務の場合は筋が通らない」

「紳士協約といきましょう」山中専務は内ポケットから小切手帳をとり出した。「二百万でしたね」

「三百万と願いましょうか」

山中専務はさからう気色もなく小切手を切った。

「あとは用件御無用に願いたいものです」

彼はそれを河村代議士へ手渡しながら言いたした。河村は額面をちらと見やって、片手の指にはさんだまま、仕切りでもするように膝頭へ両手を置いた。

「どうせずらかるんですからな。さて、逢ってやらなきゃならん奴がいる。早速だが失礼させて頂きましょうか」

「河村さん、その逢わなきゃならん人というのは、田上光代ではありませんか」

専務山中省三が低い声ではあったが、おしかぶせるように言った。河村はさすがに驚いたらしく、立ち上ろうとした腰をぐったりと椅子に落した。

「読めているのですよ」山中省三が冷ややかに言った。

「女連れでずらかるのは面倒なようで、かえって便利かもしれんが、これは河村君、今直ぐ逢わん方がいいのじゃないかね。直ぐ足がつくよ。一応落ち着くところへ先に女をやって君があとから行く方が利口そうだね」

今まで黙っていた山中博士が演出家よろしく口を出した。

「だがこの金を渡してやらなきゃならん」

「なにいいさ。君はここに居たらいい。金は省三に届けさせる方が無難だね。僕は今日の急死人の死体の片づけがある。ゆっくりしていってくれてかまわない。夜になれば病院の方も人気《ひとけ》がなくなる。脱走にはもってこいのことと思うが」

「そうさせてもらうか、山中君」

その時、博士の弟、専務の山中省三が、決められた役割のように無雑作に立ち上った。

「河村さん、場所は？　相手の女はまんざら僕の知らない人でもないんです。赤坂は僕の顔もいくらか利くんですよ。桔梗《ききょう》のおかみでしたね」

「それは好都合というものです。じゃあ、お願いしましょうか。行く先は知っているのです。これを渡して頂くだけで結構です。大和ホテルのロビーに居るはずです」

専務の山中省三は、河村の手から再び小切手を受けとって扉の方へ歩いた。

「仕事は早目に済まして、もう一度ここへ戻ってきてくれる方がいいな。その時、河村代議士失踪の乾杯でもしようじゃないか」

山中博士がひょうきんに弟の去って行く背中へ言いか

けた。

専務の山中省三が去ったあと、博士と代議士はウィスキーをちびりちびりやりながらとりとめもない話に時を過した。五時近くになってから、山中博士は大儀そうに立ち上ると手術着を手にとった。

「河村君、ちょっと失礼する。おっつけ省三も帰ってくるだろうがその前に死体の片づけをやるんだ。これも商売でね。君なんざあ、女の裸は見つくしているかもしれんが、裸の死体などは見たこともあるまいね。何んなら見せてあげてもいいよ」

「君の商売というのも、一度見せておいてもらうのも、何かの参考になるかもしれん。時間つぶしに見せてもらうか」

「止した方がいいよ。始めにあくびが出る。警戒警報だね。それから額に汗。それからぶっ倒れるという順序だ。大の男が卒倒するのはあまり見よい図ではないぜ」

「冗談言っちゃいけない。後学のために御案内願おうよ」

卓《テーブル》のウィスキーを一気に飲み干して、河村代議士は自分から進んで扉《ドア》を開けた。博士の研究室から廊下を隔てて直ぐが解剖室だが、そまつなコンクリート台の解剖台に乗せられている無気味な死体が鍵を明けたとたんに二人の眼を射た。河村代議士は強がりを言っていた割りには小心と見えて、つと胸をついてくる不快な衝動に動揺した。異様な臭気に耐え難かったのかもしれない。

博士は助手長と人夫たちを呼ぶために、一隅のベルを押した。かねて打合せがあったはずで、助手長が三四人の人夫を連れて解剖室へ来たが、その時、博士は驚いたように叫んだ。

「いけない、河村君。言わんこっちゃない。素人の見るもんじゃないんだよ」

助手長が時ならぬ博士の声に早足に扉をひいた。殆んどそれと同時に、博士は河村の身体をかかえるようにして廊下へ泳いだ。

「どうしたのです、先生」

「いや、なんでもない。友人が脳貧血をやったんだ。部屋で寝かせて、葡萄酒《ぶどう》でも飲ませてやるよ」

助手長と人夫たちは神妙に博士の指図を待っていた。山中博士は直ぐに引き返えして手続にかかった。

「心当りの申し出はなかったかね」博士が口早にきいた。

「ありませんでした」助手長が事務的に答えた。

「では、書き留めてくれ給え。氏名不詳。推定年令四十八。男。外傷、打撲傷。自動車事故。死因、心臓麻痺。死亡時間八月十日午後一時。入池、午後五時三十分。死体番号六番」

「死体番号六番」助手長が復誦した。

「じゃ、あとはたのむ。死体池へ入れてくれ給え。十月の新学期に解剖する」

山中博士はそう言って手を洗った。助手長が人夫たちを使って、死体を死体池へ運んでいった。

三　ロビーの女

専務の山中省三は車を日比谷の大和ビルの前で降りると、二重になっているガラス扉を物馴れた手つきで押して、ホールを足早やに横切ると、ホテル専用のエレヴェーターの前に立った。六階のロビーにはいつもながら殆んど人影がなかった。左手の食堂からバンドの音《ね》が虚ろに流れこんでくる広間に、正面から更に上階にのぼる螺《ら》旋《せん》階段が舞台のセットのように不安げで右手の一番奥まったソファに一人の女がいた。薄物の和服が、かえって周囲にふさわしい艶かしさだった。

山中省三が近づいた時、女はふと彼の顔を見返えして、「あら」と小さく驚いた。

「河村は来ないよ」山中は当然のこととばかりに女の横に座を占めた。

「どうして？」

「ここで出逢って、二人づれで失踪すりゃあ、大抵行き先の見当はつこうってもんだからね。まずい筋書だよ。僕が代理使節を買って出た。行く先は決まっているそうだね」

「伊豆山」

「例のうちだね。お前に先に行ってくれという話だ。今夜中には河村も行くだろうよ」

「ここがよく分ったわね」

「河村が教えたよ。逢う人があるって言ってね」

「わたしだって言わなくって？」

「こちらで言ってやった。桔梗のおかみ、田上光代だろうって。ああ、今朝の電話ありがとう。向うは御存知ないもんだから驚いてたよ。三百万円ふんだくられるところさ。お礼に一割位あげてもいいが何んなら三百万そっくり呈上するよ」

「気味の悪いお話ね」

「伊豆山で二三日中に一幕、筋書通りにやってもらえるかね」

「何んのこと?」

「河村を眠らせるのさ。永久にね」

「まあ」

「河村は、お前がこの僕の女だとは気づいてはいまいな」

「大丈夫よ。近頃のお客ですもの」

「何もお前に直接手を貸せっていうんじゃない。細工はこちらでやるが、明日の晩にでも河村を錦が浦のあたりまで誘い出してほしいんだよ」

　誰も二人の笑い話に気をとめる者もいなかった。山中は女を誘うようにして座を立った。どこで別れたか、山中省三が大学病院へ戻ったのは五時三十分を過ぎた頃で、それから間もなく、兄の博士と、弟の省三が、代議士河村卓助を中にはさんで病院の玄関を出た。

「駄目だね、そんなことじゃ。しっかりしなさいよ、男らしくもない。まだ気分が悪いかね」

　守衛が博士の言葉に我れに帰った風に丁重な挨拶をした。河村代議士は二人に背をかかえられて力なく肯いた。

「車を呼んでくれ」と博士が言った。

　守衛が間もなく車を連れて引きかえした。足の乱れている河村を中に、三人が乗りこんだあとを、いつも見なれている風景さながらに、守衛はぼんやりと見送りながら突っ立っていた。

四　魔の逢い曳き

　代議士河村卓助の失踪説が、数日のうち、突如一変して、暗殺説に変ったのは、彼の死体が思わぬ場所に発見されたからである。

　その日、八月十六日に、園牧雄はこんな事件に巻きこまれるとは知らずに目白のアパートを出た。上衣がわりのシャツは濃茶《こいちゃ》の細い横縞、ズボンは薄茶の縦縞のコードレーン、コンビの靴も若々しいお洒落ぶりで、登山帽が汗によごれて甚だ汚ならしいのは、どこか調子のとれない無精さだが、彼は今日は恋人の深山《みやま》道子と逢い曳きの約束があった。

　新橋の喫茶店で、どちらも三十分ばかり早く落ち合ってから、二人は夕風に送られるように浜公園に入った。六時閉門というまでにはまだ一時間あまりあるので、久々に東京湾の汐風をかぎながら、あらぬ未来を空想しようというわけだったのである。

深山道子は、白いレースのワンピースに共のバンドを締め、園牧雄は周囲の緑に浮き立つこの女身を甚だ美しいものに思った。しかし、どうしたわけか、今日に限って深山道子はいささか不気嫌で、あるいは思いがけない事件を、その聡明なひとみにいち早く予感していたのかもしれない。

「あれが水産研究所、魚市場、勝鬨《かちどき》橋が見えるわね。こちらは屠殺場よ」

園牧雄は土地に精しい深山に説明してもらいながら、公園の池に水をひきこむ水門へ出た。

「おやこの池は海水なんだね。ここで海とつながってるよ」

「そうね」と、深山道子は園の思わくに反して一向に気乗りしない返事であったが、突然、「きゃっ！　人が……」と園の片腕にしがみついた。

園はこの恋人と歩いていると、外界の様子にはいささかも気づかない弱点がある。片腕にしがみつかれて、驚くより先に安堵したのは恋心の気安めだが、思い直して水門へ眼をやった時、園は今更のように眼を見はった。池と東京湾をつなぐ水門は縦に木を組んだ柵になっていてその片隅にひっかかっている水死体のようなものが見えたのである。

時をうつさず死体がひき上げられ型通りの検屍があった。

死体は既に腐爛していたが、身元を確かめるのに事かかなかったのは、白ズボンにおさまっていた紙入れがあったからである。代議士河村卓助の名刺はジャーナリズムに特種を提供した。

白ズボン、白シャツ、その他の着衣、持ち物一切から、警察へ参考人に呼ばれた河村夫人は、それが八月十日の良人の服装に相違なく、かつ持ち物一切も、もとのままであることを証言した。死体発見者として立ち会っていた園と道子の前で河村夫人はさすが気丈夫に次のように警官に答えていた。

「自殺されるような心当りはございませんか」

「いいえ、しばらく旅に出るかもしれないと申しておりましたが、自殺するような心当りもそぶりもありませんでした」

「八月十日に失踪されてから、御主人の身辺のことで何か変ったことはなかったでしょうか」

「そういえば、院外団のような方が二三人、主人を訪ねて参りましたが、それはいつものことで、とり立てて変ったこととも申せません」

「その方たちの名前は御存知でしょうか」

「いいえ、普段でも主人は自宅ではめったに政治関係の人とは逢いませんので、お名前をお聞きするまでもなくお帰りを願っております」

「書斎などは」

「はい、私も気がかりでしたものですから、いろいろ探してみましたが、遺書のようなものもございませんでした」

「どうして遺書があるかもしれないとお考えになったのですか」

「いえ、ただちょっとそんな気もしただけでございます」

「奥さまに、大変失礼なことをおたずねするようですが」園がだしぬけに口を入れた。びっくりしたのは深山道子だけではない。警官も気をのまれた形だった。「御主人はこれまで歩行に難儀をされていたというようなことはありませんでしたか。たとえば右足がびっこを引いているといった……」

「いいえ、足はいたって丈夫でした」

「スキーで怪我をなさったというようなことも」

「いいえ」

「どうも妙なことをお訊ねしてすみませんでした。どうせあとで調書を見れば分ることとですが、ちょっと気になることがあったものですから失礼いたしました」

深山道子は、いよいよ不気嫌な面持ちに美しい眉をよせながら、園と警察の門を出た。園は逆に、なぜか浮き浮きと楽しそうだった。

「ねえ、道子さん、とんだ災難だったけれど、これは面白くなりそうだよ。あの死体が失踪した代議士河村卓助だとすると、ちょっと他殺と考えたくなるね。普段はびっこをひいていなかったそうだ。あの死体の右下半身の骨に、腰と膝関節にかなりなひびが入っていたよ。そのひびが、古いものとすると、あの死体は河村卓助ではなくなるし、新しいものとすると、死ぬ直前につけられたものか、死んで投げこまれた時についたものか。どう思う？」

「知らないわ」

この状態では、これは今夜はビールでも飲んで、何を怒っているのか、ともかく和解しなくてはなるまいと、園はズボンのポケットに手を入れて、そっと札をかぞえた。

五　浮かぶ嗅跡

園は警視庁に、なじみの捜査第一課長を訪ねた。

「何か嗅ぎつけたかね」

課長は無愛想だが、顔で笑って大きなテーブル越しに、園の姿を見るなり声をかけた。

「河村事件だよ」

「死体の発見者だったたってね。いつもながら御手腕のほどは敬服に堪えないが、あれはこっちで先廻りだ。他殺だね。あの傷は古くはなかった。恐ろしい打撲傷だ。死後経過五日乃至一週間。日づけは河村卓助失踪と一致はするがね。まだ何んとも言われない。刑事に現場を洗わせているよ」

「そうかい。なに、あの傷が新しいと分ればいいんだよ。そうなると課長さん、御面倒だけれど、交通事故の係を紹介してくれ給え」

「お安い御用だ。今直ぐ電話をかけて上げよう。何を頼むんだね？」

「八月十日の交通事故の記録を見たいんだ」

課長は直ぐに係長を呼び出した。

「八月十日の記録簿を見せてくれ」

係長が早速に記録簿を持ってきた。

八月十日、轢死事故一件、トラックと乗用車の衝突一件、都電脱線一件、自転車追突四件、トラック事故一件、その他小さな事故若干あった中で、園はトラック事故一件というのを見逃さなかった。

「係長さん、このトラック事故はどういうのですか」

「聖橋のたもとで、浮浪者がはねられたのです。死亡しました」

「即死ですか」

「いいえ、病院へ運んでから間もなくです」

「どこの病院でしょうか」

「お茶の水大学附属病院です」

「ありがとう。係長さん、これで結構でした。お手数でした」

係長が去ったあとで、捜査課長はいたずらそうに、園を見やった。

「何を考えているんだね」

「君と同じことさ。ただ方法が違うかもしれない。あの附属病院の外科長は誰だろう」

「名簿を見てごらん」

「ああ、気のつかないことを聞いたもんだ。調べてみよう……山中省一。どこの出身だろう……紳士録というのも役に立つね……見せてもらうよ。あった、四十六才だね、働きざかりだ。関東大学医学部……ほう……山中省三が弟か。聞いたような名だと思ったよ。献金疑獄の中心人物の一人だ。河村卓助と無縁でないね。……そういえば河村卓助は関東大学の法学部の出身のはずだった……高等学校はどこか知らん?」

学友会名簿を繰りながら、園の眼が異常に興奮を示した。

園はその足で、大学附属病院に山中省一博士を訪ねた。最初に用件を述べたので、博士は気軽い調子で園に逢ってくれた。

「お忙しいところを恐縮ですので、かいつまんで用件だけおたずねさせて頂きます」

「ああその方が、私としても好都合です」と博士はあいそよく相槌を打った。

「では申し上げます。八月十日に聖橋でトラック事故にあった患者がこちらで死亡したそうですが」

「そうでした。しかし死因は外傷でなくて心臓麻痺だったのですよ」

「外傷と申されますと?」

「右側の打撲傷、腰も関節に相当にひどくやられていたことはいたんです」

「その死体はどうなさるのでしょうか」

「何しろ身元不明でしてね。法規上、夕刻まで置いた上で、申し出がありませんと、正式な手続を経て、死体池へ入れておきます。勿論ここは大学ですから、解剖の実習用として使うわけです。夏場は臭気が甚だしいものですから、秋の学期にまわしておくわけです」

「それが妙な符号でして、御存知でもありましょうが、河村代議士の死体と考えられた骨にも、同じような傷があったのです」

「ほう」

「ああした傷はトラック以外、たとえば人間の暴力でも可能だと言えませんか」

「強力な人間が鈍器をもってすれば、不可能ではないでしょう」

「水中へ投げこんだ場合はどうでしょうか」

「水面の直ぐ下に石でもあって、よほど高いところから投げこまなければ……」

「河村代議士のことは御存知でいらっしゃいましょうね」

「何しろあれだけ新聞が書き立てているんですから……」

「いいえ、私の申し上げるのは個人的にという意味なのです」

「どうしてですか」

「学友会の名簿を見ました。高等学校では同期でいらっしゃいましたね。先生は大学は医学部、河村氏は独法でした」

「ははは、専門が違うとつい疎遠になりがちですが……」

「関北電力開発の専務で、弟さんがいらっしゃいますね。今度の疑獄事件では大変深いかかり合いだと思われますが」

「というと、わたし達が、河村君の失踪と何か関係があるとでもお思いですか」

「止むを得ないのです。浜公園で発見された死体は、腐爛していて河村代議士のそれだと断定する決め手はありません。衣類は確認されましたが、これとて、衣類が河村代議士のものであっただけで、それを着ていた死体が河村氏であるということとは別問題なのです。お心当りはないでしょうか」

「心当りと申しても別段申し上げることはないが、失踪するのに一番いい方法を考えればいいわけです」

「自分を抹殺することです」

「それを御承知なら、わざわざ私におたずねになるに及びますまい」

「では先生も、河村卓助が誰かを殺した上で、自分の着物を着せ、他殺されたものと偽装したとお考えですか」

「まあ、私としては友人のことを、とやかく言いたくない気持です」

「と、しますと、先生、河村卓助が他の誰かを自分として、死を偽装するなら、その人物、あるいは死体が必要となるわけですが」

「あなたの考えはよく分ります。園さん、園さんとおっしゃいましたね。打撲傷がよく似ているから、トラック事故の死体を利用したとお考えでしょう。しかしそうでないのです。こちらの死体池には、ちゃんと第六番が入っていますし、死体池の鍵は助手長があずかっていいます。人夫たちは死体を池に入れました。一たん入れた死体は、それもこの夏に、とても持ち運び出来るものではありません」

「ではその推定は一応保留といたしましょう」

「もう一つ、あなたに申し上げたい。実は私は九月の中頃に旅行に出る予定です。一人で出るか、二人で出るかは分りませんが、私の口からは何んとも申し上げられない。私は友人を裏切りたくはないのです。旅から帰ったら、直ぐにも君にお知らせいたしましょう」

六　見えない結論

約束通り、山中省一博士は十月の始めになって、自分の旅行の路筋を園に連絡してくれた。園が秋たけなわな長野の高原を、人をたずねて峠の湯宿まで赴いたのはそのためであった。

園牧雄は旅から帰ってから、実はちょっと気の抜けた思いがしないでもなかった。彼がこれまでに知り得た材料は殆んどつくされているが、ただ一つ、伊豆山へ出かけたはずの桔梗の女将《おかみ》、山中省三の愛人田上光代の当夜の行動については殆んど知ることがなかったのである。

八月十日の夜、田上光代は山中省三とホテルのロビーで別れてから、伊豆山の山荘に出かけた。その夜、電話があって彼女は翌朝直ちに東京の自宅にひきかえした。

園が田上光代をたずねた時、彼女は口数少なにそれだけのことしか物語らなかった。

「電話がどなたからだったか、その声に聞き覚えはなかったでしょうか」

「いいえ、河村先生の代理とだけおっしゃって、どなたとも分りませんでした。行けなくなったから、東京に戻っておれというお電話でした」

「専務の山中省三氏からだとは思われなかったのですか」

「始めはそうかと思いました。でも翌朝の新聞を見ましたらあの方はあの晩に収監されなすったそうで、そんな間もなかったことと思います」

園は旅に出る前に逢った田上光代の面影を思い出した。

「でも、河村先生がお見えにならなくて、かえってよかったと思います。恐ろしいことが起るところでした。

きっと河村先生は、お話のように、山など楽しんでいらっしゃるにちがいありません。そうでなければ、わたくし……河村先生が山中専務さんに殺されるのを見なければならなかったのです」

田上光代は無邪気にそう言った。おそらく電話の件も、彼女の話では本当のことのように思われる。しかしそれ故にこそ、園牧雄は旅づかれの頭の中で、くっきりとこの事件のあらましを頭の中で、筋立てることが出来そうに思えたのである。

園はアパートに帰ってから、旅装も解かないうちに、警視庁の捜査第一課長に電話をかけた。

「課長さんですね。夜分に恐縮。山へ行ってきましたよ。行っただけの収穫はあったようです。今は精しいことをお話ししている間《ま》はないけれど、事はなるべく早急を要するのです。出来れば明日の朝がいい。逢ってから一切お話ししますが、それより先に、失踪中の、河村卓助をあなたに引き合わせたいのですよ。おそくなると河村卓助は本当に居なくなってしまう。冗談ではない、きっと引き合わせてあげますよ。……いや、今は言えない。では明日までお休み。僕も疲れているんでね」

園牧雄は受話器を置くと、がっかりしたようにグレイの真新しい手さげカバンを見やった。

楽しい恋の旅行ならともかく、このバッグが陰惨な犯罪捜査の旅に、まっ先に使われようとは思いもかけなかったからである。

（問題篇了）

設問

一、河村卓助は生きているか、死んでいるか。
二、死んでいるとすれば自殺か、他殺か。
三、他殺とすれば犯人は誰か。
四、彼の死体は、いつ、いかに処分されたか。
以上簡単に答えること。

解決篇

七　死体第六号

荒れ気味の夜来の雨が、街の疲れた影を洗い流して、今朝は透明に見違えるような新鮮な風物の中を、園と捜査課長とが肩を並べて聖橋を歩いていた。

瘦身の園牧雄と小ぶとりの課長との対比が、山から帰ったばかりの園に今更のように事件の核心を形造る連想をよび起した。

「ねえ、課長さん。もし山中博士の暗示が正しかったとすれば、八月十日に失踪した河村代議士は、九月十五日には、博士と同行してこんな風に峠の湯宿で話し合っていたということになるのだよ。上背のある博士と小肥りの河村代議士と。丁度、君と僕のような格好だったかもしれない」

「山へ行っても河村代議士の居場所をつきとめるとは、園君の勘のよさも見上げたものだね。ま、出来るだけ君の意見を信用しているがね」

「それが、お気の毒ながら、そう信用されても困るんだ。ただ確信があるというにすぎない。河村代議士の居場所はどうやら始めから固定していたように思えるのだ。九月十五日以後もそうだし、僕の推理に誤りがなければ八月十日以来そうであるはずだ」

「根気のいい男だね」

「全く根気のいい話だ。生きている人間にはちょっと出来ない芸当だね。ところで時間はどうだろう?」

「九時半」

「そろそろいいようだ。十時には出勤するだろうから
ね。博士に山の報告をしなくてはならん義務があるわけだ」

聖橋を湯島の方へ出て、大学病院の白い建物が青空をよぎって、この時ばかりは園の目に神秘な殿堂のように映った。

山中博士は登院したばかりのところで、園と課長の突然の来訪にちょっと驚いた様子だった。

「先生に山の湯宿の御報告に上ったわけです」

園が始めの挨拶にそう云ったので、博士は「ほう」と

興味あり気な瞳をかがやかせて、二人に殺風景な研究室の椅子をすすめた。

「十時から解剖実習が始まりますが、それまでまだ少し時間があるようです。いかがでしたか、園さん、何かお気づきのことがあったでしょうか」博士はからかうように眼で笑いながら云った。

「先生にお連れがおありでした。宿帳には河田卓造とありましたが、これは代議士の河村卓助と考えられそうです」

園は気のりがしない調子で低い声で答えた。

「捜査課長さんも御一緒で?」

「いや、私はさっき園君から話を聞いたばかりなんです」

「では園君、その河田というのが代議士の河村である証拠でもあるのですか」博士は茶目っぽく笑った。

「それを先生に証明して頂こうと思って来たのです」

園の眼が異常な真剣さを見せた。「私が知り得ましたのは、河村代議士と身体つきがよく似ていた人物と先生が御一緒らしかったというだけです。名前の類似も偶然の暗合かもしれません」

「なるほど。で私が、実は河村代議士と一緒だったと云ったら、あなた方は満足されるのですか」博士は二人の顔を見較べながら云った。

「私どもよりも、先生の方が満足されるのではありませんか。河村代議士の、九月十五日以後のことが一層迷宮に入るわけですから」

「私は河村失踪以来の最初の手がかりをお教えしたに過ぎないのです。その後のことは、実は私も知らないのですよ。このごろは、むしろ姿を現わして、いっそ献金問題の黒白をつけてもらいたい位です。出来ればあなた方と一緒に、奴を探し出したいとも思っているのです」

「お仕事前のお忙しいところを申し訳ありませんが、私はただ一言お耳に入れたいことがあるのです。先生、その河村代議士の居どころが、私には見当がついているのです。がそれはそれとして、解剖実習というのは私どもにも見せて頂くわけに参らないでしょうか」

「ほう、不思議な趣味をお持ちですな、園さん。河村君は死体を見ただけで卒倒しましたよ。別にお見せしないわけでもない。が、今日はお断りしましょう。参観者を入れる余裕がないのです」博士が苦々しい調子に変った。「ぼつぼつ時間のようです。失礼させて頂きましょうか」

「失礼いたしました。今度は河村代議士の前でお目にかかりたいものです」園は課長をうながして立ち上った。廊下へ出てから、園は玄関の方へ行くと見せて、突然身をかえすと、課長を押すようにして地下の死体池の方へ降りた。

「課長さん、職権行使を願わなくてはなりませんよ。博士に知られないうちに、死体池をあらためてみる必要があるのです」

捜査課長は機敏な予感に緊張した。

死体池の部屋には四五人がかたまって、実習用の死体を引き上げようとしているところだった。

「助手長さん。助手長さんはどなたでしょうか」課長が重い口を切った。

「僕ですが」眼鏡をかけた、かなり年配の助手長が、一足課長の方へ近づいた。「困りますね、ここへ無断で入ってこられては」

「警視庁の者です」課長が警察手帳を見せて言った。

「実習に解剖する死体は？」園が重ねて言った。

「第六号です」助手長がおびえたように死体池の方へ眼をやった。

「助手長さん、よく見て下さい。その六号の死体の右下半身に打撲傷のあとがありましょうか」園は助手長と並んで死体の右下半身に注目した。

「いえ、無いようです」

「課長さん、これですよ、あなたに引き合わせたかったのは。これが河村卓助です」

強烈な刺戟が鼻をつく水槽に、かつては世間の話題をひきさらった男が、無気味な死相をたたえて、今にも崩れる粉細工の人形のように浮んでいた。

園に言われて、さすが事に馴れた捜査課長も、一瞬目を見はらずにはおられなかった。

その時、この部屋のドアに無気味な影が立ちはだかった。憤怒と絶望に変貌した山中博士だった。右手に鋭いメスがきらりと光った。

園と課長との視線が素早く交流した。博士の力なく開いた両足に、園はとっさに博士の意志を見てとった。博士は二人におそいかかる気力を失っているのだ。それにおそらく、その無意味なことを知っているに違いなかった。

「早く」と園は叫んだ。

課長が博士の手元にとびこんだと見えたが、その時おそくおぼろな光の中でメスがきらりと胸元に流れて、博士はわが胸をねらっていた。熟練した外科医の手に狂いはなかった。頑丈な捜査課長の腕の中へ、博士の重い身体が崩れ落ちた。

八　事件の環

「死人の座が死体池であるとは、理にかなったような、かなわないような、いずれにしても河村代議士にはふさわしい場所であったかもしれないね」園が独り言のように言った。

主人を失った外科部長室は、秋の清涼な日ざしを一杯にあびながら、妙に虚ろな白々しさだった。さきほどの騒ぎが片づいたあとの一刻を、園と課長が向い合って椅子に深く沈みこんでいた。

「身体の解剖より、今時の政治家は脳神経の解剖を必要とするわけさ。が、学者もそうだということになると、これは考えものだね。まさか君までそうなるまいが……」課長がいつになく辛辣に言って笑った。

「博士が自殺という形で、こんなに早く自白をするとは思わなかったよ」

「それにしても園君、博士が君を山へやったのはどういうつもりだったんだろうね」課長はそう言って煙草に火をつけた。

「とかく学者の考えすぎる失策、僕に対しては確かにそうだった。博士は始めから、そんなつもりはなかったに違いない。僕が浮浪者のトラック事故の件で、ここへ問い合わせに来た時、博士はこのトリックを思いついたんだよ。九月十五日には、まだ河村卓助が生きていると思わせる必要があったからね。僕が山の湯を訪ねた時、この犯罪は河村が失踪した日に行われたことを疑えなくなった。つまり、何故、山中博士が河村代議士を生存しているように見せかけねばならなかったかを考えてみたのだ」

「見せかけだって？」

「そうだよ、山の湯には一人の人物、山中博士しか行かなかったのだ。僕も始めはやはり二人かと思って自分の推理を組みかえる必要を感じた位だった。帰りの駅前での問い合わせで、やっとその必要がなくなった。考えてごらん。当然二人でいる方が結果としては好ましいだろうに、一人は菓子屋へ、一人は煙草屋へ別々に姿を見せている。その駅で降りて山の湯へ行くことを特に印象づけたい二人がだ。つまり、そうしなければならないのに、二人は同時に存在することが出来なかった。一人の人物が同じ場所で同じ時間に二人になることは出来ないからだよ。肥った男が痩せて見せることは困難だが、痩身ながら背高い頑丈な博士が、肥って低く見える人物になりかわることは手易い。それに駅前の菓子屋や煙草屋は道をたずねられることは多かろう。彼等は身体つきこそ覚えていても、顔つきまでは覚えていないものだ」

「でも、宿ではそうもいくまいに」

「博士の計画は慎重だったよ。殆んど人訪うこともない宿、電燈もないところだ。僕は宿の主婦《おかみ》の言葉を組み直してみた。二人は別々に着いている。風呂は一緒で話し声がしていたそうだが、主婦はまさか風呂を覗きはすまい。二人が風呂を出たのは見かけていないし、食事を運んだ時も部屋には山中が寝ころんでいたきりだった。話があるからと言われて給仕を遠慮している。床を延べに行った時は、河村が縁先に腰をかけ、庭に出ていた山中に話しかけていたのだ。暗い庭に果して山中が居たものかどうか、主婦には考える必要もなかったことだ。朝になって河村が出発した。山中が居残った。主婦は夜から翌日の昼にかけて、山中と河村が、二人一緒に居るところを一度も見てはいないんだよ。人出入の多い旅館ではこのことは絶対に不可能だったかもしれない。誰も怪まない無人の旅館で、一人が二役を演じることは、さして困難ではあるまい。それにもう一つ、主婦がこれを裏づけるようなことを言った。あの二人が不思議に食が細かったことだ。一人で、あの宿の二人分は食べきれまいからね。僕はこの時、山中博士が僕に河村代議士を生存しているように見せかけようとした意図を見てとったのだ」

「河村が死んでいると知っていたのかい」

「生きている者を生きていると見せかける必要はないからね。僕は河村が死んでいることを疑わなかった。山中博士が特に危険な演技をやったということは、河村の死に無縁でなかったことを証明しているようなものだ」

「弟の開発専務の関係があるからね。この弟はどうだろう」

「僕はこの殺人が河村失踪の当日、つまり八月十日のことだと思ったから、弟の省三は疑わなかった。彼には殺意のあったことは明らかだ。大和ホテルのロビーで田上光代に逢った時、彼は熱海で河村を殺そうとしている。彼が病院へ戻った時には、既に河村は博士の手で殺されていたあとだったわけだ。おそらく博士は弟の省三の名誉と財産と、それに自分の地位を守るために、最も確実で安全な方法で死体をかくすことを考えたのだよ」

「八月十日に浮浪者のトラック事件があった。その日に博士がたまたま立ち合ってこれを利用したという事になるね」

「その通りだ。一通り、かいつまんで話してみよう。あの日、ここで河村と専務と博士が逢った。話をきいているうちに、博士に殺意が動いた。丁度その直前にトラック事故で心臓麻痺を起した浮浪人があった。博士は拒絶するような素振りで、河村をこの死体をおとりに解剖室へ連れこんだ。おそらく目立たぬ方法で瞬時に河村を倒したに違いない。河村を解剖すれば今からでもその方法は分るだろうが、たとえば襟首の脊椎に細い針を刺してもいいだろう。外科医は人を生かす方法にも精しいが、また殺す方法にも精しかろう。着ている夏物を剝いで、解剖台の浮浪人に着せ、解剖台には裸体の河村を置いた。ほんの僅かの時間があれば出来る事だよ。助手長たちが解剖室へ来かかった時、博士は河村の衣類を着せた浮浪者の死体をかかえて、脳貧血だと言いながら自分の部屋へかかえこんだ。

弟の省三が帰ってから、二人でこの死体を中に挟んでかかえながら自動車に乗りこんだ。守衛は抱きかかえられている死体の足の乱れに気づいてはいたが、病人にはよくあることだし、病院ではさして珍らしいことではない。まして附きそっているのが外科部長とあれば、守衛がさらさら気にも止めなかったのは当然だよ。

二人は死体を浜公園へ運んで水門へ投げた。四五日は死体が上らないように、杭にひっかけたにちがいない。ここで腐爛した死体が発見され、衣類によってそれが河村卓助であることが確認されれば、この殺人事件は無事に終止符が打たれるはずであった。自殺と考えられる可能性もあるわけだし、万一この死体が河村でないと知れても、博士には第二段の計画があったと思う。当の河村は浮浪人として病院の死体池に投げこまれ、今日の今頃はずたずたに解剖されて、跡方もなくなっていたんだからね。

ところがその最初に障害がおこった。水門で引き上げられた死体の外傷に僕が気づいた。河村氏にはこの死体に見られるような傷跡のありようがなかったのだ。右下半身の骨折は死後のものならともかく、それ以前にあったものとするとこの死体は当然河村ではなくなり、トラック事故の浮浪者である公算が大きくなる。賢明な山中博士は僕がそれに気づいたと知ると、かえって、これを利用しようとした。水門へ死体を投げこんでも容易にそうした傷がつかないだろうことを卒直に言い、それが浮浪者のトラック事故の傷に似ていることを暗示した上で、これが河村自らの手による自己抹殺の偽装であると言わせようとしたのだ。あるいはこれが始めからの計算だったかもしれない。そのために博士は河村代議士がその後もなお生存していることを僕に思いこませる必要があった。それがあの山の湯のトリックを考えつかせたのだよ」

園はここまで言ってから、煙草に火をつけてほっとしたように吸いこんだ。

「お説の通りだろう。僕には全く異議がない。こちらとしては、あとはその推理を確認する証拠をまとめる仕事が残っているだけだ。専務の山中省三からも、死体遺棄の裏づけが出来るだろう。そしたら例によって、僕は個人としても、君と道子さんとを一晩どこかへ御招待することにしよう」捜査課長が陽気に言った。

「ところで今、何時かしらん？」園は放心した時のいつもの癖で、自分の時計も見ずに独り言のように聞いた。

「十一時半だよ」課長がけげんそうに答えた。

深山道子は上野の大学で美術の助手を勤めている。今から電話をすれば、どこかでお昼を一緒にすることが出来るだろう。園はつと立上って、博士の机にある直通電話をとり上げると、馴れた指先でダイヤルを廻した。

白骨塔

「わたしとても心配だわ」

湖にのぞんだ緑のスロープで、泉幸子は美しい瞳に深い影を浮かべた。

「本当におかしいね。このごろの川畑先生の様子は普通じゃないものね」

笹原真澄が独り言を言うように合づちを打った。

お昼休みの一と時を、二人はいつも同じ場所で腰を下ろすならいだが、冬近い空気の冷めたさが湖の面を伝ってくる中で、ほんのりとした太陽の光が心地よかった。

都心から遠く離れた、県境の湖水のほとり。その湖を見下ろすように、小高い丘に、納骨堂さながらの不気味な塔と附属の建物が立っていた。土地の人はこれを呼んで「白骨の塔」と言っているが、実は玄関入口に「地球科学研究所」という古びた看板が出ている。人の住んでいるのが不思議な位の老朽した研究所だが、土地の人々はそこで何が研究されているのかもしらなかったし、おかしなことに、所長川畑博士は長身になびく白髪を手入れしようともせず、自分の研究を秘密にして明かさなかった。若い研究員の笹原は一人で附属の建物に泊りこんでおり、博士と助手の泉幸子は塔の二階と一階に別々に住んでいる。幸子は博士の身の廻りの世話をも兼ねていた。

笹原真澄も泉幸子も、博士から言いつけられた実験や調査をやるだけで、近頃では全く川畑博士の研究内容を知ることが出来なかった。一時は地軸に関する文献の調査、またある時は時間と地球自転の測定などが命じられた。

「この頃毎日のように先生の仕事が変わるんですもの。まるで子供の気まぐれみたいだわ」

「僕の方も何一つ、まとまって手がつかないんだよ。第一何をしていいのか分らない。先生、わるいけど、どうかしているんじゃないかと思うことさえあるんだよ」

「ほんとうにそうだわ。でも、こうしていられるのが楽しみ」

「幸子さんといれば、他に誰もいない方がいいもの。こんな淋しい研究所勤めが、かえって邪魔がなくていいものね」

「でも先生が……」

「先生?」

「ええ、時々、わたしこわいの。じっとわたしの顔を見つめていらっしゃる時なんか」

「そんなことあるのかい?」

「ええ、たびたび。このごろ、なんだか気味悪い位、放心していらっしゃることがあるわ」

「どうしたというんだろうね」

「帰りましょうか」

二人はどちらともなく、手をとり合うようにして立ち上った。

塔の二階の窓から、もう小一時間近く、川畑博士が異様に光る眼でこちらを見つめているのを、二人は気づかなかった。

思いなしか、川畑博士の眼が涙にくもっているようだった。博士は窓ガラスに顔を寄せたきり、先き程から彫像のように動かなかった。

「幸子!」と博士の唇が動いたように見えた。六十を過ぎた今日まで、「白骨の塔」の主として機密な研究に従事していた長い歳月の間に、ついぞ覚えたことのない感情だった。

幸子が助手として勤務するようになってから一年あまり、博士は自分でもそれと気がつく程に何か焦燥のような心の落ちつきのなさを感じる。恋か、と思い、孫娘のような幸子に対する自分の距離を知ると、わが身を機械のようにすり減らしてきた、いとおしさに、自嘲の笑いがふと浮んでくることがある。

笹原研究員と幸子とのむつまじさを、心を氷で貫かれるような傷みで意識した時、博士は、はっきりと自分が幸子に恋をしていることを知ったのであった。

川畑博士は、笹原と幸子が塔へひきかえしてくるのを見ると、つと窓を離れて、螺旋と電線が幾何模様に行き交う、マイクロ・サイクロトンの、艶かな金属の肌を愛撫した。

今、博士の心は只一つの課題、自分のためにではあるが、おそらくは全人類の大部分が願望しているであろう研究、「時間の逆転」、それが不可能ならば、「時間を停止」させることに集中していた。博士がこの研究を真剣に採り上げたのは、幸子を知って、わが身の老いに絶望した時であった。今ここで、せめて時間の流れを食い止めなくてはならぬ。今ならば、まだ自分の肉体も精神も、さして衰えているとは思えない。博士にとって、幸子を得る可能性はそれより他に見当らなかったのである。そしてこの時から、川畑博士の心に狂いが生じたと言えば言えるであろう。あるいは悪魔が住みついたと言っていいかもしれない。

扉をノックする音で、博士はふと我にかえった。入ってきた若い二人の目の影に、博士は思わずわが心の影にふるえた。

「この間の調査は済んだかね、笹原君」

大きなデスクを前にして、博士はさり気なく言った。

「引力源に関するものでしたら、今朝ほど実験データをそろえておきました」

「それは御苦労。幸子君の方は?」

「書庫の文献は全部とり出しまして、笹原先生の方へ目録を差し上げておきました」

「それは、それは。それで先ず一段落というところだが……笹原君も幸子君も喜んでくれたまえ。わしの方も、その引力源に原子力を働かせる方法がやっと纏ったところだよ」

笹原と幸子の目が不審そうに行き交ったのを博士は見逃さなかった。

「ははは、二人とも何じゃ、おかしな顔をして。あと、わしのやろうとしていることは、それと宇宙線の結合だ。もっと具体的に言えば、光源エネルギーを、わしの手で増減自在にすることにあるのだ」

「なんですって先生。それをどうしようとおっしゃるのですか」

「何でもないことだよ。一切が死ぬか、一切が生きるかということだ」

「先生、いけません。自然の法則を破壊することは科学者としては余程慎重でなければならないことではないでしょうか」

「まあ、いましばらく、わしの仕事を見ていたまえ。わしは宇宙の運動を逆転させることとさえ考えているんだ」

博士は頰をひきつけるようにして大きく無気味に笑った。その笑いの中で、笹原も幸子も足元をすくわれるような不安を覚えた。

「笹原君、これから当分は宇宙線の測定をやって貰わねばならん。アルファ線型、ベエター線型、いずれにしても測定記録だけは洩らさずに願いたい」

笹原は簡単にうなずいて部屋を出た。階上の研究室へ遠ざかっていく足音が、まだ消えないうちに、幸子も部屋を出ようとして博士の方へ軽く頭を下げた。

「いや、幸子さん。あなたはゆっくりしていって下さい。丁度わしも仕事の一段落がついたところだ。お茶でも入れて下さらんか。今日届いたコーヒーの鑵がまだ開けてないんだよ」

「はい、とてもお疲れのようですわ、先生」

「そう見えるかね。何しろこの年になるまで、今度の仕事ほど夢中になったことはないからね」

幸子は部屋の隅で器用にコーヒーをわかした。

「あなたも一緒におあがんなさい。そこへ掛けるがいい」

「ありがとうございます。お相伴させて頂きます」

「どうだね、ここの仕事は?」博士はうまそうにコーヒーを一口飲んだ。「もう大分馴れたかね。何しろ無人のところだから、始めは淋しくはないかと心配していたが……」

「いいえ、そんなことありませんわ。先生こそお淋しいでしょうに」

「それならいいが……わしには仕事があったからね。土地の人はこの研究所を白骨の塔とか言っているそうな。まるでわしが今にも死にそうな言い方だ」

「先生のことを言っているんじゃありませんわ。この塔の格好がおかしいんですもの」

「今にここで何が行われるかを知ったら、みんな驚くことだろう。わしも今までに何故早く、もう三十年も早くこの研究を仕上げなかったか、自分でも悔んでいる位だよ。そしたらわしは、いつまでも三十位でおられたろうに」

「先生もこの研究所で長いお勤めなんでございますね」

「長いような、短いような。わしがここへ来た時は、わしが一番若かった。その時の同僚はもうみんな死んでしまったよ。戦争で若い連中もいなくなった。あとは誰もこんなところへ来なくなった。笹原君だけは別だがね」

幸子の頰にふと楽しい笑いが浮んだ。

「笹原君と言えば、幸子さんはなんだか嬉しそうな顔をするね。わしも昔は笹原君のような時があったんだよ」

「先生のお若い時、きっと素敵だったと思いますわ」

幸子が何気なくいたずらそうに言った。

「素敵だったろうって。そうかね。幸子さん、本当にそう思うかね」

幸子は何気なく博士の目を見やって、その異様な光に驚いた。

「御馳走さまでございました。ではわたくしもお仕事に失礼させて頂きます」

博士はそれに答えなかった。しばらくしてから、誰に言うとなくその唇が動いた。

「きっとやってみせる。もう一度とりかえせるのだ。若さが」

十一月に入って、湖畔の緑が褐色に変りかけた頃、白骨の塔に思いがけない活気がみなぎり始めた。何台となくトラックが往き来し、人夫が力仕事に多くの汗をかき、電線がいくつとなく張り廻ぐらされ、太い高圧線が架けられて、それが丘の中腹から地底を這って研究所にひきこまれた。

そんな騒ぎが一週間も続いたあとで、人夫たちがひき上げ、塔にはまた三人の生活が始まるようになった時、博士は急に無口になり、笹原も幸子も、その実験室へ入ることが許されなくなった。

「幸子さん、先生が今組み立てている機械何んだと思う?」

「とてもわたくしには……」

「分らない。僕には分らない。ただ、とんでもない不吉なことが起りそうな気がするんだ」

笹原は煖房のよく利いた自分の研究室で、幸子を相手に不安な眉をひそめていた。

「川畑先生、思いもよらない空想をしていらっしゃるんじゃないかしら。めったにお呼びにならないし、なんにもお話されなくなったわ」

「悪いことがなければいいけれどねえ」

そんな時、川畑博士は階下の実験室で複雑な機械の最後の仕上げを急いでいたのである。今は老いしなびた両手の指先が、この時ばかりは若人をしのぐ敏捷さで動いた。博士の機械操作にはさすがに一分の狂いもなかった。スイッチ接続の最後の仕事が終ると、彼は思わず眉の汗をぬぐって、しばらくは魅入られたように巨大な、得体の知れない機械を、まるで生きた生物であるかのように見入っていた。そして博士は満足そうな笑みを洩らすと、そのまま、その場に昏倒した。

翌日、お昼近くなって、笹原も幸子も、博士が食事に姿を見せないことが気になり出した。

「どうしたというんでしょうね、笹原さん」

「僕は胸さわぎがするんだよ。科学者らしくもないけれどね。実験室へ入ることは禁じられているし……」

「いけないわ。もし先生がお仕事中だったら、どんなに怒られるか分らないもの」

「そうだねえ。もうしばらく待ってみようか。夕方まで来られないようだったら、なんとかしてみよう」

「それがいいわ」

白骨の塔一階の一隅を食堂にしつらえて、ここの窓ガラスを透して湖水が玩具の池のように静まりかえっているのが見えた。

その時コンクリートの床を軽くひきずるような音が聞えた。

「あら、先生かしら」

幸子がおびえたように笹原の横へにじり寄った。

「いつもの先生の足音とはちがう」

その言葉がおわらぬうちに、扉が風に吹きつけられたように激しく開いた。

「あっ！」と思わず二人は声をのんだ。川畑博士が亡霊のように突っ立って動かなかった。両手が沈んだ肩から力なく垂れ、顔だけが緊張して眼が不気味にとがり、半ば開いた口が、笑っているような、泣いているような、これまでついぞ見かけぬ博士の変りようだった。

「先生！」と幸子が叫んだ。

「どうなさったのです」笠原が追っかけて言った。

川畑博士はそれに答えなかった。眼が虚ろに閃めいているばかりだった。

「はははは。驚かなくてもいい」博士は機械人形のようにゆっくりと話し出した。「今にわかる。あと三十分だ。わしは時限スイッチのボタンを押してきた。ちょっと表へ出てみないか。三十分すれば、君たちの思いもつかない光景が見られるのだよ」

博士はそこで言葉をきると、くるりと向きをかえて塔を出ていった。笹原も幸子も、催眠術にかかったようにそのあとについて表に出た。博士の足は異様に早く、若い二人でさえ、かなり急ぎ足にかけて行かねばならなかった。

丘を下りきった湖の水際で、博士は塔の方を見返えって両手を拡げた。

「これで一切が還元する。わしが見つづけていた夢が実現するのだ。地軸が太陽軸と直結する。地球が逆転しよう。宇宙の運行が停止するかもしれない。わしは時間の流れを堰き止めるのだ」

「先生！　もう一度言って下さい。何んですって！　そんな馬鹿な！」笹原は思わず幸子の肩を抱きすくめて叫んだ。

「はははは」

博士の笑い声が、虚ろに湖面に反響するばかりだった。

「幸子さん、いけない。大変だ！　先生は気が狂っているのだ」

「時限スイッチはどうなるの？」

「そうだ。電流を切断しなくては。何が起るか分らない。もし博士の実験が成功すれば人類の破滅だよ」

宇宙線光源エネルギーと、原子力による引力源破壊が行われたならば、おそらく地球の自転は停止しないまでも狂いが生じるであろう。もし一秒の狂いでもあったなら、地球上の一切は強力無限な気圧で一たまりもなく壊滅してしまうに違いない。どんな堅固な建物も砂を崩すより手易く圧しつぶされる。まして人間その他の生物は、おそらく原形を止めないほどに粉砕されるのであろう。

笹原は瞬間、高圧線の電流を切らねばならないと思った。塔まで立ち帰ることは不可能だった。狂気して殺気立っている博士の前では不可能だった。あるいは博士のポケットにピストルが忍ばせてあるかもしれないのだ。彼は幸子の手をとると、じっと塔に見入っている博士の傍を離れて、高圧線が丘へもぐりこもうとしている地点へ走った。

「幸子さん、近よってはいけない。二本の電線に注意して。僕がやってみる。この仕事は馬鹿げてはいるが全人類を救うことだ。幸子さんは博士を見張っていて」

笹原は塔での実験のために用意していたゴム手袋をはき、鋭利なノコギリ様の刃物を力をこめて握った。

あと、時限スイッチが入るまであますところ二十分ある。

笹原は電流管の一本の外皮を剝いだ。中に太い銅線が三本走っていた。彼は一刻の躊躇もなく、その一本に刃物をあてがって引き始めた。一分、二分、三分……ようやくその一本が切断された時、時計は容赦なく十分の経過を示していた。あと二本とすれば、一本を少くとも五分以内で切らねばならぬ。

笹原の蒼白な顔に玉のような汗が流れた。彼は夢中に刃物をしごいた。二本目が切れた。そして三本目へ。

手先が馴れたか、二本目も三本目も、最初のものほど時間がかからない。二分前！

「あっ！　先生が！」

幸子が叫んだのと、三本目が切断されたのとほとんど同時だった。

川畑博士は笹原のしたことを直覚した。

「何をする！」と叫びざま、博士は突如、塔に向ってかけ出した。

「機械が……機械が」

博士の絶叫が、尾をひいて二人の耳に届いた。

その博士の姿が塔の入口に近づき、扉を排して中に消えたと見えた瞬間、一大号音とともに地をゆるがせて白骨の塔が爆砕した。

笹原と幸子は、湖水を背に、丘のふもとで、思わず固く抱き合ったまま、この壮烈な光景に目を見張った。

高圧電流の切断とともに、博士の実験には思わぬ狂いが生じて、どこか接続が中断されたにちがいない。蓄積された電流が行きも去りもやらずに、恐ろしい機械自体の爆発をひき起したのであった。博士の時限スイッチの時刻には狂いがなかった。

中天に立ち昇った金属製微粒子のきらめきが、晴天に時ならぬ人工虹をつくって、やがてそれが静かに消えていった時、丘の上にはさきほどまで奇古な姿を見せていた白骨の塔が、夢のように失せ果てて、痕跡の一つだにあまさなかった。

おそらく人工虹の美しい絵姿の中に、博士の魂と肉体も微粒子となって浮んでいたことであろう。博士はその時まで望んでいたように、永遠に流れぬ時間、死の永劫の世界に入ったのであった。

評論・随筆篇

探偵小説第三芸術論

主人　文学教授
客　　探偵作家

客　どうやら涼しくなったが、面白いことはないかね。
主　こっちが聞きたい位だよ。君の方は相変らずがやがやっているのか。
客　本格と変格という奴をね。きりがつかない。
主　馬鹿気たことだ。僕は一番身体か頭の調子の悪い時に、探偵小説を読むんだ。本格というのをね。変格は願い下げにしている。
客　ちょっと気に障る云い方だぜ。
主　怒ってはいけない。僕は探偵小説の愛好者だ。だが文学とは思っていない。愛好しているからこそ、探偵小説は文学などということに色気を出すなと云いたいんだよ。
客　文学と非文学とはどこで区別するんだい。
主　むつかしいね、とても出来ないよ。まあ、フロオベエルの作品と鉄道案内との相違さ。常識でゆくより仕方がない。キーツのオードの面白さと、探偵小説の面白さとは本質的に違うからね。文字による表現がみんな文学とは限らん。
客　しかし、我々はみんな文学的な苦心は充分しているんだ。
主　そうとも、よく分るよ。だが問題は作家的な態度にあるんだからね。「罪と罰」を探偵小説的と考えるのはドストエフスキイを理解出来ないからで、あの作品の殺人は構成の手段であっても目的ではない。作家が書きたかったのはソーニャに救われるラスコリニコフの心的苦痛なんだからね。探偵小説とか推理小説というからには、ディティクティヴの興味と推理の興味で充分だ。
客　変格は探偵小説としてはどうだ。
主　怪奇や幻想やスリラーを書いて、文学的と云いたいならそれもいいよ。それが文学であるかないかの問題は別だ。だがその場合は、推理の知的要素がなければ探偵とか推理小説とかとは云ってもらいたくないのだ。裁判調書は文学にはなり得ないが、探偵小説には立派になり得るのだ。僕は本当は、探偵小説を本格だけに限りたい位だよ。

客　ポオの推理小説も文学ではないと云うのかい。

主　そうだよ。ポオの詩や、散文でも「黒猫」「赤き死の仮面」「アッシァ家の崩壊」などと較べてみるがいい。デュパンには敬服するが、デュパンものはお世辞にも芸術品とは申されない。珍奇高価な精巧を極めた技術品だ。だが美術品ではないね。

客　がっかりさせるよ。

主　と云ったからって探偵小説を無用と軽蔑しているのではない。むしろ愛敬して止まないね。だが読者として女房にはしたくない。街の艶《たを》や女《め》だ。慰め喜ばせ刺戟を与えてくれる。まことに風情満点だよ。

客　慰みものになれというのか。

主　いい意味ではそうだ。どんな芸術だってそうだ。探偵小説とは手段が違うだけさ。探偵小説を文学にしようというのは、探偵小説も文学も分らない人の云うことだよ。探偵小説と純粋文学とは美学的根拠の上で根本的に背反しているのだ。その背反しているところに、文学という表現方法を借用した探偵小説の面白さがあるのだと思うね。捕物帖の不思議な面白さと哀感は、シェイクスピアの悲劇とも「源氏物語」のもののあはれとも、似ても似つかぬ心情だ。文学でない強味とは思わないかね。文学などが馬鹿々々しくなる位だよ。

客　そういう君は我々のものを読んでもいないんだろう。

主　恐縮、その通り、そのものずばりだ。僕は昔の西洋ベスト・テンを繰返し読んでいる。そこで唯一の希望は、わが国の本格作家だけが、それらに漸く接近し得るという見通しが持てることだ。変格派は、いくら文学ぶっても、芥川ではないが、ついにボードレールの一行にも及ばないよ。

客　どうも困ったことになりそうだ。

主　困らないよ、探偵小説の世界は文学など蹴とばして、ユウユウ闊歩すべきだ。探偵作家も探偵小説ばかり読んでいないで、せめて翻訳ででも、「世界文学全集」三八巻を通読してほしいね。この全集を作家クラブ賞の副賞にすることを提案するよ。知ってしまえばそれまでよ、で、自分の作品行動が、目的も意義もはっきりしてくるよ。まず文学といさぎよく袂別して、香り高いコーヒーの知的快感を味わさせてくれたまえ。

客　もう帰るよ。踏んだり蹴ったり、撫でられたり、不愉快な気持だ。理屈を云わずに君も一つ書いてみるんだね。また、考えが変るかも知れないぞ。

知性と情熱

『幻影城』には、直接的にも間接的にも、外面的にも内面的にも、探偵小説に関する、あらゆる問題が含まれている。その最も大きな一つは、この大著が探偵小説への絶好の手引きであると同時に、ある種の結論、探偵小説における文学としての限界と、人間が考え得る偽瞞と分析能力との無限性とを示していることである。

由来、探偵小説ほど、偏見と誤解との中をくぐって、しかも好奇の対象となっているものは他にはない。このことは特にわが国において甚だしく、少数の例外を除いて、作家の想像と知性と文学的感性の極端な貧困が、探偵小説の不可思議という謎とスリルの興味を自ら歪曲して低俗な感覚的刺戟にのみ逃避したことに原因がある。しかしこれは作家と読物ジャーナリズムの責任であって、探偵小説そのものの罪ではない。目的を逸脱し、手段を悪用されたに過ぎない。

その意味では、『幻影城』にふくまれている「探偵小説の定義と類別」「二つの比較論」「倒叙探偵小説」「同再説」「二つの角度から」「探偵小説純文学論を評す」等が、探偵小説の本質を論じているものとして注目される。このことは直ちに探偵小説の文学性に関聯するが、江戸川乱歩氏はまず、「探偵小説とは、主として犯罪に関する難解な秘密が、論理的に、徐々に解かれて行く径路の面白さを主眼とする文学である」という命題から出発する。つまり大著『幻影城』一巻は、これを定義とするための、補説と実例の集大成と考えてもよい。文学に関する定義は、数学の定理や公理とちがって、歴史的にも立場の上でも、その本質をめぐる属性をしか説明し得ないが、その命題を論者の結論として定義化しようとする過程が重大であり、材料の蒐集、整理、解釈、判断、批判という操作の過程が、論者の情熱と価値を規定する。

『幻影城』に纏められた論考は、紹介、批判、研究という、著者長年にわたるたゆまない努力の成果であって、探偵小説の実体をこれほど明確に、広範囲に、具体的に、解説論評されたものは珍らしい。言いかえれば、探偵小説の概念を、これほど緻密な操作と文献の博覧と深い情熱とをもって、打ち立てようとした努力は、他に多くの例を見ない。近代探偵小説に関する綜合的な知識が駆使されているのである。

「英米探偵小説界の展望」と「英米探偵評論界の現状」とは、「イギリス新本格派の諸作」とともに、最も興味ある話題を提供している。一部の専門家を除いては、知ろうとして知ることの出来なかった現状が、直接著者の読破した数々の作品を通じて要領よく紹介批判されており、ハードボイルド派、スパイもの、心理的スリラーのアメリカにおける隆盛から、イギリスにおける本格派の分布まで、まことに手をとる風に教えられる。特に興味深いのは、ヘイクラフト編の「探偵小説評論集」の、重要な部分の紹介である。イギリス、アメリカの文学的知識人の探偵小説論が伺えるばかりでなく、探偵小説における文学性の問題が、探偵小説への正当な認識と理解を欠いた側から提出され、本格派が探偵小説擁護の立論を真面目に展開している風景がほほえましい。

「一般文壇と探偵小説」は、所謂純文学畑の作家たちが探偵小説的なものに筆を染めた記録として重宝であり、涙香研究も興味深いが、潤一郎、春夫、龍之介等が純文学作家であるということをそれほどに考慮しないで、彼等の探偵小説的作品を、探偵小説の専門的立場から精しく解剖し批評してくれれば一層面白くなったであろう。「続」で、坂口安吾氏の「不連続」を論じている調子は、まことに率直であって、論者の人柄とともに甚だ好ましい。

探偵小説の本格派と文学派との論争は、始めから明確であるはずの問題を、何か一方的に偏重した稚気に類した論議の感がある。探偵小説を出来るだけ文学的たらしめようとする意図はよく分るし、勿論出来ればその方が好もしいにはちがいないが、文学はレトリックでもなく、逆にまた、必ずしも生きた人間を書かなくてはならぬ、という原則もあり得ないところに、各々文学に対する解釈の相違に基づく混乱が横たわっているのである。例えば、オルダス・ハクスリの「ポイント・カウンタ・ポイント」が観念小説と言われて、その人物が作者の観念を行動し思惟しようとする人形的人間であっても、この作品の文学的価値は依然として低くはならない。いわば文学の本質的な問題は、流動する歴史的現実の中で、作家が描こうとするテーマに対する態度にかかっているのであって、リアリズムであろうがファンタシーであろうが、作家の多様な方法はそれからは切り離しては考えられない。純文学の作家が、捉えかつ表現しようとする時の創作的感動と、探偵小説家が己が作品に対する時の感動とは、その目的が自ら異っている故に別種のものであるべきはずであり、もしかりに同一であるとするならば、必ずしもそれは探偵小説である必要はないのである。私には別に、探偵小説に関する考があるが、江戸川乱歩氏が、探偵小説味の充分ある文芸作品を推しても、探偵小説味を犠牲にした文学作品を排しているのは、探偵小説という立場から見れば当然の所論である。「ぼくは昔から、本音は探偵小説遊戯論者なんだね。文学は人生ととっ組んでその真実を探ろうとしたり、人間世界のあらゆる悲しみ、苦しみ、喜びを描いたり、あるいは神を語り、また、悪魔を語るものだが、探偵小説は、そういうものが自然に入って来ることは免れないけれども、意図する所は全く別のもので、つまり作られたる謎を、――最も不可思議なる謎を――不可能にすら見える謎を、論理的に解いて見せる面白さを目的とする小説なんだね。その謎は、人生の謎であっても構わないようなものだけれども、それは古来哲学と文学の中心題目なんだから、そういうものまで探偵小説の中に入れる必要はないのだし、また、そういう謎は一冊の本で解けるものでもなく、探偵小説の面白さとは別個のものになるわけだね。つまり、人生と相かかわる謎を解こうとする小説は純文学、人生と相かかわらない作りものの謎を解くのが探偵小説ということになる。即ち遊戯文学だね」（探偵小説純文学論を評す）と書いているのは、言葉が足りなくて誤解されかねないし、反対派からは乗ぜられそうな論理であるけれど、その言おうとしているところは充分に肯けて、その所論はこの大冊を一読すると更によく分ることである。普通、探偵小説は文学的でないと言われるのは、実は表現力が拙劣であるという、極めて単純な言葉の用い方で、ここではそうした初歩の表現技巧さえ心得ていない探偵小説を言っているのではない。問題はもっと先の、探偵小説における文学性の在り方にかかわっているのである。さきにハクスリを引合いに出したが、その「ジョコンダの微笑」でも、クイーン雑誌の十二人投票によるベスト十二に入ってはいるが、なるほど行文の間には優れた奇智と皮肉とが巧みに織りこまれ、微妙な三角関係の心理交錯も行きとどき、隙のない構成に纏められて、よく好箇の短篇佳品とはなっているものの、たまたま殺人が事件の中心をなしているからと言って、探偵小説の興味としてみればほとんど取るに足りない。要は作家のテーマの採り上げ方と扱い方とに関する態度の問題である。探偵小説的興味と文学的興味とは必ずしも両立する必要がない。ただ、探偵小説であるかぎりは、あくまで小説であるのだから、文学としての小説的形式を出来るだけ利用することは好ましいであろう。しかし、既に作家的態度と目的の上にある相違は、表現技巧の面を除いては、その文学性に明確な限界がある。乱歩氏の所論は、長い作家生活を通じて、この限界をよく見究められた正論であって、探偵小説の跛行的逸脱を是正するものとなるであろう。

「怪談入門」は、これまで部分的に語られてきた怪談のいくつもの型を、洋の東西古今にわたって豊富な材料から類別した考究で、怪談研究としてはおそらく最初に纏められた開拓的な研究であろう。口碑、伝説、民間説話の類にまで及べば、それだけでも優に一巻をなすに足りる。

篇中、最も興味深く読んだのは、「探偵作家としてのエドガー・ポー」であって、この研究から、前著『幻影の城主』に収載された「J・A・シモンズのひそかなる情熱」を思い至った。私は江戸川乱歩氏の評論としては、この「シモンズ」論を最も高く評価している。ここではシモンズの同性愛的傾向を追求して、その情熱と理知とが調和よく混交し、乱歩氏がシモンズから汲みとった感動が、論者の血脈をくぐってその感動をよく再表現し得た優れた論攷であった。対象がシモンズであったためか、あるいは昭和八年執筆という乱歩氏の若さの故か、それにしても全篇に学究的な静謐な調子がみなぎり、英文学専攻の徒にも思い及ばぬ、ひたむきな情熱の告白であった。異国の芸術作品に対する感動は、そのままの形をとれば翻訳として、訳者の個性に色どられた再表現となり、研究家が全身全霊を傾けた解釈は、創造的な評論考究の形をとる。ともにそれが芸術的感動を伝える例はペイターにも著るしいが、おそらく、乱歩氏がその研究の対象にこれほどの熱情を傾けたものはシモンズの他には少なかろうと思われる。たまたま、「ポー」を論じて、乱歩氏の情熱と感動とが再燃している。学究的な基礎的操作も難がなく、ディケンズの「バーナビー・ラッジ」との関聯を説くくだり、ポーに見られる探偵小説の原型の確立を証し、トリックの創造を説くところは、明解にして卓抜である。「もしディケンズがバーナビー・ラッジを書かなかったら、被害者即犯人トリックを用いた探偵小説を、ポーの方で書いていたかもしれない」という推論は、作家学究、乱歩氏にして始めて言い得た卓見で、ポーに対する情熱的感動を既に枯淡な行文につつんだ論調とともに敬服に価する。

ここで私は、ふと思い至った疑問がある。『幻影城』を書くために、乱歩氏が読破した探偵小説の数はどれほど多量であったことであろう。そしてなるほど、『赤毛のレドメイン家』や『幻の女』やディクスン・カーに対する讃美は絶大であるけれど、この大冊一巻を通じて、何故、シモンズやポーや、さては萩原朔太郎に寄せるほどの、陶酔に近い感動の波紋が見られないのであろうか。近代探偵小説が、それほどの芸術的感動を与えることが出来なかったからであるのか。おそらく乱歩氏の感動を最も多く捉えたものは、シモンズに見られる夢想と永遠の憧れ、ポーに見られる探偵小説の典型の創造性、朔太郎の幻想ファンタシーであったろう。それならば、事、探偵小説に限って、乱歩氏の期待に応え得るものは、果して「一人の芭蕉」の他にはないのであろうか。私は、乱歩氏の内外作家によせる好意ある評言のかげに、実は現今の探偵小説に対する失望と悲観とが見えることを時に懸念したことがある。

しかし探偵小説は、人間の知性と、好奇と、分析の快感と、驚きに対する感動の喜びがある限りは、失望する必要はない。日本の探偵小説は、本格的成長の完成を見ないうちに堕落頽廃したが、近時、再び大家、中堅、新人ともに新しい成長の機運にいる。江戸川乱歩氏の播いた種は、『幻影城』という豊醇な露を受けて新しく咲き出すであろう。巷間、乱歩氏は、作品を読み過ぎたために自ら書けなくなったと伝えられたことがある。しかし真の作家は、他の作品の感動に刺戟されることはあっても、それに圧倒されて崩れるということは殆んどあり得ない。江戸川乱歩氏の作家としての再出発を期待するところである。

『幻影城』は探偵小説についての縮図、百科辞典と言ってよい。探偵小説を愛する人には絶好の座右の書たり得よう。特に八項に及ぶ附録は貴重である。ここに集められた文献の数々は所謂「鬼」にとっては回想の宝庫であり、新しい読者にとってはそれに至る道しるべである。この附録の目立たぬ苦労は、こうした種類の仕事に従事したことのない人には分らない。しかしまた、これほど著者の情熱を露骨に示すものはない。索引はこの大著を縦横に利用するために重宝である。

こうしたエポック・メーキングな仕事は、江戸川乱歩氏にしてなし得た貴重な収穫であった。乱歩氏でなければ、長い年月をこの種の仕事にかけることは、かなわなかったであろうし、また、印刷にする手だても恐らくは困難であったであろう。その意味では、著者へと共に、出版社及び雑誌編集者へも敬意を表さなくてはならぬ。なおまた、かかる仕事を継いでゆく研究家の出現することも希望したいものである。

マンスリー・ガヴェル――月々の新刊・新作紹介――

ある朝、ベッドで目を覚まして手足を延ばすと、僕の身体は粉々にくだけて、一片の小さな白い粉末になった。

――偽版カフカ「変形譚」より――

大下宇陀児氏「岩塊」（宝石）流石に手馴れた筆致で、この大家の本格への精進と野心は敬意に価する。後篇を期待するや切！　知事夫人と弥彦との出会いが、安易な甘さに堕するか、伏線として緊迫に生きるかは、かかって今後の解決の鍵になるであろう。

大坪沙男氏「閑雅なる殺人」（宝石）そつなく一読させるが、冒頭数行はいささか文学青年的感傷があって、かえって詩情を殺ぐ。

氷川瓏氏「窓」（宝石）少年の死の怖れをもっと追求すると、心理的スリラーとしてさらに高揚するところである。

飛鳥高氏「暗い坂」（宝石）材料の良さを説明が多いために混乱を覚えさせるのが、小説としては損である。

椿八郎氏「扉」（宝石）ステッキよ、お前は長すぎる。文章で読ませるためには、省略した叙述の効果を知る必要がある。ただし、後半の盛り上げは捨て難い。

守友恒氏「灰土夫人」（宝石）タイトルが話の種を割ってしまうので、サスペンスが失われる。興味は話の運び方に残されるが、常套に流れて、犬の使い方の思いつきが浮いてしまう。

香山滋氏「火星への道」（宝石）連載中。神経を使った苦心が、作者の空想の限界を固定させてしまう危険があるが、ひたすらな情熱は買わねばならない。

大下宇陀児氏「どろんこ令嬢」（探偵クラブ）家庭探偵小説として、女性の読者をも目ざした実験。その人を得て、成功を祈りたい。

島田一男氏「G山荘の絞刑吏」（探ク）解決が立派に読物として生きているのは心得たものである。多作をしても、おそらくひどく荒れる危険はあるまい。「古墳」の下地は貴重な出発点であったと思われる。

楠田匡介氏「地獄の同伴者」（探ク）探偵小説を愛読

する人なら、前半は謎と好奇に助けられて一応は書けるが、探偵小説の価値はその後半の手腕によるところが多い。この作の後半の甚だしい失敗は、読物に対する本質的なセンスの欠乏にある。小説を甘く見てはいけない。

魔子鬼一氏「深夜の目撃者」(探ク)話の運びが粗雑で、飛躍がひとり合点すぎよう。

大河内常平氏「解決」(探ク)人物がいずれも類型で書き分けられていないが、一応の才筆で、将来が期待される。

自作「ヴィナスの丘」(探ク)あの点だけは絶品と申さるる方あり、あれはいけませんと申さるる方あり。つつしんで、以後ストリップ小説は、絶対に書きません。作者敬白。

二十世紀英米文学と探偵小説

(1) 序論

小説という概念の変化は、二十世紀、特に第一次大戦の頃になってから特に著るしい。もっとも散文文学としての小説は、それ自体に社会的な諸条件にしたがって流動し得る可溶性を持っているので、それが今日に至る途上に常に進展しつづけていたことは言うまでもない。小説というジャンルを多かれ少なかれ、意識的に考え始めたのはイギリスでは十八世紀になってのことであるが、その近代小説の最初の完成者ヘンリ・フィールディング(一七〇七—五四)ですら、彼が近代小説の最初の創始者であるためには、これまでの物語の方法から自由に飛躍して、内容に新しい調理をほどこすことを必要としたのである。

小説には詩に見られるような形式的約束はない。このことが封建貴族の没落に代って支配階級となった中産階級精神の倫理的変革を受け入れるのに非常に好都合であったわけで、彼等の本能に適合して、やがて現実生活に深い関心を持つとともに、リアリズムが小説に最もふさわしい場所を見出したのであった。ダニエル・デフォウ（一六六一——一七三一）の素朴な初期リアリズムは、実録を装ったフィクションとして出発する。心理的には新興中産階級の心情に立ってピューリタン的感傷にその創作的衝動を見出しており、デフォウが道徳的アレゴリの作者であることを自任していたように、サミュエル・リチャードスン（一六八九——一七六一）の教訓的書翰体小説もその基調を倫理的なものに置いている。オリヴァ・ゴウルドスミス（一七三〇—七四）の「ウェイクフィールドの牧師」（六六）になると、教訓的臭気は更新されて、その心情は真に人間的なものになり、ロレンス・スターン（一七一三—六八）の奇書「トリストラム・シャンディの生活と意見」（六〇—六七）、「旅多情」（六八）に至ると、感傷はすっかり倫理から離れて自由になり、この感傷的心情小説がその絶頂に達する。そして大事なことは、この心情が次に来るロマンティシズムの暗流を作っていたのであった。

初期ロマンティシズムの小説は、一種のスリルを持った恐怖小説として、中世的ゴシック趣味に色どられて、所謂ゴシック・ロマンスの一聯の作品となった。ヘンリ・マッケンジー（一七四五——一八三一）の「多感な人」（一七七一）、ホレス・ウォルポール（一七一七—九七）の「オトラント城」（六五）、クレアラ・リーヴ（一七二九——一八〇七）の「イギリス老男爵」（七七）、アン・ラドクリフ（一七六四——一八二三）の「ユドルフォウの秘密」（九四）、マシュ・ルイス（一七七五——一八一八）の「修道僧」（九五）、ウィリアム・ベックフォド（一七五九——一八四四）の「ヴァテック」（八二）、メアリ・シエリ（一七九七——一八五一）の「フランケンスタイン」（一八一八）、チャールズ・マテュリン（一七八二——一八二四）の「漂泊のメルモス」（一八二〇）等がそれらであって、遠く十九世紀にまで及んでいる。

しかしこれらの作家たちは、自己の創作にあたって、リアリズムとしての小説よりも、架空のロマンスの形式を選んでいることは注意をする必要がある。クレアラ・リーヴは「ロマンスの発展」（一七八五）を書いて、「小説（ノヴェル）は現実の生活風習の写し絵であり、それが書かれるその時代の姿である。物語（ロマンス）は、高雅精緻な言葉で、決してこれまでに起ったこともなければ、またこれからも起りそうにないものを描いたものである」と言った。

輝しい文学的天才の光芒を煌めかせたロマンティシズムの精神的母体には、フランス革命の時代精神があり、同時にまた資本主義的繁栄の動力として産業革命による合理主義の対立があった。もっとも、産業資本主義の発展から生まれた個人主義的な自由はロマンティシズムと同義であって、共通の社会的地盤に立ちながら、結果としては、ヴィクトリア朝に入って、神秘主義と合理主義との軋轢が尖鋭化する。この神秘的なロマンティシズムと合理的なリアリズムとの混交は、ウィルキー・コリンズ（一八二四―八九）の「白衣の女」（六〇）、「月長石」（六八）等に見られ、これはまた後年の、ヴィクトリア朝末期、世紀末の新ロマンティシズムの道を準備して、二つのロマンティシズムの中間に立っている。コリンズの作品は、チャールズ・ディケンズ（一八一二―七〇）の晩年の未完作「エドウィン・ドルード」（七〇）に通ずるものである。

その頃海を越えたフランスでは、実証主義的精神から生れた写実主義が更に自然主義に進展してゆく、急激な散文精神の高潮があった。

小説の思想的内容の変化とともに、その方法もしたがって変化するが、スタンダール（一七八三―一八四二）、オノレ・ド・バルザック（一七九九―一八五〇）、プロスペル・メリメ（一八〇三―七〇）等の、浪漫主義から写実主義に至る過渡期の天才によって拓かれた実証精神の基礎づけののち、小説における物語性を最も純粋なものに完成させたギュスタヴ・フローベール（一八二一―八〇）が来ることになる。燃えさかる作家の情熱を、一見、冷酷なほどの技巧に包んだ科学的精神の所産は、「ボヴァリー夫人」（一八五七）、「感情教育」（六九）の傑作に著るしい。推敲を重ねて彫心鏤骨の結果になる精緻至高の文体は一つのものを表現するにはただ一つの語しかあり得ないとする適確な表現を目ざして、内容と形式との分離は許されなかった。この精神と方法は、エミイル・ゾラ（一八四〇―一九〇二）、ギイ・ド・モーパッサン（一八五〇―九四）に及んで、醜悪なる美学としての、自然主義に発展する。ここでは、遺伝と環境との重圧を背負った人間が、いかに生きてゆくかという、実験が強調される。

アイルランド人ジョージ・ムア（一八五二―一九三三）は二十歳代をパリに過して、ゴンクール兄弟、フローベール、ゾラ、ユイスマンス（一八四八―一九〇七）、バルザック等のリアリズムの影響を受け、かつ、ステファヌ・マラルメ（一八四二―九三）、ポール・ヴェルレーヌ（一八四四―九六）等の象徴主義への愛好をいだいて、イギリス文学への清新な寄与をなすところがあった。フランスのリアリズムは、温健に修正された上、サミュエル・バトラー（一八三五―一九〇二）、ジョージ・メレディス（一八二八―一九〇九）、トマス・ハーディ（一八四〇―一九二八）、ジョージ・ギシング（一八五七―一九〇三）、H・G・ウエルズ（一八六六―一九四六）、アーノルド・ベネット（一八六七―一九三一）、ジョン・ゴールズワージ（一八六七―一九三三）等の作家たちによって、イギリス的なリアリズムとして結実する。

二十世紀のモダニズム文学が、それ以前の文学の精神や伝統から袂別したのは、直接には一九一四年の第一次大戦の変動によるものであった。思想的にはマルクシズムとフロイドの心理学が二十世紀の最初の大きな精神的支柱であった。モダニズムの運動は詩と小説との密接な融合の上に展開する。そしてこの時ほど、思想的にも技法の上でも、「伝統」と「実験」との対立が華々しい様相を帯びた時は見当らない。

アメリカにおけるリアリズムは、南北戦争の後、産業資本主義の勝利とともに、現実生活への批判からマーク・トウェーン（一八三五―一九一〇）の作品に最初の精神的形成が見えるが、リアリズム運動が意識的になったのは前世紀の世紀末になってからであり、その十九世紀最後の十年間は最も意義ある礎石をなすものである。この頃までは、アメリカにおけるリアリズムの素朴な発生は、ヨーロッパのそれとは殆んど無縁であったと言ってよい。

もっとも、アメリカで、ゾラの「居酒屋」が英訳刊行されたのは一八七九年、「ナナ」が八四年、「ジェルミナール」が八五年、フローベールの「サラムボオ」が八六年、「ボヴァリー夫人」が九三年、モーパッサンの「女の一生」は八八年に英訳され、この年ゾラの「土地」が刊行されたが、これらの作品がある程度の容認を得るに至ったのは漸くこの頃のことであった。

アメリカン・リアリズムは、意識的には、W・D・ハウエルズ（一八三七―一九二〇）、ヘンリ・ジェームズ（一八四三―一九一六）、ハムリン・カーランド（一八六〇—一九四〇）によってその種子が播かれ、直ちにスティーヴン・クレイン（一八七一—一九〇〇）、フランク・ノリス（一八七〇—一九〇二）によって自然主義となって発芽し、この道はシオドー・ドライサー（一八七一—一九四五）に結実する。この外面的なリアリズムはその後シャーウッド・アンダスン（一八七六—一九四一）にうけつがれて内面的な心理的リアリズムへ発展し、一方、実験的なユニークな作品を残したガートルード・スタイン（一八七四—一九四六）の文学サロンを中心として、所謂パリ・グループの異端アメリカ的空気を呼吸して、この路はフォークナー、ヘミングウェイ、トマス・ウルフ、スタインベック、コールドウエル等を通じ、一方、社会的リアリズムは、ジャック・ロンドン（一八七六—一九一六）からウィンストン・チャーチル（一八七一—一九四七）、アプトン・シンクレア（一八七八—）、シンクレア・ルイス（一八八五—一九五一）、更にジョン・ドス・パソスに至るものとなる。これらの作家達と、イギリスにおけるジョイス、ウルフ、ロレンス、ウィンダム・ルイス、ハックスリ等の輝しい名前を思い浮かべてみると、地球の両端が軌を一つにして、二つの大戦の間に輝しい文学的黄金時代を築き上げたことは甚だ興味がある。

二十世紀の新文学精神が花ひらくのは、一九一〇年ジョージ五世の即位の頃をもって始まる。この機運は既にF・M・フォードの「イングリッシュ・レヴュー」誌創刊に胚胎しており、ハーディ、コンラッド、メイスフィールド等の個人から、ロレンス、パウンド、エリオット、アメリカのフロストなどの新人が参加し新旧時代の過渡期をよく示していた。パウンドの渡英は一九〇八年、エリオットが一三年である。一二年に、ハロルド・モンロウが編したアンソロジー「ジョージ朝詩」はジョージ朝文学の序曲であって、同年アメリカでもハリエット・モンロウによる「詩」誌の創刊があり、東西呼応しているのは興味があるが、前者は二二年まで五冊を刊行したものの、これはヴィクトリア朝及び世紀末への消極的反動であって、まだ新詩の創造的建設にまでは至っていない。メイスフィールドなどには旧い美的観念への反逆にジョージアニズムが明瞭に表われており、このアンソロジーには、主題の解放、因襲破壊、リアリズム、人事自然への接近、哲学的思索といった、ジョージ朝詩の特質が見られる。しかしこれらの詩人は、大戦の到来によって更に新しい精神にとって代わられる。

所謂モダニストたちの新世代の文学精神が擡頭するのは、第一次大戦を転機とするものであった。これは過去の滅亡した世界と、未来のまだ形成されない世界との、中間的苦悩を体現している。彼等は身をもって青年時代に大戦を経験した。この経験が、もたらした幻滅、不安、懐疑が彼等の倫理的基調を形造る。信仰的絶対の喪失、権威の否定、人間進歩への不信、ニイチェやダーウィンへの絶望、真実の模索、ファシズムとコムュニズムとの対立、個人及び社会の矛盾等々の重圧の中で、フロイドが読まれ、アインシュタインに驚きベルグソンの持続の哲学、キェルケゴール、ヤスパース、ハイデッガーの実存哲学の不安の哲学が、この時既にいち早く一つの精神的避難所となっており、文学的イズムでは、キュービズム、ダダイズム、表現主義が彼等の理念を攪乱した。彼等は信念を否定しながら時代の不安に直面しなければならなかったのである。

モダニズムの運動はジョージアン・ポエトリの中におけるパウンド、フリント、オールディントン等の所謂イマジストたちの運動に最初の種子を含んでいた。イマジズム運動には二つの支柱があった。一つはフリントがもたらしたフランス象徴派とキュービズムの自由詩であり、今一つはT・E・ヒュームの哲学である。この不連続思想の哲学は、浪漫主義から導かれるヒューマニズムを否定して、カトリックの復活から再出発しようとし、この宗教的態度は古典主義の主張とする。その芸術論は心象（イメイジ）の具体的表現を強調して、心象による類似の意識を読者に呼び起そうとする。

モダニズム文学への今一つの寄与は、一九一〇年におけるフランス後期印象派の絵画展であった。展覧された作品はセザンヌ、ゴオガン、ゴッホ、マチス、ドラン、ヴラマンク、ピカソ、ルオーのそれであって、老大家ベネットは、「これらの画家が絵画において成し遂げたことを、今後の若干の作家が文学に移すことがあれば、おそらく自分の作品などは近代小説の全部と一緒に嫌悪され、否定されるであろう。自分はもう一度始めから出発し直さなければならないと考えられる」と言った。そしてこの予言は正しかったのである。

イマジズム運動の中心はアメリカにあった。エイミ・ロウエル女史がその指導的立場に立ち、一四年にパウンドがアンソロジー「デ・イマジスツ」を刊行し、これには英米の新詩人が参加していた。イマジストの信条は、日常語の使用、新鮮な思想表現のための新形式とリズムの創造、題材の絶対自由、イメイジの正確な表現等ということにあった。

イギリスでは一四年にはなおウィンダム・ルイスの立体派、渦巻派の運動があり、オールディントンとパウンドの編輯になる「エゴイスト」誌の刊行があって、これはエリオットとジョイスの巨大な天才を登場させることになる。ルイスの運動はジョイスの時間芸術に対立するものであった。

大戦中の一六年、シトウェル姉妹弟、ハックスリ等は、フランス象徴派、キュービズムの影響にあって新しいリアリズムの確立を目的とした「ウィールズ」誌を発刊し、イーディス・シトウェルの感覚的幻想、リズムの近代的音楽性、新鮮な想像は、感覚の叙述よりも伝達を意図するものであった。

モダニズムの運動は二四年になって、所謂パリ・グループの活動となり、「トランジション」誌を中心として、ジョイスやジョラスを始め、アメリカ作家達の懸命な努力があった。

新世代の作家たちは、物語と性格分析の小説から心理的小説を経て、内面の自己を意識に整理されざる以前の流れのままに独白的に記述する技法的実験に向った。これは人間的存在の現実的把握の拡大であって、小説はここで新しいリアリティーを創造するとともに、その領域を無限に拡げたように見た。

しかしここで、アメリカの生んだ鬼才エドガー・アラン・ポウに触れておく必要がある。例えば、「モルグ街の殺人」では、ポウは既にフロイド的な潜在意識の領域を認知していたことを示している。デュパンが「私」なる人物のシャンテリに思い至る意識の流れを指摘しているのがそれであって、これは優れた芸術家の直観が、科学者の発見に先行している実例の一つである。ただそれを表現する技法が、ジョイスの方法とは甚だしく相違していることを知らねばならない。ポウの場合においては、「私」なる人物の無意識的な観念流動の聯想作用が、デュパンという第三者を通して整理をされ、それが客観的説明として表示されているに反して、ジョイスの場合においては、流動してゆく観念が、内的独白の形で、そのままの状態で提出され、整理は全く読者の側に委かせられているのである。

二十世紀新文学の革命は、思想的にも技法の上でも行われた。前者を代表するものはロレンスとハックスリであり、後者はジョイス、ウルフ、ドロシー・リチャードスンに代表される。しかしこれは便宜的な区分であって、両者の特に特異な点を強調したに過ぎない。現実の解釈と人間の理解とは、前世代に反逆する新しい倫理の確立を目ざしており、その目的をよりよく表現せんがために、実験的な技法を開拓していったのである。この時間的な流動に対して、ウィンダム・ルイスのヴォーティシズムは空間的絵画的な表現を主張していた。

しかし、戦後文学は必ずしも実験的なものであったとは限らない。明確な思考と周到な技法と均衡ある態度を維持しようとした新古典的知性に立脚して伝統的手法を失うまいとする人々がある。ヒュー・ウォルポウル、コムプトン・マッケンジー、メイ・シンクレア、フランク・スウィナトン、J・B・プリーストリがそうであり、逆説的なカトリック作家G・K・チェスタトンがそうであった。チェスタトンは、現在の物質主義と不安に対して、自らの真理と、魂の平安、堅固な秩序を過去の伝統に求めようとした人々の中の一人である。

D・H・ロレンスは予言者として、人間倫理の指導的叡智として立っている。彼の作品は狂暴な情熱から生れており、その観念を支配したものは死と性であったと思われる。宗教的にはキリストの否定と現代のキリストの復活を望んでいた。性は宗教として、「チャタレイ夫人の恋人」は性の福音書に高められ、「息子たちと恋人たち」「虹」などにも男女関係の倫理的反逆が扱われている。人間の本質を知性の到達しない意識下の領域に求めて、存在の原動力たる創造性に性的衝動を肯定し、他の生命に合体する時こそ生命の秘密に触れると考えた。

オルダス・ハックスリにはフランス的な知性が濃い。時代の幻滅を反映して、人間の偽善に対決し、最も辛辣な諷刺家、逆説家として出発した。傑作「ポイント・カウンタ・ポイント」は戦後の社会的混乱に対する性倫理への痛烈な皮肉と諷刺があり、彼は人間の内的精神、倫理的生活面に最も興味を持っている。

人間精神と心理を内面に追求して、人間存在の実体を冷酷に表現したのは、ジェイムズ・ジョイスであった。技法の上では、輝しい実験、所謂、意識の流れの内的独白を主とする多様なテクニックの創造があった。世紀の傑作「ユリシーズ」はホメーロスの「オデュスセイア」の形態をかりて、外面的には一ユダア人ブルームの、二十四時間に満たない平凡な記録であるが、フローベール的現実主義の態度から出発して、フロイド、ベルグソン及び実存主義哲学を背景に、現実の領域を拡大し、ジョイスの関心は甚だしく心理的現実の世界にあった。アクションと内的独白との同時的、並立的、及び同時に重複するアクションの同時的表現の方法が、発見され完成される。

意識の流れによる内面的真理の世界はヴァジニア・ウルフにもつながる。ジョイスが意識の流れを現実として再現したのに対して、ウルフでは意識の美的再構成による詩的心象の創造がある。このことは後年の傑作「波」に著るしい。ウルフの意図は、人生を心の言葉に置きかえたジョイスに近く、ウルフも精神の内的発展に興味をよせて、行為やプロットは殆んど無視されている。プロットを拒否して、ウルフが伝えようとしたものは、人物の心理的な気分と感応とであった。

これらの実験的なテクニックは、はからずも第一次大戦の勃発をはさんで、いくつかの出現を見た。フランスではプルーストの「失われし時を求めて」の第一巻「スワン家の方へ」が一三年に出ており、ジョイスの「若き日の芸術家の肖像」が「エゴイスト」誌に掲載され始めたのが一四年、リチャードスンの「遍歴」十巻の最初「尖った屋根」は一三年に書かれて一五年に出版された。「尖った屋根」では作者は主人公ミリアムと同化して、その内的外的経験が補助的な説明を殆んどすることなしに、意識だけが純粋に伝達される。

意識の流れの手法は、早くフランス作家エドアル・ドュダルジャンの「月桂樹は刈られたり」（一八八七）によって創始されていたことは注意されねばならぬ。その「内的独白」の方法はジョイスへの暗示となったものであった。ベルグソンの時間哲学、ロレンス、ジョイスの無意識崇拝に正面から憎悪を示したのはウィンダム・ルイスであった。しかし、生の内面を拒否しながら、実は彼の強調する外面とこの内面との対照によって、彼の作品には強い諷刺力が盛り上っている。「タア」には力強い想像的人物が絵画的に明確な輪郭で描かれ、「神を真似る猿」は無能な芸術家への痛烈な諷刺である。ルイスは、現代社会の芸術は明確な外面描写によるサタイアでなければならないと考えている。

しかし、今日の文学に最も強大な影響を残しているのはジョイスである。好むと好まないにかかわらず、始め実験的完成であったその輝しい技法は、今日ではどの作家もが常道として利用している。デイ・ルイス（探偵小説家ニコラス・ブレイクの本名）の名で書いた唯一の小説「親しい木」にもその影響のあとは歴然としている。海を越えたアメリカでも、心理的リアリズムを実践したシャーウッド・アンダスン、「青い航海」のコンラッド・エイケン、夭逝した未完の天才、小説「時と流れについて」のトマス・ウルフ、「響きと怒り」「八月の光」「野生の棕櫚」、その他、探偵小説風な作品を書いて、ノーベル賞を得たウィリアム・フォークナー、「武器よ、さらば」に出発したアーネスト・ヘミングウェイ、「郵便屋はいつもベルを二回鳴らす」のジェイムズ・ケイン、「ロニガン」三部作を書いたジェイムズ・ファレル、「U・S・A」三部作、「マンハッタン・トランスファ」のジョン・ドス・パソス、第二次大戦後の希望的才能、「裸者と死者」のノーマン・メイラーなどすべて、直接にも間接にも、ジョイスの文学を外にしては充分の理解に耐えないであろう。

一九三〇年代に入ると、イギリスの作家たちは、第一次世界大戦後の不安な社会的情勢に敏感な反応を示すようになる。この時代の反映として、イギリス文学はおよそ次の四つのカテゴリに分けられる。

一つはグレアム・グリーンに代表される象徴的メロドラマ、あるいは文学的スリラーであって、これは現代の危機感を提供する。シナリオ「三番目の男」にはスリラー形式の卓抜な駆使があり、「密使」はスパイ小説の最も文学的な成果となった。その本格小説の最近の傑作は「核心」であり、カトリシズムを正面の問題として、自殺者がなお死後の救いを得ることが可能か否かのテーマに立ち至っている。今一つの傑作「イギリスは自分を作った」では、弱い性格の二人の友人を主人公として、悪がこの世で勝利を得るかに見えるが、実は善が最後に心の勝利を得る物語が扱われる。

第二はドキュメンタリ小説であって、クリストファ・イシャウッドの「ベルリンよ、さらば」「ノリス氏列車を乗り換える」(アメリカ版は「ノリス氏の最後」)に代表されるように、作者の個人的経験、及び社会的局面の観察からなるものである。

第三は社会的アレゴリの小説であって、現代の混乱せる問題を説明するために、ファンタスティクな物語を用いる。レクス・ウォーナーの「飛行場」、「教授」の二つの寓意小説に見られるものがそれである。

第四は、コメディ、またはファースによる小説であって、イヴリン・ウォーの諸作、たとえば「頽廃と堕落」「恥ずべき肉体」の初期のものから、「ブライズヘッド再訪」「一握りの塵」「愛する者」等の後期の作品を通じて、イギリス社会への奇智的な諷刺はまことに鋭い。ハックスリを一層通俗にしたようなおもむきがある。

第二次大戦直前には、フランツ・カフカやマリア・リルケの幻想と新浪漫派風の美的心象の世界が歓迎され、倫理の憩いと穏健な均衡を求めて、新奇な刺戟への反動として、十九世紀の小説が読まれた。ジャン・ポール・サルトルも輸入されたが、さして大きな反響とはならなかった。その実存主義は、第一次大戦後の不安の哲学の再生に他ならないのである。第二次大戦が本格的になって間もなく、ジョイスはチューリッヒで他界し、ウルフもまたウーズ河に投身して自殺した。

四〇年代で最も注目すべき所産は、ジョージ・オーウェルのアレゴリ「動物農場」と「一九八四年」を挙げられよう。スウィフトの二十世紀的還元である。

諷刺が、ファンタシーとリアリズムの形を融合させているのは、昨今の一つの特徴と言っていい。アメリカでは先に、ジェイムズ・ブランチ・キャベルの「ジャーゲン」があったが、風俗壊乱の故をもって発禁となり、のち三年にして解禁となったものの、この形式はその後しばらく中断していたものである。五一年におけるアントニー・ウエストの「葡萄収穫期」は、真面目な小説にファンタシーを導入して成功しており、この形態は、諷刺とも、困惑苦悩する精神を説明する方法ともなる。

概して、第二次大戦後の新人たちは、小説の形をかりて、社会的、精神分析的問題の研究に興味を持っているらしい。酩酊と同性愛が関心の対象となり、同時にまた社会的には、コムュニズムの脅威のもとにあって、右か左かの去就に迷っているところがある。

イギリスでは最近に至ってアメリカ文学への関心が高まり、ドス・パソスとフォークナーが特に注目されていることを書き加えておこう。

さて、イギリス及びアメリカにおける、こうした文学思潮の動きと、実験的な技法の達成の中にあって、探偵小説が果してどの程度にまでこれらの成果をとり入れ得るかという当面の問題がある。私は編集部から与えられたこの課題に答えるために、主として技法の面から半ば紹介的に、いろいろな作家のいろいろな方法を考察してゆく予定である。そのためには、甚だ不完全な略図ではあったが、これらの作家の技法が、どのような歴史的意義と、内的必然から生れたかを、一応理解されたものとして出発したい。

（2）ヴァジニア・ウルフの方法

モノローグが文学にとり入れられたのは古来その例を少《すくな》しとしない。イギリス近代文学を見ても、劇ではシエイクスピアに、詩ではブラウニングに、その特に卓越した実例を容易に挙げることが出来るが、所謂モノローグ・アンテリユール（内的独白）が小説の方法として、成功的実験から一般へ普遍化したのは二十世紀になってからのことである。この方法は、フランスではエドワール・デュジャルダンの小説「月桂樹は切られたり」（一八八七）にいち早く試みられ、マルセル・プルーストの連作「失われし時を求めて」（一九一三―二七）では、一人称告白小説の形をとって、時間と記憶の錯綜した繊細豊醇な魂の遍歴を描くに、個性豊かに修正されて、輝しい特異な技法となっている。イギリスにおける実験は、ジョイス、リチャードスンとともに、ヴァジニア・ウルフの小説技法に歴史的光輝を帯びさせることになった。高度な知性と微妙な感性とが、繊細巧緻な技法につつまれて、ウルフは美と死との追求者として、世紀の聖なる使徒として立っている。

小説家としてのウルフは、高度な自意識の路をとった。しかし、初期の作品では、ウルフはまだ大胆な技法の実験を試みるには至っていない。自意識を追求した点では、「機械」「時間」「鳥」「高架線」等を書いた横光利一の態度と手法を思い合わせることが出来る。ウルフの最初の小説「船出」（一五）は二四歳になる一女性の人生への船出が象徴される。彼女が恋を得て、その生活が開花しようとする時に、彼女は熱病で死んでしまう。南北航路を行く海の描写、死の床に横たわる彼女の意識の描写には、さすが後年のウルフの素質をのぞかせるものがあり、次作「夜と昼」（一九）では、一少女を中心に二人の青年にはさまれる三角恋愛をテーマとしているが、ここでは精密な描写と意識の流動がのぞかれて、ウルフはその天性の表現方法を感じている。しかしまだ感じているにとどまって、意識的には発見の段階には達していない。同年に発表されたスケッチ「壁のしみ」では、漸くウルフの意図と方法とが具体的にひらける。

「……あの壁の上の汚点は、いま光線の加減で、本当に盛り上がっているように見える、それに、完全に円くはない。確かなことは言えないけれども、明かに陰影を投げていて、もし私があの壁のところに指を触れたなら、私の指はある箇所では、南部ダウンズ〔牧羊に適する小高い草原地を云う――鈴木〕の山にある、あの土饅頭のような、小さな滑らかな塚を、登り、また降るのではないかと思われる。この南部ダウンズの土饅頭は、墓塚か、でなければ野営の小舎ではないかと言われている。私としては墓塚であってほしい。何故なら、私は多くの英吉利人のように、哀愁を愛して、散歩の終りには、芝生の下に埋められた骸骨のことを思い描くのが、当然のような気がしているのだから……」

「この壁の汚点は……一体これが何だと言うのかしら……私は何を知ろう。……知識とは何んであろうか。……世の智者たちに対する私たちの尊敬の念は、私たちの迷信が衰えるにつれ、私たちが精神の美と健康を尊重するにつれて、次第に薄れてゆく。……そう、私たちは遥かに楽しい世界を想像することが出来るだろう。さまざまな花が野一面に見事な赤や青に咲き乱れている、静かな広漠とした世界。大学教授も、専門家も、巡査のような横顔をした主婦もいない世界、ちょうど魚が群る白い卵の上に漂うているひつじ草の茎を食べながら鰭で水を切って遊んでいると同じに、私たちが私たちの思考のままに切って行くことのできる世界……こうした世界の真中に立ちつくして、ときどき唐突に閃く光が差し込み、それらの影がゆらゆらと揺れる薄暗い水を通して、この世界を見つめることは、どんなになごやかな感じであろう――」（葛川篤訳）

この作品は、のちに短篇集「月曜日か火曜日」（二一）におさめられた。表題の掌篇スケッチには、カッコを使用した箇所がある。

「真実を慾求し、真実を期待し、艱苦していくつかの言葉を蒸溜しながら、永久に慾求して――（ひとつの叫びは左へ跳び出し、いまひとつは右へ跳び出す。車輪はますます道に溢れて走り、乗合自動車は押しあい、犇しあい、群れ集まる）――永久に慾求しながら――（時計ははっきりと響き渡る十二の音を打って、いまは真昼と告げる、光は金色の鱗をこぼし、子供たちはうようよと群る）――永久に真実を慾求して。円屋根は赤、金銀の貨幣が樹々の枝に垂れ下がり、煙は煙突から尾をひいて流れる、吠え、わめき、叫ぶ声、

「鉄はいかが」――だが、真実はどこに。……黒い革や、金色の革に包まれた男の足、女の足は、きらびやかに光を放ち――(この霧の深いお天気――砂糖を入れましょうか。いや、ありがとう――未来の国家)――燃え上がる炉の明……」(同上)

このカッコは、意識の流れる聯想と、外面的な現象との同時性の表現として扱われるものである。これはジョイスが、並立する同時的表現を、いっそう複雑に、克明に、メカニカルに、カッコを用いないで描いているのに較べると、非常に興味がある。このカッコの使用は、ウルフの後ちの作品、「ジェイコブの部屋」「ミセズ・ダロウェイ」「燈台へ」にも好んで用いられる。

ウルフの場合は、人間意識の流動の中へ、主として外的な行為が挿入されているが、この方法は、逆に、行為の中へ、これを裏づける意識の流れが挿入されることもあり得るわけである。最近の丹羽文雄の作品にこの例が見られる。会話の間にカッコが挿入される場合も、ウルフでは「ジェイコブの部屋」に利用される。ハックスリの「ジョコンダの微笑」では、ハトンが、妻の病気の愚痴を聞きながら、愛人のドリスと午後のランデヴーを回想している箇所は、短い会話を挿んで、美しい艶麗清新な、溌剌とした回想が地の文のように置かれる。これは陰鬱な病苦のハトン夫人と、若い快活なドリスとを対比させて、甚だ効果がある。

……「リバード先生(医師)のお考えでは、わたし、この夏は、ランドリンドッド・ウエルズ(鉱泉地)へ行かなければならないんですって」

「そりゃ、行くさ、お前行くがいいよ、本当に」

ハトンはこの日の午後のことを考えていた。二人が、ドリスと自分が、懸崖の森まで遠乗りをして、車を樹蔭に待たせておいたまま、一緒に白堊の丘の風のない陽ざしの中へ歩いていったことを。

「私の肝臓のためにその鉱泉を飲むんですの。それに、マッサージや電気治療もしなきゃならないって、先生おっしゃるのよ」

帽子を手に、ドリスは、松虫草の花の廻りを、青い炎の閃きのような動きで踊っていた四匹の青い蝶に、ひそかに忍び寄った。青い炎は、はじけ散って、くるめく火花になった。彼女は、子供のように、笑い叫びながら追いかけていった。

「きっと、そりゃあよく効くよ」……

ここでは、カッコは用いられていないから、二つのイメイジを同時に主体的に構成するのは、読者の側にかかっている。

ウルフが、その表現における独特の媒介手段を、顕著に見せ始めたのは、第三の長篇「ジェイコブの部屋」(二二)である。連続する絵画の、映画的なテクニックを思わせるものがあり、一貫したプロットを無視して、まことにとりとめもなく勝手気ままに、ジェイコブの日常の印象が強調される。物語は、ジェイコブの幼少年時代、大学生時代、ブルームズベリ時代と順を追って、社交生活の中で恋愛を経験し、新しい人生が開かれようとした時に第一次世界大戦となり、彼もそれに巻きこまれて戦死する。心理描写は意識の内面描写に進み、筆致は感覚的な鋭敏さを増し、造型的な美が印象的に浮き上る。人間意識と外界の現象との交流は一時柔軟に描かれる。

「前の居間でカチリと音がした。ピアス氏がラムプを消したのであった。庭が見えなくなった。それはほんの黒ずんだ小片にしかすぎなかった。どの部分にも雨が降っていた。草の葉がどれもこれも雨にうな垂れた。まぶたが雨に打たれてしっかりと閉ざされたであろう。あおむけに横たわれば、見えるものとては乱雑と混乱――めぐりめぐる雲、そして闇の中の、何か黄色く染まった硫黄のようなものに過ぎなかったろう」

雨を描いて、それを聞き見入るピアス氏の感覚が、意識の抽象の中で巧みなイメイジに捉らえられている。

ウルフは、自己が到りついた文学の方法を、そのエッセイ「現代の小説」で大胆に説明した。ウルフは、ウエルズやベネットやゴールズワージーに感謝しながら、しかも彼等に失望している。彼等はつまらぬ事を書いている。彼等は些細な一時的なものも、真実にして永続するものに見せかけようとして、熟練と労力の限りをつくしている。そこでは真の人生が脱落してしまっているのである。

「普通の日の普通の人間の心を一瞬間調べてみるがいい。人の心は無数の印象を受け入れる。……その印象はあらゆる方面から来り、無数の微分子が雨と降りしきる。……もし作家が奴隷でなくて自由人であり、強いられたことを書かずに自分の好むところを書き得、因襲によらずに自己の感情をその作品の根底となし得るならば、在来の型による筋もなければ喜劇悲劇もなく、恋愛問題も大団円もなく、恐らくたった一つの釦すらもボンド通りの仕立屋の気に入るような附けかたはしてないだろう。人生は整然と配列された馬車ランプの行列ではない。人生は一種の明るい円光である、意識の始まりから終りまで吾々の周囲を包む半透明体である。この変化に富む、このまだ知られない拘束されない魂を、たとえどれほど脱線または錯雑を示そうとも、出来るだけ外来の異分子を交えずに伝えるということが、小説家の務ではなかろうか」（沢村寅二郎訳）

これはウルフの態度と方法を説明するために、しばしば引き合いに出される有名な一節である。ウルフが発見した方法は、伝統的な一切の手法を止揚した、ウルフ自らの、芸術家としての本能的創造であった。それはウルフが言ったように、自らに最も適した形を作る、牡蠣や蝸牛のそれに似ている。ウルフはロシアの小説に大きな興味を持った。そこでは主要な性格として魂が描かれる。チェホフでもドストイエフスキイでも、「彼等の作品を読めば、それ以外の小説を書くことは時間の浪費と思われる危険がある」とまで書いている。

ウルフの最初の傑作は「ミセズ・ダロウェイ」（二五）である。この作品では人生の長さよりも質に対する関心が深まる。二十四時間に充たないアクションの中で、五十年にわたる彼女の生涯と経験が、氷山の底部のように、巨大な背景となって点綴される。「ダロウェイ夫人は自分で花を買って来ようと言った」に始まるこの交響楽的作品は、一九〇三年六月、戦争が終ってほどない頃のある日、朝、彼女が夜会のために花を買いに出かけるところから、午前三時、彼女が寝床に入るまでの記述である。特異な出来事は何一つ起らない。そしてこの作品を何よりも特徴づけるものは、その表現の方法である。

ジョイスの「ユリシーズ」が、平凡な一ユダア人レオポウルド・ブルームの、一九〇四年六月十六日のダブリン市における、二十四時間あまりの平凡な生活記録であるのと思い合わせて、これは興味深い対照を示している。双方ともに、その表現方法に意識の流れを扱っているが、ジョイスが甚だしく拡大した文学への再現を試みているに反して、ウルフには選択と凝縮がある。ともに人生を心の言葉に置き換えているが、ウルフの古典的な、静謐な、平衡のとれた感情は、甚だしく詩的抒情に濾過されている。この抒情的心象のたゆたう渺茫たる美的世界は、ジョイスに見られる現実への冷酷さと知性の逞しさと構成の緻密さこそはないが、おぼろにかくされた時間の中にひそむ、人生の神秘をひたすらに求めて、それはむしろ幽玄に近い花の一瞬の光芒である。その意味では、伊藤整の初期作品、川端康成の「水晶幻想」を中心とする一連の玻璃のような冷美な作品は、ジョイスに育って、むしろウルフの領域に属するものであった。「ミセズ・ダロウェイ」では、先に述べたカッコが最初の頁から以下、盛んに利用されて註釈的役割を果たしている。

「ミセズ・ダロウェイ」に次いで、魂の交響楽ともいうべき「燈台へ」（二七）がある。場面と性格と、描かれている表面の時間は各々立派な対照を示しているが、二つながらに依然として死への観念が色濃くにじみ出ていることには変りがない。この小説にも外面的なアクションは殆んどないと言ってよい。スコットランドの西海岸を遠く離れたスカイ島で、ラムジー教授夫妻と子供たちが知己を招く。友人たちの中の一人はこの家の絵を描き、あるいは、他の二人は恋に陥る。翌日燈台まで出かける予定が雨のために延期になる。物語はここで中断されて、その間に大戦が起る。一家の鐶の役目をしているのはラムジー夫人である。その夫人が死ぬ。数年を経て、同じ友人知己が集まり、燈台への遠征が果される。女流画家は彼女の絵を完成しようとして、今は亡き夫人の記憶を辿っているうちに、彼女は突然、ラムジー夫人が昔の場所に笑っている幻影を見る。そしてその絵を完成させる。

人生の神秘な内面的意義がここでも追求されているが、ウルフは外面的アクションを避けて、集っている人々の魂の流動を描くことによってこの作品を構成した。ラムジー夫人が、食事のとりもちをしている場面を見てみよう。

……莫迦気たことだけれど、私は二人を向き合いに坐らせたのだった。明日になって、そのことを二人が思い出すように。もしお天気なら、いっしょに散歩に出かけるでしょう。万事思いのとおりにゆきそうな気がする。上首尾のように思えるわ。ようようの思いで（しかしこれも、いつまでもつづくというわけにはゆかないのだ――夫人は思った、一同が靴のことを話し合っている現在の瞬間から自分を遊離させながら）、彼女は……いかめし気に飛び廻った。よろこびが――彼女は食事する一同の姿をながめながら思った――主人や子供たちや、親しい人たちから立ちあがるのだ。あらゆるよろこびがいま、この深い静寂のなかから立ちのぼり（彼女はウィリアム・バンクスのためにもう一切れ小さな肉を切り分けながら、瀬戸焼鍋のなかをのぞき込んだ）、何とはなしに、煙のようにたゆたい、香気のように立ちのぼって……ものごとには一貫性があり不動性がある。何かしら、と彼女は考えた、変化によっても滅びることのないものが存在するのだ。そしてそれは輝きわたるのだ（彼女は、燭火に映えて波紋を立てる窓のほうをちらりと見やった）、流転するもの、ほろび去るもの、幻にも似たものを前にして、紅玉のように、あざやかに。……（大沢実訳）

第二部「時の経過」では、叙述の最後に、事件の回想がカッコの形で挿入される。

　揺れうごく一ひらの葉とてない春――……あらわな輝かしさにみちた春は……その身を野辺によこたえた。

〔ブルー・ラムジーは父に手をとられながら、この五月に人妻となった。こんなに……似合の夫婦があるだろうか。それにまあ……何と彼女は美しいのだろう！〕

　夏が近づき……春は、外套を身にまとい、ヴェールに眼をかくし、顔をそむけ、去りゆく影や急過する小雨のあいだに立ち、人類の悲哀を一身に負うて彼らにそれを知らすまいとしているかに見えた。

〔ブルー・ラムジーはその夏、産後のわずらいで亡くなった。ほんとうに気の毒なことだ、と世間では云った。これほど幸福であっていい人はなかったはずだのに……〕

……夏がたけるにつれて……不吉な物音が聞えてきた。……夜ごと夜ごと、ときとしては、薔薇が輝かしく花をひらき、白日が明るく壁のうえを照らす真昼どきにさえ、この静寂、不感無覚の孤高さのなかに、何かが落ちてどさりという物音が聞かれた。

〔榴弾が爆裂した。フランスの土のうえで二、三十人の青年がそのために吹きとばされた。アンドルー・ラムジーもそのなかに交っていた。幸いにも彼は即死であった〕（同上）

さてここに、甚だ風変りな作品がある。伝記小説「オーランドウ」(二八)がそれであって、読者はその奔放な架空譚に奔弄されて、さしずめ理解の手段を失ってしまう。主人公は、初めエリザベス朝の高貴な家庭の青年として登場する。ジェイムズ朝でロシア皇女と恋愛しチャールズ二世時代では大使となってコンスタンチノープルへ出発する。ここで一夜深い眠りにおち、目覚めると女性に転性する。近東にいたり、ジプシーに加わったりした挙句、十七世紀から十八世紀にかけてロンドンにあらわれ、文学的サロンの女主人となる。子供を生んだり、詩人としての名声を挙げたりする。ヴィクトリア朝のイギリスを嫌悪して身をかくし、二十世紀に再び出現し、ここで始めてふさわしい仲間を見出す、という話である。時間的には三百年にわたり、男性女性と変わる。作家は過去の文化的遺産の基礎に立ち、性的には男女双性でなければならないと考える作者のアレゴリであって、一人の芸術家の魂の発展を扱ったものと考えられる。

ついで、ウルフは散文の世界から極端に詩の世界へ移行してゆく。ウルフの最も驚嘆すべき実験は三一年の「波」である。ここでは伝統的な小説の概念は全くあてはまらない。この作品にも筋は殆んどなく、外面的なアクションは重視されていない。三人の少年と三人の少女との生い立ちの物語であり、全篇を通じて、この六人のモノローグが交互に繰り返えされてゆくだけである。それら人物の気分と感応とがウルフの伝えようとした目的である。読者は六人の人物の行動については大して知ることが出来ない。彼らの外面的生活、お互いの関係は殆んど書かれていない。この小説は、会話や行為を黙殺して、潜在意識の下方の世界で進行する。人間の外面的な思考の下を流れて行く記憶とか経験とか、接触や想像といったものの、奇妙な、しかし巧緻な混乱が扱われる。ウルフは荒れ狂う海面の下方の部分、静かな未知の領域を新しくわがものとしたのである。この作品では、昔ながらに人生や死に対す態度、死が生き残った人に与える影響が扱われる。

外面的な説明や指示が一切省略されているので、この作品では、暗示と聯想と反復とが余儀なくされている。言わばお互いに奏でる意識の様々な様相からなる交響楽である。この効果は、ウルフの初期の実験的な作品から、以来ひきつづいて発展してきたものであった。挿話と挿話との間に、黎明、早朝、輝しい朝、正午、午後、日没、黄昏、夜、といった、連続する海の風景画が置かれて、これらは、幼年、青年、中年、来るべき暗黒の老年といった人間成長の段階に対応される。読者は与えられた六人の人物の意識をたどって、この物語の外面的な様相を自分で再構しなければならない。たとえば、子供のルイスとジニイとが接吻をする場面は、次のように表現される。

「こちらではバアナード、ネヴィル、ジニイ、それにスーザンが（ロウダはいない）網で花壇を掬いまわっている」ルイスは言った。「……蝶々を掬っているんだ。世界の表面を撫でている。……みんなが僕を呼んでいるぞ。でも見つかりやしない。……何か薄紅色のものが覗き穴を通ったぞ。眼の光が隙間をくぐって滑りこむ。その光が僕を射る。……彼女が僕を見つけてしまった。頭がしびれる。彼女が接吻をした。……」「かけっこしてたの」ジニイが言った。「……生垣の穴で葉が揺れるのを見たわ。……何が木の葉を動かしたのかしら？……ここへ馳けこんで、灌木みたいに緑になっている貴方を見たの、……じっとしたままで……《死んでいるのかしら》と思ったの。それから接吻したの。心臓が薄紅色の服の下でどきどきしたわ……」

「生垣の隙間から」スーザンが言った。「ジニイがあの人に接吻するのが見えたの。植木鉢から頭を上げたら、生垣の隙間から見通しだったの……」

波はこの作品の意匠とリズムを通じてうねっている。それは時間の中に、散文の流れの中に、男女の心の中にもぐりこむ。人物はこの波に身をゆだね、やがては死の挑みに応じる時が来るのである。

一つの事件が、それをとりまく諸人物の説明なり告白なりを通して描かれるというだけの例は、古ローマの殺人事件を扱った「黄冊子」（これはかつて佐藤春夫が「文学時代」に紹介したことがある）により、これを粉本としたロバート・ブラウニングの「指輪と書物」を始め、芥川龍之介の「藪の中」、最近では石川達三の「有坂四郎の犯罪」、柴田錬三郎の「デスマスク」等にも数多く見られる。これが主として犯罪と自殺を扱っていることは、探偵小説の形式的興味として一考に価する。

一九三三年、ウルフは「フラッシュ」において、犬の心理を媒介とした、三人称の伝記を発表した。この犬は、前出の詩人ブラウニングの夫人、これも閨秀詩人エリザベス・ブラウニングの愛犬であって、この犬の意識を通じて、エリザベスの乙女時代から、ロバートとの恋愛を経て、幸福な生涯を辿る伝記となっている。

四一年三月二八日、ウルフは履物とステッキとを残したままウーズ河の流れに身を投じて自らその生命を断った。彼女が遺した輝しい文学の方法は、ジョイスのそれとともに、以来好むと好まざるにかかわらず、少くとも小説の叙述的要素としては大きく息づいていて、その影響は大きい。

同時に並立するアクション、かくされた秘密の暗示、単に自己のみではなく、相手の外面的行為から汲みとれる内的意識（これはポウの「モルグ街の殺人」に典型がある）さらには逆に、内的意識が外面の行為にあらわれる過程（江戸川乱歩の「心理試験」にその見本の一つがある）等々において、これら優れた天才の実験的な努力は、更に複雑に、深奥に、人間を白日のもとに赤裸々にする手段として、大いに学ぶ必要があろう。ただこの方法は、表面の技術の上では、一応は誰にでも利用出来るように思われる。しかしそれが、作家の意図と素材とに巧みに融合しなければ、かえってつぎはぎだらけの混乱と無統制に終る危険がある。作家が自らの意識を制御しきれずして、あらぬ貧困を露骨に暴露する結果になりかねない。ウルフの知性と感性によく応え得る者だけが、更に輝しい文学的所産を創造するであろう。

（3）ジェイムズ・ジョイスの方法

「意識の流れ」を表現するに当って、今日の作家が殆んど唯一の方法として利用している「内的独白」あるいは「サイレント・モノローグ」の技法を一応理解した上で、二十世紀前半の最も実験的な作家であり、かつ最も巨大な、最高深奥な作家の一人、ジェイムズ・ジョイスの方法を、ようやく採り上げる必要がある。ジョイスの文学は、それにつづく二十世紀文学の最も特質ある、あらゆる表現技法の母体であった。

ジョイス（一八八二—一九四一）の生年歿年は、ヴァジニア・ウルフのそれと奇しくも全く同じであったが、アイルランド人、ジェイムズ・ジョイスの文学の発展の過程は、実はそのまま、意識的に、近代文学史の象徴的な縮図を形造っている。ジョイス文学は最初抒情詩から出発しており、その「室内楽」（一九〇七）は、エリザベス朝風抒情詩の愛憐優雅な情調にケルト的薄明の哀愁が溶け流れた抒情詩集である。その二、三の短詩は佐藤春夫がいち早く翻訳して「春夫詩抄」にも収められている。短篇小説集「ダブリンの人々」（一九一四）では、ジョイスは全くフランスのリアリズムを完璧に把握体現していることを示しており、「若き日の芸術家の肖像」（一九一六）に至ると、フローベール的態度に出発した彼のリアリズムが、更に象徴の域に高揚されて、叡智と感性はむしろ冷めたいほどに白熱し、透明崇高な精神的表現に達している。戯曲「追放されし人々」は三角関係の心理的交錯の陰影を巧みに捉えた、気分と感応の余韻をひく佳品となり、ひそかにして不可解な情熱の荒野を彷徨する、精神的に追放された人々を描いて、さすがにアイルランド劇精神の閃光をひき、イプセンに出発した近代劇の体得となった。世紀の巨大な作品「ユリシーズ」（一九二二）にあっては、過去の一切の綜合を基盤とした、飛躍的実験の輝しい前衛として出発したと同時に、しかも成功的な完成を示したところに、大きな時代的意義が存在する。リアリズムはこの作品に至って、まさに極北に達したものと言えよう。長らく「進行中の作品」なる仮称によって書きつがれていた最後の作品「フィネガンの目覚め」または「フィネガンの徹宵祭」（一九三九）は、スタイルと語法の実験が極限にまで昇華して、ここでは文字による音楽が夢想の意識を奏でている。ジョイスが試みた現代意識の綜合化は、フローベール的な最も厳密な意味での現実主義者としての態度に立って、最も浪漫的な表現方法によりながら、作品形態の古典的均斉を達成し、その象徴的意慾を十分に達成したことに見られる。

ジョイスの表現が、初期の自然主義的作品の中で、最初に実験的な方法を見せたのは、「ダブリンの人々」の中に含まれている短篇「イーヴリン」と、最も長い最後の作品「死せる人々」においてである。「死せる人々」は情緒と暗示に富んだ最も美しい篇中の傑作である。T・S・エリオットが、それぞれ大きな価値のある三つの現代短篇小説として挙げているのはキャサリン・マンスフィールドの「幸福」とD・H・ロレンスの「薔薇園の影」とジェイムズ・ジョイスの「死せる人々」である。エリオットは同時にジョイスの方法を念入りで面白いものとし、正統的な感受性、伝統の感覚等からいって、ロレンスを殆んど完全な異端者の見本であるとしているのに対して、ジョイスを、この一篇の短篇からしても、現代の相当に有名な作家のうちで最も倫理的に正統なものと考えている。エリオットはこの論拠の基礎として、この作品の最後に見られる主人公ゲイブリエルの、眠った妻に寄せる心理を引用している。

「死せる人々」は主人公ゲイブリエルの叔母さんたちが、クリスマスの年中行事として行う舞踏会に始まって、音楽と談笑との心楽しい祝宴ののち、明け方会が果てて、ゲイブリエル夫妻は人々と別れを交わし、彼等は雪の中を、自宅へではなしに、道と変えて、予約したホテルに暁方の睡りと休息を求めに行く。ホテルの静かな部屋で、ゲイブリエルは妻の夢見るような瞳に魅惑と好奇を感じる。しかし妻グレタの脳裏に浮んでいたものは、舞踏会の音楽の余韻ではなくて、歌が想い起させた、在りし日の幼き恋人の面影だった。妻を優美に見せたのはこの思い出の香気の故であったかもしれない。恋を失って死んだ青年への追想は涙となって彼女の全身全霊を洗う。美しい妻グレタは、秘められた、かつての初恋の告白ののちに、歔欷の中で静かに眠ってゆく。静かな妻の寝顔を見つめていると、ゲイブリエルの心の中に、不思議な親しい憐憫の情が湧き上ってくる。今までに経験したことのないような涙がゲイブリエルの瞳を潤おし、彼の魂は妻のことを想って死んだ青年の見えない面影に近づいてゆく。窓の外には十二月の冷めたい雪が降り、この雪はアイルランド全土を、平原を、樹のない丘を埋めて行く。雪は曲った十字架に、墓石に、門の鉄柵の上に降り積る。宇宙を通して降る微かな雪の音を聞きながら、ゲイブリエルの魂も次第に眠りの中に意識を失ってゆく、ところでこの一篇が終る。

しかし、ここでは回想の意識の流れが、まだ完全にモノローグの形をとるに至っていない。

……彼（ゲイブリエル）は忍びやかに彼女（グレタ）を追いかけて、両肩を摑んでその耳に何か馬鹿げた、そして愛情のこもったことを言いたいと思った。彼女はあまりにかよわく見えたので、彼女を何ものかに対して防禦し、それから彼女と二人きりになりたいと思った。彼等の隠れた生活の瞬間々々が彼の記憶に星々の如く相弾け散ったのだった。ヘリオトロープ色の封筒が朝食のコーヒー茶碗の横に置いてあった、彼は手でそれを愛撫していた。小鳥が蔦に嘲っていて、カーテンの明るい織布が床にそうて顫え光っていた。彼は幸福さに食べることが出来なかった。二人は混雑する歩廊に立っていた、彼は彼女の手套の暖かい掌に切符を入れてやっていた。彼は寒さの中に彼女を伴れてたたずんでいた、鳴りひびくかまどに壜を造っている男を格子窓たら眺めて。非常に冷たかった。彼女の顔は冷たい空気に芳しく匂いながら、彼の顔に間近く迫っていた……（安藤一郎訳）

ゲイブリエルが眠っている妻のかたわらに横たわりながら、初恋の、雨に打たれて病死した青年を思う最後の一節は、次のように表現される。

惜しみない涙がゲイブリエルの両眼を充たした。彼はこれまでいかなる婦人にもこのような感情を感じたことはなかった。が、かかる感情こそ愛に相違ないと分った。涙は彼の眼にいよいよ多く集った、一部分の暗闇に、一本のボタボタ滴が垂れている樹の下にただずんでいる若い男の姿を見るように想った。他の数々の姿が近くにあった。彼のたましいは死せる人々の夥しい群々が住む、かの地域に近づいていった。彼はそれらの揺曳し、明滅する存在を意識するのだが、それを認めることは出来なかった。彼自身の本体もある灰色の、茫々とした世界にだんだんと薄れてゆくのだった。実体の世界、かつてこれらの死せる人々がそれを養い育て、そこに住んだのだ、そのものも解体し、だんだん小さくなっていった。（同上）

ここまでは、ジョイスの方法はとりたてて言うほどに、伝統的な散文の様式からは特に飛躍を示してはいない。しかし既に未来の創意は予見させるものがあるとは言うことが出来るであろう。

ジョイスの散文における技法が、かなり大胆な実験を示し始めるのは「若き日の芸術家の肖像」においてである。ここでは内的独白と会話とが、通常の叙述に入れ交ってしばしば挿入される。感覚的な聯想作用と、知的推理による聯想作用が、殆んど任意の頁に見出される。しかし「肖像」では、ジョイスの表現方法はまだ決定的な結論を示すに至っていない。この方法の最後の勝利を示すものは、いうまでもなく「ユリシーズ」を俟たねばならないが、しかし既に来るべきものを約束している強靱な発展性と未来性があり、確乎たる勝利を予約しているものである。

この小説はスティヴン・ディダラスの幼児の記憶に始

まり、孤独にして反抗的な学生生活を経て、パリに経験の真実を求め、その民族がまだ創らなかった良心を鍛えに去ろうとするまでの記録であり、外的な環境よりも内的な精神的環境に重点が置かれ、宗教から脱落逃避して、苦悩に充ちた芸術家として生きる精神放浪がこの作品のモティーフを形造っている。

おねしょでベッドをぬらすと、はじめは温かいが後では冷たくなる。お母さんは油紙を敷いた。それはへんな匂いがした。

お母さんはお父さんより好い匂いがした。……

という発端の幼児の記憶が、成長した作家の回想した思い出ではなく、それが幼児の素朴な感覚を通して幼い印象のままに描かれていることに、最初に着目したのは、実は芥川龍之介であったことは興味がある。芥川龍之介は日本においてこの作品を最も早く読んでいた人であったろうと思われる。主人公スティヴン・ディダラスの肉体的精神的成長の段階に応じて、内的独白の性質、内容の密度が変ってゆく。ヴァジニア・ウルフが「波」において試みた少年少女六人の内的独白は、彼らの潜在意識の世界、明瞭な思想とが話される言葉といったものの下方の世界を表現している点ではジョイスと変りはないが、その世界が、実は作家ウルフ自身の、大人の言葉に翻訳されてしまっている点では、ジョイス「肖像」における少年スティヴンのそれと甚だしく相違がある。ジョイスの場合では、スティヴンの意識の流れは、年齢の段階に応じた、語法、語感、用語で伝達される。

例えば、ジェスイット派の学校クロンゴウズ・ウッド・カレッジの初等科生徒であるスティヴンの意識の流れと、末尾の大学生としてのスティヴンのそれとを比較してみるとこの事は一層明瞭に理解されよう。

少年スティヴンが重病になって自分の葬式を空想するところ、弔いの鐘の音に美しい悲しい歌を想う一節は次のようである。

……彼は弔いの鐘の音が聞えたと思った。彼はブリジッドに教わった歌を独りでくりかえした。……とても悲しい歌だ！「お墓のなかへ埋めてくださいね」というところはとても美しい言葉だ！　彼は体じゅうがぞくっとした。とても悲しいとても美しい言葉だ！彼はそっと泣きたい気がした。悲しいからではない

……歌が音楽のようにとても美しく悲しいからだ。鐘だ！　鐘だ！　さよなら！　ああさよなら！（岩波文庫訳）

夜になって、病室の燃火が壁に反映するところから波を感じる一節、

窓のところの光は何んて蒼白いんだろう！　でも素敵な光だ。炉の火が壁に映えて燃え立ったり沈んだりしている。まるで波のようだ。誰かが石炭をくべたのだ。人声がする。話をしている。波の音なんだ。それとも波がうねりながらひそひそ話をしているのかしらん。

ここでついでに、スティヴンの初恋の女性アイリーンへの言及を採上げてみよう。

……それにダンテは、僕がアイリーンと一しょに遊んではいけない、アイリーンは新教徒だ、幼い頃に子供たちが、聖母の連禰のことで遊びなかまの新教徒の子供たちから、よくひやかされたのを憶えているからといった。「象牙の戍楼！」（雅歌七・四「なんじの頭は象牙の戍楼の如く」より）だの「黄金の家！」（バイブルの「神の殿」のもじり）だなんてよくひやかしたって。どうして女が象牙の塔や黄金の家なんだろう？　さっきは一たいどちらが正しかったのかしら？そして彼は、クロンゴウズの病舎の晩のことを思いだした、暗い海、埠頭の燈火、報らせを聞いた群集から起る哀哭の叫び。いつかの晩、鬼ごっこをして遊んだ時、彼女はいる。アイリーンは指の長い白い手をして両手でスティヴンの眼を押えたことがある……指の長い、白い、細そりとした、冷たい、軟かな手。あれが象牙なんだ、冷たい白いもの。それで「象牙の戍楼」というのだろう。（岩波文庫訳）

クロンゴウズ・ウッド・カレッジを中退する最後の夏休み。スティヴン一家は経済的貧窮から、住み馴れたブラックロックからダブリンへ転居し、スティヴンは大学予備校ベルヴェディア校に入学することになるが、その最後の夏休みの頃には、既に未知の世界の存在を意識し始めるに至っている。夜な夜な「モンテ・クリスト伯」の翻訳を耽読し、作中のメルセデスが現実と幻想の間に

去来し、異性に対する意識と、性の目覚めが幻想の中に実在にまがう形をとって現われる。

彼はまたメルセデスに帰った、彼女の姿をじっと思い浮べていると、不可思議な不安が血汐の中に忍びこんで来た。時どき何かしら熱いものが体に漲って、それが彼を夕暮のもの静かな街路を独りさまよわせた。庭園の静けさと窓からさす優しい明りを見るごとにいらいらした心はなごむのだった。遊んでいる子供たちの叫びは彼をいらだたせた、彼等のはしゃいだ声を聞くと、同じ気持ちになれない自分を、クロンゴウズ当時よりもなお鋭く感じた。彼は遊ぶ気持ちになれなかった。魂が絶えず見つめている幻影に現実の世界で出会いたかった。どこで、どうしてこの影を捉えていいのか分らなかった、しかしこちらからわざわざ求めるまでもなく、この影が自分から訪ねてくるだろうことが、日頃の予感で分るような気がした。顔馴染の二人が、逢引の約束をした時のように、どっかの門口か、どこかもっと人目につかない場所で、密かに出会うことだろう。二人きりで闇と静寂に取りまかれているとだろう……その愛の歓喜の瞬間に彼は変容するだろう。彼女の凝視のうちに目に見えぬ姿と変わり、一瞬にしてまたも幻の姿となって現われるだろう。怯懦と、憶病と、稚気とが、この摩訶不思議な瞬間に彼から離れ去るだろう。（同上）

幼年、少年の意識聯想をたどってみて、さてここで、この作品最後の、大学生としての青年スティヴンのそれを並べてみる必要がある。

「暗闇は上空よりくだる」……慾情の間にめざめた眼ざし、明けゆく東雲を曇らせた眼ざし。その倦怠の美しさは、閨房の睦言を語るものでなくて何であろう？　その鈍い光は、放恣なステュアト宮廷の下水溜を覆う浮滓の微光でなくて何であろう。彼は記憶の言葉のなかで、琥珀いろのブドー酒、甘美な諧調の微かな余韻、誇らかな孔雀の舞の追憶にふけった……また、記憶の眼で、露台の上から接吻を送りながら愛を求めるコヴェント・ガーデンの貴婦人たち、淫らに浮気男に身をまかせながら、抱擁をくりかえすあばた面の酒場女や若いお神さんたちの姿を眺めた。それらの幻想は少しも楽しいものではなかった。それは秘かに欲情をそそるのみで、彼女の姿はその幻想のなかに溶けこまなかった。彼女のことはこんなふうには考えない。彼はいつも彼女のことはこんなふうには必ずしも考えなかった。してみると、自分の心はあてにならないのか？　クランクが無花果の種を光った歯からほじり出したように掘りだされた美だけをもつに過ぎない気の抜けた詩句。街を通って家へ帰る彼女の姿をぼんやり思い浮べることができるが、それは思考でも幻想でもなかった。彼は初めはぼんやりと、しだいに強く彼女の体臭を感じた。いらいらした気持が血をかき立てた。そうだ、あの匂いは彼女の肉体であった……野生的な重くるしい匂い……彼の音楽が貪るようにその上を流れた生温い手足、彼女の肉体から発散する匂いと汗との滲んだ軟かい肌着。虱が一匹襟首をはっていた……ぼろ服をきた、栄養不良の、虱のたかった、肉体の生命は、彼をして突然の絶望の発作に瞼を閉じさせた……すると暗闇の中で、上空から廻転しながら落ちてくる虱のきらきらするもろい光が見えた。そうだ上空から落ちてくるのは暗闇ではない。あれは光輝だった。「光輝は上空よりくだる」彼はナッシュの詩句をはっきりと思い出すことさえ出来なかった。ましてその詩句が呼び起した幻想はあてにならない。彼の思考は虱を生んだ。彼の思想は怠惰の汗から生れた虱だ。（同上）

主人公スティヴンの意識の流れを表現するに当って、時代的な三つの段階にある各々の特質を、この任意な引用からでも、作者ジョイスはかなり入念に内的要素とスタイルとを描き分けようと努力していることが見られるであろう。

「肖像」は明らかに作者ジョイスの自叙伝であると共に、ジョイスの分身としての主人公スティヴンは一箇の芸術家の象徴として扱われる。この作品が、内的精神の上でもスタイルの点においてでも、その最も輝しい様相を示すのは第四章以後である。第四章の主題はスティヴンの宗教から芸術への転生を中心として、宗教からの離脱と芸術家の誕生が二つの部分として扱われる。大学入学が、その最も直接的な転生の起点を形づくる。ジョイスの文学表現に対する意識的な内面性は、言葉の色調よりも、文章自体の均衡と調和であり、外的世界の反映よりも内的世界の瞑想に心ひかれている告白に、きわめて明瞭な一つの暗示が見出される。

……ならば言葉の伝説や色彩からの聯想よりも、リズミカルな抑揚を愛しているのか。内気であると同時に視力も弱いので、多彩な豊潤な言語のプリズムを通した光晃たる可視の世界の反映に心ひかれるよりも、明晰なしなやかな優雅な散文に完全に映し出された個人的情緒の内的世界の瞑想により多くの喜悦を感じるからであるのか。

スティヴンのディダラスが自ら芸術家としての誕生を意識する啓示は、ほんの偶然に到来する。河口で水浴びをしていたベルペディア・カレッジの学友が、スティヴンに呼びかける言葉が、彼の魂の解放をもたらす秘鑰《ひやく》となる。

――ステファノス・デダロス！　ステファノウメノス！　ボウス・ステファネフォロス！　彼等のひやかしは耳新しいものではなかったが、今はそれがかえって彼の軽い誇らかな優越感をそそった。この時、自分の異様な名前（スティヴン・ディダラス）が、これまでになく一つの予言であるように思われた。彼にはあらゆる時代が同時のもののようだった、それほど灰白色の暖かな空気が時間性を失って自身の気持もどろどろに解けて個性を失っているようだった。一瞬間前にはデーン人の古代王国がこの都を包む靄の衣を透かして亡霊のように覘いた。今また伝説の名匠の名（ギリシャ神話のダイダロス。彼は幽閉を脱出しようと、蠟でついだ翼をつくり、息子のイカロスと共に海上を飛んで逃れた。その名は巧妙なる工匠の謂いである）を聞くと、微かな波の音が聞えて、翼に乗った姿が波浪の空高く飛んで悠々と大空に昇ってゆくのが見えるようだった。これは何うしたことだろう？　中世紀の予言と象徴の書の一頁が魔術で開かれたのだろうか、海から日輪を目がけて翔ける鷹に似た姿、あれは自分が一身を捧げるために生れてきて幼年時代も少年時代も霧の中を追いかけていた一つの目的を予言したのだろうか、芸術家がその制作場で大地の荒金から天翔ける無形不朽な何ものかを新たに鍛えることを象徴したのだろうか。胸はわななないた、呼吸はしだいに急わしくなった、そしてまるで日輪に向って翔け昇るもののように、奔放な生気が四肢に張りわたった。胸は夢中な恐怖にわななきながら、魂は飛翔した。魂は世界の彼方の大空を翔けていた、もとの五体は一呼吸のうちに浄まり、懐疑の域を脱して燦然たる光を放ち、やがて霊気の世界に溶けこんだ。飛翔の恍惚境に彼の眼は輝き呼吸は急わしくなり風に逆う四肢はわななき躍り輝いた。……彼の魂は少年時代の墓場から屍衣を脱ぎすてて甦ってきたのである。そうだ！ そうだ！ そうだ！ 自分と同じ名前の偉大な名匠のように、この魂の自由と力をもって、新らしく天翔ける麗しい無形不朽の生けるものを誇らかに創り出そう。（岩波文庫訳）

ここではギリシアの工匠ダイダロスの聯想が、自己をそれに仮託することによって、天翔ける芸術的高揚の、わななく心象に還元される。スティヴンの新生が始まる。少年時代の精神的な刻苦と危機との力強い強靱な叙述を過ぎて、生々した輝しい描写、真摯にして執拗な自我追求、芸術的摸索の一層精彩な表現が始まるのもまたこの時からである。

ある朝、目ざめたスティヴンに、魂が露に濡れたあの輝しい魂の恍惚、霊感の一瞬がやって来る。言葉が想像の処女の子宮のうちに肉体として宿る。一篇のヴィラネル（十九行二韻律のフランス詩形）が完成する詩的創造の歓喜が躍動する精彩な表現をとって示される。ジョイスのスタイルがその光輝ある様相を示すのもこの数頁である。

しかし、「肖像」では、ジョイスの表現はまだ本来な発明的独創的な創造に至ってはいない。傑作「ユリシーズ」を俟って、そのテクニックの、始めはほとんど想像を絶したと思われた絢爛多様な万華鏡が展開している。「ユリシーズ」全十八挿話が、それぞれ異った象徴とテクニックを持って圧倒する。「肖像」はそれ自身の価値と独立性を充分に備えながら、同時にまた「ユリシーズ」への本質的な序曲をなすものである。「肖像」のテクニックはいわば文学的表現への一つの課題の提出であり、「ユリシーズ」はその解答を示したものであったと言えよう。その意味では、「肖像」の文学的、技法的本質を理解することなくしては、「ユリシーズ」の多様な技法の必然性を充分に認識する事は出来ないであろう。「ユリシーズ」の方法については、これを独立して説明する必要がある。探偵小説にその技法がどの程度に利用されるかどうかは、この稿とも関聯して、「ユリシーズ」十八挿話の変化ある技法を具体的に説明する際に譲る方が便利であるように思われる。

（4）「ユリシーズ」の方法

ジョイスの「ユリシーズ」は二十世紀文学を代表する最高の傑作であるばかりでなく、おそらく近代ヨーロッパ文学を通じても、最も卓越せる作品の一つであろう。

ここで「ユリシーズ」を全面的に解説する余裕はないが、この作品全三部十八挿話が、その表題に見られるように、その構成形態をホメーロスの「オデュスセイア」に暗示されていることに最初に気づかせられる。ホメーロスにおける第一部、父を探すテーレマコスは、「ユリシーズ」第一部スティーヴンを主題とする三つの挿話に、第二部オデュスセウスの十数年にわたるエーゲ海上の漂浪は、「ユリシーズ」第二部、ミスタ・ブルームの十数時間にわたるアイルランド首都ダブリン市中の放浪にあたり、第三部オデュスセウスの帰国とペーネロペイアを中心とするくだりは、「ユリシーズ」第三部ブルームの帰宅と寝室における妻マリオン・ブルームの淫蕩な美しい内的独白に対応している。各挿話の主題もそれぞれ「オデュスセイア」のそれと関連がある。「ユリシーズ」は一九〇四年六月十六日、午前八時頃から深夜に至る、二十四時間に満たない、僅か一日の記録にすぎない。しかしこの大作には、作者ジョイスの自叙伝だけではなく、ダブリン市の自叙伝でもあり得るわけであり、最も重要なことは、その自叙伝が単なる外面的な記録に止まるものではなくて、もっぱら精神的なそれであるということである。

全篇を通じてジョイスの完成された技法の一つ、モノローグ・アンテリュウルは全篇を通じて使用されているが、スティーヴンのそれは精神の内的独白であり、ブルームのそれは肉体の内的独白である。ブルームとスティーヴンとは精神的な父子関係に置かれている。

「ユリシーズ」全三部十八挿話は、それぞれに相異した主要なテクニックを持っている。

第一挿話、マーテロー廃塔、午前八時、学術は神学、象徴は嗣子、主題は父を探すテーレマコスの出発に当り、技法は叙述体である。この大作は次の一節に始まる。

見るからに堂々とした、でっぷり太ったバック・マリガンは鏡と剃刀を十文字に載せた石鹼泡の鉢を持って、階段を上って来るなり前へ進んだ。紐の解けた黄色な化粧着は、柔かな朝風に吹かれながら後ろの方へふわりと靡いた。彼はその鉢を高く捧げて口誦んだ。

——行かばや神の御前に。（岩波文庫訳、以下同じ）

二十歳を過ぎたばかりのスティーヴン・ディダラスはダブリン湾にのぞむ廃塔に医学生マリガン、牛津《オクスフォド》出身のイギリス人ヘインズと住んでいる。「若き日の芸術家の肖像」のスティーヴンがパリに発ち、一年ほど経て、母の死のために、ダブリンへ呼び返えされた直後にあたる。マリガンに責められて、宗教に反逆したスティーヴンは死の床の母に乞われても祈ることをしなかった良心の苛責にさいなまれる。母親の幻影は最後まで現代のハムレット、スティーヴンにつき纏う。冒頭、マリガンが持ってあらわれる、鏡と剃刀を十字に載せた鉢は犠牲を暗示する。

第二挿話、ディージ校長の学校、午前十時、学術は歴史、象徴は馬、主題はネストール訪問、技法は教養問答体。教室での問答を主とする。スティーヴンはこの学校で進まぬながら歴史の授業を担当している。歴史の可能性の問題、ヴィコの周期循環説への考究があり、同時に校長との対話からユダア人問題が前面に持ち出される。

スティーヴンの内的な精神的様相を極めて明瞭に、しかし最も暗示的な難解さをもって示されるのは第三挿話である。サンデイマウントの海浜、午前十一時、学術は言語学、象徴は潮、主題は海神プローテウス、技法は独白であって、この章ではジョイスによって完成された方法が強い迫力で、あの高度な知的抽象の渦潮の中に巻き込んでしまう。浜辺を歩くスティーヴンの他には殆んどアクションは描かれない。流れる意識に乗って、回転する思想の断片が神学、哲学、芸術、生理学等々をめぐって、独白によって伝達され、過去、現在、未来を去来する精神の複雑な流動がある。

目に見ゆるものの不可避的な様式……俺の眼を通して考えたところでは、それ以上でないにしても少なくともそれだ。現に俺はここであらゆるものの特徴を読まざるを得ないのだから。魚卵と海藻、押し寄せる潮、あの古色蒼然たる長靴。青湊緑、銀青色、銹色……色彩による象徴。透明なものの限界？　だが彼は附け加える……物体をなしてしかも透明なるものと。……眼を閉じて見よ。

に始まり、

彼は肩越しに顔を振り向けて後ろを見た。三檣船の高い帆柱は空中を分け進みながら、その帆は檣頭の横桁に絞られて、故郷の方へ、流れを遡航して、寂然と走りつつある、寂然たる船。

に終る。この挿話では散文の実験は驚嘆すべき域に達し、ラテン語、ギリシア語を始め、仏、独、伊、スペイン、北欧諸国語の断片がちりばめられ、品詞が変化し、外的客観と内的主観の同時並立的表現がある。

第二部に入ると、ジョイスの分身スティーヴンと共に、ここで今一人の、この作品の中心的主人公、三十八歳、中年のユダア人、新聞社の広告取り、典型的な、内気で善人である俗物レオポウルド・ブルームに紹介される。第四挿話、ブルームの家、午前八時、学術は経済学、象徴はニムフ、主題はカリュプソー、技法は叙述体。食事の支度に、好物の腎臓を買いに出たブルームは肉屋の店先で近所の女中の尻に魅力を感じる。急に雲が太陽をさえぎる。この雲は朝スティーヴンが眺めた雲と同じである。ブルームがその日の仕事に外出するまで、内気で善意な彼の心に二つの観念が重たく澱む。一つは妻マリオンと情夫のボイランとの逢曳きへの恐れと苦痛、今一つは、妻が読みさしの猥本を指さして質問した輪廻の観念である。

第五挿話、郵便局、薬局、浴場、午前十時、学術は植物学と化学、象徴は聖餐、主題はロートス常食者、技法は自己陶酔（ナルシシズム）体。ブルームにも妻に秘めた情婦がある。彼は郵便局へ寄ってその恋文を受け取る。

彼はそこを離れてぶらぶらと向う側へ渡った。あの女中は腸詰を持ってどんな恰好をして行ったろう？　恐らくこんな風だ。彼は歩きながら畳んだフリーマン紙をサイド・ポケットから取り出して、それを拡げると、縦に巻いて指揮棒を拵えて、一歩毎にズボンの脚を軽く打った。無頓着な様子……ついでにちょいと立ち寄ってみよう。毎秒、毎秒。毎秒は秒毎にっていう意味だ。縁石のところから、彼は郵便局の扉硝子越しに屹と中を覗いた。ボックスの方は時間外だろう。ここへ投函しよう。誰も居ない。入ろう。――私に手紙が来ていませんか？　彼は尋ねた。教会に入って寄附の盆が廻って来ないうちに逃げ出し、ブルームは薬局へ寄って妻から頼まれた化粧水の処方を頼み、石鹸を買う。この石鹸は終日彼の意識と行動に作用する。彼はそれから入浴に出かける。
彼の蒼白い体がその中一杯に凭れかかって、裸体で、暖さの子宮の中で、香入りの溶けて行く石鹸をべたべたにつけては、静かに洗い流されるのを彼は想像した。彼は彼の胴と四肢を見た。その上にはさらさらと漣が立って、宙に支えられ、ふんわりと軽く浮んで、レモンのように黄色く見えた……彼の臍、肉の蕾……そして、彼の叢林の暗いもつれた縮れ毛が漂うのを、幾千人の子孫を生み出すぐにゃぐにゃ父さんの周りを漂う流れの毛を、ぐったりと漂う花を見た。

第六挿話、ディグナムの葬儀、午前十一時、学術は宗教、象徴は管理者、主題は死者の国、技法はインキュービズム。ここでは、ブルームは友人知人などと一緒に、馬車に揺られて柩車に先立ちながら、友人ディグナムの葬式に列する。喪服を着ているのはそのためである。途中スティーヴンとすれ違い、父子関係の最初の糸がひかれ、またボイランを追いこして動揺する。アクション、独白、論議等々を通して、冷酷厳正な葬式の描写と、死と墓地と屍に対する驚くべき観念の展開がある。

第七挿話、フリーマン新聞社、正午、学術は修辞学、象徴は編輯者、主題は風神アイオロス、技法は省略推論（三段論法）体。ブルームは広告の件で新聞社に姿を見せる。同じくスティーヴンも来合わせているが、まだお互いに顔が合わない。この挿話は多くの断片が、それぞれ新聞記事のように見出しをつけて集積される。

愛蘭の首都の心臓において

ネルソン塔柱の前まで来ると電車はみな速力を緩めた、別の線へ這入った、触輪を移した、――に――に――に……へ向って動き出した。ダブリン聯合市街電気軌道会社のしゃがれ声の監督は電車の行先をがなり立てた。

あの石鹸をもう一度だけ

彼は、ハンケチを取り出して鼻にあてた。シトロンレモンかな？　ああそうだ、石鹸を入れておいたんだ。このポケットから出してしまおう。彼はハンケチをしまって、石鹸を取り出した、そしてそれをズボンの臀のポケットに入れ、ボタンをかけた。

この構成には一種のフラッシュ・バックのような効果がある。犯行の前後を特に強調する場合にも、伏線は置き易い。立体的な起伏も可能であろう。

第八挿話、デイヴィ・バーンの食堂、午後一時。学術は建築、象徴は警官、主題は人喰巨人ライストリューゴネス人の国、技法は穚動体。広告の件で調査のため図書館に赴くまでの挿話である。アクションと沈黙の独白が快よく交錯し、ブルームの内的な弱さがヒューモラスな哀愁を誘う。

待てよ。満月は恰度二週間前のあの日曜だったから新月はある。トルカ河畔を歩いて下ったが。観月には悪くはなかった。彼女は口の中で歌っていた……恋人よ、若やかな五月の月は微笑んでいるよ。彼は彼女の向う側を歩いた。肘、腕。彼は。恋人よ、蛍のラアムプはほの白く照らすよ。触れる。指。求める。反応。諾。

止せ止せ。出来たことは出来たことだ。止むを得ない。

というのがブルームのあきらめである。スティーヴンの妹のうらぶれた姿を見かけて哀れを催し、神秘詩人の菜食主義者A・Eを見かけて嘲弄し、昔の恋人と出会って、プュアフォイ夫人の難産の様子をきき、警官の一隊に会って、ボア戦争反対のデモに参加した昔を思い出し、食事をすませて機嫌のいいところを、ボイランを見かけて図書館へ逃げこむ。

第九挿話、国立図書館、午後二時、学術は文学、象徴はストラットフォドとロンドン、主題はスキュルレーの岩とカリュブディスの魔の渦、技法は弁証体。スティーヴンを交えて、図書館ではA・E、エグリントン等の実在の文人、司書などが文学論の最中である。話題の中心はシェイクスピア論であるが、それと示されない、シェイクスピアの作品、及びシェイクスピアに関する論文からの引用がおびただしい。スティーヴンの論旨はそのまま真意ともパロディとも受けとり難いが、ただ父子関係の問題として、ここでは、父なる神と子たるキリスト、デンマーク王と王子ハムレット、ブルームとスティーヴンの関係は輪廻の思想をめぐって注意されねばならない。

第十挿話、街頭、午後三時、学術は力学、象徴は市民たち、主題は漂う岩の難所、技法は迷宮体。この挿話は十九の断章から成り、最後のそれは尾曲に当る。最初のそれは前奏曲と言ってよい。表現の同時性が、この挿話では横の関係において取り上げられ、任意の一節が、一見、無雑作に他の断片にまぎれこんで同時性が強調される。第一の断片で、

ニューカメン橋でファーザ・コンミーは郊外行きの電車に乗った。何故なら彼はマド・アイランドを通り越す汚ない道を歩いて行くのが嫌であったから。

の一節は、次の断章で、

ファーザ・コンミーはニューカメン橋の辺りでドリマウント行きの電車に乗った。

という風に突然挿入される。第四断章の最後、

「エリアは来ませり」、軽舟、皺くちゃなビラが一枚、リッフィ河をふわふわと流れ下って、……

は、第八挿話の初め、ブルームが行きすぎにYMCAの青年から受け取って、丸めて投げ落したビラである。「エリアは三十二呎毎秒の速度を以て来ませり。眼もくれぬ。見向きもされない紙球は波のうねりの道筋にぽかりと浮いて、桟橋の傍を下方へふかふかと浮んで流れた」それである。アリバイの設定、あるいは犯行に関する時間的空間的説明には、充分に利用されてもいい方法である。この方法を、歯車にたとえ、または音楽的方法と結びつける人は多いが、音楽的手法から言えば、次の第十一挿話は、言語の許される範囲の限りにおける音楽構成化である。構成が音楽的であるばかりでなく、音声の変化に従って語法が自由に変化もしているのである。オーモンド・ホテルの食堂、午後四時、学術は音楽、象徴は酒場の女給、主題は歌美しきセイレーン、技法は遁走曲体である。

冒頭の数十行はそれだけでは全く意味の不明な、連絡のない章句が並んでいる。たとえば始めの三行、

暗褐色髪と金髪が並んで蹄鉄の響きを聞いた、鋼鉄のリンリン。
失礼なかフンフン　フンフンフン。
爪片、岩畳な拇指の爪から爪片をむしる、爪片。

は、それぞれ、後に出てくる次の章節から抜き出された断片の羅列である。

暗褐色髪と金髪、ミス・ドゥースの頭とミス・ケネディの頭が、オーモンド酒場の半日除越しに総督馬車行列の蹄鉄がリンリン鋼鉄を響かせて通り過ぎるのを聞いた。

――そんな失礼なこともういい加減に止めないと、あたしミセズ・ド・マッセイにいいつけてやるわよ。

――失礼なかフンフン　フンフンフン、靴ボーイは彼女の脅迫に出会って鼻で乱暴にあしらいながら引き退った。

彼女等の酒場にミスタ・ディダラス（スティーヴンの父）はぶらりと入った。爪片、岩畳な拇指の爪から爪片をむしる。爪片。彼はぶらりと入った。

そしてこの挿話は、前の第十挿話の最後の断片の尾をひいている。ここに引用した総督の馬車行列がそれである。この意味不明な序曲は、頁の進むにつれて、各章句からの抜萃の組み合せであることがわかる。甚だしくリズミカルで、軽快な楽調に乗って物語が進行する。ブルームはマーサへの返事に便箋を買い、妻のために猥本「罪の甘さ」を買って、食事かたがたこの食堂へやってくる。ボイランは既にエロダンスをここで楽しんで、一足先に食堂を出る。ブルームの妻マリオンとの約束があるが、これはブルームの苦悩の種である。全篇音楽と歌謡がブルームの意識の底をゆさぶる。

第十二挿話、バーニ・キアナンの酒場、午後五時、学術は政治、象徴は独立党員、主題は単眼巨人キュクルオーペスの洞窟、技法は誇大体。「俺」なる市民の口を通して、老犬を連れたる市民と呼ばれるアイルランド独立党員とブルームとの喧嘩口論が主題を形づくる。市民はダブリンのケルト的愛国感情を代表し、ブルームはユダア系のコズモポリタンな、ヒューマニスティクな感情を代表している。所謂アイルランド国民運動に同情しなかったジョイスの感情的な基礎づけは、この挿話のブルームの扱い方に現われている。技法の上では、誇大な表現と大げさなスタイルが使用される、皮肉なふざけがある。ブルームが馬車で逃げる最後の一節は次の通りである。

この時、見よ、一つの大いなる輝きがやって来て彼等のすべてを包んだ。そして彼等は「大いなる彼」の突っ立つその馬車が昇天するのを見た。彼等は「大いなる彼」が、輝ける後光を負い、太陽のそれのような、また月のように美しい衣を纏い、彼等がその威に打たれて仰ぎ見ることを敢てしなかったほど物凄じい姿で馬車の中にあるのを見た。……

第十三挿話、サンディマウントの海浜、午後八時、学術は絵画、象徴は処女、主題は牧歌の国パイエーケス人の王の娘ナウシカア、技法は腫脹体、減腫脹体。朝、スティーヴンが瞑想に耽った浜辺である。文体は次第に高潮して、やがて余韻をひきながら、短く終曲になる。花火を眺める跛行の少女ガーティの内股に誘惑を感じて、ブルームははからずも自瀆行為を犯す。時も時、ボイランと妻マリオンとの情事を聯想する。

……この時刻が丁度彼と彼女の?
おお、奴がああして。彼女のあの中へ。彼女もああして。終れり。
ああ!
ミスタ・ブルームは注意深い手つきで濡れたシャツを掻き合せた。いや驚いた、あの小さな跛の悪魔。変に冷めたくじとじとして来た。後の気持はよくないな。
……

この挿話は牧師の邸でクックー時計が鳴いて終る。午後九時である。

第十四挿話、産科病院、午後十時、学術は医学、象徴は母たち、主題は仔を産まず死せざる日輪の神の牝牛たち、技法は胎生発達体。ブルームは難産に苦しむピュアフォイ夫人を見舞いに来る。ここで始めてスティーヴンと顔を合わすが、この精神的な父子関係のモティーフがここで結ばれるのは意義がある。この挿話の文体は古代アングロ・サクスンから今日の俗語、新聞語にまで及んで、イギリス文学の文体的見本をなしているが、このスタイルの歴史的な流れには、胎児の成長を暗示している用意がある。

第十五挿話、ベラ・コーエンの淫売屋、午後十二時、学術は魔術、象徴は淫売女、主題は魔女神キルケー、技法は幻想体であって、この最も長い挿話は戯曲形式をとっている。酔っぱらったスティーヴンを見守りながら、あとを追ってブルームもこの界隈に足を入れるが、実はこの挿話はブルームの秘められたる肉体の讃歌であり、酔いと潜在意識を通した内心の変貌図であり、現実と幻覚との不思議に混交した、虚妄の真実が語られる。卓、帽子、扇子といった無生物までが語る。批評家の多くは、この挿話をゲーテの「ファウスト」における「ワルプルギスの夜」に比較している。

死人の手（壁に書く）ブルームの馬鹿鱈。

毛虱（追剝ぎの扮装で）キルバラックの後ろの牛小屋の中でお前は何をしていたんだ？

女の赤坊（ガラガラを振りながら）そしてバリバウ橋の下では？

柊の藪　それから悪魔の谷間では？

ブルーム（かっとなって顔から尻まで赤くし、左の眼から涙を三粒流して）過去のことは宥してくれ。

スティーヴンは愛国主義者たる兵卒と喧嘩をして打ち倒される。酔って倒されたスティーヴンに亡児ルーディの面影を見るブルームに対して、スティーヴンはまだ、相手を霊的な父として意識しないくだりは、父子関係のモティーフを最も緊迫に強調する一節である。

第十六挿話に入って第三部に移る。馭者の溜り小屋、午前一時、学術は航海、象徴は水夫たち、主題はオデュスセウスの牧豚者エウマイオス訪問、技法は叙述体に帰る。ブルームはスティーヴンを助けて馭者の溜り小屋に寄り、水夫と語り合ったのち自宅へスティーヴンを連れ帰る。

第十七挿話、ブルーム宅、午前二時、学術は科学、象徴は彗星、主題は故郷イタケー帰還、技法は教養問答体。ブルームとスティーヴンの、今日一日の精神と行動の白書である。

別れるとき、二人はお互にどう挨拶を交わしたか？

同じ扉口においてその敷居の反対の側に垂直に立ち、彼等の告別の両腕の線はある一点において相会して二つの直角の和に及ばないある角度をなしていた。

彼等のある一点において接する二つの手の結合及び彼等の（それぞれ）遠心的と求心的な二つの手の分離に際してどんな音響が伴ったか？

聖ヂョーヂ教会のうち鳴らす鐘が深夜の時刻を伝えて鳴りわたる音。

その音響が二人の耳に、それぞれどんな響きを伝えたか？

ブルームには……
へイホウ　へイホウ
へイホウ　へイホウ

スティーヴンには……
さ百合もて飾られし茜さす。汝を囲まん。祝ぎ悦べる乙女らの歌の群。汝を迎えん。

この技法は、審問を極めて興味ある表現にするに役立つ。そこには平面的な応答ではなくて、常に心理的な陰影を豊かに与えることが出来るからである。

第十八挿話、マリオン・ブルームの寝室、午前二時以後、象徴は大地、主題は貞女ペーネロペイア、技法は独白体。物語が終ったと思われる最後に、なおこの驚嘆すべきラストの挿話が来る。ここでは大判六九四頁から七三五頁にわたって、句読点が一つもない。行を変えることと僅かに七回である。眠りに落ちようとする三十三歳の淫蕩なる中年女マリオンの内的独白は、夢うつつに流れて中断することがないのである。彼女は恋人にして母なる大地、地霊である。永劫回帰の母体である。女性の思考の極北を描き出した、これはまさしく、人生の芸術に他ならない。

マリオンの露骨な性的夢想には倫理意識はない。道徳不道徳を超越した世界である。一切の汚穢をのみこんで、しかも汚れを知らない崇高な母性の肉体は、そのまま消滅と生産の母体である大地の厳粛さを持っている。スティーヴンは自我に破滅し、ブルームは楽天的な傷心を悲しむ中で、一人マリオンのみが、粗暴な感覚美の饗宴を謳歌する。異教徒の雅歌の終りを見よ。

……それからばら園それからそけいにてんじくあおいにさぼてん乙女の時代にそこであたしがみやまの花であったヂブラルタルそうあたしがアンダルシアの乙女たちのように髪にばらの花をさしたころあたし赤いのをさしたほうがよかないかしらそうそれから彼がムール人の城壁のかげでさんざあたしにキスしたことそれからあたしはええとあのひとがほかのおとこにけっしておとらないとおもっただからあたしはじぶんの目でもう一度あたしにもとめてちょうだいといったするとあのひとはあたしにもとめたうんといってくれますかわたしのみやまの花ようんといってくださいってそこであたしはまず両うでであのひとをだきしめたそうそしてあのひとをあたしのほうにひきよせたそれであ

のひとはあたしの匂う乳ぶさにふれることができそう
そしてあのひとの心臓はたかく波打ったそしてそうあ
たしいいわといったそう

かくして淫蕩なる聖女、母なる大地、地霊のマリオン
は眠る。

（5）ドス・パソスの方法

アメリカ文学を、二十世紀において、その成々期に達せしめたのは、シオドー・ドライサー（一八七一—一九四五）の自然主義を受けついで発展させた人々であって、シャウッド・アンダースン（一八七六—一九四一）、シンクレア・ルイス（一八八五—一九五一）から、未完の天才トマス・ウルフ（一九〇〇—三八）、ウィリアム・フォークナー（一八九七—）、アーネスト・ヘミングウエイ（一八九八—）、ドス・パソス（一八九六—）、アースキン・コールドウエル（一九〇三—）、ジェイムズ・ファレル（一九〇四—）、ジョン・スタインベック（一九〇二—）等々の殆んど同時代に属する輝しい選手たちであった。

二つの大戦の間の文学的黄金時代は、中でも主として大戦を身をもって経験した若い作家たちによって築かれた。彼等の人生観は幻滅の中に育てられ、その世界観は二十九年に始まった経済的恐慌をくぐって形づくられた。人間的絶望と一切の権威への不信は、不安な資本主義的機構に対する反抗と結合して、「迷える世代」と呼ばれながら、社会批判への、逞ましいアメリカン・リアリズムの一つの路を敷きならしたのである。

その時代的社会的特質の最も尖鋭な表現はジョン・ドス・パソスの作品にあらわれ、かつそれは著るしく大胆な技法の実験に伴われている。ドス・パソスは一八九六年一月シカゴに生まれ、一六年にハーヴァド大学を卒業、始め建築研究の目的でスペインに渡り、第一次大戦とともに直ちにフランスの、次いでイタリアの野戦病院部隊に進んで参加し、アメリカが参戦するに及んで合衆国衛生部隊に移った。戦後は通信員として再度スペインに赴いたが、この頃、ヘミングウェイなどとともにガートルード・スタインのサロンに足を入れ、所謂「パリ・グループ」の一人となった。このことは戦後の新文学精神を呼吸する上ではドス・パソスの文学的感性の成長に基礎的な、意義と自信をもたせる試煉となった。ジョイス的

文学への理解と受けた影響とはそれなくしては考えられないと言ってよい。

ドス・パソスは一切の虚飾への反感から出発する。しかし彼にはリアリズムの原則に立って、しかも美的なものへの情感豊かな愛情を捨て去らぬ詩人的な本質がある。旅行日誌「東洋特急」（二七）や「あらゆる国々にて」（三四）には社会問題に対する大きな関心とともに詩的態度と絵画的な描写が生き生きした文章に見られる。この詩的本質はドス・パソスの小説における実験的な表現に具体化し、その直接的な現われは、最初の傑作「マンハッタン・トランスファ」の各章冒頭の散文詩や、U・S・A三部作の詩的散文となっている。

ドス・パソスの処女作「ある男の門出——一九一七年」（二〇）は野戦病院隊勤務の運転手を主人公にした自伝的な記録の試みであり、最初の注目すべき作品は戦争小説「三人の兵士」（二一）であった。戦争に対するロマンティクな冒険的な態度の仮面を剝ぐ、いわばヒューマニスティクな反戦小説の一つであり、主人公である三人の兵卒、若いサンフランシスコのイタリア人、中西部の農夫、大学出の教養ある音楽家は、それぞれ社会的な三つの層を代表する。軍隊組織へのそれぞれの反逆ではあるが、ここではドス・パソスの思想も技法も、まだ彼の本来の面目に達していない。次作「夜の街」（二三）では、敏感な少年が自分の属する世界の鈍重な因襲から逃れ出ようとする試みを持って、芸術的にかなりな達成を示したのち、「マンハッタン・トランスファ」（二五）において、ようやくドス・パソスの特質が文学的成長の段階に達する。最も注目すべきことは、その技法がこれまでの写実主義的なものを離れて、極度に立体的な点描へ移動していることである。主要な人物は二人しかいない。ジミー・ハーフとエレン・サッチャアを挙げれば挙げられる。ジミーは孤児から新聞記者となり、求めて得られない女の愛情に喘ぐ。肌を許さぬ妻エレンは、実は様々な男性と交渉があり、色々な人物が浮かんでは消え、浮かんでは消える。大都会ニュー・ヨークの文明と頽廃、名誉と汚辱、高貴と卑賤の一切の断片が明滅する。パノラマ的ドキュメントであって、カット・バックの映画的手法を連想させる不連続的構成になる。いわばニュー・ヨークを断截した印象の断片の綜合である。全三部十八章にわたって、各章はお互いの連絡を持たずに独立し、その章の一つ一つもまた、場所と事件を異にした断片の集積になる。ただ、それらの断片を通じて、わずかに同時的表現の時間的な連絡が置かれる。そして各章の冒頭には、詩的散文が数行、イタリック体で置かれている。たとえば、第二章「メトロポリス」は次のように始まる。

在りし日のバビロンとニネヴェ。それらは煉瓦造りだった。アテナイは金色の大理石の円柱。ローマを支えていたは砕石の広いアーチ。コンスタンチノープルでは回教寺院の尖塔があちらこちら大きな蠟燭さながらにゴールデン・ホーンのぐるりに燃える。……鋼鉄、ガラス、タイル、コンクリートは摩天楼の材料になろう。狭い島の上に詰めこまれて、百万の窓のある建築物が輝きながら峻立しよう。雷雨の上に浮かぶ白雲の峰のごとく重なり合うピラミッド。

部屋の扉がうしろで閉まると、エド・サッチャーはひどく淋しい感じがして、妙にいらいらする落着きのなさだった。スージーがここに居さえすれば、自分がこしらえようとしている大金のこと、ただ可愛いエレンのために毎週十ドルずつ銀行へ預金をしていることを話すのに。それも一年には五百二十ドルになる……そうとも、十年すれば利息を抜いても五千ドル以上にはなるのだ。五百二十ドルを四分の複利で計算せねば。彼は狭い部屋を興奮して歩き廻った。ガスの放出が猫ののどのように気持よくごろごろと音を立てた。彼は、スージーを病院へ連れて行こうと貸馬車を探しに走って出た時にとり落した、石炭入れの傍《そ》ばの、床にある「ジャーナル」紙の見出しに眼を落した。

モートン、大ニュー・ヨーク
法案に署名

ニュー・ヨークを世界第二のメトロポリスにする
法令完成す

深い息をして彼は新聞をたたみ、それをテーブルに置いた。世界第二のメトロポリス……それに親父は俺をオンテオラの古ぼけたフール店にひきとめたがっていたのだ。

この作品は所謂主人公をめぐる物語ではなく、スペクタクルによるニュー・ヨークの肖像であり、作者の眼を通じた一時期の記録である。無数の人物が無数のシーンを泳ぎまわる。しかしその構成には入念な選択になる統一がある。文体はかなりしなやかで、鋭く硬いとみれば、色調豊かに温い。

次いで「航空会社」（二九）では、建築業ストライキを背景に、大実業の壮大さと苦悩する労働者の生活を対照させ、「巨万の財」（三三）では、好況の波に乗る不動産の膨脹と、不況期における没落とを扱っている。

ドス・パソスの代表作は、つづいて発表された「U・S・A」三部作であるとすることには誰しも異論はない。「北緯四十二度」（三〇）、「一九一九年」（三二）、「大金」（三六）がそれであって、合衆国二十世紀の始めの三十年間における社会的な流動をむしろ中心として、商業主義から結果する文明の頽廃、人間の腐敗と堕落とをテーマとする。

第一部のタイトルとなった北緯四十二度線は、合衆国を横断して、ソールト・レーク・シティー、オーマハー、ピッツバーグからニュー・ヨークに至る。同時にそれはまた東へ移行する季節的暴風の線であって、人間移動の地理的象徴ともなっているものである。三部を通じて人物の交流が若干あり、構成は三部にわたたって連絡される章節を含むが、各挿話は殆んど独立的に語られる。第一部は第一次世界大戦に至るまでのアメリカ資本主義の爛熟する生態を描き、第二部は一九一九年の休戦を中心として、前後一六年のヴェルダン会戦から二一年にわたり、第三部は大戦後のアメリカの繁栄の時代を背景に、実は不安と頽廃の暗流と、革新への社会的気運を描く。

この三部作において、特に注目に価するのは、その構成と手法の大胆な実験的試みである。物語的な各挿話の間に介入して、本筋とは直接に連絡のない三種の独立的な、しかし重要な単位を持つ断片と伝記の人物素描が無数に置かれる。たとえば「カメラ・アイ」と称される部分は、「北緯四十二度」では二七、「一九一九年」では一五、「大金」では九つ、都合五一が通し番号で物語を縫い、「ニューズリール」と呼ばれる部分も、第一部では一九、第二部では二四、第三部では二五、都合六八がこれも通し番号で挿入されている。更に当代アメリカの指導的な人物素描の多数が、作中人物の愚劣さと対比的に置かれる。したがって作品の構成は甚だ複雑で立体的である。これらの組み合せは、「北緯四十二度」の冒頭をとってみると次のようになる。

1

ニューズリール　Ⅰ
カメラ・アイ（1）
マックの物語
カメラ・アイ（2）
マック
ニューズリール　Ⅱ
カメラ・アイ（3）
人類の愛人（社会運動家デブスの素描）
カメラ・アイ（4）
マック
ニューズリール　Ⅲ
カメラ・アイ（5）
ニューズリール　Ⅳ
カメラ・アイ（6）
ニューズリール　Ⅴ
マック

1のマックから、2ではジェニイ、3はエリナー・ストダード、4ではムアハウスが加わり、5にはチャーリー・アンダスンの物語に移る。

「ニューズリール」は物語の年代的背景をパノラマ的に示すものであって、新聞の見出し、広告、流行歌、新聞記事等のモンタージュになって、組版も、活字の大小、種類の変化が多い。現代文明を触角の断片で捉えたパロディである。

ニューズリール　Ⅰ
　丘へ攻め上り行くは
かの解放されし民族
暴徒らの反撃
熾烈なる丘へ
黒熊ハイド・パーク街路に飛び出す探険隊ペアリーの消息労働者罷業指令を要求往年の著名作家オスカー・ワイルド巴里に窮死賊団と激闘

首都の世紀終る

マイルズ将軍は、軍装凛々しく逸る軍馬に跨って、馬のひどく落ちつかない様子に、ひときわ注視の的だった。軍楽隊がこの総司令官の前を過ぎると、彼の馬は後ろ脚に立ち上って殆んど垂直になった。……

そしてB中隊鬼大尉は
陣頭に立って闘い
生れながらの戦士さながら
敵弾さらにものともせず

官辺悪弊に無知

衛生委員シカゴ河の水を下水路にひく
ミシガン湖河川の父（ミシシッピー河）
と合流……
ルソン島にて多数人殺害されたるため
フィリッピン群島永久管理を要求
……
マッキンレイ氏新年早々官邸にて国務に精励
……

ニューズリール　一九

国家を支持せよ全市の叫び

合衆国参戦

彼方へ
彼方へ
コルト特許銃器製造会社年次株主総会において二百五十万ドルの利益配当が発表された。増資がなされた。年間利潤は二十五割九分
イギリスの狂喜
ヤンキーがやってくる
俺たちも、さ、さ、さ、行くぞ
有色人種を白人地域に入れない立法を考究せよ……
国旗をあなどる者は処罰さるべし
労働者代表危険を冒してロシアへ……

連合軍へ十億ドル

そして俺たちゃ帰らない
あっちで事が終るまで

今一つの試み「カメラ・アイ」は作品の主流とは関係なく、一人の人物の生い立ちから始まる。「北緯四十二度」では、海外を旅行し、英国の小学校への通学、教会通い、やがて大学生となる生い立ちの記であり、「一

九一九年」ではフランス戦線赤十字に活躍する姿があり、「大金」では戦後のアメリカ各地を旅行して労働運動に従事する。印象の断片が選択なしに採り上げられ、ジョイスに影響された「意識の流れ」の手法が顕著である。「ニューズリール」が客観的な歴史的社会的様相を伝えるものであるのに対比して、「カメラ・アイ」では一人物の眼に捉えられた主観的な印象と経験の任意な断片の組織となっている。この詩的散文には抒情的な詩情が濃い。おそらく作者ジョン・ドス・パソス自らの伝記に基くものであろう。

カメラ・アイ（1）

通りを歩く時は、明るい心もとない草の葉を踏みつけないように、いつも気をつけて玉石の上を歩かねばならない。お母さんの手にすがってぶら下がればもっと楽だ。そうやれば爪先が軽く運べる。でも急いで歩くと沢山な草の葉を踏みつけてしまう。可哀そうな傷ついた緑の草の舌が足に踏まれて縮む。多分そんなわけであの人たちが腹を立て、拳をにぎって僕たちを追っかけてくるのだろう。みんな石を投げている。大人も石を投げている。お母さんは早足になり、僕たちは走る。お母さんの尖った靴先が、褐色の服の揺れる襞の下で、可哀そうに踏みつけられた草の葉の中にくっきりと目立つ。イギリス人……小石が一つ玉石路にころんと鳴る。いそいで、さあ、いそいで、絵ハガキ屋の店に。そこは静かで、怒っている人たちは表で中には入れない。ノン、ナイン、ニヒト、イギリス人ではないアメリカ人的アメリカ人……ホッホ・アメリカ、ヴィーヴ・ラメリク（アメリカ人万歳）。彼女は笑う。まあ、すっかりおどかされたわね。……南アフリカ草原地の戦争……クルーガー（南阿の大統領）……ブルームフォンタイン……レイディスミスとヴィクトリア女皇、先の尖んがったレースのキャップをかぶった老婦人がクリスマスに兵隊へチョコレートを贈った。

カウンターの下は暗く、婦人、アメリカ人を愛し、トレントンに親類がある素敵なオランダ婦人が、暗闇に輝く綺麗なホテルや宮殿のカードを見せる。おお、なんて美しい（フランス語）……美しい（ドイツ語）……綺麗々々……そして月の光、橋の下の漣、漣、小さな街燈がカウンターの下の暗がりて明るく、港をとりまくホテルの小さな窓……ああ、何んと美しい月（フランス語）……そして大きな月。

第三の実験である、著名なアメリカ人の詩的素描になる伝記の挿入としては、社会主義的政治家ジェーン・デブス、植物の魔術師ルーサー・バーバンク、共産党指導者ウィリアム・ヘイウッド、国務長官ウィリアム・ブライアン、実業家アンドルー・カーネギー、科学者トマス・エヂスン、大統領シオドー・ロウズヴェルト、ウッドロー・ウィルスン、銀行家モルガン、自動車王ヘンリ・フォード、舞踊のイサドラ・ダンカン、俳優バレンチノ、建築家フランク・ロイド・ライト、新聞王ウィリアム・ハースト等々、ただ無名戦士と放浪人の二人の例外を加えて、全部で二十七人にわたる。これらは作中人物の頽廃的愚劣さと巧妙な対照となっている。

「U・S・A」の物語を辿ろうとすることは不可能であろう。十二人ばかりの男女の主要人物がアメリカの繁栄期のパノラマの中で、世俗的な苦悩、恋愛、階級意識のルツボに踊る。「U・S・A」の序文最後の一節は、ドス・パソスの描き上げようとしたアメリカ合衆国の姿を直接に語っている。

U・S・Aは大陸の薄片である。U・S・Aは持株会社の群、労働組合の集合、犢皮綴じの法律本の一揃いだ。ラジオの網細工、映画館の連鎖、ウェスタン・ユニオンのボーイが黒板に消しては書く相場表だ。古新聞と、余白に鉛筆で抗議の文句を書きこみ、隅を折りこんだ歴史書で一杯な図書館だ。U・S・Aは山と岡で縁どられた世界最大の峡谷である。沢山すぎる銀行の通帳をかかえこんだ、口の大きい一連の官吏である。U・S・Aはアーリントン共同墓地に制服を着たままで埋められている人間の群である。U・S・Aは君が故郷をよそにした時、宛名の終りのところに書く文字だ。だが主として、U・S・Aは人民の言葉である。

大作「U・S・A」の構成は、探偵小説にとっては甚だ魅力的である。単一な事件の進展によって、直線的にしか置かれ得ないデータが、この方法では様々な立証をなして描かれ得る可能性がある。犯行の方法と動機なども、それに露骨に示される危険もなく提供することが出来よう。特に犯罪の隠蔽と、捜査の開拓とは、互いに交流して同時並立的に記述し得る得点があるように思われる。

さて、現代社会に対するドス・パソスの見解は、旅行記「あらゆる国々にて」にも見られ、サッコ・ヴァンゼッティ事件、ロシアのコミュニズム、メキシコの農地社会主義などに触れるところ多い。スペイン内乱の記事を加えた「戦争と戦争との間の旅」(三八)を出したのち、ドス・パソスはこれまでの実験的なスタイルを捨てて通常の叙述に戻り、思想的にも一つの転換に至ったように見える。「青年の冒険」(三九)は、党の指導に盲従出来ないために裏切られるナィーヴな理想主義的コミュニストの物語であり、「我々の立つ土地」(四一)はデモクラシーの基礎的な研究であった。四三年の「ナムバー・ワン」はルイジアナ州知事ヒュイ・ロングの後半生に取材し、彼の悪虐な独裁政治の故に、三五年九月、さる青年医師に射殺された事件をテーマとしている。四八年には議会図書館に通って集めた資料によって、ニュー・ディール・ワシントン政策に関する小説「大企画」があり、アメリカ歴史への批判に、ドス・パソスの政治的社会的関心の経路を見ることが出来る。

一九五〇年、ドス・パソスには「前面の展望」なる新著がある。戦後のイギリス、アルゼンチン、チリ等を視察した報告と米国の現状を綜合して、民主主義の将来を展望している。ただその形式に、以前の実験的なドス・パソスの面影が復活し、映画を利用した架空講義の形式となっている由である。

「U・S・A」を中心とする技法は、その後ノーマン・メイラーの「裸者と死者」にも利用されている。

(6) フォークナーの方法

外国作家の文学的スタイルを、原文なしに解説することは殆ど不可能でも無意義でもあるわけであるけれど、この事は特にウィリアム・フォークナーの場合に著しい。もっとも、文学研究とか作品の解説というものは、それだけでは文学作品の美をいささかも伝達するものではあり得ない。研究家なり批評家なりが、対象作品の作者と殆んど同程度の文学的天才を所有している場合には、時に優れた美的心象の再表現となる場合も珍らしくはないけれど、多くは美しい花に対する植物学の役割を果たすに過ぎない。植物学はいかに精密微細に一つの花を説明しても、その花の美しさを表現出来ない。またその美の再表現を第一義に目的とするものではない。花の美しさは、直接これを目にするの他はないと同じように、文学作品の味到はこれを読んでみなければ果たされない。ただ解説者としては、それによって直接原作品を読もうという慾望を刺戟するか、あるいは原作品を読むに際して、何等かの予備的な知識を供給し得れば一応の目的を果たしたものとして満足しなければならないだろう。

フォークナー文学の難解さは、構成の上と行文の複雑な粘着と語感の飛躍と、二重も、三重もの原因によるが、しかしフォークナーは最初からそうした複雑な姿をもっては登場していない。

一八九七年生れで、ミシシッピー州オクスフォドに育ち、家庭は名家ながら豊かでなく学校教育も充分でないうちに第一次大戦最後の一九一八年カナダ航空隊に入り、イギリス空軍に編入、やがてフランスに送られ、飛行機事故による戦傷をうけた。休戦になって故郷に帰り、州立大学に籍は置いたが卒業はしなかった。現在はオクスフォドの町で農作などしているが、フォークナーの、主要な作品の舞台となる、ミシシッピー州北部のヨクナパタウワ郡と称する郡役所の所在地ジェファスンは、このオクスフォドの仮名である。アメリカの南部の苦悩とニグロへの関心は決して偶然ではない。

文学的生活への出発に当って、第一次大戦を身をもって経験した、幻滅と不安の「迷える世代」の子の一人フォークナーは同じ世代のドス・パソス、ヘミングウェイ等と殆んど時を同じくしている。ドス・パソスの「マンハッタン・トランスファ」は二五年、ヘミングウェイの第一作「陽もまた昇る」は二六年、フォークナーの処女作「兵士の報酬」は同じ二六年に出ている。フォークナーの文学的な手引の恩人はニュー・オーリアンズで知り合ったシャウッド・アンダースン（一八七六—一九四一）であった。アンダースンの心理的リアリズムは人間観察の内面的表現となって、その意味ではフォークナーにつながるが、その簡潔率直なスタイルはむしろヘミングウェイに通じて、フォークナーはその点では甚だしく異端の後輩であった。「兵士の報酬」は帰還兵士の一団と、その一人、頭部に戦傷を負った飛行将校が、醜い傷故に許婚者を卒倒させ、精神傷害によって家族からも虐げられ、自ら廃人となって死に至る物語であるが、ここでは物語の進行は普通の叙述に従って素直に発端から結末へと運ばれる。のちの作品に著るしい探偵小説的構成の倒叙的時間的逆行はない。

「蚊」（二七）はニュー・オーリアンズからヨットで舟出した若い二人の男女が、沼地で路に迷う恐怖と怒りをヒューマーとアイロニーに托した諷刺小説となり、ついで「サートリス」（二九）ではフォークナーの眼は架空の町ジェファスンの社会史に向けられる。旧南部の頽廃的没落を描いて、やはり精神異常の帰還航空兵の飛行機による爆死という自殺が点綴される。しかしこの精神異常が、遺伝的疾患として扱われ、スタイルもまた、装飾的な印象的な傾向を示しているところに、つづいて来るフォークナーの作品の本質を予見させるものがある。

最初の傑作「響きと憤り」（二九）に至って、ようやくフォークナー的世界に達する。ここでは白痴の意識の流れを通して、淫売、自殺、没落する一家の頽廃が物語られる。そしてこの作品は、まことにおぼろな、漠然とした不気味な雰囲気を伝えながら、最後の一頁を終えるまでは、全体の作品の内容を理解させせない。読者に緻密な推理と伏線と暗示への注意とを要求し、最後に至ってこれを解明する手法は、甚だ探偵小説の手法に似通っているところがある。このことは後《の》ちの作品にも著るしい。全篇は四つの章から成っている。物語の時間的順序は倒錯しており、第一章は一九二八年四月七日、第二章はさかのぼって一九一〇年六月二日、第三章は第一章の前日一九二八年の四月六日、第四章は第一章の翌日、一九二八年四月八日となっている。第一章で、三十三歳の白痴の唖ベンジャミンの異様な意識の流れを通して、その一家カムスン家の状態がおぼろげに展開する。第二章はベンジャミンの長兄、当時ハーヴァド大学在学中のクエンティンの意識の流れによって、妹キャディの不しだらを直接の原因として自殺をしようとする心理が辿られる。第三章ではベンジャミンの次兄、銀行員ジェースンの意識の流れに乗って、クェンティンの自殺と、キャディの不義の子を背負わされている不満な心境とが語られる。第四章は、女中のニグロ女ディルジーを中心として、このカムスン一家の様相が、ここで始めて普通の叙述によって綜合的に説明される。フォークナーはここで、直線的な叙述による平板の印象を避けて、累積的な効果をねらいかつそれに成功している。カムスン一家に対する読者の観念は拡大され、部分々々の印象が極めて強烈になり、頽廃的没落の悲劇的な様相が高められ深められる。

「死の床に横たわりて」（三〇）では構成は一層複雑になる。短篇的なエピソードの集合と考えれば、アンダースンの「ワインズバーグ・オハイオ」（一九）を先駆とするが、しかし、アンダースンのそれは三十二篇の独立した短篇であるに反して、「死の床に横たわりて」は一貫したテーマが全体を貫いて一つの物語を構成する。その意味では、この作品はむしろ、詩人エドガー・リー・マスターズ（一八六九―一九五〇）の「スプーン・リヴァ・アンソロジー」（一五）の構成に近い。この詩は、田舎の共同墓地に埋葬されている二百四十四人の死人たちが墓から出て、それぞれ在りし昔を在りのままに、大胆、率直、簡明に、モノローグの形式で物語る構成をとっている。「死の床に横たわりて」では、農家の主婦の死と埋葬のいきさつが、家族や近在の人々、都合十五人の素朴な口を通して、しかしモノローグの形で語られる。枕元で、自分の棺桶をつくる釘の音を聞いていた農婦が死に、その遺言によって、精神異常者と白痴と父なし子を妊娠している不身持娘と、といった家族連が、その臭気を放つ屍体を十日あまりもかかってジェファスンの町へ四十哩の難渋な旅をする話を主流とし、娘にからむ色と慾との後日譚や、精神病の息子の放火事件が織りまざる。

フォークナーの文学的名声は「サンクチュアリ」でいくらか一般的になった。殺人強姦、放火といった犯罪、堕胎、密造といった罪悪、遺伝的変質、白痴、不具、精神病者、前科者、それにニグロといった人間への強い関心は、この作品では一層露骨な面を見せて、フォークナーは非道徳ではない、無倫理の客観性をもって、アメリカの不随的頽廃の局部を塗り上げる。その構図は遠くから見やらなければ充分に理解出来ない。女子大学生テムプルが遺伝的変質者ポパイに処女を奪われるくだりは、この作品を通読してからでなければ分らない。

サディスティクに惨虐な世界、殺人と放火とニグロといった道具立てばかりではなく、その構成の複雑な時間的倒錯と混交といった点では、次の「八月の光」にも共通する。ただ「八月の光」では妊婦リーナのサブ・プロットが静かな救いを与えている。物語はこのリーナの身の上に始まり、妊娠している彼女は男をたずねてジェファスンの町に着く。その日、白人女バーデンが同宿のニグロに殺され、その家を焼かれるという事件が起る。バーデンとニグロの物語がこの作品の中心主題を形造り、ニグロの殺人直前の心理、その生い立ち、バーデンのニグロ族への同情、肉体関係のいきさつが扱われ、殺人の動機と苦悩が語られる。つづいてリーナの挿話があり、彼女は男に邂逅するが、再び容れられないで終る。陰惨なテーマが、リーナの挿話を前曲と終曲にして結ばれている。

三五年の「パイロン」は旅廻りの飛行家の一団を描いて、その性的葛藤が注意をひき、「アブサロム・アブサロム！」では十九世紀初頭のジェファスンを舞台に農家の悲劇的没落を描いたのち、三九年には「野性の棕櫚」が来る。作品の構成は相変らずフォークナー風に組み上げられていて、それぞれ五章からなる「野性の棕櫚」と「老人」との二つの主題が交互に組み合わされる。そしてこの二つの主題には事件の上では何等の関係も持っていない。そしてこの二つの流れは、最後に刑務所でつながる。「野性の棕櫚」は医者と人妻の恋の逃避行であって、この話は終局から発端へと時間的に遡行して語られ、「老人」はミシシッピー河洪水を背景にした囚人の話であって、フォークナーの心理的ムードが、人間愛慾の本能的な基調を冷虐に奏でている。

三九年の「騎士の陥穽」になると、これはフォークナーの作品の、裏側の組み立てと興味のゆとりを見せてくれる。文体もかなり明晰であるが、これは独立した六つの短篇から成り、それぞれに殺人事件と解決をもって、甚だしく探偵小説的である。最後の表題の作品はかなり長い。おそらくフォークナーは意識して探偵小説を書いたに違いない。しかしこのことは別段に異様でも驚くべきことでもない。むしろこれまでのフォークナーの素材と作品構成の方法を考えれば、作者が気軽るに、中ば楽しんで書いたとすると、こうした作品になることは当然の道筋であって、フォークナーの憩いの文学的碇泊地であったかもしれない。六つの短篇の語り手は「私」である。いわばワトスン役であるけれど、しかし事件の中では殆んど、あまり深くは参与しない。ホームズに当るのはその伯父の検事ギャヴィンである。彼は普通にはよくしゃべるが事件の急所にあってはむしろ寡黙であって逆説的直感を持っている。

フォークナー文学の本質と、「騎士の陥穽」に具体化した探偵小説的要素との結合から、「墓場への闖入者」（四八）が書かれることになる。ギャヴィン検事は五十を過ぎた弁護士として登場する。簡単に言えば、殺人事件を動機とした、南部白人と黒人の軋轢と和解の物語である。白人を射殺した嫌疑で、黒人ルーカスはリンチを決議される。十六歳の白人少年チャールズは、かつて池に落ちたところをこのルーカスに救われたことがあり、彼を処刑から救おうとする。ギャヴィン伯父が協力し、屍体の弾丸の調査を主な目的として、少年は被害者の墓をあばく。ルーカスの嫌疑を解く様々な事実が提出されて、結局ルーカスは救われる。この作品でも、構成と文体とは依然旧来の難解を極める。意識の流れを伝達する内的独白の技法は自由奔放に、読者の理解力の限界を殆んど考慮していない。全体の時間的経過は日曜の正午から翌月曜の夜までであり、最後に翌週の月曜が来るにとどまるが、流れる意識をおおっている時間は過去にさかのぼって長い。サルトルはこの方法を「颱風の眼」と呼び、フォークナーを「うしろ向きに走る」と評した言葉はよく度々紹介されているが、結果から発端に至る倒叙構成はそのまま探偵小説の構成技術であって、無数の伏線が実に巧みに組み立てられている。そしてこのことは、文体の上でも言われることで、句読点の独特な使用に非常に長くつづくセンテンスの不思議な、粘りのある晦渋さに通ずるものである。

今年五一年になって、新作「尼の鎮魂歌」が出た。「サンクチュアリ」のヒロイン、テムプルが八年後の姿をこの作品に見せ、その口をかりて、告白のフラッシュ・バックから構成され、四十数頁にわたる句読点なしのセンテンスがあるのは、依然フォークナー的スタイルの試みに対する執着を示しているものと言えよう。いつもの架空の町ジェファスンを舞台に、黒人の苦悩を通じて古い南部の救済に希望を持ち、天国への信念の肯定は、珍らしく鎮魂歌の象徴的な底流をなすものである。

(7) リチァードスンの方法

ジェイムズ・ジョイス、ヴァジニア・ウルフを挙げたからには、その「意識の流れ」の技法の面で、常に同時に語られるドロシー・リチァードスン女史に触れておかねばならない。しかし、ジョイスやウルフの名前が既に一般化しているのにひきかえて、リチァードスンは欧米でもあまり広くは知られていないようである。

リチァードスンは、マルセル・プルーストが「失われし時を求めて」によってフランスでなし遂げたものを、十巻の連作「遍歴」によってイギリスでなし遂げている。もっとも、プルーストでは、過去の心的経験の回想であるのに対して、リチァードスンの場合では、一女性の心的経験の生成が時間の流れに乗って未来へと語られる。

長篇「遍歴」は次の作品から成る。

「尖った屋根」(一九一五)
「逆流」(一九一六)
「蜜蜂の巣」(一九一七)

「トンネル」(一九一九)
「合い間」(一九一九)
「デッドロック」(一九二一)
「回転光」(一九二三)
「罠」(一九二五)
「スイス高地」(一九二七)
「曙の左手」(一九三一)

「遍歴」は以上の十巻で完結したもののように思われる。リチァードスンはこれ以外に小説は書いておらず、著作としては、他に若干の論説と翻訳があるに過ぎない。リチァードスンの文学的閲歴については多くは知られていない。個人生活の面も同様であって、その生年さえ、女性には珍らしくない例ではあるけれど、推定する他はなかった位である。作品の記述から推定して、一八七三年の生れと考えられる。彼女はアラン・オウデル夫人として、一年のうち三分の二はコーンウォルの海岸の小屋で、残りはロンドンで、孤独ではあるが幸福に暮していてるらしい。良人のオウデル氏は、リチァードスンと同じく、やはりあまり知られていない画家である。リチァードスンの処女作「尖った屋根」は、友人の作家J・D・ベレスフォドのあっせんで陽の目を見た。最初に紹介された出版社は、何が書いてあるのか分らない、という理由で原稿を拒絶し、幸運に、二度目に紹介された出版社が引き受けたものである。

「遍歴」は一八九三年から一九一〇年に至るまでの、一女性ミリアム・ヘンダースンの魂と精神の遍歴の記録である。客観的な説明は殆んど省かれているので、読者はただミリアムの感覚と印象と心理的感応に頼る他はない。

「遍歴」の第一巻「尖った屋根」は一九一三年に書かれて一五年に出仮されているがプルースト「失われし時を求めて」の第一巻「スワン家の方へ」が一九一三年、ジョイスの「若き日の芸術家の肖像」が「エゴイスト」誌に発表されたのが一九一四年、ウルフの処女作「船出」が一五年であるところを見ると、これら作家の技法における外面的な相似にもかかわらず、お互いに何等の影響を持たぬ、独自な実験的所産であったことは興味がある。

リチァードスンが、女主人公ミリアムの魂の遍歴を書くに当って、彼女は作家と作中人物との距離に疑問を持ち、その偉大な疑問の瞬間に、彼女は作者の採り得る方法の限界と可能性を悟った。彼女は作者と作中人物との距離を抹殺することを思いついた。作者はミリアムに同化し、没入することによって、ミリアムの心的経験だけを純粋に伝達しようとし、そのためには、ミリアムを外的な第三者が客観する。外面的な描写を極端に犠牲にしている、従って読者は、ミリアムの心的経験以外のものを殆んど知ることが出来ない。そのミリアムの心的経験を「遍歴」十巻を通じて了解したのちに、読者は十七年にわたる時間的背景と事実と外面的事情の一切を、自ら組み立ててみなければならない。読者の知性と感性とは全くミリアムのそれ以外に出ることは出来ない。このことは、作者リチァードスンの方法の不幸な限界を示すものである。

ジョイスのリアリズムは全く選択のない、包括的な、知的なフィクションの上に成り立ち、ウルフのそれは、知的感覚の優れた、いわば趣味的な美的心象の選択的強調があるにひきかえて、リチァードスンの場合では、もっぱら一切の修飾を排除した、ミリアムの純粋な心的経験が加減乗除をほどこされずに提出される。このリアリズムは、最も厳密な、事実と真実の平衡的表現となっているものである。

「遍歴」十巻は、ミリアム・ヘンダースンと呼ばれる一女性——作者リチァードスンと同格——の心的経験のリアリスティクな記述には違いないけれど、しかしこの作品では単に客観的な経験の回想に止まっていない。その経験が純粋に生長してゆく姿のままで捕えられ、主観と客観との統一的な融合がある。それは一女性の生の心的再現である。そしてそれは偉大なる価値的経験の記録である。

リチァードスンの作品は、作者が女主人公に没入したと同じように、読者をも没入させる。それによってのみ、現実的な、価値的経験が伝達される。ただ、主人公の心理を通じてのみ、一切が読者に伝達されるために、主人公ミリアムの知らない世界は読者にも知ることが出来ない点で、時に焦ら立たしい難解さを感じさせる弱点は否定出来ない。

リチァードスンが、この連作において成し遂げた偉大な点は、一人の女性の経験を一般の、人間的経験の象徴にまで高めたこと。彼女をとりまく数人の人間に真実性を持たせたこと。特に大事なことは作者である女性の手によって、女性の内奥の秘密、女性にしか見られず、また感じとられない心理の秘密を啓示したことにある。

「遍歴」第一巻「尖った屋根」第一章は次のように始

まる。

「ミリアムはガス明りの玄関をあとに、ゆっくりと二階へ上った。三月の黄昏の薄光が階段の踊り場に落ちてはいたが、階段はもう殆んど真っくらだった。一番上の踊り場は、すっかり暗くて静かだった。あたりには誰もいなかった。私の部屋も静かだろう。火の傍に腰をおろし、静かに、いろいろなことを考えめぐらせることが出来よう、イヴとハリエットが包みを持って帰ってくるまでは。旅のことを考えたり、これまでの先生にどう言ったものかを決める時間があるだろう。

私の新しいサラトガ・トランクが炎の明りに硬く据えられた姿を光に映えていた。明日はそれが運ばれ、私も行ってしまう。この部屋はすっかりハリエットのものになり、もうこれまでの様子ではなくなってしまうだろう。……」

一八九三年三月のことであると思われる。十七歳のミリアムは、経済的に困窮した一家の手助けに、女学校の英語の女教師としてドイツへ赴任する前夜である。姉のイヴ、妹のハリエットが、ミリアムのために買物に出て帰ってくるばかりの時間である。ミリアムは四人姉妹の一人で、長女にセアラというのがいる。翌日は出発となって、父親に海を越えてハノヴァまで送ってもらう。この父は生活能力が無いのに、甚だ人のいい、紳士気どりのお体裁屋である。母の病気が加わって、一家の苦しい生活が始まるが、ミリアムはこの父を恨めない。汽車に乗ってみると、教師としての不安、自分たちの非社交的な気持が流れる。

「……あたしは男は好きじゃないし、女も嫌い。あたしは人間嫌いなんだわ。ペイタもそう。あのひとは女を軽蔑してるし、男ともやってゆけないんだわ。あたし達は異っているんだわ――あたし達がね、あのひともあたしもよ。……」

（安藤一郎訳）

ミリアムの勤務先は、ハノヴァ市のヴァルト通りにある、上流階級の子女をあずかる仕上げ校といったものである。「尖った屋根」はこの学校における、ミリアムの内面的記録といっていい。生徒は十一人しかいない。寮学生で、ミリアムの他には、外来教師をのぞいて、ここに校長と今一人の女教師が住んでいるだけである。この女学校の生活には音楽の流れが非常に多くて、ミリアムの優美な感応の記述が、人間的交渉の世界を織りまぜながら、実に見事に描出されている。学校生活は自由な時間が多く、授業にも失敗しないことが、ミリアムを幸福に感じさせる。

ただ教会に出ると、宗教を持たないミリアムは自分の立場を恐れることがある。この私塾の教育と、ミリアムが学んだ故国の学校とを較べてみると、ミリアムはふと、もっと学問をしたい要求にかられることがある。しかし、この学校も楽しい。ただ、若い女生徒たちにボーイ・フレンドのあることが、ミリアムを驚かせる。音楽、演芸会、遠足と、楽しいことの多い中で、ふとしたことからミリアムは校長の嫉妬に苦しめられることもある。気候が暖くなるにつれてミリアムの人生観照も開けてゆく。結局は誤解から生まれた校長の馬鹿々々しい嫉妬にミリアムはこの学校を去ってゆく。

音楽的なムードと自然描写の融合的な詩的情感は次の一節にも見られよう。

「……ミリアムにはこう言えるのだった、遥かな海のひびきがそれらのうちにあり、風や遠い樹々の動きや月光の氾濫もあった。一つびとつ、やさしく静かに青年たちの声々は止み、そして海と風と樹々と流れる月光が近寄ってきた……」

(安藤訳)

第二巻「逆流」では、ミリアムの人生航路が漸く人間的な異性への感情を見せるようになる。イギリスに帰ったミリアムは「ワーズワス・ハウス」という、ロンドンにある私塾の住込み教師になって一年余を過ごす。ここで二人の友を得、同時に二人の男性への恋心が芽生える。この恋心は、相手の死によって終結する。ミリアムの人生への目覚めは、因襲や宗教への批判の眼も開いてゆく。

「……誰もが冷たい秘かな恐怖のうちで生き心地がないのだ。神の子、キリストは凡てのものの一部、やはり同族で……復讐的だ。降誕祭と復活祭、堅くて白く冷たい花々、少しも真実の説明がない。「毀たんとて来らず、反って成就せんためなり」漲める血が彼女の顔に昇り、この言葉が浮んでくるに伴れて、耳の内でじんじん鳴った。何故忽ち誰もが死んで、凡てを停めないのだろうか。……」

(安藤訳)

ミリアムは自らの不満からワーズワス・ハウスを去り、次いで、第三巻「蜜蜂の巣」では、田舎のさる豪家の家庭教師になる。しかし、姉の結婚、母の病気などで、ここも止むなく去らねばならなくなる。もうこの頃になると、異性や結婚に対するミリアムの態度が、明瞭な形をとるようになり、人生的な現実に対する観念が、女性の側から語られることが多くなってくる。

「……あらゆるものが夢だわ、この世が。あたしは、生活なんてもたないんだわ。決して持てないんだわ。わたしの日々凡てをも。冷たい涙が彼女の口に流れこむ。少しも塩くない。冷たい水。それらが止まった。支えの無い空気にからだをやっと徐々に動かして、彼女はゆっくりあたりを見廻した。動くのが却々六ケ敷かった。あらゆるものが空しく透明だった。彼女の重々しく熱して軽い捉え難きからだはこの世で目方がある唯一の固体であった、しかも生命の重い羽毛なのだ。……」(安藤訳)

第四巻「トンネル」は、ミリアムの再人生への通路である。長姉と妹は結婚し、次姉も家庭教師となり、母は死んで、ミリアムは教師の生活から離れようとする。彼女は医学研究所に職を見つけ、ロンドンの知的雰囲気の一部に接し、流行作家ハイポ・ウィルスンの妻になっている旧友との友情が復活する。

第五巻「合い間」は、ミリアムの生活と小説「遍歴」の進行の「合い間」を形づくる。ミリアムが研究所勤務の間、下宿をしていた同宿人たちに対する心理的な動きがあるだけで、外面的な事件の発展は殆んどない。

第六巻「デッドロック」は、ミリアムの恋愛と結婚とのデッドロックである。ミリアムは新しい同宿人、ロシア系のマイクルと恋に陥ち婚約する。このマイクルの影響で、ミリアムは社会主義意識を導入され、ロシア文学への関心も深まる。アンドレイエフを翻訳してみたりするのもこの時である。

第七巻「回転光」はミリアムの心の回転を示す。

「大きな公会堂の建物が、一つの場所から他の場所へ、階段を上ったり下りたりする動きの不思議さを考えてもみない人々で活気を呈していた。だがこの不思議さは、彼等の思想が足場を置いているあらゆる事柄にまさって、彼等には大事なものだった。みんながそれに気づく時間を持てばいいのに……誰も時間をかけない。……誰もそれを知らない。だがわたしは知っている。……知る、わずかな時秒、無言で話される事がらによって、また新たに語られる、こうしたわずかな時間が、どうしていればいいのか分らない苦しさを償ってくれる。

ずっとうしろで、この鈍く反響している公会堂に、貧しい人々のために、忙しく計画されている社会主義の世界があった。……」

ミリアムは社会主義者のグループに加わる。その頃、他に恋愛事件を持っていたマイクルの情事が露見して、ミリアムは彼との婚約を破棄する。そして、ミリアムが新たに得たのは、旧友の良人、流行作家ハイポへの恋心である。この作品は、次のハイポからの手紙で終る。

「いとしいミリアム——あの件は先廻りして止めのことにしたよ。君が僕をそれから引っこ抜いたんだ。本当に君のせいだよ。いつ逢えるかね。直ぐに返事を」

第八巻「罠」秘書生活をつづけながら、ミリアムはハイポの感化で文芸評論の筆をとり、生活にもいくらかゆとりが出来てくる。下宿を払って、さる社会運動にたずさわっている女と共同で新しい住居に移る。女性の社交クラブに入って数多い交際が始まる。そのうち、同居の女と仲違いをして、ミリアムはまた元の下宿に戻る。

第九巻「スイス高地」ミリアムはスイスへ二週間の保養に出る。過労とハイポとの恋愛沙汰が彼女の精神的、肉体的負担に重すぎたのである。ここでミリアムは、一人になった自由の世界を経験し、魂の目覚めを経験する。最終と思われる第十巻「曙の左手」に至ると、ミリアムはロンドンへ帰ってから、自分の主人に求婚されたのを断わり、ハイポの情婦になってしまう。しかし、目下のところ、これが作者リチァードスンの意志で、最終巻であるかどうかを決定する確証がない。

「……今日の彼は思いがけなかった。観察しようとも思っていないのに、彼女は彼があけすけで秘密のない生活の形を追い、彼女が彼を望んでいるように、彼が彼女を欲しているのを感じた。障害が彼女の重荷から落ち去り、力強い、静かな喜ばしい感覚が残っていた。身も軽く、彼女は門口を踏み越して、見馴れた光景がとがめ立てしていないのを知った。その全体の釣り合いが身をちぢめていた。目先きのいろいろな物がその支えを無くしてしまっていた。玄関を通り抜けて、彼女は無理にもそれらを思い出そうとし、心を、それがさまよっていた処から引き戻そうとした。彼女が気持よく踏み段に立っていた間、秘められた面を見せた若人を忘れ去り、街を遠く下り、ロンドンを、彼女の愛する地域を通り抜けて遠くへ馳せ、邪魔も障害もない心だった。そして不倫な汚辱を委細かまわず説明するのが自分の義務かどうかを半ば思案にくれながら、彼女のいつもの場所へそっと忍び寄るかわりに、彼女は内奥の歌に充ち、祝いの言葉をほしい位だった」

という一節で、この巻の、そして、今のところ「遍歴」十巻の、最後が結ばれている。ちなみに、表題「曙の左手」は「曙の女神オーロラの左手」であるらしく、この句は、有名なフィッツジェラルドの英訳、ペルシア詩人オーマー・カイヤムの「ルバイヤット」初版訳、第二歌にあるものである。第二版以下には見当らない。

曙の左手、空に在りし時、夢み、
われは耳にしたり、タヴァンの中に声あるを、
「さめよ、いとしき者どもよ、盃を満たせ、
いのちの美酒の乾さぬ間に」

というのがそれである。

（8）ヘミングウェイの方法

アーネスト・ヘミングウェイ（一八九八―）の文学は、ドス・パソスやフォークナーと同じく、第一次大戦後作家に共通な幻滅感に出発している。ヘミングウェイが本質的にはロマンティシストであるのは、そのいくつかの作品のタイトルの選び方にも見られるが、それが一九三〇年代前後の冷酷なリアリストとして、その直截率直なスタイル、アンチセンチメンタルな頂点として、アメリカン・リアリズムに重要な地位を占めたについては、特に文体の点で、シャウッド・アンダースン及び、パリ・グループの女主人ガートルード・スタイン女史の影響を考えてみなければならない。

スタイン女史については別の機会に触れるつもりでは

あるが、ともかくヘミングウェイの文体がアメリカン・リアリズムの上で一つのユニークな表現を見せたのは「武器よ、さらば」に著るしい。この甚だしく個性的な文体の新鮮さは、単綴音単語、日常語、俗語を交えて簡潔明確な表現となり、特に意識して情緒的な表現を拒否している。イタリア軍敗走の描写、雨の湖水を渡る恋人たちのボートの場面、最後の愛人の死を見守るところなど、その文体の最も効果と特質を見せたものと言えよう。所謂ハードボイルド・リアリズムの創始であるが、ヘミングウェイが選択した言葉には新しいニュアンスがあり、単綴音の急速な羅列には、地の文と会話とを問わず、明晰な具象的感覚がある。情緒と感情とのおぼろな陰影を拒否したところから、非感情な冷酷さを見せるが、ヘミングウェイは自ら、自分の文体の上に試みた努力は、言語の明確透明ということであって、これは今日既に達成されたばかりでなく、一般に普及してしまっている。従って自分の影響は終ったと考える、という意味のことを最近に言っている。しかし、このハードボイルドの流れは、文体とともに登場人物の非情緒的冷酷さにも及んで、今日では、ハメット、チャンドラーを始めとする一群の探偵小説作家に承けつがれている。

ヘミングウェイは情緒の表現よりも、その情緒を生ぜしめる素材に直接にもぐりこむ。表現の対象を冷血に見つめ、作者の感情を抹殺してこれをそのままの姿で提供しようとする。いかなる惨虐な情景といえども、作者の感動を沈潜させた、適確冷然たる描写に置きかえられる。「午後の死」の一節で、「あなたは、あなた自身の情緒をかきたてたところの鋭角的な細部（つまり角度を与えられた現実の一部）を摘出し、それを精確に、それぞれ正しい連鎖において暴力や恐怖に眼を蔽うことなく描写するならば、あなたの読者の情緒をかきたて続けるところのあるものを得るのだ」（龍口直太郎氏による）と書いているところは、ヘミングウェイの態度と方法をよく物語っているものである。暴力や恐怖を冷酷に表現する、読者の方の心理的感動の効果は、これがハードボイルド派の探偵小説にいち早く利用されたことは異とするに足りない。

ヘミングウェイはイリノイ州シカゴ郊外オーク・パークの生れである。通学中は遠くミシガン北部まで、狩猟や魚釣りに出かけ、ハイスクール時代既にスポーツ万能青年であり、拳闘の経験、のちの闘牛への興味などは、彼の後年の作品の素材に充分生かされている。このスポーツ趣味は医者であった父の仕込みであり、母は音楽的な興味を持っていたらしい。大戦にアメリカが参戦するに及んで入隊を志願したが、眼の悪い故に志を得ず、大学への進学も止めて、彼はキャンザス市の通信員として働くことになる。わずか十八歳にも至らないで、ジャーナリストとしての出発を始めたわけである。その後フランスで衛生部隊に志願兵として参加、イタリア歩兵に転じて第一次大戦の終結まで止まり、終戦後はトロントの「スター」紙に近東の戦闘記を送り、その後パリに住んだ。ここで、シャウッド・アンダースンの紹介状を持って、スタイン女史の所謂パリ・グループの一員となったわけである。仲間にはドス・パソス、スコット・フィツジェラルド等のアメリカ作家があった。このサロンで、スタイン女史から「集中法」を、エズラ・パウンドから「形容詞の節約」を学ぶところがあった。フランスで短篇小説と詩とを集めたパンフレットを出し、アメリカで短篇集「われらの時代に」（二五）、ついで中篇「春の奔流」（二六）を出したが、さして評判にはならなかった。二七年に再婚の新妻をたずさえて帰国、フロリダ半島のトムソン島キー・ウエストに住んで、二九年にはヘミングウェイを一躍一流作家にした「武器よ、さらば」が出た。その後十年あまりにわたるキー・ウエストの生活は、スポーツマン・ヘミングウェイの絶頂であり、漁猟を事としていたが、三五年にアフリカ旅行から帰ると、自分で漁船を設計し、遠洋航海の技術までも学んでいる。この船はのちの大戦でQボートの役割を果たすことになる。三六年のスペイン内乱にあたって、政府軍を支持し、度々スペインを訪問したが、「誰がために弔鐘はなる」（四〇）は、その直接の産物となった。四〇年、第三の結婚をしてキューバのハヴァナに住み、第二次大戦後に、一時中断した「河を越えて林の中へ」（五〇）を完成、四六年更に第四回目の結婚をして、今もハヴァナに住みついているようである。

ヘミングウェイ文学の本質的な客観性とハードボイルドの冷めたさとは、第一短篇集にも顕著にあらわれる。たとえばドイツ兵射殺の一齣は次のようである。

「われわれはモーンス市のある庭の中にいた。若いバックリイは河を渡って部下の斥候と一緒に入ってきた。わたしが見た最初のドイツ人は庭の塀をよじのぼってきた。われわれは彼が塀に片脚をかけるまで待ち、それから射った。彼は装具を沢山つけていたが、おそろしくびっくりしたような様子をして、庭の中にころがり落ちた。それから、塀のさらに下手の方にも三人脚をかけた。われわれはその連中も撃った。彼等はみんな丁度そんな風にしてやってきたのだ」

（龍口直太郎訳）

ここには射殺に当っての人間的な感情の面は全く描かれていない。それは殆んど残虐なブルータリズムに近い冷めたさである。これらの初期短篇には既にヘミングウェイの後年の精神なり技法なりの態度を見ることが出来る。ヘミングウェイの冷めたい文体の底には、しかし実は抒情と感性と官能が豊かに波打っているのであり、その主観的な情感が客観的表現のかげにひそみ、感性豊かな主観によって選択された物心の世界が、主観的情感を極度に排除して、あたかも直截明確なリアリズムの構図を見せながら、直接に読者の前に提出されるわけである。初期の短篇では、「迷える世代」の指導的なスポウクスマンとして、彼は、誠実と希望を失うことによって全く幻滅させられた戦傷者たちの感情を、具体的な事象の姿で表現している。これらの人々は、誠実の価値が失われたことにすっかり打撃を受け、衰えた神経では偽瞞者への抗議さえも出来ないままに、ごく素朴な感情を冷めた《つ》く受け入れることとしか出来ない。これら短篇で主として扱われている人々は、涸れつくしたシニシズムに陥っている知性ある男女、辺境の人々、インディアンたち、職業スポーツマンといった人々であり、彼等の本質的な勇気と正直さが、暗々裡に文明社会の残忍さと対照されている。情緒は殆どない。事件がありのままに記録されているだけであって、控え目な端的明確な表現と、少ない会話によって強勢が行われる。

会話による強勢という点では、二七年の短篇集「女を持たない男たち」に含まれている「暗殺者」が、ハードボイルドの、代表的な速度を持つものと言える。物語はまことに簡単であり、ある食堂へ二人の暗殺者が入ってきて、黒人コックと一人の客をしばり上げて押しこめ、客に来るスェーデン人を射殺しようと待ち受けているが、当の人物は予定より一時間以上も過ぎても姿を見せない。縛られた客がひそかに逃げて注進したからであるが、スエーデン人は着物を着たまま自室のベッドに横たわって、別に逃げようとするでもなく、追手を待っている、といったものに過ぎないが、結末を伏せたサスペンスの緊張がかえってよく出ており、短い会話の巧みな駆使は、へミングウェイ文体の特質の一面をよく示すものである。

最初の長篇「陽もまた昇る」（二六）は、初期短篇小説のスタイルと態度を発展させたものである。この作品は、戦争によって傷心した、一群の国籍を移したアメリカ人、イギリス人の倫理的堕落を示す。彼等が逃避するところは酒と女の娯楽に他ならない。表題は旧約聖書「伝道之書」第一章第五節「日は出で日は入りまたその出し処に喘ぎゆくなり」から採られている。宇宙は無意志無目的に無限の流転を繰り返えし、時代の変遷、人間の生死変転も、万物とともに空虚な、流れに浮かぶうたかたに過ぎない。東洋的ペシミズムの諦観がここにはある。物語は、語り手である、アメリカの新聞特派員「私」、性的不能のジェイク・バーンズによって進行する。物語の主軸である女主人公ブレット・アシュリーは「とてもきれいで……髪は男の子のように梳きつけていた。……体は競走ヨットの船体のような曲線で出来て、それが羊毛のスウェーターの蔭に一部もかくれず見えて」（志賀勝訳）いるような女である。ブレットの酒と恋愛行脚と闘牛の刺戟ののち、彼女は最後にジェイクと虚ろな気持の上での共感を覚える。戦争によって招来された精神的虚脱と官能的刺戟の無為空白に対する一種のパロディである。

ヘミングウェイの最初の傑作は「武器よ、さらば」（二九）である。小説技巧と時代精神の描写に最も成功した一つであって、アメリカの、第一次戦後文学の代表的作品である。主人公フレデリック・ヘンリは中尉待遇の士官、伊墺戦線近くでイタリア野戦病院づきの、負傷兵収容車を指揮しているアメリカ人である。女主人公キャサリン・バークリはイギリス女で特志看護婦として従軍、彼女は八年間も許婚者であって結婚に至らなかった男をソンムの戦闘で死なせている。二人はこの野戦病院で相知り、忽ち熱烈な恋愛に陥る。もっとも、ヘンリは初めは女を遊びの相手としか考えていない。二人の肉体的な接近は次のような場面に始まる。

彼女は笑った。彼女の笑い声を聞いたのは、それが初めてだった。私は彼女の顔を見詰めた。

「可愛い方」彼女が言った。

「いや、可愛かないよ」

「ほんとよ。可愛い人よ。おいやでなければ、キスして上げても好いのよ」

私は彼女の眼を見た。そして前にやったように、片手で抱いて、キスをした。私はきつくキスをした。うんと抱いてやった。そして女の唇を開けようとした。だが、それはしっかりと閉じられていた。私は未だ怒っていた。私が彼女を抱いた時、不意に彼女は慄い出した。私はしっかりと彼女を抱いた。私は彼女の胸の鼓動を感ずることが出来た。すると、彼女の唇が開き、彼女の頭は、自然私の片手にもたせられた。それから彼女は、私の肩に凭って泣いていた。（佐久間原訳）

その後、足の負傷でアメリカ病院に移されたヘンリは、バークリの看護を受けるようになり、ここで二人の肉体的な交渉が深まる。女は妊娠する。

戦争は更に長い月日にわたり、その間イタリア軍は意気盛んであったが、たまたまドイツ軍の増援が墺国軍を救援するに至って、イタリア軍は退却の止むなきに至る。この敗退の描写は特に篇中の圧巻と言ってよい。ヘンリの部隊も退却を始めるが、途中、イタリア憲兵によってドイツ軍スパイの疑惑が向けられる。ヘンリは銃殺されようとするところを、河に跳びこんで逃れる。

「もし貴官等が私を銃殺するなら、この上何も訊問しないで直ぐ銃殺して下さい。問答は無益です」彼は十字を切った。将校たちは何か相談をした。一人が一綴の紙に何か書いた。

「自己の軍隊を遺棄せり。銃殺に処す」と彼が言った。

二人の騎銃兵がその中佐を河岸に連れて行った。彼は雨の中を、両側一人ずつの兵に護送されて行った。無帽の老人だった。私は彼が銃殺されるところを見なかったが、銃声は耳にした。彼等は誰かほかの将校を訊問している。この将校もやっぱり自分の隊と離れたのだ。彼は説明することを許されなかった。彼等が綴じた紙に書いた宣告文を読むと彼は泣いた。彼等が彼を引立てて行った時にも彼は泣いた。そして一方でこの将校が銃殺されている時、他方では彼等はもう次の訊問に移っていた。……私は訊問されるまで待ったものか、それとも今の中逃げ出したものか分らなかった。見たところ私は伊太利の軍服を着た独逸人だった。彼等はどんなことを考えているか私にはよく分った。彼等に心があり、またその心が物を考えるとすれば。……私は不意に頭を下げ、二人の人の間に割り込んだ。そしてうつ向いたまま河に向って駈け出した。

私は河縁で蹟き、ざんぶり水の中に落ち込んでしまった。(佐久間原訳)

ヘンリは夜陰に乗じてミラノに逃れ、商人に化けて、恋人バークリのいるストレッサにもぐりこむ。二人は、このスイス国境の町では安全ではあり得ない。彼等は雨と風の中を、湖水にボートを漕いで、監視の眼をさけながらスイス領へ逃走する。この湖水の雨後の月の描写は素晴しい。

雨は止み風は雲を吹き払ったので、月が輝いてきた。ふり返って自分はカスタニヨラの長い黒い尖端と雪冠を並べた湖水と、そしてその向うに高い雪の山々の上に懸った月を見ることが出来た。やがて雲がまた月の上にかぶさって来、湖は消えた、しかし以前よりもずっと明るくて、岸を見ることが出来た。(志賀勝訳)

しかし、二人の平穏は長くは続かない。バークリは、やがて死児を産み、自らも出血のために死んでゆく。

彼女はつづけて何回も出血があったらしい。それはとめることが出来なかった。私は病室へ入って最後までカサリンと一しょにいた。その間彼女はずっと意識がなかった。彼女が息をひきとるのにはそうながくはかからなかった。(杉木喬訳)

人々を立去らせて戸を閉め、そして燈を消して見たけれどやっぱり同じことだった。それは彫像に向ってお別れを告げるようなものだった。暫くの後、私は室を出て病院を去った。そして雨の中を歩いてホテルに帰った。(佐久間原訳)

これが「武器よ、さらば」の終局である。愛する死者への告別の描写に、ヘミングウェイは全く主観的な感情を抑圧した、ハードボイルド・リアリズムに徹している。約八年の歳月を置いて、「持つことと持たぬこと」(三七)が刊行された。ヘミングウェイが住むキー・ウエストの港町を背景に、作者は始めて、集団行動を通じて社会問題の解決に興味を見せ始めている。これは対立する二つの階級の問題である。しかし、依然この作品にも、永遠の理想からはほど遠い、刹那的な官能の、無意味な陶酔が物語の中心を縫って流れる。キー・ウエストは密輸と無法者の町、有閑階級の遊び場でもある。主人公ハリー・モーガンはモーター・ボートを所有する船乗りである。彼は正直に生きようとして不正を拒絶しながら、正当な収入をあざむかれてしまう。酒の密輸にからんで、ハリーは片腕と持ち船を失い、金のためにはいかなる手段も方法も選ばなくなってしまう。たまたま銀行ギャング四人を船で逃す計画に加わり、実はこの四人を射殺して、その掠奪金をも奪おうとするが、四人を殺したものの、自らも傷いて失神する。船は官憲に発見されキー・ウエストへ曳航されるが、この野性的な闘争とは関別に、同じ港の他の船では、全くハリーの生き方とは関りなく、有閑人士が酒と女とカルタの頽廃的な生活を享楽している。ハリーは妻子を残して病院で息をひきとる。

ヘミングウェイの社会的問題に対する態度は、内乱時代中スペインから報道した記事にも見られ、写実劇「第五列」(三八)は内乱中のマドリッドにおける、ファシスト及びコミュニストの密偵を扱い、主人公フィリップの不しだらな生活を、社会的に反省させるとともに、女関係が清算される。

一九四〇年の「誰がために弔鐘は鳴る」も、同じくスペイン内乱を主題にして、これまでの作品のうち最も長いものであり、ここでは世界はすっかり統合されている故に、一部で自由を失うことは、あらゆるところで自由を失うことだというテーマを扱っている。表題はイギリス詩人ジョン・ダンからの引用であって、「それが故に人をもつかわして誰がために弔の鐘が鳴るかを問うこと勿れ、そは汝自身のために鳴る」という句に由来する。いかなる個人といえども人類の一員であり、一人を失うことは人類の損失に他ならない。主人公が戦に臨んで死を拒否し、生に執着しようとする態度は、ヘミングウェイの人生肯定への倫理的転換を示して興味があり、第一次大戦後の幻滅感から来る自我喪失から、人間的な生存の肯定、ヒューマニズムへの移行を示すものと考えられる。アメリカからスペイン政府軍に馳せ参じたロバート・ジョーダンと、スペイン娘との恋愛を主題とし、はかない恋の逢う瀬をわずか三日しか経験しない。叛乱軍に凌辱されつくした娘との恋は、ひそかな哀愁をたたえて、かえって激しいが、ゲリラ隊に参加して苦悶し負傷するロバートの人生経験は、死を賭しても闘うに値する現世謳歌となっているのは注目しなければならぬ。

第二次世界大戦の間、ヘミングウェイは通信員として直接戦争に参加していたらしいが、五〇年になって、キューバで十年ごしの執筆と伝えられていた作品が書物に纏められた。「河を越えて木立の中へ」がそれである。表題はアメリカ南北戦争当時の南軍の将ストンウォル・ジャックスンが「いやいや、河をわたって木蔭で休もう」と言った言葉を借りたものである。齢五十になったアメリカ歩兵大佐リチャード・キャントウェルは第一次、第二次大戦に参加した武将ながら、猟を趣味とし、美術を愛好し、水の都ヴェニスをこの上なく愛している。彼は旧友に誘われて鴨猟に勤務地トリエストからヴェニスに行き、帰りの自動車の中で恋人を思いながら静かに持病の心臓病で死んでゆく。時間的には二昼夜のことにしか過ぎないが、老大佐の恋人というのは十九歳にしかならないイタリアの伯爵令嬢である。花のごとき少女を抱いた寝物語は陰惨な戦場の血なまぐさい回想であり、へミングウェイの端的明確な表現は、ここでも風景描写と心理描写と会話の運びに優れた一面を見せる。作品としては特に優れたものとは言い難いが、既に大成し、老成したへミングウェイの筆のすさびとしては、まだいささかの覇気も覗えて好もしい。

サルトルによると、へミングウェイの文体は、特に「陽もまた昇る」はカミュの「異邦人」に影響が著るしく、ジァン・ジァンシオンの死後出版「一人の男が街を歩いている」にもへミングウェイの文体の相似性が濃い点を挙げている。しかし、これらの相似は、サルトルも気づいているように、もとより外面的な借用的共通であるに過ぎないので、へミングウェイの文体はへミングウェイのものであり、カミュのそれはカミュ自身の表現に他ならない。この異質作家の二人の文体が、たまたま共感の相似を見せたということに興味があるに止まる。

文学のエロティシズム

エロティシズムという言葉は、その局部的な意味だけが思い誤られて、ワイセツと同義語のように、考えられ勝ちであるけれど、本来は恋愛感情なり情愛雰囲気を意味しているに過ぎない。もともとエロティシズムには何らの道徳的な意味あいはないので、古来から今日に至るまでの、共通な人間的真実の感情なり気分に他ならない。いわばエロティシズム自体は鏡のようなものであって、それが道徳的であるとか、不道徳であるとかいうのは、その鏡にどういう姿で映そうかという意欲なり、またそれを見る人の態度なりによって判断されるだけのものである。

古事記における、イザナギイザナミのみことたちの会話、成り余れるところを成り合わざるところに刺し塞ぎて国土を産むために、天之御柱を、女は右より男は左より廻り逢うというくだりはもとより、随所に見える神話的象徴、長歌などの情愛、更には万葉集に散見する、おおらかに美しいエロティシズムは甚だ健康的である。源氏物語、伊勢物語、下って、近松の浄瑠璃、西鶴好色物、人情本、洒落本、歌舞伎に至るまで、おおよそ時代時代の人間精神の端的な表現として、作家の側に邪心のない限りは、豊潤なエロティシズムがそれらの文学作品の重要な基調の一つをなしている。

同じことは外国文学をざっと見渡してもわかる。たとえば、イギリス第十四世紀の詩人ジェフリ・チョーサーの傑作「カンタベリ物語」には「粉屋のした話」という滑稽、闊達な、話術の次第によっては洗練された落語になるような、このましい話がある。

愚かな大工の美しくて若い妻が、下宿させている神学生とねんごろになって、ノアの洪水が再来するから、桶をたるきに吊して、その中へ入っていればいいと亭主の大工をあざむく。二人が首尾しているところへ、これまた兼ねてこの女に思召し厚い場の書記役が訪ねてきて、せめて接吻だけでもと乞い願う。折からの暗闇を幸いに、女はお尻に接吻させるが、書記君はその口ざわりの不思議さに気づき、怒り天をついて鍛冶屋から真赤になった鋤先を持って引きかえす。こともあろうに今度は神学生がいたずらして、窓からお尻を出したところを、くだんの鋤先に火傷をさせられ、「水だ、水だ」と悲鳴をあげた途端に、桶の中の大工が眼を覚まして綱を切り、床に転落して物笑いになる、という話である。

軟硬、優麗世俗と、様々な物語を語りこめた「カンタベリ物語」の中でも、この話は特に卑猥にわたっているように見えながら、聞いていた道中の連中、騎士、修道院長、律僧、商人、神学生、弁護士、小間物屋、大工、水夫、医者といった、身分様々な人たちさえ、この話にたのしく笑いころげるのは、この笑い話のエロティシズムに全く邪心がこめられていないからである。

物語の集成をもって一つの作品を構成する形式はボッカッチョのデカメロンにも見られる。チョーサーがイタリアを旅した時には、ペトラルカもボッカッチョも健在であったが、彼がそれらイタリア作家に逢ったかどうかは今のところ分らない。

十六世紀、エリザベス朝に入ると、貴族社会の高揚とともに、ルネサンスの表現の自由さは性的方面にも大胆になり、肉体的な歓喜も愉しく歌われる。シェイクスピアにも多くの卒直な表現が厭味なく見られるし、デッカーやウェブスターの戯曲にも、その当時の詩歌にもエロティックな表現は多い。ウェブスターの「白魔」の一駒

法官　……接吻の種を蒔くということは、好色の実を摘みとることだ。接吻を許す女は、半ば身を許すも同然だよ。

フラミニオウ　なるほど、そういうことだと女の上体は許されることになる――もし下半身に手を入れるとなれば、いかようにも相成るかは言わずとも知れたことさ。

といった科白は、あえて珍らしくもない。頽廃期に移れば、殺人、姦通、近親姦、復讐、流血、幽霊、などの恐怖的な要素が、エロティシズムと混淆して、変態的な官能を好むようになってくる。しかし、一面、陽気で軽快な喜劇的朗らかさもあるので、フレッチァーの「いたちごっこ」にも、

ミラベル　だってお父さん、みんな甜瓜、メロンみたいなものですよ、こうした生娘というものはね。熟

れたところで、切って食べるとおいしいし、結構頂ける果物ですわ、消化もよくってよ。それでこのままにしておいて、明日まで置いてごらんなさい。熟れすぎて、腐っていますわ。

とあるように、特にエロティシズムを卑猥に刺戟的に利用しようというような、功利的な作家精神の陰嶮さはない。

十七世紀後半に入って、貴族社会の没落とともにその最後の頽廃的乱舞を見せ、ドライデンの詩にもウィチァリの劇にも、自由な表現と奔放な演出があり、結婚の愚かしさより性的享楽を謳歌しているところもあるものの、「乙女へのすすめ」で、

「時」を捕らえなさい　はにかまずに
さっさと男を持つがよい
ひとたび春を失えば
売れ残りになりましょう。いつまでも

と歌ったヘリックには甘美な抒情のエロティシズムはあっても、ぜげんのような、あくどい術策は少しもない。

十八世紀から十九世紀にかけて、特にヴィクトリア朝では、感傷的倫理に裏づけされた保守的穏健さとともに、偽善、虚飾、客間のお上品さが支配的であって、ほんの反抗的な例外を別にしては、性的関心はもとより、エロティシズムさえ極端に歪められた情緒に移行されてしまう。十九世紀末になって、やっと性的問題が卒直に扱われるようになる。トマス・ハーディはその一つの例であるが、「テス」で、彼女が睡眠中アレクに処女を犯されるところは、それでも甚だ観念的である。ハーディはことさらにその描写を避けて、清浄な乙女がかかる手段によって汚されていいものか、これを見ていた神はいまさなかったのか、という程度の説明しか出来なかった。因襲道徳のワクに抵抗した、これがハーディの、ぎりぎりの限界であって、現実に対する作家精神の度合いは、フランスのモオパッサンやロシアのアルツィバーセフなどの描写と比較してみればよく分る。

「女の一生」で、ジャンヌの悲劇的人生行路の第一歩、ジュリアンとの結婚初夜、ジャンヌは寝台のわくにまで身体をさけ、遂に鋭い苦痛を感じて男の行為に幻滅するが、この苦痛は、最後に息子に裏切られるまで、彼女の心を縫う悲劇の基調になっている。「サーニン」にも、

ある月の夜、彼がカルサイナをボートで送って、この乙女を犯した時に、同じように、カルサイナに肉体的な苦痛を覚えさせるところが、鋭く描かれている。サーニンの言葉にもかかわらず、彼女がその経験をもって人生を尊くするものだとは思えない本能的な否定を示させる。

これらは扱い方と描き方によっては、エロティシズムの歪曲された局面へ堕す危険をはらんでいるが、これを女性の悲哀によく転化させたのは、きわめて高度なリアリスティクな作家精神であったのである。

イギリスの所謂、世紀末唯美派では、ワイルドの「サロメ」の官能的エロティシズムは、美的感動の芸術的表徴として捕えられており、画家ビアズレーの長編「ヴィナスとタンホイザー」も、優れた特異な好品となっている。それらのエロティシズムにも、いささかも卑猥な影が見当らない。

二十世紀文学では性道徳に対する観念が著しく変化する。内面心理のリアリスティクな表現とフロイドの影響から、現代文学の性的自由に対する抗議となり、エロティシズムはむしろ、その本来の情緒を失ってしまうほどに、性的表現が通常の人間行為の一部として描かれるに至る。ロレンスの「チャタレイ夫人の恋人」は言うまでもなく、ジョイス「ユリシーズ」の最後の神話、マリオン・ブルームの寝台での独白はその顕著な文学的表現の例であり、ハックスリの「ポイント・カウンタ・ポイント」にも、性的倒錯の異常な性格があり、放縦な性生活の冷酷な描出がある。プルーストの「失われし時を求めて」の第五部「ソドムとゴモラ」にも、同性愛の倒錯的愛慾が入念に追求される。しかしまた、これらほど純粋に濾過された高度なエロティシズムはないのである。

刺戟的でもなく、卑猥でもなく、人間の獣化でもなく、むしろ人間的な第二の解放の啓示でもあり得る。

カトリシズムの作家グレアム・グリーンの近作「情事の果」は神の存在を疑い、神に反逆し、遂に屈服する不倫な人間の魂の彷徨を主題にしている。主人公の小説家モリスは有夫のセアラと肉体的交渉をつづけながら、良人ヘンリへの嫉妬を消し去れない。四四年の半ば頃、空襲にあって二人の関係が断たれる。意識を失ったモリスの蘇生を、セアラは神に祈って、この不倫の中断を誓言したからである。物語は時間的に倒叙され、セアラの日記が大きな部分を占め、セアラの死の葬式につづき、神への抵抗に力尽きようとするモリスの独白で、この小説は終るが、モリスの回想の中でも、セアラの情事に思いおよぶところが若干ある。

「彼女は情事の最中に、いつものように身体を弓なりに曲げ、苦痛のような叫びをあげるだろう」といった程度の描写があり、これは前作「事物の核心」にも見られなかった卒直な大胆さである。ちなみにモリスは信頼の置ける人として、自分の弁護士、医者、司祭を挙げ、今一人、私立探偵を加えているのは、彼が娯楽小説としてスリラーを書いていることを思い合わせて興味がある。この探偵はモリスの依頼に応じてセアラの素行を調査し、彼にそれを報告し、かつ彼女の日記を奪ってくるのである。

　文学のエロティシズムが、愛慾表現と結びつくことは不思議ではない。エロティシズムがしばしば卑猥と混同されるのは、その結びつき方と結びつけ方によると同時に、最も危険なことは、読者が自らの眼鏡を通して、映像を歪曲してしまうことである。作品の上で、エロティシズムがいかなる変型をもって提出されていようとも、読者は表面的な感情に翻弄されずに進んでそこに詩的真実を見究めようとする努力が必要であるだろう。

犯人当て解答を選んで

（以下の文中では「宝石殺人事件」のトリックにふれています）

　事件を出来るだけ率直に運び、犯人追求の手掛りになるデータも、かなり明瞭に出すようにつとめたこともあって、思いのほか多量に山積した応募解答のうち、約七割ほどがほぼ正解に近い答案を示された。作者としては完全に打ち負かされた恰好で面目ないが、実は甚だ嬉しい敗北であった。犯人は第一回でも指名出来る。作者として解答に求めたのは、ダイヤ陰匿は相模屋の悪意なき執着であり、共犯はなく、兇器はミルク開けの錐、電車の堕性利用、パンの持ち出しの自然性を見抜いてもらうことであった。一等の解答はこの条件を充たしている。これに近いもの多数の中から、二三等を抽せんにしてもらった。作者への好意的挑戦に対しては、心から感謝を申上げる次第である。

とりとめもない読書

ひところ、ポオ、ドイル、チェスタトンをはじめ、クリスティ、ヴァン・ダイン、クイーンなどを全作品に近く読み耽った頃にくらべると、近頃は誰か特定の作家の作品を特に読みあさるということは殆んど無くなってしまった。一つには極めて興味をひかれる作品に行き当っても、他の作品に失望することが少なくないからであろう。ベントリでは「トレント最後の事件」、クロフツでは「樽」、フィルポッツ「赤毛のレドメイン」「闇からの声」、ミルン「赤色館」、メイスンでは「矢の家」にとどめをさすといった具合で、そう一人の作家に耽溺したことはない。セイヤーズでは「ナイン・テイラーズ」「ハヴ・ヒズ・カーカス」に満足させられはしたが、まだ他作にまでは本を持っていながら手がまわらない。アイリッシュも「幻の女」に感激しているので、他の作品から与えられる失望の方が大きいことを恐れている。

ハードボイルドでは、ハメットやチャンドラーにいたく幻滅したので、殆んど興味を持っていない。スパイ小説も同様である。グリーンの近作「事件の核心」「情事の果」には興味をひかれたが、これはスリラーとしてよりも人間悪に対するカトリック的な解釈に別種の文学的関心があったからである。カーは一番よく読んでいるが、繰返えして読み得るのはポオとチェスタトンで、これらは語学的には、愛読書より実用書に近い。

スリラーの浪漫性

（以下の本文では、ミッキー・スピレーン『復讐は俺の手に』の犯人が明かされています。）

女あそびの面白さは、一婢、二盗、三妾、四娼、というのだそうで、細君にかくれて女中を、亭主をだまして妻を盗むのは、なるほどスリルがあればあるほど順位が高くなるものと肯かれる。

ところで、スリルとは何だろうと、手元にある大きな英語辞典を繰ってみたら、「全身を浸み通る、感情なり興奮なりの戦慄、身ぶるい、おののき」であって、スリラーとはそうしたスリルを与えるもの、特に刺戟的な小説、劇のたぐい、とある。これが煽情的になるとエロティク・スリラーというわけであろう。念のためにさる米和辞書をひらいてみたら、「俗受小説、赤本」とあって、大体の紳士淑女の通念を代表している。

☆

スリラーというのは比較的新しい言葉であって、現行の常識ではこれを狭義に解して、探偵小説、怪奇小説、伝奇小説、冒険小説、スパイ小説、西部小説などを指すことになっている。しかし考えてみると、人生百般のことはこれことごとくスリルとミステリにおおわれているのであるから、うんと広義に、あらゆる文学は古今東西を通じてスリラーであるとも言えよう。なにも三文小説、赤本に限ったことではなさそうである。

ジョージ・フレイザーの「現代の英文学」を見ると、三十年代の最も優れた小説は社会的傾向の状態を反映して、第一に象徴的メロドラマ、即ち文学的スリラーの存在を挙げている。この種の犯罪冒険物語は当代世界の、不安、恐怖、危険な状態の生々しい感覚を伝えるものとして例にグレアム・グリーンを採り上げているが、社会的な意味だけではなく、人間的存在の精神過程はいつの時代でも質的な相違はともかく、この不安な恐怖感、あるいはそれへの好奇的渇望はあるものだから、特に社会的条件によるよりも心理的条件による方が多いように思われる。

☆

ミステリーにはスリラーの要素が含まれているのが普通である。しかし、スリラーが必ずしもミステリーであるとは限らない。ミステリーとは本来人間の知性をもってはうかがい知ることの出来ない神秘を言っている。辞典をあけてみると、「その性質において、知られない、あるいは理解出来ないある物。秘められているもの、極めて曖昧なもので、畏怖なり好奇心を刺戟する、説明されない、不可解な現象」にある。狭義にはイギリス中世のキリスト奇蹟劇などを指すが、探偵小説はポオ以来、この不可解な謎の現象を解くことが大きな眼目ではあるが、最後に探偵によって絵解きをされるまでは、この謎に素晴しい魅力があり力点があるのであるから、よしんば解決がいかに合理的であっても、本質的には探偵小説はミステリーであるわけである。

つまるところ「ハムレット……この天地の間にはな、所謂哲学の思も及ばぬ大事があるわい。……」ということになるのである。

☆

探偵小説でミステリーの色濃いものをポオの「モルグ街の殺人」「マリー・ロジェーの秘密」の系譜に始まるものとすると、スリラーの色濃いものはフィルポッツ「闇からの声」に類するものであり、二つの混交の巧妙な結合という点ではヴァン・ダインの「僧正殺人事件」、アイリッシュの「幻の女」などが考えられる。黒岩涙香の名翻案もこれに属する。

スリラーが、全身を貫く感情の戦慄を与える物語であるとすると、浪漫文学はおしなべてその要素を含んでいる。極端に言うと、ロマン派詩人が与える感動の波紋もこれに近い。ちょっと思いつくだけでも「千夜一夜」の物語からデュマーの「モンテ・クリスト伯」に至るまで、おびただしい作品が挙げられる。「ハムレット」の亡霊でも、今の青少年は滑稽に感じるらしいが、エリザベス朝ではおそらく深刻なスリルであったに相違ない。陰惨残虐のスリルは江戸歌舞伎には限らない。イギリスのエリザベス朝、流血悲劇の一つ、キッドの「スペイン悲劇」、ターナーの「復讐者の悲劇」、ウェブスターの「白魔」「マルフィ公夫人」などの残酷な血なまぐささ、淫蕩、毒殺、亡霊、骸骨、変装、復讐というお膳立てはグロテスクなスリルを盛り上げるに充分である。

ポオは自分の短篇集に題して、「唐草模様風グロテスクな物語」と称した。もっともアラベスクとグロテスクとは同義語である。ポオがグロテスクと言ったのは言葉の正しい用法で、「珍畸な」という意味合いに過ぎないので、今日われわれの慣用に見られる醜怪さは含んでいない。

☆

浪漫文学は美と珍畸の結合である。珍畸は異常なるものに他ならないから、その要素である性慾感情が倒錯的に強調される場合もありがちで、ワイルドや谷崎潤一郎の結びつきは偶然とは言い難い。それが誤って美との結合をなおざりにしたので、一方だけが興味にまかせて強調されると単なる煽情通俗読物に低落する。

スリルを主眼とするからには怪談に触れなければならないが、これは江戸川乱歩氏「幻影城」に精しいからここには省く。ただ、江戸川乱歩氏、大下宇陀児氏、城昌幸氏に、この種のきわめて優れた作品がいくつかあることをつけ加えておかねばならぬ。

正面からの怪談でこそないが、ゴオゴリの「肖像」や「鼻」、カフカの諸作、広津柳浪の「黒蜥蜴」「変目伝」「河内屋」、泉鏡花の「高野聖」その他には、変形した恐怖ともいうべき異常な感動のおののきがある。ゴオゴリ短篇の基調にはホフマン風ロマンティシズムと中世ゴシックへの憧憬があり、グロテスクとゴシックを両翼とした怪奇幻想譚であり、異常人の心理としては「狂人の日記」にいびつなグロテスクの高潮がある。カフカの心理的なスリルは、グリーンの追われる者の心理的スリルに対して甚だ抽象的ではあるが、それだけにかえって普遍性も多い。

奇異な鬼気的スリルを文学作品に求めると、ポオ、ホフマン、ボードレエルを主流として、イギリス十八世紀後半から十九世紀へかけてのゴシック・ロマンスの数々から、コウルリッジの長篇詩「老水夫」「クリスタベル」、スコット短篇「漂泊のウィリー」、リットンの超自然恐怖の傑作短篇「憑かれた者たちと憑きまとう者たち」、ファニゥ「死妖姫」等々数えるに暇がない。

☆

ゴシック・ロマンスの傑作はマシュ・ルイスの、「修道僧、一名アムブロジオ、またの名、ロザリオ」である。江戸川乱歩氏「幻影城」にも、「アムブロジオは、もっと大胆不敵な不倫の作風で、当時のものだから、一方に騎士道とロマンスがあるけれども、一方には聖僧が堕落して行く径路、魔女の誘惑、淫猥と地獄風景の速続である。幽霊は出るけれども、それはごく僅かで、怪奇というよりは、古典的エロ・グロの書という感じの方が強い。現代人にも充分面白い作品である」というので、大体のことは察しられよう。ホレス・ウォルポールはゴシック小説の名づけの御本尊で、その「オトラント城」は騎士道的怪談小説ながら、大きなかぶとが飛んできたり、肖像画が物を言ったりしても、今日ではいささかもスリルは感じられない。作為のおびただしい怪奇やスリルはかえって一時の刺戟にしかならず、たまたま作家の本質的心情からほとばしり出た情感が怪奇とスリルに裏づけられている文学ほど、ロマン的心情の波に乗りつづけていくことが出来るらしい。今では「オトラント城」の面白さはもっと別なところにあるし、これがポオにつながるグロテスクの始流であることは文学史的にはもっと再評価の余地がある。

エミリ・ブロンテの「嵐が丘」はその構成の上で、特に始めの部分はホフマンの「家督相続」に負っている。第三章までは殆んどその形式を借りたと思われるほどで、寝室で書物を読んでいて幻影におびやかされるところ、最後にアーデルハイトが古城を年経て再訪するところも、ロックウッドが時を経て嵐が丘を再訪するところと似ている。ヒースクリフがキャサリンの墓を発くところは美しいほどに悲痛である。「俺の両の腕にもう一度彼女を抱きたい！　もし彼女の身体が冷めたければ、俺に寒けをさせるのはこの北風だと思おう、それに彼女が動かないなら、眠っているのだと思おう」「この棺のふたさえ除けられればなあ。俺たち二人の上にシャベルで土をかけてほしいものだ」というヒースクリフの独白を見ればよい。

☆

フランスにおける怪奇スリラーは案外にこのジャンル

としては顕著でなく、遠く十八世紀のジャーク・カゾットの「悪魔の恋」がややそれに近い。ロマン・ファンタスティクと呼ばれるもので、悪魔の出現と、その化身である美女の不幸な恋といった幽艶素朴な心理小説であるが、史的にはこの怪異譚はゴシック・ロマンスやホフマンの源流に当る。近代フランスでこの種の怪異譚に筆を染めているのはノージェ、ゴーチェ、メリメ、ネルヴァル、バルザック、アポリネール、リラダン、モーパッサン、ドルヴィリー、ブロワ等とあるが、特に怪異譚スリラーの作者であるとは申されない。「悪魔の恋」は十八世紀の作品であるが、この悪魔の美女ビョンデッタと青年アルヴァーレとの濡れ場に、

「こうした熱情の証拠、こうした苦悶のしるし、深き分別の結果樹てられた決意、雄々しいとも思えたこうした強さを眺めると、私はどうしようもなくなりました。私は彼女の傍に坐り、愛撫して気を鎮めようとしましたが、はじめのうちは私は押しのけられてしまいました。それから間もなく、何も、抵抗を感じなくなってしまいましたが、これはうまくやったという筋合のものではなかったのです。呼吸が迫ってき、眼は半ば閉じ、からだはびくびくと痙攣するばかりでした。あやしい冷たさが皮膚全体にひろがりました。脈もはっきりと打たなくなり、もし涙が前と同じように夥しく流れていなかったら、全く生気を失ったものと思ったことでしょう。おお、涙の威力！　これこそ疑いもなく、恋の魅力の中で一番力強いものなのでしょう。私の疑惑も、決心も、誓いもすべて忘れられてしまいました。この貴い露の源を汲み枯らそうと、私は初々しさが薔薇の甘い香とともに匂うその口に近づきました。私が遠ざかろうとしても、その白さも、その柔らかさも、とても筆では描けぬほど美しい二本の腕が、固いきずなとなって、私は身を振りほどくことができなくなるのでした。……」

とあるのは、さすがにフランス、ブウルボン王朝の優雅さを身につけただけあって、この艶麗さは甚だ近代的である。

☆

近代の英米文学を通じて、怪奇神秘、不思議な作品を

拾ってみると、いささか驚くほどの広い範囲にわたっている。ビアスやチェスタトン、ウエルズは言うまでもないが、ヴァジニア・ウルフに「幽霊屋敷」の短章があり、オフラハティの「誕生」、フィツゼラルド「ベンジャミン・バトンの奇妙な事件」、ラーフ・ベイツ「憑かれた男」、ヘンリ・ジェイムズ「真正のもの」、ガーネット「狐に化けた婦人」、シングの「チャーリ・ラムバート」「教会建造」、ロレンス「最後の笑い」、コリアの数々の作品、フォースター「サイレン物語」、イエイツ「王者の智恵」、マーク・トゥエイン「キャプテン・ストームフィールドの天国訪問」、スタインベック「アルジアズのこびと」、ビアボム「プロメシウスの場合」等と数限りなく、詩人でも、イエイツ、ド・ラ・メア、メイスフィールド、ギブスン、T・S・エリオット、グレイヴス、フロスト、ウォーナーなど、いずれにも珍奇異常な感覚を歌った作品がある。

スティーヴンスンの「ジギルとハイド」はスリラーとしては既に古典の風格があり、シャミッソー「シュレミール綺譚」及び譚詩、ワイルド「ドリアングレイの画像」いずれも心理的分裂の異常美であって、悪魔に魂を売ったゲーテ「ファウスト」に通じる。「ファウスト」と言えば「ワルプルギスの夜」の狂歓はジョイス「ユリシーズ」のマボット街娼家の怪異な幻想曲を想い起させる。

セイヤーズ女史編にかかる短篇小説集にはさすがに目の高い巾の広い選択がなされていて、幽霊物語にはオリファント女史「開いている扉」、ディケンズ「出張販売人の伯父の話」（ピクウィク・クラブより）、同じくコリンズとの合作「マリゴウルド博士の処方」、吸血鬼ではベンスン「アムワス夫人」、フランケンスタイン風ではジェロームの「踊りの相手」、憑きものではスティーヴンスン「投げられたジャネット」、生きている死者ではボウエン「アン・リートの冒険」、運命的怪異ではコンラッドの「野獣」、メイ・シンクレアの「火の消されないところ」、夢魔を扱ったル・ファニュの「緑茶」、クイラ・クーチ教授の「第七番目の男」、ド・ラ・メアの「シートンの伯女」、狂患ではマイクル・アーレンの「アメリカから来た紳士」、残虐な話ではウエルズの「火口」などが収められてある。いずれもスリリングな話であって、文学的な読み物としても上々である。

スリラーが伝奇的要素と結びつくと、白井喬二「富士に立つ影」、吉川英治「鳴門秘帖」、中里介山「大菩薩峠」、角田喜久雄「妖棋伝」等の手に汗にぎる大衆時代小説に転化していく。更にこれに探偵小説的要素が追加されると、ルパン登場ということになってくるわけである。

☆

珍畸を好む審美的感覚をよう持ち得ないで、一層直接な刺戟を読物に求めるに至ると煽情を主とした安価なスリラーが駅売り赤本雑誌に汎濫する。ここにはもはやスリラーの高貴な浪漫性は見られず、ひたすらスリラーの感覚的痲痺が横行するだけである。探偵小説のハイブラウとロウブラウの分れ目で、探偵小説を香り高いミステリーにするのも、低俗な赤本スリラーに誤解させるのも、この辺りに岐点がありそうである。

今問題のスピレーンは、マイク・ハマーのミステリー・スリラーと旨いことを言った。私が読んだのは「俺が裁くのだ」「復讐はわがもの」「長い待ち伏せ」「淋しい一夜」「大殺人」「接吻して、死ぬほど」の六冊、「俺の鉄砲は早い」と近刊一冊は入手していない。復讐とギャングと薬行商人とピストルと美人と寝室と接吻と裸体とが目まぐるしくかけ廻る。

「だが彼女は身体をくねらせた。衣を裂く鋭い音がして、化粧着が僕の両手に残った。ジュノーはよろめきながら真裸のまま部屋を横切った。身につけているのはハイヒールと透き通るストッキングだけだった。テーブルの端につき当ると、両手を引き出しに延べてそれを開いた。取ろうとしているピストルがすっかり僕に見えた。

僕は一瞬早く自分のピストルを取り出して「動くな、ジュノー」と荒々しく言った。

彼女はそこに氷りついた。その美しい身体に筋一つ動かなかった。僕はその白い裸の肌をくまなく見て、靴と靴下との対照の美しさに目を見張った。彼女の両手は引き出しの上に置かれたままで、ピストルが直ぐ近くにあった……」

といった調子で、この一節は、「復讐はわがもの」の最後の場面である。ここで私なるマイク・ハマーは女賊ジュノーを射ち殺す。エロティク・スリラーもここまでくると御愛嬌で、恐ろしい発行部数の察しもつくというものである。

「文芸」特集推理小説を推理する

このたびの「文芸」が一般作家を動員して、探偵・推理小説への門を大いに開いてくれたことに、この企画へ何をおいても讃意と敬愛を表さなくてはならぬ。

ところで、同じ競技であっても角力と柔道、庭球と野球とでは、ルールが違うように、探偵・推理小説にはやはりそれ相応のグラマーがある。このグラマーに精通していて、巧みに利用した上で、構成にも技術的にも成功しているのは椎名麟三氏の「罪なき罪」一篇に過ぎない。これは推理小説としては立派に合格でしかも優等である。優等である理由の一つは、「宝石」作家がしばしばおちいる説明的な記述が、この作品ではさすがに手馴れた描写による生き生きした表現を持っているからである。人物の出し入れも甚だ巧妙で、弟のために身を犠牲にしてきた姉を、恋愛事件をきっかけとして弟が毒殺しようという心理が単に邪魔な存在だからという単純な動機からだけではなく、殺すことによって苦悩から救おうとする気持も納得いくように複雑な心情を明確に書き分けており、犬のバラバ、少女信子、「死にたい」と口ぐせにしている姉志津の言葉、謎解きをする教師菊男の扱い方など、甚だ洗練された玄人であって、平坦な事件のように見えながらサスペンスの盛り上りは強烈である。

途中犬を利用した信子の罪なき犯罪が、そのまま犯人として持ってゆかれそうでいて、レモン・ジュースの件が生き、ここで再度の謎が深まる。弟広和の偽装アリバイも、表面に出してかえって裏を見せる手段があり、菊男の姉志津によせる愛情ある解決は作者の余裕を充分に示している。ただ弟が倉庫の床に残っている粉につけた指跡青酸カリと硝酸銀の中和ということは、最後の解決にしか出てこないのでフェア・プレイではないかもしれないが、犯人当て小説ではないのであるから、さほど不自由にも感じられない。立派に納得がいく。まず本格的秀作と申してよろかろう。

今一つの本格のグラマーに近いのが、石上玄一郎氏の「剪りとられた四時間」である。しかしここでは、委託殺人の謎を解く推理は第二義的に考えられており、作者の興味はもっぱら「剪りとられた四時間」の無意識心理の追求にあるようである。着想が面白いのに、この四時間のおぼろな回想が期待されるほどのサスペンスを持たないのは、そこに犯罪解決の手掛りが一向に生きていないからである。そのために、犯人追求の警察の行動が単に機械的にしか受け取れて来ない。直接の犯人が岩村とチュウを飲んでいた林という男、実は野地であることは直ちに推定されるが、その極め手が左利きということにあるだけで、警察の追求がもっと推理のサスペンスを持つように仕組まれていると面白い作品になったかもしれない。アリバイを持つ都田克三の委託殺人であることが最後に説明される。

安部公房氏の「パニック」と中村真一郎氏の「不可能な逢引」はともに推理小説というより心理的スリラーに近い。

「パニック」は悪く言うとカフカのエピゴーネンに過ぎない。カフカの場合では、シチュエイションがどうであろうと、いついかなるところに置かれても、主人公の不安な心理が直接的なリアリズムよりもはるかにリアルな訴えを持っているに反して、安部氏の場合ではシチュエイションだけが浮いて出て、読者は主人公の心情に同調出来ないもどかしさを感じる。仮装ではあっても更に一つの殺人を重さね、容疑者としての苦悩を扱いながら、一向に鋭敏な神経と主人公の心情への共感が、湧き上らないのは、真実を虚構に仮託する態度が、遊びとは言わないまでも、明確さを欠いているからであろう。会社の用語集の暗記などは、石川淳氏の「鷹」にも使われていて、これはむしろパニック会社に対する興味をそこねる。

「不可能な逢引」は同時に空間を違えて出没する二組の逢引の話である。テープ・レコーダーなどが出てきて、電話による声のアリバイを点綴しながら、一方では現実にあり得ない不可能な二重の逢引を描いている。事は解決されないままで残されるが、この作品は安部氏の「パニック」と、丁度反対の着想に出立している。「パニック」が虚構と幻覚との真実を描こうとしているのに対して、「不可能な逢引」では真実の虚構と幻覚を描こうとしている。

作品としては、推理小説としても一般小説としても、双方ともに成功とは言い難いが本格的な推理小説を書こうとしないで、奇妙な感動に頼ろうとする場合は、ポオ、ホフマン、ボードレール、アポリネールの例を持ち出すまでもなく素材をリアルな眼でつきつめた、ロマンティシズムの透明な光を必要とするだろう。浪漫心情に異様なリアリティの美を汲みとる洗練された感覚を条件とするが、これらの作品がそうしたものを追求しようとする一つの試みであることは認めなくてはならぬ。リアリズムの本質が、単に現実ばかりでなく、その背後にひそむ実体のない世界に心理的にあることを見せようとした点では、この二つの作品は意義のないわけではない。

ただ注意すべきことは推理小説のグラマーを無視してはならぬことである。破壊することは一向に差し支えないし、むしろ好ましいとも言えるが、これに無智であっては反逆も成り立たない。

井上友一郎氏の「男女」は推理小説として書かれていない。しかし、作中の私が、おはまの知的で清潔で女らしい嫌らしさのないところを好きになり、これが女装の男であると聞いて実体をさぐろうとするが、読者にも、「私」と同じく探ってみたい好奇心を抱かせるところは推理小説と言えば言えるかもしれない。ただ結論を記者のNに実験させてしまうのは推理小説としてはあっけない。それはともかく、おはまの心事をNに語らせる末尾は、よく聞く話だが小説になっている。男色の風流など分らぬと言いながら、女装のおはまに心惹かれる作意は巧い。こういう企画はたびたび歓迎したい。専門の推理小説家に一般の小説を書かせてみるのも面白かろう。

作者からの挨拶

今回の犯人当て小説「美悪の果」は少しばかり趣きをかえて表面のデータからだけではなしに、主として犯人の心理的動機を目標にしてみた。いつもながら正解が多くて作者としては嬉しい敗北であるが、探偵小説としては今後も色々と幅の広い世界を開拓してみたいものである。解答に見られた読者諸氏の推理の着実さと空想力の逞しさとには敬意を表したい。

正解者決定会議の日

「宝石」編集部にて　　千代　有三

悟性と感応の天才

作家論の多くは、いつも学者や批評家の方が、どう四つに組んでも背負い投げをくわされがちで、作家の方では舞台の背後でほくそえんでいるものである。特に批評家の方で、その作家を対象に、きわめて個性的に自己を投影する場合はこの限りではないけれど、いまここで江戸川乱歩という大きな名前ととり組んでも、しょせん、わたくしには勝ち目はなさそうである。

江戸川乱歩氏の文学史的な意義や価値、その功罪、作品の品評など、ここで今更ながら事新しく述べるまでもあるまい。誰もが言うような讃辞を繰り返えしても珍しくはないであろうが、ただ乱歩先生の文学的本質については言い逃がすわけにはいかない。

合理的な悟性が、たまたま異常な世界を鋭敏にキャッチする神経を兼ね備えて、尋常凡庸な度合いならばこれを行きずりに冷笑していくところを、美的な感応によく没入、吸収して、かつこれをわが創造的表現となし得る文学的な天才の一種であるといえば足りよう。

ここでわたくしの回想を許して頂きたい。まだ中学生であった頃、試験勉強に事かりて大阪中之島図書館に通ったのは、もっぱら江戸川乱歩全集、全集とは言わなかったかもしれない、多分、春陽堂版、創作探偵小説のうち、「心理試験」「屋根裏の散歩者」「湖畔亭事件」「一寸法師」であったと思われる、黒クロースに朱の背文字の入った本を読み耽けるためであった。当時、とりわけ「湖畔亭事件」に感嘆し、何度となく繰り返えし読んだのは、探偵小説の本格的な面白さを、特に長篇の上で一層満喫していたからであろうと思われる。

平凡社の現代大衆文学全集第三巻、江戸川乱歩集が出た時、わたくしは繰りかえしてこれを耽読したことを昨日のように覚えているから、その当時から今日に至るまで、わたくしは最も早い読者ではないまでも、最も忠実な読者のひとりであるといって差し支えなさそうである。わたくしに探偵小説の面白さを教えてくれたのは乱歩先生であったし、長じてなお、探偵小説の如何なるものであるかを、数々の評論なり紹介なりで教えて貰っているのは乱歩先生である。

わたくしが乱歩先生に始めてお目にかかったのは銀座のイヴニング・スター社での土曜会であったから、もうかれこれ六七年になるわけであるが、その間を通じて、常に後進の意見なり知識なりを謙虚に聞きとられる態度には敬服すべきものがある。公私ともに大変な迷惑のかけ通しで恐縮に耐えないが、わたくしが曲りなりにでも探偵小説を書くようになったのは、一重に先生の御激励によるものであることを感謝している。

ありていに言うと、江戸川乱歩の文学的特質は、先に挙げた平凡社「江戸川乱歩集」か春陽堂版「湖畔亭事件その他」に封じこまれているであろう。わたくしが江戸川乱歩を論じようとして、かなわぬのは、乱歩文学を十全に理解するためには、先生のきわめてユニークな個性に満足に追求出来るかどうかを恐れて、あるいはその資格なきを憂えるからである。作品の表面を素通りして、「二銭銅貨」「D坂の殺人事件」「心理試験」「黒手組」「一枚の切符」「灰神楽」などの初期本格小説のトリックを讃え、構成の妙に感嘆し、「二廃人」「赤い部屋」「屋根裏の散歩者」「鏡地獄」「人間椅子」等の変格小説に見られる異常感覚の美的幻惑の魅力を語ることはさして難しくはない。

しかし、乱歩文学の魅力と天才的な独創とは、実はそれらの作品の背後に横たわっているのである。わたくしは単なる読者として、作品の魅力と探偵小説史的な意義と地位とだけに満足しようとは思わない。わたくしの乱歩先生に寄せる愛着と敬意とは、むしろ作者が無意識であるかもしれない、あるいは自ら知ろうとして知ることの出来ない、創作心理の秘密と過程とを分析したい衝動を覚えさせる。探偵小説の上で、わたくしにかかる衝動を覚えさせるのは、他にアラン・ポオとコナン・ドイルとチェスタトンがある。

江戸川乱歩の探偵小説における大きな足跡を意義づけるものは、先生の探偵小説に寄せる情熱の一層熾烈なことである。このことは何よりもその随筆評論集に著るしい。特に近著「幻影城」「続・幻影城」を通じて、乱歩先生の一切の時間が、専ら探偵小説への関心にあることは驚嘆に価しよう。「続・幻影城」は今一度精読の上、改めて讃美したい、実り豊かな学的業績であった。

探偵小説の独創は、一般文学の特異な心的経験と事かわって、少くともトリックと構成の上で過去の遺産に立脚することから飛躍する場合が多い。行文の上手下手はその人の才能に半ば以上依存しているが、探偵小説としての開拓と創造は、今日では他の作品を省みることなくしては成り立たない。乱歩先生の無双の業績は充分信頼に足る跳躍台を設定したわけである。わたくしは作品行動の上で、その学恩にこたえることを、自分の義務と感じている。

乱歩先生の還暦の賀に当って、わたくしは祝辞を述べる末尾に連なりたいと思った。幾度か筆をとって、しかも一字も書けない日がつづいたのは、この巨人的な才能と努力の前に、自分の言うべき言葉を見失ったからである。おそらく乱歩先生は、饒舌よりも寡黙にある誠実を汲みとって下さるであろう。

ヴァン・ダインの妙味

（以下の文章では、ヴァン・ダイン『グリーン家殺人事件』の犯人、『ドラゴン殺人事件』のプロット、エラリー・クイーン『Yの悲劇』の犯人に言及されています。）

ヴァン・ダインの面白さは、そのまま探偵小説の持っている独自な面白さを代表するものである。アラン・ポオの五つの短篇「モルグ街の殺人」「マリ・ロージェの怪事件」「盗まれた手紙」「黄金虫」「犯人は汝だ」がそうであり、ドイルのホウムズ譚がそうであるように、ヴァン・ダインは最も正当な、探偵小説の基礎文法を確立した一人であった。

ヴァン・ダインが近代探偵小説の輝しい完成者の一人であり得るのは、彼が一般文学芸術に通じていた上で、探偵小説の発想が、構成の点でも技法の点でも全く一般文学とは違った、むしろ逆転した場から成り立つものであることを知っていたからである。そして彼は作中人物の性格描写なり、作品の雰囲気構成に、出来るだけ文学的要素を拒否しているように見せかけながら、きわめて巧みに文学的要素を利用していたのであった。

ヴァン・ダインは文字のさぎ師である。その手口があまり鮮かなので、だまされても腹は立たないし、だまされていると分っても、その手口に乗っけられているのが、かえって愉快である。たとえば、主人公フィロ・ヴァンスのペダントリーについてはこれまでしばしば言われてきているが、これほどヴァン・ダインの手口を卒直に語っているものはない。作者の本名ライト氏には哲学的著作、美術に関する著作があるということが、一層ヴァン・ダインのペダントリーを深奥に神秘化しているらしいが、フィロ・ヴァンスが特に机上に拡げる文学書の書目を見ると、その偽装ペダントリーが分って面白い。「巨竜殺人事件」では「享楽主義者マリウス」が出てくるのがその一つで、イギリス文学を読み馴れている者にはフィロ・ヴァンスとこの小説の作者ペイターとの結びつきはよく分かる。なるほどフィロ・ヴァンスなら真っ先きに読みそうなもので、それがかえってフィロ・ヴァンスらしくない業々しさで、本当にイギリス文学に通じているのなら、もっと他の奇書珍書を挙げるだろう。フィロ・ヴァンスとペイターのとり合わせはいかにも平凡である。しかも一般の読者には、ペイターの「マリウス」は第二世紀ローマの香り高い想像を与えてフィロ・ヴァンスを高貴な精神に感じさせる。

ヴァン・ダインはフィロ・ヴァンスを創造するに当って、これ以上では読者になじみが薄くなり、これ以下では品位をおとすという限界をよく心得ていたと思われる。この素人探偵は大変な美男子で独身である。ディレッタントというには当らない高貴な教養を備えていることになっている。第一作「ベンスン殺人事件」で紹介されているところによると、文化科学のあらゆる分野を踏破し、宗教史、ギリシア古典、生物学、公民学、経済学、哲学、人類学、文学、理論・実験心理学、古代及び近代言語学等々百般に通じ、彼が集めている美術品も一流の粋に飾られている。のちに彼がやっている言語学的な仕事は「エジプト古文書」の翻訳である。なんという平凡な高貴さであろう。

ヴァンスの魅力は、彼が決して学問的な専門家でないところにある。そしてそれが甚だ専門的に深奥であると見せかけるところにある。フィロ・ヴァンスの美術論は高度な常識の一線にとどまり、東洋美術論は概念に空転して一向に権威がない。しかしそこが面白いので、凸面鏡や凹面鏡にわが姿を写してみて、奇体に歪がむ虚像を楽しむのと同巧異曲である。

このさぎ的ペダントリーはフィロ・ヴァンスの頭脳だけではなく、その小説に巧みに延長される。ヴァン・ダインは「探偵小説作法二十則」（江戸川乱歩「幻影城」参照）を設定しているが、彼自身の作品がそれに当てはまらないところが文学の妙味で、作者も必ずしもその原則に従っているわけではない。

ヴァン・ダインの探偵小説の面白さは、不実な女の涙と似通っている。種がわれて謎解きが終ってから、あらためて始めから読み直し、考え直してみると、作者のトリックの置き方、偽瞞の仕方、伏線のありどころが、いかに効果的に試みられているかが分って興味がつきない。一度作者のさぎにかかった読者は、今度はそのさぎ師を目前に据えて、作者の手ぎわを推理出来るからである。

ヴァン・ダインは始め賢明にも、探偵小説は六篇位しか書けないことを予言した。作家の素質が多様である場合はともかく、特にフィロ・ヴァンスという人物を創造し、小説の世界を一箇の個性に限定すると、本格長篇をそういくつも書けないのが一般であろう。しかし、当初の六篇はいずれも傑作というに価《あた》いし、その後思いをあらたにして再出発した「巨竜殺人事件」以下も、初期のものを読んでいる読者には望蜀の常で、これまでの水準を抜くとは思えないかもしれないが決して平凡な作品ではない。

「ベンスン殺人事件」のエレヴェーターのトリックや弾道の高さによる人物の測定などは、心理的な確証とともにヴァン・ダインの出発に大きな期待を持たせるものとなったが、「カナリヤ殺人事件」の密室事件への挑戦を経て、「グリーン殺人事件」「僧正殺人事件」に至ると、ヴァン・ダインの探偵小説が絶頂に達してくる。

「グリーン」と「僧正」との価値評価はそれぞれの好みによって違うらしいが、高級な読者でも、始めに素直に楽しめるのは「グリーン」であろうし裏側の奇妙な心理に戦慄する者は「僧正」を採るであろう。しかし「グリーン」にも心理的なスリルはあるので、最後のクライマックス、アダの逃亡がもたらすサスペンスは強烈である。むしろこの異様なスリルはクイーンの「Yの悲劇」における子供の犯罪がもたらす異様な怪奇さに似通っているところがある。「僧正」ではこの心理的な不気味さは、マザー・グースの童謡を通じて一層直接である。

ヴァン・ダインが再起した第一作「巨竜殺人事件」は、探偵小説作家ならば一応考え出しそうで、その解決を合理的にすることが甚だ困難であるために躊躇しかねないトリックを大胆に採り上げたものである。

水泳のために「竜ノ池」と呼ばれているプールへ飛びこんだモンタギューが、そのまま水面にあらわれないで、失踪してしまう。プールの水を流し去っても死体が見当らない、という着想に始まる。いわばプールの密室殺人であって、「竜ノ池」にまつわる奇怪な伝説がこの事件の裏を縫い、事件の現実性と伝説の神秘性とが、一見狂姿を配して遊離しているように見えながら、事件の背後で密接に結びついてくる。

モンタギューの惨殺死体がフィロ・ヴァンスによって、近くの洞穴で発見された時に、予感されていたこの殺人事件が明確な影をとってくる。

プールに飛びこんだ人物が姿をかくし、その死体が近くの洞穴に選ばれたというからには、プールの底が洞穴に通じているか、誰かがひそかに被害者を運んだということになる。もし後者だとすると、プールに立っていた他の人々の眼に触れないで、しかも足跡も残さずに誰が、いかなる方法で、可能であったかが問題となるわけである。そこまでは読者は探偵のフィロ・ヴァンスを離れてでもついて行けよう。

　竜伝説、奇怪な洞穴での惨殺死体の発見、続いて同じ場所で発見された別人の死体、納骨堂、その鍵の発見、それが発見された場所、自動車の音、モンタギューの上衣に残されていた女の手紙等々、データは充分に、しかしもどかしく提出されて、読者への作者の挑戦が待っているわけである。しかし、プールの底に残されている、見なれない巨竜の爪跡、惨殺死体の傷痕が明らかになるにつれて、敏感な読者ならば、ある種の予測が不可能とは思われない。むしろ読者にとっての難問は、犯人のアリバイにかかってくるわけである。ここでフィロ・ヴァンス特有の熱帯魚論議と巨竜論議に楽しく悩まされるということになる。この論議は先に述べたように、ヴァンスのペダントリーの巧用であるが実はこの似而非《えせ》ペダンチック論議が、読者にさほど必要でもないと同様に、探偵のフィロ・ヴァンスにも一向に必要でなかったところが、この小説のさぎ的面白さで、ここで植木鉢の秘密が後に強力な確証になるという、大変、大きい煙幕が張りめぐらされるのである。

　探偵小説の読者は、初めは正面からぶつかって欺かれ、つぎには裏をくぐろうとして横穴からおん出され、ようやく鏡の部屋の迷路を抜けるのに成功すると、もう一度逆行してみたい誘惑を感じるものである。ヴァン・ダインは謎の設定において、自ら「二十則」で言っているように、なるほどフェア・プレイに終始している。しかし彼の作品は、そのデータの提出にあたって、読者の知的興味と心理的感応をよく計算した上で、文学的粉飾とペダンチックな論議と、マーカムとヒースの愚行を織りまぜ、読者の興味を縦横にひきずりまわすことになる。

　ヴァン・ダインの作品の妙味は二重である。娯楽としての謎解きが探偵小説のつつましい文学的雰囲気に盛り上げられ、その作品の幕が閉じられてから、読者と作者の楽屋での打ち明け話が楽しめるというものである。優れた本格探偵小説が再読に耐え、しかも再読の頁を繰るに従い、作者と作中探偵の心の秘密が解けていく面白さというものはまた格別であって、ヴァン・ダインの作品は、よくそうした読者の要求に適うであろう。

アンケート

Ⅰ　ラジオ放送探偵劇について
Ⅱ　愛読する海外探偵小説

問合せ事項
1　放送探偵劇「灰色の部屋」「犯人は誰だ?」をお聞きですか。その御感想と。
2　欧米探偵作家の誰れのものを御愛読なさいますか?　その御感想と。

一、「灰色の部屋」はあまり聞きません。少し、幼稚な刺戟のように思われます。も少し、知的に高度なものが望ましいです。「犯人は誰だ?」ラジオは読みものでなくて、聞きものであり、音楽、擬音効果を生かした立体的なものである必要があります。その点では、島田一男、大下宇陀児、水谷準、宮野叢子、千代有三諸氏のものが佳作でした。

一、ベスト・テン級の本格ハイブラウを繰り返えし愛読します。本格以外のものなれば、むしろ、空想奔放な千夜一夜的大ロマンか、純文学の、こまやかな神経と感覚の行きとどいたものの方が好ましく思います。

（『宝石』一九五一年一〇月臨時増刊号）

1　今年お仕事上の御計画は?
2　生活上実行なさりたい事?

問合せ事項
1　今年のお仕事の上では、どんなことをお遣りになりたいとお考えですか。また何か御計画がおありでしょうか？
2　御生活または御趣味の上で、今年にはお遣りになってみたいとお思いの事ないしは御実行なさろうとすることがございますか？

一、本格探偵小説で世界的水準を維持するためには、せめて五百枚位の長さが必要であることを痛感いたしますので、今年は是非長篇を一つ書いてみたいと思っています。同時に、本格における文学性の問題も、その作品で解決したいと思います。他に百枚ものを三つ。今年は類型を破る本格ハイブラウの作品に専念します。

一、あと碁だけやれば、遊びの完全人になれますので、それを勉強すること。もう一つは、そっとながら小声で、ardent, but fruitless love　以上

（『宝石』一九五二年一月号）

一、「連作」はお好きですか、あまりお好きではありませんか。
二、その理由

一、連作は、各作者の興味に従って自己の持ち味を充分に生かし得れば面白いかもしれませんが、お互いに他の作者に遠慮をするような場合もあって、案外単純な結果に終るようです。筋の統一などを強いて考えないで、自由に流して行く大長篇も面白いかもしれませんね。

（『密室』第三巻第二号、一九五四年五月）

〔遊園地の事件〕解答――二郎チャンは、幼稚園の子供の中に入って行ってしまったのでした。

〔ダイヤの指輪〕解答――犯人は夜廻りでした。道案内の途中でダイヤの話を聞いた夜廻りが、啓子を電話で呼出して暗闇で背後から首をしめ、ダイヤを奪ったのです。夜廻りが近づくと、犬が鳴きやんでいましたね。

解題

横井　司

1

現在の日本推理作家協会の前身である探偵作家クラブでは、かつて、新年恒例のイベントとして、会員による書き下ろし小説を朗読して、出席者に犯人を当ててもらうという犯人当てゲームが行なわれていた。『探偵作家クラブ会報』第二十一号（一九四九・二）掲載の「『妖婦の宿』を推理して――第三十二回　土曜会記録」によれば、「お正月の土曜会は初春らしく、なにか面白い、変つた趣向はないものか」と江戸川乱歩に言われて案を練った結果「新作書下し本格探偵小説を席上で朗読し、出席者に推理解答を求めるゲーム」を行なうことに決まったと、その経緯を伝えている。その第一回は、一九四九（昭和二四）年一月の土曜会で行なわれ、その時に書き下ろされたのが、右のレポートの題からも分かる通り、高木彬光の「妖婦の宿」であった。この時の賞品がネギを背負ったニワトリで、作者の高木が、今夜のおかずは買わなくてもいいと夫人に告げて家を出たというのは、有名なエピソードである。この時に見事犯人の名前を正解したのが、早稲田大学で教鞭をとっていた鈴木幸夫、後の探偵作家・千代有三であった。

この時の結果を「『妖婦の宿』を推理して」は、次のように伝えている。

発表された解答のうち、密室トリックを看破し、その犯行方法の説明が作者の意図に近かつたのは、島田一男氏と古沢仁氏でありましたが、しかし両氏とも、もう一つの心理的なトリックに引つかかり残念乍ら犯人を逸しました。その反対に、千代有三氏（早大教授）は犯行方法の説明は違ひましたが、心理的トリックを見破り、見事に犯人の名前を指摘されました。そこで出席者の表決《ママ》の結果、賞品は千代有三氏に贈呈されたのであります。

翌年の第四十三回土曜会席上でも犯人当てゲームが行なわれ、前年に引き続き高木彬光が「影なき女」を書き下ろしただけでなく、タバコ、羊羹、ウィスキーなどの追加賞品を提供したという。クラブの方でも賞品としてニワトリが用意され、今年こそはと気負い込んでいた高木だったが、今回もまた正解者は千代有三であった。

この二年連続して優勝した実績を買われ、第三回には出題者として選ばれ、そこで書き下ろしたのが、千代にとっては初の探偵小説「痴人の宴」であった。これが『宝石』に掲載され、探偵作家・千代有三が誕生したのである。

千代有三の本名は、先に記した通り鈴木幸夫で、一九一二（明治四五）年一月二八日、大阪市に生まれた。「生家は大阪の九条通りにあって、新道の繁華街と十字につながった商店通りであった」（「灘育ち」『あじくりげ』七七・七。以下、各エッセイからの引用は、特に断らない限り、遺稿集『道草ばなし』［弓書房、八七］から）そうで、「花園橋横の茨住吉神社の縁日、千代崎橋の八千代座、天牛古書店、いろは牛肉店、松島遊廓などに夜ごとのように馴染んでいたから、心斎橋や道頓堀よりも、楽天地の千日前、ルナパークと通天閣の新世界の雑沓、本田から堀江新町を抜ける夜店のアセチレンの方が気が休まった」（「いろ変化」『Travel 新幹線』七三・七）と後に回想している。中学生の頃は「毎夜のように堀江から心斎橋へかけてアセチレン灯の夜店の古本屋が地面に置いた箱をのぞき、雑誌端物を集めたりした」そうで（「巡り合せ」『英語青年』八〇・一〇）、ある晩などはその帰りに街の図書館に寄って、新潮社の雑誌『文章倶楽部』投書欄の散文欄への短文を仕上げたこともあったという。中学時代は級友の兄が『ホトトギス』に投稿していた俳人であった影響で「仲間が集っては俳句論議をし、回覧誌を作ったりした」こともあるそうだから（「少年俳句事始」『政界往来』八一・五)、そもそも創作への嗜好はこの頃からあったわけだ。卒業と同時に俳句から遠ざかったのは、折からの円本ブーム到来によって興味が小説の方に移ったからで、「文学とは無縁な身内の一人」が予約していた改造社の『現代日本文学全集』の第一回配本である『尾崎紅葉集』を借りて「多情多恨」を読み、「ひどく新鮮さを感じた」と後に回想している(前掲「巡り合せ」)。探偵小説に親しんだのもこの頃のことで、後年、次のように回想している。

中学生の初年のころ、大阪の中之島図書館に通って江戸川乱歩の短編集や『湖畔亭事件』に夢中になった。春陽堂版の「創作探偵小説集」で、その第一巻『心理試験』は江戸川乱歩の処女出版であったはずである。(略)それからは金剛社の「万国怪奇探偵叢書」とか、博文館の「探偵傑作叢書」とかを読みふけり、平凡社や春陽堂や博文館の小型探偵小説全集を経て、自分で英語の推理小説をあさるようになった(「楽しみとしての推理」『現代推理小説大系8』講談社、七三・七)

「その頃の刊行物には早大の先生方の執筆が多かったので」(前掲「巡り合せ」)、一九二九(昭和四)年には第二早稲田高等学院に上京進学。会津八一、宮島新三郎、日夏耿之介などから学んだという。この学院時代、英文・国文の学生十数名で同人雑誌『逆光線』を発行し、三一年の一月から三月まで、都合三号を発行した。同年四月、早稲田大学文学部文学科英文学専攻へと進学。この学部時代にも『貿易風』(後に『橄欖』と改題)や『文芸意匠』、『新早稲田文学』などの同人雑誌に参加。三四年には文学部を卒業して旧制大学院に進み、学部時代の様々な同人活動が縁となって、大学院修了前に月刊研究誌『浪漫古典』の編集に携わることになり、この仕事を通して「学界文壇の先学先輩の知遇を得た」(「小さな自叙伝」『英文学』八二・三)という。「大学院修了を機に病気を予感して逗子へ転居、極度の不況の中を名目は教授で横須賀高等工学校に出ているうちに発病」(同)、小康を得て後は、早稲田大学附属工手学校・理工学部鋳物研究所学科講師に就任して東京に戻ったが、再び病気が再発し、四一年に舞子病院に入院。このとき、ヴァージニア・ウルフ『波』*The Waves*(三一)の翻訳に取りかかり、これは四三年になって刊行された。

一九四五年に終戦を迎えると外務省嘱託で通訳の任務

に就く。翌年、大学が復旧し、この頃から英文学関係の著書を上梓するようになり、『アメリカ現代文学』（四六）、『現代イギリス文学作家論』（四七）、『イギリス文学主潮』（四九）などを刊行。四九年の新制大学発足にあたり早稲田大学理工学部専任講師となる。同時に文学部を兼任し、五二年には教授に就任。五四年になって文学部専属となった。

これに先立って一九四七年七月に探偵作家クラブの事務所を来訪し、探偵作家クラブの正会員となったことを、『探偵作家クラブ会報』四七年九月号の「消息欄」が伝えているが、どのようなきっかけで訪れたのか、詳細は不明である。『探偵作家クラブ会報』の四八年七月号には、千代有三名義で「H・H・ベルトリー　探偵小説論抄」が掲載された。これが初めての寄稿であり、また千代名義による初めての記事でもあった。同エッセイによれば、アイルランドのダブリン大学理工学部天文学科教授が、ダブリン奇談クラブ会員のために限定八百部で刷った『探偵小説の本質と限界』と題する大冊の序文を要約紹介したものだそうだが、「いづれ順を追つて紹介するつもりである」といいながら、ついに紹介されることなく終った。

ちなみに千代有三という筆名は、『カンタベリー物語』*The Canterbury Tales*（一四世紀）で名高いジェフリー・チョーサーのラスト・ネームに漢字を当てたもので、「ちよ・うさ」では日本語名として不自然なので、有三をそのまま普通に読んで「ちよ・ゆうぞう」となったと伝えられる（この由来は、「月にひそむ影」が江戸川乱歩編集の『宝石』五八年三月号に掲載された際、乱歩によって付せられたルーブリックで述べられたのが最初の紹介だと思われる）。

続いて掲載された「探偵小説第三芸術論」（五〇）は鈴木幸夫名義で発表されたから、千代有三と鈴木幸夫とは、まだ明確に区別されていなかったようだが、「痴人の宴」を発表して以降は、二、三の例外を除き、創作では千代有三名義が使用されるようになった。

『宝石』の五一年五月号に「痴人の宴」が掲載された後、同年には「ヴィナスの丘」、「死の抱擁」の二編を発表した他、NHKラジオのクイズ・ドラマ用に書かれた「遊園地の事件」が掲載された。年末の探偵作家クラブによるアンケート「一九五一年自選代表作を訊く」（『探偵作家クラブ会報』五一・一二）では、三編の小説すべてを自選代表作としてあげており、千代の自信と意気軒昂ぶりが伝わってくる（このうち「死の抱擁」に関しては掲載誌が入手できず、残念ながら今回は再録を見送ったことをお断りしておく）。

翌五二年には「肌の一夜」、「エロスの悲歌」という中編の力作を発表。また「宝石殺人事件」では再び犯人当て小説を試み、以後も「美悪の果」（五四）、「死人の座」（同）と同傾向の作品を発表。これらの作品では、デビュー作「痴人の宴」以来の大学助教授の素人探偵・園牧雄を起用している。小説以外にも、ラジオ番組の原作者として活躍し、先の「遊園地の事件」他を提供した『犯人は誰だ』（五一〜五三）や、その後継番組である『素人ラジオ探偵局』（五三〜六一）に作品を提供している。そのほとんどは、現在では聴くことはもちろん、目にすることもできないが、幸い後者に提供した作品の内の二本、「アラセン王国の危機」と「幽霊は生きている」は、一九六〇年に放送三百回を記念して刊行された『素人探偵局』に収められており、その雰囲気をうかがうことができる。

一九五五年以降は海外ミステリの翻訳紹介にも意欲的となり、コナン・ドイルのシャーロック・ホームズ・シリーズを角川文庫に訳し下ろし始めたのを皮切りに、レックス・スタウトの「語らぬ講演者」*The Silent Speaker*（四〇／邦訳五六）、マージェリー・アリンガムの『判事への花束』*Flowers for the Judge*（三六／邦訳五六）、『手をやく捜査網』*Police at the Funeral*（三一／邦訳五七）、ヒルダ・ロレンス『雪の上の血』*Blood Upon the Snow*（四四／邦訳五七）、F・W・クロフツ『ヴォスパー号の喪失』*The Lost of the Jane Vosper*（三六／邦訳五七）、S・S・ヴァン・ダイン『僧正殺人事件』*The Bishop Murder Case*（二九／邦訳六一）などを手がけた。また、一九五九年にはミステリー評論のアンソロジー『殺人芸術』を編纂して鈴木幸夫名義で刊行。この他にもエドガー・H・スミス編『シャーロック・ホウムズ読本――ガス灯に浮かぶ横顔』Profile for Gaslight（四四）の全訳（邦訳七三）、ハワード・ヘイクラフトの評論アンソロジー*The Art of the Mystery Story*（四六）収録の評論をセレクトした『推理小説の美学』（邦訳七四）、ヘイクラフト同書の残りと千代が独自にセレクトした評論をまとめた『推理小説の詩学』（七六）を鈴木名義で刊行した。一九八〇年には、それまでに発表したミステリ関係の評論やエッセイをまとめた『英米の推理作家たち』が鈴木名義で刊行されている。

創作の方は一九七二年の「悪い貞女」でいったん中断していたが、七五年からは『ポピイ教育日本新聞』という媒体に発表し始め、七六年には『幻影城』に「死者は犯す」を発表。活躍が期待されたが、七七年に『ポピイ教育日本新聞』に発表した「雪女のなげき」を最後に、創作の筆は途絶えた。以後は英文学関連の翻訳、評論やエッセイ、また七五年前後から俳句に手を染めるようになり、そちらの活動が中心を占めるようになっていったようだ。

ミステリ関連では他に、一九五七年に結成されたワセダ・ミステリ・クラブの会長に引き受け、八二年に早稲田大学を定年退職するまでその任を務めたことも、忘れるわけにはいかない。同会に所属していた大藪春彦が「野獣死すべし」が載った同人誌『青炎』を千代に渡し、それを読んだ千代が江戸川乱歩に紹介したことで、デビューのきっかけを作ったという重要な役割を果たしてもいる。

一九八六（昭和六一）年一二月二四日逝去。歿後、遺稿集『道草ばなし』（八七）がまとめられた。

『道草ばなし』には「著作目録」が収録されており、早稲田大学在学時代の同人誌作品から最晩年に至るまでの著作がまとめられているが、その、ミステリだけに限らない膨大な業績を前にすると、ミステリ関連の作品だけでその業績を振り返るのは、一知半解のそしりを免れないかもしれない。だが、日本のミステリ史においては、土曜会での犯人当てゲームで高木彬光に、二度に渡って苦杯をなめさせ、それがきっかけで「痴人の宴」を書き下ろし、探偵作家としてデビューしたというエピソードばかりが語り継がれ、その実作にふれ、論じられる機会が少ないままだったことは、やはり問題であろう。

そうした機会を逸した理由のひとつは、ついには長編ミステリを発表しないままに終ったことがあるだろう。また、初期の代表作のほとんどが百枚前後の中編であり、アンソロジーに採録するにはそのボリュームが枷となったため、「痴人の宴」が集中的に採録されてきたせいで、それ以外の作品が読まれる機会に恵まれなかったことも原因としてあげられよう。何より大きいのは、その作品のほとんどが犯人当ての趣向を擁しているため、「まともな小説」として顧みられなかったことではなかったか。

そのことはまた、千代の作品が、小説とはなにか、文学とは何かということを、さらには本格ミステリと文学との関係を、改めて考えるにあたっての好個のテクストであることを意味している。そしてその考察は、千代のミステリ論や文学観と照らし合わせながら進められていく必要があると考える次第である。ここに、一九五一年のデビュー以来、初めてまとめられる千代有三名義の作品集が、その考察のよすがとなれば幸いである。

以下、本書収録の作品について解題を付しておく。引用している当時の書評では、作品によっては内容に踏み込んで、犯人やトリックにまで言及している場合があるので、未読の方は注意されたい。

2

〈創作篇〉

「痴人の宴」は、『宝石』一九五一年五月号（六巻五号）に掲載された。後に『現代推理小説大系8／短編名作集』（講談社、七三）、『宝石推理小説傑作選1』（いんなあとりっぷ社、七四）、『神戸ミステリー傑作選』（河出文庫、八六）、日本推理作家協会編『探偵くらぶ㊥／本格編』（光文社、九七）に採録された。

目次および本文扉には「犯人当て探偵小説」と角書きされていた。本書に再録した「『宝石』読者への挑戦」にも書かれている通り、探偵作家クラブ新年恒例の犯人当てゲームのために書き下ろされたもので、設問が二つ設定されているところが、一般的な犯人当て小説と異なっている。このときの例会に参加した山村正夫は、「英文学者の異色本格派・千代有三」（『幻影城』一九七六・一。後に「英文学者のフーダニット＝千代有三論」と改題され、『わが懐旧的探偵作家論』〔幻影城、七六〕に収められた）で、当日の様子を次のように紹介している。

この年の新年会は一月十三日に同じ東洋軒で開かれ、千代有三作『痴人の宴』が、第一章を萩原光雄氏、第二章を武田武彦氏、解決篇を作者自身が朗読するという変った演出で行われた。犯人あての方法も凝っていて、第一章において〝警部の指名する犯人〟第二章では〝真犯人およびその理由〟を指摘するという、きわめて斬新な趣向だった。（略）正解の一席は当日ゲストとして出席した増田伊勢雄氏に奪われ、二席は飛鳥高氏、三席は同じくゲストの篠田悦三氏という結果におわったのである。クラブ員のなかではかろうじて飛鳥氏が犯人をあてただけで、あとはことごとくはずれるという惨憺たる敗北を喫したのだった。

右に紹介したような二重の挑戦が行なわれたのは、真相が複雑なため、段階を追って推理できるようにという意図もあったのかもしれない。

本作品が『宝石』に掲載される以前に、高木彬光が「トリ損なひもの」（『探偵作家クラブ会報』五一・一）において次のように評している。

千代氏の「痴人の宴」はアマとは思へぬくらゐよく出来てゐる。敗軍の将兵を語つて、コロンブスの卵流にナンクセをつけると、いくらもあるが、ねらひのほどはたしかにピンと来る。来すぎるために腹が立つ。負け惜しみと思つて聞いていたゞくと――、

犯人探しで難しいのは、必要にして十分な條件を立てること。この人物ならその犯罪を実行し得る。またそれ以外に、すべての條件を満す人物がない、といふ、二つの條件を同時に満すことが難しい。ふつうの探偵小説なら、前の十分條件に意外性がともなつてゐればそれでいゝが、犯人探しの場合なら、あとの必要條件も満さねばならない。この点で、千代氏の作品には、いくらか欠けるところがありはしないか――

それは、この殺人が「確率による殺人の食ひ違ひ」によつて起つた、といふことである。

第二に、時間のトリツクに、トリツクの必然性が乏しいのである。トリツクには、トリツクのためのトリツクといふことは禁物と思ふ。だがこの点は、将来発表される場合に、若干訂正されれば完璧となると思ふ。

最後の記述から判断するに、『宝石』に発表されたものは、高木の指摘を受けて訂正されたテキストかもしれない。黒部龍二が「好き〳〵帖」第十一回（『宝石』五一・九）において次のように述べていることは、朗読テキストの改訂をうかがわせる。

新春の土曜会で鬼共を悩ました構成の堅牢さは見事である。筆者朗読を承つたが文章の流れには相当の難点を認めたことを否めない。

活字版のテキストに対しては、隠岐弘が「探偵小説月評」（『宝石』五一・七）において、次のように評している。

千代有三の犯人捜しの「痴人の宴」（宝石五月号）は、被害者が実は犯人だつたという大きなどんでん返しが盲点で、犯行を相手になすりつけるために時計の針をいじる問題を夏時間の時差に交錯さすなど謎に一層複雑な幅を与え、読者をひつかける材料は十分あり本格ものとしては十分なのだが、読み上げる謎解きゲームとしてはこれは手のこんだ時差問題と人間関係のさばき分けがすつきりせず惜しい。そのうえこの犯人即被害者テーマの裏付けになるのが、犯人の「全く愚しい誤算」に作者は帰していているが、犯人に誤算は往々あるが、肝心の犯人が登場人物中一番バカ面をさげるような誤算はどうだろうか。

なお、アリバイ・トリックに関わるサマータイム（夏時間）は、一九四八年から一九五一年まで、アメリカ軍占領下の日本で実施されていた。五月の第一土曜日の午後十二時に時計を一時間進めて午後一時とし、九月の第二土曜日の翌日午前零時に一時間戻すというふうに法律で定められていた。また「Bワン剤」というのはビタミンB1剤のこと。疲労回復、脚気予防などのために服用される。

「ヴィナスの丘」は、『探偵クラブ』一九五一年九月号（二巻八号）に掲載された。単行本に収められるのは今回が初めてである。

梓川一郎は、月評コラム「第七感」（『探偵クラブ』五一・一〇）において、次のように評している。

千代有三の「ヴィナスの丘」がコチコチの本格物「痴人の宴」（宝石所載）の作者のものとは一寸思えなかつた。堅くならなければ相当軽妙な風味を出せる人だと知つた。や、学究的なエツセイの味わいは残るが、中々エロである。但し下品でないのが上乗。

山村正夫は『鬼』第五号（五一・一一）誌上の「侏儒の願い（探偵クラブ九月号を読みて）」において、大下宇陀児や島田一男を除いては「そのプロット、テーマー、プロセスなどを仔細に点検していくと、『宝石』などと違つて、ほつと一息ついたような書きつぷり、まとめぶりを感じるのは、どうしてだろうか。『宝石』にいけばレベル以下の作品を、堂々力作と銘うたれるのは、読者にとつて大きな迷惑だ。書いた上での出来不出来は仕方がないが、少くとも実験なら実験らしく、純大衆物なら純大衆物らしく、それぞれの雑誌の異つた特徴を生した最大級の作品を、せめて気魄にだけでも望みたい」と述べた上で、楠田匡介「地獄の同伴者」、魔子鬼一「目撃者」、大河内常平「解決《おとしまえ》」などを評した後、次のように書いている。

最後に千代先生に一つ。

素材も文章も平凡、だから読んだ印象も極めて平凡。でもその中に、何か変つた本格物の佳作が生れそうな気がします。そんな予感が……夢を夢だけにしていただきたくないもの。

千代自身は本作品について「あの点だけは絶品と申さる丶方あり、あれはいけませんと申さる丶方あり。つつしんで、以後ストリップ小説は、絶対に書きません」と述べており（「マンスリー・ガヴェル」『探偵作家クラブ会報』五一・九）、題材ばかりが問題とされたことをうかがわせる。

本作品は、千代有三の本職である英文学方面の研究対象だった、ヴァージニア・ウルフやジェイムズ・ジョイスの創作において使われていた文学技法のひとつ「意識の流れ」を導入した実験的な創作と見なすことができる。山村は「文章も平凡」と評したわけだが、ここでいわれる「文章」は文体のみが意識され、書き方については考えられていないのではないか、ということを押さえておきたいところだ。

「**遊園地の事件**」は、『宝石』一九五一年一二月号（六巻一三号）の「犯人は誰だ？」コーナーに掲載された。単行本に収められるのは今回が初めてである。

一九五一年五月から五三年十月まで、ＮＨＫラジオ第二放送で日曜の午後九時から十五分間のクイズ・ドラマ『犯人は誰だ』が放送されており、多くの探偵作家が書き下ろし作品を提供している。上野文夫『推理ＳＦドラマの六〇年――ラジオ・テレビディレクターの現場から』（六興出版、八六）に、番組の進行について紹介されているので、参考までに以下に引いておく。

まずドラマ形式でストーリーが展開する。謎が提起されたところでドラマはストップ、さあ犯人は誰でしょう、分かった方は犯人の名前をハガキに書いて送って下さい。正解者には五〇〇円の賞金をさしあげます、というもの。当時の五〇〇円といえば、東京の都電が一〇円、うな重・三〇〇円の時代だから、高くもないが、クイズの賞金としてはまあまあだったろう。

そして真犯人の名前とトリックの解明は次の週に発表されることになっていた。

ただこの番組は対象が主婦や子供を含めた一般の人々だったので、トリックも簡単なものでなければならず、いわゆる探偵小説ファンを満足させるものではなかった。

しかし一般的な人気は上々で、探偵作家も動員され大いに協力している。

探偵作家動員の経緯については渡辺健治「『犯人は誰だ』について」（『探偵作家クラブ会報』五一・五）に詳しい。右の『推理SFドラマの六〇年』では五一年四月からの放送となっているが、ここでは渡辺の記事に従って五月からの放送とした。

このドラマのために書き下ろされた脚本の一部が、『宝石』の一九五一年八月号から翌年十月号まで、「犯人は誰だ?」という総題の下、連続掲載された。「遊園地の事件」と以下の「ダイヤの指輪」は、その「犯人は誰だ?」というコーナーに載ったものである。

「肌の一夜」は、一九五二年二月一〇日発行の『別冊宝石』一六号（五巻二号）に掲載された。単行本に収められるのは今回が初めてである。

阿部主計は「マンスリィ・ガヴェル」（『探偵作家クラブ会報』五二・二）において次のように評している。

色魔的な事業家の死と、その男に関係のある子持女と、その恋人になる運命の画家と。スピードとやわらか味とを両立させた筆致を採る。仕組よりも運びで読ませる作だが、これという思いつきもないので、結局の印象は弱く、つまらない。この作家の立場として、野心のないものを書くくらいなら、下らぬ労力だ、止めたがよかろう。

阿部が「これという思いつきもない」と切って捨てたのに対し、隠岐弘は「探偵小説月評」（『宝石』五二・五）において、書き手の「思いつき」を読み取った上で、次のように評している。

千代有三の「肌の一夜」（別冊）は軟い味だが、早いテンポで引き回されているうちに脇役のようなのがいつの間にか犯人にきまつてしまつた。この作者に文学の講義などしようものなら、教壇の上から睨まれそうだが、この小説を読んで感じたのだが、作者は本格探偵小説の魅力というものは、どこまでも駒の動かし方のなかにあつて、駒そのものには生まの個性の主張も何もないのだということを述べようとしているのだろうか。

犯人（女性）が事件の主人公（当人は自分が殺人者だと誤解して、アリバイつぶしに狂奔する）と結婚して、犯人の捜査に協力する点など「探偵即犯人もの」の一変形だが、この犯人がアリバイつぶしにあせる主人公に肉体を犯され、被害者の立場に置かれるため、暫く盲点になるのだが、この折角の珍しい盲点の設定も、作者が事件そのものの動きに気をとられているため、盲点効果を発揮していない。「文学」としても、むしろ主人公の立場から眺めて、この辺りを中心に主人公の苦悶と最後に味う大きいアイロニー（犯人の出獄を待つ甘ちゃんでは価値は減殺されよう）を描けば、本当に「恥しく」ないものになつたろうと惜しまれる。

「**死は恋のごとく**」は、『探偵クラブ』一九五二年四月号（三巻四号）に掲載された。単行本に収められるのは今回が初めてである。

「**ダイヤの指輪**」は、『宝石』一九五二年七月号（七巻七号）の「犯人は誰だ?」コーナーに掲載された。単行本に収められるのは今回が初めてである。

「**エロスの悲歌**」は、一九五二年七月一五日発行の『別冊宝石』二一号（五巻七号）に掲載された。後に鮎川哲也編『紅鱒館の惨劇』（双葉社、八一）に採録された。

中島河太郎は「マンスリー・ガヴェル」（『探偵作家クラブ会報』五二・一〇）において、本作品について次のように評している。

「エロスの悲歌」は先ず各章の冒頭の古今の詩文から引用された章句に眩惑されたが、肝腎な内容はその高雅な世界から響く調べとは階調を共にしていないようである。事件の起った家族をめぐる恋愛葛藤は、姉が家庭教師を愛し、家庭教師は弟と同性愛関係があり［、］弟はその妹と近親相姦、未亡人の母は男と関係して堕胎した事実があると云うと、乱脈無類の様だが、それがいたってとり澄ました一人々々に描かれてあり、個々の場合の心理の裏付が浅いので、切角の野心的なテーマの焦点がぼけてしまった。それに犯人の一人二役の推理が余り簡単で、短い枚数で複雑な家族の相剋に挑んだ意図が充分に果せなかったのは惜しむべきであった。

本作品をアンソロジーに採録した鮎川哲也は、解説において次のように書いている。

出発が犯人当て小説であったからでもあろうか、「宝石」はこの作者に何度か挑戦小説の注文を出し、千代有三はそれに応じて《死人の座》などの挑戦小説を書き上げた。今回収録した本篇は挑戦小説ではないけれど、思い切り意外な犯人を設定したものである。同時にまた、今日的な性の乱れを予言している点にも興味をそそられる。

なお、アンソロジー収録のテキストでは、冒頭および各章のエピグラフはすべて省略されている。読みやすさを考えての処理かもしれないが、千代自身によるものか、編者の意向によるものか、今となっては分からない。今回収録のテキストは、初出以来、初めて本来のかたちに戻されたものとなる。

各章のエピグラフとして引用されている作家たちは概ね知られていよう。馴染みが薄いと思われる二人について補注しておくと、フランシス・トムスン Francis Thompson（一八五九〜一九〇七）はイギリスの神秘詩人。ニコルズは、東京大学で教鞭をとったことのある、イギリスの詩人・劇作家ロバート・ニコルズ Robert Nichols（一八九三〜一九四四）だと思われる。

鮎川は「今日的な性の乱れを予言している」と述べているが、省略されたエピグラフを復元したテキストに接すれば、文学のテーマとして普遍的なエロティシズムそのものをモチーフとしていることは明らかであろう。

「宝石殺人事件」は、『宝石』一九五二年八月号（七巻八号）、一〇月号（七巻九号）、一二月号（七巻一二号）に分載された。単行本に収められるのは今回が初めてである。

目次では「犯人当て懸賞」と角書きされており、本文タイトルには「犯人当て懸賞小説」と表記されていた。第一回は第一〜三章まで、第二回は第四〜八章までで、そこまでが問題編にあたる。各号に「作者は皆さんに挑戦した‼／誰？　犯人探し」という懸賞募集規定が載っており、「犯人の名前と、その人を犯人と推定した理由」を「官製ハガキに百字以内」で答えることが条件だった。また第二回時には「犯人は確かに登場している！」と題したリード文が掲載されており、以下のような煽り文句がゴチックの大活字で掲載されていた。

はたして誰？　第一回早くも事件は展開し、本号愈々高潮に達したが、犯人は遂に仮面を脱がず、悠々と読者の眼前を歩いている。而して、作者は本号までをもつて問題提供篇とし、次号を解決篇とした。この挑戦に屈従することなかれ‼　詳細は本欄中の懸賞応募規定を御覧下さい。

解決篇と同時に載った結果発表によれば、応募者総数一四七二人で、そのうち「犯人名並びにその推定の正解と見るべきもの」八〇五名だったという。一等として選ばれた解答の推定理由は次の通り。

ボーイは相模屋が悪戯《いらずら》心からパンの中へ宝石を隠したのを見てその事を何気なく犯人に話す。その宝石が由緒ある物である事や、相模屋が甘い物の嫌いなことを知らない犯人は、咄嗟に殺意を起し、甘納豆を売ると見せかけて電車の堕《ママ》性を利用し、畳職で鍛えた手練で、錐様のミルクの栓ぬきで刺殺し、宝石在中のパンを奪う。パンは売物籠にかくせる。動機は、ボーイとの安全な糧《かて》を求めるため。

以上のような結果について、千代は「犯人当て解答を選んで」という講評の中で「作者としては完全に打ち負かされた恰好で面目ないが、実は甚だ嬉しい敗北であった」と述べている。

「美悪の果」は、『宝石』一九五四年二月号（九巻二号）と三月号（九巻三号）に掲載された。単行本に収められるのは今回が初めてである。

目次には「犯人当て懸賞」と角書きされ、本文扉には「犯人当て懸賞小説」と表記されていた。「作者は皆さんに挑戦した！」という懸賞募集規定の表示は「宝石殺人事件」と同様であった。入選者の発表は同年四月号誌上で行なわれたが、応募総数などは示されていない。同時に掲載された「作者からの挨拶」という講評では「いつもながら正解が多くて作者としては嬉しい敗北である」

と述べられている。一等として選ばれた解答の推定理由は以下の通り。

> 愛娘が死を以て示した男への恨み、愛娘と生写しである由利への保護感を心に強く銘じたのは佐久博士である。彼は久慈《ママ》を詐称して加村を訪れ、緑衣を利用して軽い心理的暗示を与えて彼を由美子轢死現場迄おびき出し刺殺した。

小原俊一（妹尾アキ夫）は「探偵小説月評」（『宝石』五四・四）において本作品を次のように評している。

> これは「夢魔」（岡田鯱彦の作品―横井註）のような明快な作ではない。そのかわりそれを埋めあわせる陰影だとか、潤おいだとか、匂いだとか云うものは、充分に持つている。つまり表現しようと思うものや、表現のしかたが「夢魔」とは全然ちがうのだ。これはこれでいいではないか。このままで前進すること。

シリーズ探偵である園牧雄が「無職」であり、「夜盗に衣服を持つて行かれたあとで」、部屋の「鍵をかけるのも苦笑ものの無一文」という記述から、大学教授になる前という設定であることがうかがえる。シャーロキアン的な興味からは注目されよう。また、問題編の最初と最後が園の一人称で語られていくというスタイルが珍しい。本作品では、現代でいうならストーカーとでもいうべき行為が描かれていて、目新しい。動機の背景にある老いらくの恋というモチーフは、SF短編「白骨塔」でも重要な要素となっている。

「**死人の座**」は、『宝石』一九五四年一〇月号（九巻一二号）と一一月号（九巻一三号）に掲載された。単行本に収められるのは今回が初めてである。

目次には「懸賞犯人当て」と角書きされている。「作者は皆さんに挑戦した！」という懸賞募集規定のスタイルは、従来のものと同じである。本作品の場合、問題編のあとに「設問」が示されているのが珍しい。

入賞者発表は一九五五年一月号誌上で行なわれたが応募総数などは書かれていない。一等に選ばれた解答文は以下の通り。

> 河村卓助は山中兄弟に殺された。省一は卓助を毒殺し、解剖室で死体をすりかえた。光代に電話したのも

彼だ。湯宿での卓助の失踪も園牧雄を欺く為の彼の一人二役の芝居だつた。「死人の座」は「死体池」だつた。

千代による講評は掲載されていない。

後年、山村正夫は「英文学者の異色本格派・千代有三」（前掲）において、本作品について次のように評している。

その頃の千代氏の作品で印象に残っているのは、『死人の座』（略）だ。これは〝犯人探し懸賞〟として書かれたもので、やはり助教授探偵園牧雄の事件簿の一つになっている。園が代議士河村卓助の失踪事件究明に乗り出したもので、大学病院の死体すり換えのトリックと、山の湯宿の一人二役のトリックを巧みに結びつけた着想が、犯人の意外性と相俟ってすこぶる面白い。

「**白骨塔**」は、一九五四年一二月一〇日発行の『星雲』創刊号に掲載された。単行本に収められるのは今回が初めてである。

『星雲』は「わが国初のSF専門誌」（石川喬司『SFの時代――日本SFの胎動と展望』奇想天外社、七七）と呼ばれている雑誌だが、売れ行き不振で、創刊号を出したのみだった。その創刊号には日本科学小説協会の趣意書が掲載されており、顧問として林髞（木々高太郎）、参与として鈴木幸夫の名が挙がっている。趣意書によれば「科学小説を制作せんとする志を同じくする者、相集りて日本科学小説協会を相結びたいと存じます」と書かれているが、千代有三こと鈴木幸夫が参加することになった経緯は分からない。

〈評論・随筆篇〉

「**探偵小説第三芸術論**」は、『探偵作家クラブ会報』一九五〇年九月号（第四〇号）に鈴木幸夫名義で掲載された。単行本に収められるのは今回が初めてである。

山村正夫は「英文学者の異色本格派・千代有三」（前掲）において、本エッセイを『新青年』一九五〇年四月号に掲載された「探偵作家抜打座談会」に対する「諸家の批判文の一つ」と位置づけて、次のように述べている。

あの座談会以後、本格派の推理作家が硬化して文学派と対立するようになったのだが、早大の英文学教授であった千代氏が、それを積極的に支持している点がすこぶる興味深い気がする。氏の主張は乱歩先生の推理小説観と共通しており、文学は文学、推理小説は推理小説と明確に区別して一線を引いているのだった。

第三芸術というのは、桑原武夫の「第二芸術——現代俳句について」(四六)をふまえたものと思われる。

「**知性と情熱**」は、『宝石』一九五一年八月号(六巻八号)に鈴木幸夫名義で掲載された。単行本に収められるのは今回が初めてである。

江戸川乱歩が一九五一年五月に上梓した『幻影城』をめぐる論評。「文学に関する定義は、数学の定理や公理とちがつて、歴史的にも立場の上でも、その本質をめぐる属性をしか説明し得ないが、その命題を論者の結論として定義化しようとする過程が重大であり、材料の蒐集、整理、解釈、判断、批判といふ操作の過程が、論者の情熱と価値を規定する」と述べているのは、傾聴に価しよう。

また、本格派と文学派の対立に言及して「文学はレトリックでもなく、逆にまた、必ずしも生きた人間を書かなくてはならぬ、といふ原則もあり得ないところに、各々文学に対する解釈の相違に基づく混乱が横たはつてゐるのである」と述べている点も、近現代の英文学を専門とする著者らしい認識だといえる。そこであげられているオルダス・ハクスリの「ポイント・カウンタ・ポイント」は、現在『恋愛対位法』という邦題で知られている作品である。

「**マンスリー・ガヴェル——月々の新刊・新作紹介**」は、『探偵作家クラブ会報』一九五一年九月号(第五二号)に掲載された。単行本に収められるのは今回が初めてである。

ガヴェル gavel とは裁判官の小槌《こづち》のこと。

「**二十世紀英米文学と探偵小説**」は、『宝石』一九五一年九月号(六巻九号)から翌年四月号(七巻四号)まで、鈴木幸夫名義で八回にわたって掲載された。単行本に収められるのは今回が初めてである。

「イギリス及びアメリカにおける」「文学思潮の動きと、実験的な技法の達成の中にあつて、探偵小説が果してどの程度にまでこれらの成果をとり入れ得るかといふ」「編輯部から与へられたこの課題に答へるために、主として技法の面から半ば紹介的に、いろいろな作家のいろいろな方法を考察してゆく」（第一回）ことを主旨とした長編評論である。ただし、探偵小説が現代文学の成果をどう取り入れられるかという点よりも、現代文学の技法を紹介することが中心になってしまった嫌いがあり、連載当時の読者には、自分とは無縁の読物と思われていたかもしれない。結局、ヴァージニア・ウルフ、ジェイムズ・ジョイス、ドス・パソス、ウィリアム・フォークナー、ドロシー・リチャードスン、アーネスト・ヘミングウェイの技法を紹介するだけに終始してしまい、英文学者・鈴木幸夫の専門分野を伝える英文学概説にとどまってしまったのは残念であった。

「**文学のエロティシズム**」は、一九五二年一〇月三〇日発行の『宝石』増刊号（七巻一〇号）に掲載された。後に鈴木幸夫名義の著書『道草ばなし』（弓書房、八七）に採録された。

本エッセイが載った『宝石』増刊号は、「エロティックミステリイ20人集」と題した特集号で、中島河太郎の「探偵小説に現れたエロティシズム」と合わせて掲載されたものである。千代有三の作品にはエロティシズムが重要なモチーフとなるものも見られるが、その背景をなす思想的根拠を示したエッセイとして重要だともいえる。

「**犯人当て解答を選んで**」は、『宝石』一九五二年一二月号（七巻一二号）に掲載された。単行本に収められるのは今回が初めてである。

「作者として解答に求めた」もののうちに、甘納豆の手掛かりについてはあげられていない点が興味深い。被害者の心理と犯人のトリックを当てることが主たる興味だという認識がうかがえるからだが、今日の読者からすれば、甘納豆の手掛かりがポイントだと捉えるように思われる。

「**とりとめもない読書**」は、『探偵作家クラブ会報』一九五三年六月号（第七三号）に掲載された。単行本に収められるのは今回が初めてである。

「私が今興味を持つている探偵作家」という総題の下に諸家によって書かれたエッセイのうちのひとつ。ドロシイ・L・セイヤーズの「ハヴ・ヒズ・カーカス」は現在『死体を探せ』という邦題で、またグレアム・グリーンの「情事の果」は『情事の終り』という邦題で、それぞれ知られている作品である。

「**スリラーの浪漫性**」は、『宝石』一九五三年一一月号（八巻一三号）に掲載された。後に「スリラーのロマン性」と改題の上、鈴木幸夫名義の著書『英米の推理作家たち』（評論社、八〇）に採録された。
スリラーを論じる中で、ゴシック・ロマンスなどにも言及して、コンパクトな怪奇幻想小説史にもなっているあたりが読みどころ。最後にミッキー・スピレーンのタイトルが羅列されているが、これが鈴木式直訳で、現行の邦題と大きく異なっている。念のため以下に対照表を掲げておく。

俺が裁くのだ↓裁くのは俺だ
復讐はわがもの↓復讐は俺の手に
長い待ち伏せ↓果たされた期待
淋しい一夜↓寂しい夜の出来事
大殺人↓大いなる殺人
接吻して、死ぬほど↓燃える接吻を
俺の鉄砲は早い↓俺の拳銃は素早い

ちなみにスピレーンの本邦初訳は一九五三年の九月であり、本エッセイが発表された時点では『大いなる殺人』と『俺の拳銃は素早い』しか刊行されていなかったことを付け加えておく。

「「文芸」特集推理小説を推理する」は、『宝石』一九五四年三月号（九巻三号）に掲載された。単行本に収められるのは今回が初めてである。

改造社の雑誌『文藝』一九五四年二月号に掲載された、一般作家による作品を評したエッセイ。

「作者からの挨拶」は、『宝石』一九五四年四月号（九巻五号）に掲載された。単行本に収められるのは今回が初めてである。

「悟性と感応の天才」は、一九五四年一〇月三〇日発行の『黄色の部屋』六巻二号「江戸川乱歩先生華甲記念文集」に掲載された。単行本に収められるのは今回が初めてである。

「ヴァン・ダインの妙味」は、『宝石』一九五四年一一月号（九巻一三号）に掲載された。単行本に収められるのは今回が初めてである。

「アンケート」としてまとめたもののうち、ラジオ放送探偵劇・愛読する海外探偵小説についての回答は『宝石』一九五一年一〇月増刊号（六巻一一号）に鈴木幸夫名義で掲載された。仕事上の計画・生活上実行したいことについての回答は『宝石』一九五二年一月号（七巻一号）に、連作についての回答は一九五四年五月三一日発行の『密室』第一三号（三巻二号）に掲載された。

［解題］**横井 司**（よこい つかさ）
1962年、石川県金沢市に生まれる。大東文化大学文学部日本文学科卒業。専修大学大学院文学研究科博士後期課程修了。95年、戦前の探偵小説に関する論考で、博士（文学）学位取得。共著に『本格ミステリ・ベスト100』（東京創元社、1997）、『日本ミステリー事典』（新潮社、2000）、『本格ミステリ・フラッシュバック』（東京創元社、2008）、『本格ミステリ・ディケイド300』（原書房、2012）など。現在、専修大学人文科学研究所特別研究員。日本推理作家協会・本格ミステリ作家クラブ会員。

千《ち》代《よ》有三《ゆうぞう》探偵《たんてい》小説《しょうせつ》選《せん》Ⅰ　〔論創ミステリ叢書84〕

2015年2月20日　初版第1刷印刷
2015年2月28日　初版第1刷発行

著　者　千代有三
監　修　横井　司
装　訂　栗原裕孝
発行人　森下紀夫
発行所　論　創　社
〒101-0051 東京都千代田区神田神保町2-23 北井ビル
電話 03-3264-5254 振替口座 00160-1-155266
http://www.ronso.co.jp/

印刷・製本　中央精版印刷

Printed in Japan　ISBN978-4-8460-1408-7

論創ミステリ叢書